古典文獻研究輯刊

十 三 編
曾 永 義 主編

第 18 冊

清人筆記之生活故事研究（下）

陳 美 玲 著

國家圖書館出版品預行編目資料

清人筆記之生活故事研究(下)／陳美玲 著 — 初版 — 新北市：
花木蘭文化出版社，2016〔民105〕
目 2+256 面；19×26 公分
（古典文學研究輯刊 十三編；第 18 冊）
ISBN 978-986-404-594-5（精裝）
1. 筆記小說 2. 文學評論 3. 清代
820.8   105002171

ISBN-978-986-404-594-5

9 789864 045945

古典文學研究輯刊
十三編　第十八冊   ISBN：978-986-404-594-5

清人筆記之生活故事研究（下）

作　　者　陳美玲
主　　編　曾永義
總 編 輯　杜潔祥
副總編輯　楊嘉樂
編　　輯　許郁翎
出　　版　花木蘭文化出版社
社　　長　高小娟
聯絡地址　235 新北市中和區中安街七二號十三樓
　　　　　電話：02-2923-1455／傳眞：02-2923-1452
網　　址　http://www.huamulan.tw 信箱 hml 810518@gmail.com
印　　刷　普羅文化出版廣告事業
初　　版　2016 年 3 月
全書字數　426122 字
定　　價　十三編 20 冊（精裝）新台幣 38,000 元　　　版權所有‧請勿翻印

清人筆記之生活故事研究(下)

陳美玲 著

目

次

上 冊

第一章 緒 論 ……………………………………………… 1
　　第一節　研究動機、目的與範圍 ………………… 1
　　第二節　研究方法 ……………………………………… 2
　　第三節　清人筆記故事概述 ………………………… 5
　　第四節　前人研究成果 ……………………………… 58
第二章 清人筆記之生活故事分類 ………………… 69
　　第一節　婚姻故事 ……………………………………… 69
　　第二節　親子故事 ……………………………………… 90
　　第三節　道德故事 ……………………………………… 102
　　第四節　公案故事 ……………………………………… 109
　　第五節　詐騙故事 ……………………………………… 145
　　第六節　笑話故事 ……………………………………… 162
第三章 清人筆記生活故事中之人物形象 ……… 199
　　第一節　婦女的機智與處事智慧 ……………… 200
　　第二節　訟師的形象與影響力 …………………… 218
　　第三節　商人的形象與內心世界 ……………… 241
　　第四節　瘋瘋女的形象與其情感世界 ……… 255

下　冊

第四章　清人筆記生活故事反映之社會現象……… 261

第一節　清代捐納情形與影響………………… 261

第二節　清代科場生態與文化………………… 276

第三節　都會商埠潛藏的社會問題…………… 295

第四節　旌表節孝對社會的制約與影響 ……… 307

第五章　清人筆記生活故事反映之社會風貌……… 313

第一節　騙徒之騙術與盲點…………………… 313

第二節　商人的生活考驗 ……………………… 343

第三節　清官息訟與破案技巧………………… 356

第四節　清代女性婚前私交與婚後外遇之情形… 371

第六章　清人筆記生活故事反映之思想觀念……… 381

第一節　清人的婚姻觀點……………………… 381

第二節　貞節思想……………………………… 392

第三節　因果報應思想………………………… 400

第四節　清人惜福觀念與表現………………… 424

第七章　結　論 ………………………………… 435

引用文獻 ………………………………………… 439

附錄一　〈清人筆記之生活故事收錄概況〉 ……… 473

附錄二　〈清代民間故事類型表〉 ……………… 501

第四章　清人筆記生活故事反映之社會現象

　　從清人筆記生活故事可以發現，清代捐納風氣，冠於歷朝，年年開捐，亦能捐實官，以致任何階層的人都躍躍欲試。此制度雖增加國庫收入，抒解經濟危機，不過，透過捐納入閣或入監生的成員，素質良莠不齊，反而帶來更多負面問題。

　　　　科舉制度的創立，本為選賢與能，故事中，記載清代科場作弊情形
　　　　層出不窮，買關節文化蔚為時風，不願同流合污者反遭排斥，考官
　　　　與學政藉著主考私飽中囊者，難計其數，讓有實力的寒門子弟更難
　　　　晉身仕途。

清代都會商埠有空前的繁榮，也潛藏許多詐騙、犯罪、毒品交易等社會問題，加上當時外國人與文物紛紛湧入國內，其中不乏外國騙子，他們與中國騙子結合行騙，因國人崇洋之風，助長其勢，造成另一波社會不安。

　　清代為使民風淳化，獎勵節孝，本為美意，但到後來人人崇尚旌表，以偏激手段達其目的，反而迫使許多弱女幼子做出殘己殉身等憾事。

第一節　清代捐納情形與影響

　　捐納，又稱貲選、開納、捐輸、捐例等，是封建社會時期為彌補財政困難，允許士民向國家捐納錢物，以取得爵位官職的一種方式。有關捐納封官的記載，可推源於秦始皇帝四年（西元前 198 年），當時蝗災嚴重，兼有疫情，

始皇下令：「百姓納粟千石，拜爵一級。〔註1〕」是目前可見最早的史料紀錄。

西漢創立官員「貲選」制度〔註2〕，班固（西元 32～92 年）之《漢書·景帝紀第五》載景帝曾下詔：「其唯廉士，寡欲易足，今貲算十以上乃得宦，廉士算不必眾。有市籍者不得宦，無貲又不得宦，朕甚憫之。貲算四得宦，亡令廉士久失職，貪夫長利。〔註3〕」而當年的名相司馬相如，就曾經「以貲為郎，事孝景帝為武騎常侍。〔註4〕」東漢安帝永初三年（西元 109 年），因國庫不足，所以「奏令吏人入錢穀，得為關內侯、虎賁羽林郎、五大夫、官府吏、緹騎、營士各有差。〔註5〕」到了唐肅宗至德二年（西元 757 年），不識字者已可藉由捐納取得出身。〔註6〕

宋代對於捐納為官的官職有所限制，與人們生活攸關的縣令等職，不能透過捐納授受〔註7〕，保障父母官的品質。明代捐納制度分為捐職與捐監兩種，自景泰以後，國家只要遇到兵餉匱乏、災荒、或營建工程浩繁，即開捐例，其名目甚多，有免考、復職、捐加級、捐散官等〔註8〕，且捐納官職可以世襲。〔註9〕

捐納風氣至清可謂鼎盛期，咸豐年間，四川的紳商曾編出這首歌謠來描述當時的捐輸情形：

> 自從捐輸出奏案，奏案的性質甚顯然。一并無壓力來強勉，二還有獎敘來酬還。并無壓力是哪件？奏去奏來總是捐，捐錢本要人心願，那能夠恨倒空子來吃錢？還有獎敘是那件，舉額學額與虛銜，任他專折和附片，總把功名換銀錢。〔註10〕

〔註 1〕見（日）瀧川龜太郎著：《史記會注考證·秦始皇本紀第八》（台北：萬卷樓圖書公司），頁 112。

〔註 2〕見呂思勉著：《中國制度史》（上海：上海教育出版社），頁 571。

〔註 3〕見（漢）班固著：《漢書·景帝紀第五》（見《漢書補注一》，台北：藝文印書館印行），頁 83。

〔註 4〕見（日）瀧川龜太郎著：《史記會注考證·司馬相如列傳第五十七》，頁 1238。

〔註 5〕見（晉）范曄著：《後漢書·孝安帝紀卷五》（北京：中華書局），頁 212。

〔註 6〕見（宋）馬端臨著：《文獻通考·卷三十五·選舉考》。

〔註 7〕見（清）畢沅著：《續資治通鑑·卷一六○》載宋紹興六年（西元 1136 年）正月詔書：「納粟別倫名目授官，毋得注親民刑法官，已授者并罷。……時論者謂，縣令，民之師帥，刑罰之官，人命所繫，不可輕以授人。」（上海：上海古籍出版社），頁 634。

〔註 8〕見許大齡著：《清代捐納制度》（台北：文海出版社），頁 5。

〔註 9〕見《明實錄（32）英宗實錄·卷206》，中央研究院語言研究所，頁 4420。

〔註 10〕見四川省檔案館編：《四川保路運動檔案選編》，四川：四川人民出版社，頁 168。

反映當時勸捐頻繁，漸漸商人也感到力不從心。政府廣開捐例，以「財」選才，捐納制度在某種程度上，已成爲官與民之間的互換條件，捐納爲官的對象從生員至盜賊均有。長期下來，造成一定程度的負面影響。

壹、清代捐納情形

鑑於國庫之需，清初即開捐納之例，順治六年（西元 1649 年），因爲兵餉不敷，開援納監生、吏典一項；五年後，題准捐納者可入監讀書〔註 11〕。據劉錦藻（西元 1862～1934 年）《皇朝續文獻通考・卷九十三・選舉考・貲選》載順治十八年（西元 1662 年）之詔：「向來文武各官捐助銀米……今思捐助急公，雖應激勸，但大小臣工，各有職業，必著實勞績，方可加級授官。」可見當時已能透過捐納晉升授官。至於正式開捐納任實官之制，則見於《清史稿・卷一百一十二・選舉》所載：「文官捐始康熙十三年，以用兵三藩，軍需孔亟，暫開事例。」〔註 12〕

自此一直到光緒年間，捐納風氣盛行不輟，歷位君主視此爲解決財務困難的不二法門。原本開捐例，只是爲了特殊財務之需時，可是到了乾隆中期，已將捐納視爲一種常態性的行爲，漸分成「常例」與「暫行事例」兩類。「常例」即是常捐，是由戶部捐納房主持的經常性捐納，如捐納貢監、捐加級、捐納虛銜、捐納封典等，在乾隆四十一年以後，連京外官員候補、免考試保舉試俸，及坐免原缺等，都列入常捐範圍。據《皇朝政典類纂》載乾隆五十八年（西元 1793 年）上諭：

> 貢監一途，乃眾所願，弗占正途，不過給予頂戴，無礙銓政，亦仿
> 古人納粟之意，事尚可行。〔註 13〕

故知，捐納雖有時間範圍，但常捐則不受限於此。

至於「暫行事例」則是遇到特殊重大軍事行動或賑災等，原本只是特例，可是到了道光末年至光緒年間，戰爭連連，爲籌軍餉、賑荒、建海防、練兵等費用，幾乎年年都有捐納事例，且常常是舊捐未停，新捐已開，其情況如《清史稿・卷三百九十三・勞崇光傳》載：「各省爭請捐輸，遍設捐局，紳民

〔註 11〕見許大齡著：《清代捐納制度》，頁 5～23。

〔註 12〕見趙爾巽等撰：《清史稿・卷一百一十二・選舉》（北京：中華書局），頁 3234。

〔註 13〕見席裕福、沈師徐輯：《皇朝政典類纂・卷二百一十一・捐納》，台北：文海出版社，頁 6465。

凡納銀者，皆可補官銓選。〔註14〕」王先謙（西元 1842～1917 年）在《東華錄》也說：「凡屬出貲效力，按其多寡，酌與議敘，分別錄用。〔註15〕」可見當時財務吃緊，為了籌款，對於捐納授官的官員品格已無暇重視，而是以財為衡量標準。

到了晚清，不只捐錢捐米可獲功名與官職，當國家缺馬草時，連捐馬草亦能做生員。《清稗類鈔（二）·度支類·馬草生員》篇寫道：

> 同治時軍興，馬多乏食，江南府縣紳民，有請輸馬草捐以廣學額者，
> 鮑花潭學使奏其事，朝旨嘉允焉。然繇是江南秀才，驟增十之一，
> 故時人為之語曰：「鮑花潭有名學士，馬草捐無限生員。」鮑蓋咸、
> 同間名宿也。〔註16〕

這樣的制度，固然可以增加國庫收入，抒解經濟危機，相對的，也讓「財」主導了國家的選才與任官。例如道光十一年（西元 1831 年），著名商人伍崇曜原是名生員，因他的父親以其名義為國家工程捐了三萬三千兩銀，而被授為舉人〔註17〕，引起很大的爭議。《清稗類鈔（二）·度支類·阿五捐以助餉》亦載，當時有為人奴者捐米三十石，即授六品官〔註18〕；童生每名納銀四兩，即可入院考秀才〔註19〕。不問實力問財力，這些靠捐納為官的官員無心政事，只圖私利，甚至藉其職權，又廣開捐例，結果：「貪官墨吏投貲一倍而來，挾貲百倍而去，吏治愈不可問矣。」（見《清稗類鈔（二）·度支類·捐輸始於開國》〔註20〕）捐納竟成了清人為官為監生、獲暴利的重要途徑。

一、捐納者的背景

捐納之人，過去以商人居多，至清則是各階層均有之。從《清稗類鈔（二）·度支類·捐納流品之雜》篇裡，可見捐納風氣之盛：

> 捐納一途，至同、光之際，流品益雜，朝入緡錢，暮膺章服，興臺
> 廝養無擇也。小康子弟，不事詩書，則積資捐職，以為將來噉飯地，

〔註14〕見趙爾巽等撰：《清史稿·卷三百九十三·列傳》（北京：中華書局），頁 11756。
〔註15〕見（清）王先謙著：《東華錄》，乾隆七年八月，光緒二十五年本。
〔註16〕見（清）徐珂著：《清稗類鈔（二）·度支類·馬草生員》，頁 539。
〔註17〕見《澳門月報》第二期第二卷（西元 18336 月號），頁 96。
〔註18〕見（清）徐珂著：《清稗類鈔（二）·度支類·阿五捐以助餉》，頁 536。
〔註19〕見（清）徐珂著：《清稗類鈔（二）·度支類·餉生》，頁 537。
〔註20〕見（清）徐珂著：《清稗類鈔（二）·度支類·捐輸始於開國》，頁 535～536。

故又美其名曰：「討飯碗」。至若富商巨室擁有多金者，襁褓中乳臭
物，莫不紅頂翠翎，捐候選道加二品頂戴並花翎也。〔註21〕

屢試不第的讀書人，若想走上仕宦之途，即可以夤緣入泮，但若無實質官銜
或功名，仍會被嘲笑。陸長春在《香飲樓賓談・卷二・一旦生員》裡說，嚴
某是名屢試不中的讀書人，頗富資財，於是捐了生員，因被人看輕，於是發
憤圖強，請名師督課二子，次子登進士第，一雪父恥：

嚴某豪於資，而性駑鈍。習舉子業，文不中度，屢試不售，乃夤緣
學使者入泮，卷中有「一日者一旦」之語，同人傳以為笑，目為「一
旦生員」。嚴故鼎族，宗祠春秋致祭，序次以爵。某當在諸生列，族
人揶揄之曰：「是『一日者一旦之生員』也，與吾輩齒，得無慚乎？」
某聞而恥吃……乃以重脩延名師二人，晝夜迭課其子，夜讀必四鼓，
寒暑無間……次子強而敏……弱冠補博士弟子，不數年，舉於鄉，
聯捷成進士。某曰：「今而後，吾可免訕笑於族人矣。」會大祭，某
以子貴受封，族老推其主爵，某遜曰：「吾固『一日者一旦之生員』
也，烏足以當此？」曩以此語見哂者，聞之有慚色焉。〔註22〕

清代士紳享有許多特權與榮耀，大清律例保障他們不必跟縣官下跪，遇事不
得刑訊等禮遇外，宗祠祭典若是由平民主祭，是件極不光采事，必由族中具
官銜或舉功名者主祭。此則故事裡，理當為宗祠主祭的嚴某，因當年只是生
員身份，受到族人奚落恥笑，一旦其子光耀門楣後，大家立刻爭相逢迎，推
他做主祭，深刻刻畫世態炎涼，以致有這麼多人想捐貲謀求功名與官爵。

為了提高社會地位，從事其他行業人士，一旦積有財富，也想透過捐納
謀得官職或入監讀書。《客窗閒話續集・卷二・職謬》寫道，有名商人吃了某
官的排頭，氣憤不過，決定停止行商，捐貲買官：

滇南米商某，列肆於市。值縣之少尉出，乘四人肩輿，隸卒擎蓋執
杖，後擁前呼，辟人於道，遇坐者喝之起。商適與客核帳，思索出
神不及起，尉見之，怒執至輿前，掌責二十。尉去，商大哭。客哂
之曰：「父母官責爾不敬，能不順受，徒泣何為？」商曰：「彼父母
官者，猶夫人耳，何以尊嚴若是？是何科甲出身耶？」客笑曰：「彼

〔註21〕見（清）徐珂著：《清稗類鈔（二）・度支類・捐納流品之雜》，頁539。
〔註22〕見（清）陸長春著：《香飲樓賓談・卷二・一旦生員》（見「筆」正編四冊），
　　　　頁2646。

銅進士出身，汝何不知？」商曰：「吾實不知，銅進士爲幾甲？」客
曰：「是不過銀子科第三甲耳。」商曰：「如客所云，吾亦有銀……」
決意止肆，攜資入都報捐。〔註23〕

不只平民百姓想藉捐貲平步青雲，連盜賊也想捐官，他們白天審案，晚上則
扮起竊賊偷物。程世爵所著《笑林廣記‧盜官》故事是這麼說的：有一盜賊
素有惡行，因不爲里鄰所容，於是帶著贓物遠走他鄉，到他處買官作威作福，
有人見他名利兼俱，便將女兒嫁給他。婚後，妻子發現每到晚上，丈夫就會
無故失蹤，終於有一天，她忍不住偷偷跟在丈夫後面，赫然發現丈夫是名盜
賊：

> 一盜爲里黨所逐，攜贓竄跡他省，遂捐官焉。勢利者以妻女之，伊
> 在需次，恣意揮霍，所用甚奢，未測其財所自來。暮出曉歸，形殊
> 詭秘，妻問之，惟以夜宴對。妻終疑之。一夕華服夜出，妻躡其後，
> 見其人敗寺，易短衣，悄步而行。至僻巷，出斧鑿壁，俄成一洞，
> 蛇行而進。妻急歸，集婢嫗，易男裝，僞爲巡夜者，伺於洞側。俟
> 夫出，齊捉之。俯伏不敢仰視，曳下重責二十。提褲而起，四顧無
> 人，不知巡役輩何往矣。易華服，叩門而歸。……妻指天畫地而罵
> 曰：「汝乃穿窬之輩，混跡於衣冠之中，廉恥已經喪盡，不意既仕之
> 後，復萌故態，仍不改昏夜之行……（余）恥爲盜妻也。」言訖，
> 出門而逝。〔註24〕

有的盜官員，開設店舖，裡面所販盡是贓物，但因其是官員身份，大家縱然
感覺有異，也不敢說出，官員身份竟成了犯案的護身符。這類故事可舉采蘅
子在《蟲鳴漫錄卷一》爲例，有名盜賊出身的捐道員，在某省候補。他在住
所旁開了一家骨董店，置滿奇珍異寶。自從他上任後，管轄區內常發生竊盜
案，遭竊店家所遺失的多是骨董，若到他開設的骨董店去看，則可以看到極
相似之物，但大家也不敢指認這就是贓物。後來有位名捕，覺得城裡連連盜
案，應是此名道員所爲，請知府一同前往探查，證實這名道員眞是大盜，他
把所偷來之物，加以毀損或粉飾，再拿來賣，讓人看不出來：

> 有盜捐道員，在某省後補，館舍旁設一骨董肆，奇珍聚焉。人初不

〔註23〕見（清）吳熾昌著：《客窗閒話續集‧卷二‧職謬》（見《清代筆記叢刊（四）》），
頁3382。

〔註24〕見（清）程世爵著：《笑林廣記‧盜官》，頁227。

疑之然省垣每每失盜，所盜皆骨董也。或至其肆物色之，物雖具在，
鼎缺耳，爐多斑，或裝潢不同，或座架互異，與所失者悉稍稍不類，
未敢執以為贓。有名補某，疑道所為，而不敢發。日伺其門，見送
客登輿後，必左右竊顧而後入。乃白縣，縣斥其妄，而被竊之家皆
顯官巨富，促捕頗急，屢受比責。復白府，府斥罵如縣，捕曰：「誤
道為盜者死，案延不獲亦死，等死耳，願一試之。如誤，則作醉役
一人，無與官事。」府縣韙其言，乃約日，府縣先於左近公所坐俟，
恐其誤而速往請罪也。役率數十人立街市，俟道拜客，乘輿過市，
役突出拍其輿楨曰：「耳出來，吾與耳言。」道不俟停輿，自內一躍
而出，乃擒之，果大盜也。其竊骨董，必損其形質，易其裝飾而市
之，亦黠矣哉！〔註25〕

優伶在清代頗為活躍，不少名伶被王公貴族蓄養，過著錦衣玉食生活者。
可是在社會上，他們終究被視為次一等階級人物，地位不高，易受嘲諷，
不免也想捐官，擠入社會上流。程世爵的《笑林廣記·後庭博金》中，有
一位主簿即是的從優伶捐納為官的，結果習氣難改，在任內竟發生同性戀
的不倫事：

流品之不齊難矣哉！商販布衣，捐金納粟，皆得與士大夫爭衡，然
猶有可原者。彼亦潔清之子也，乃混淆日甚，竟有由優而仕者。一
主簿筮仕多年，歲逾耳順，雖系優伶出身，卻亦酷好男風。然以精
力衰耗之人，何其樂此不疲，想為昔日撈梢計耳。一日奉委下鄉，
館於僧寺。三更後，僧悄然曳窗入，徑趨東床，官方酣睡。……老
簿正在夢中，覺夢魂搖曳，恍如當年為人狎昵時也。猛醒，且呼且
罵曰：「惡賊禿大無理！」眾咸起，詰起故。簿又不好出諸口，惟喊
快拘眾僧懲治之。僧懼，請以百金為酬。簿少之，又益以錢五十貫，
始允。將入者，囑從者勿令堂上知。及謁見，令早知而笑謂之曰：「三
老官當此垂暮之年，猶能以後庭博多金，想當初妙齡時，不知如何
高其聲價也？」簿慚不能答。〔註26〕

開捐制度為財而起，求財若渴，所以，只要繳出足夠的銀兩，即釋出官爵，
至於捐者的背景與來歷，一概不加聞問。常州一帶，有位捐官官員名為錢豁

〔註25〕見（清）采蘅子著：《蟲鳴漫錄卷一》，（見「筆」正編六冊），頁3694。
〔註26〕見（清）程世爵著：《笑林廣記·後庭博金》，頁368。

五，他一生中至少有數十個名字，曾以炳名捐官，但終身盡行詐騙之事，故事見於《清稗類鈔（十一）・棍騙類・錢豁五終身行騙》：

> 錢豁五，其名蓋數十易矣，至四十歲，乃以炳名捐官。負人數百金，苦無以償。鄰有金某者，多屋宇，前數進無人居，設客座而已。旁有角門通小街，爲行人往來處。自外覘之，則若入內宅者，不知中有通衢也。豁五是忽有計。一日清晨，往大街皮肆，檢洋貂等皮數十種，直千金，疊成包，呼其兩夥負之，云隨我至家取值去。乃率之出東門，徑入金宅，巍然大家也。至第三進，聽事堂皇，陳設井井。豁五曰：「請少坐，我攜貨入，與主人觀，即以銀出耳。」豁五乃肩其包，由角門去。良久，呼之莫應，二夥大恐，至廳後大呼，無應者。及暮，金氏有人出閉戶……告以故……金乃大笑，令出角門觀之曰：「此通小街，小街而南即大街，伊自此南去，必疾行，殆至無錫矣。」豁五於是預已買舟河下……，畫夜抵蘇，貨其物，獲數百金。夤緣入山西侍郎姚某門。侍郎喜蓄優與豁五夜宴，侍郎興發，擁豁五最愛，豁五不悅，毆侍郎，倒地昏暈，豁五乃爲詞首諸通政司，言侍郎私蓄歌童，喝家人毆我，受重傷，驗之而信。通政司駭，呼侍郎家人問之，乃謀與和，令侍郎設席款豁五，議以所教全部優伶贈之。豁五曰：「我餬口於人者，豈能有此！無已，當并贈我以養優資。」侍郎唯唯，乃議贈數萬金。豁五仍赴粵西，謀他適，無資斧，乃覓得廣西巡撫官封，補綴之，裝以廢紙，黏以雞毛，自飾爲郵遞人，背竹筒黃袱，取道東行，路給驛馬飯食，經湖北、江西，入浙江。至杭州，爲役識破，白錢塘令。時常州御史蔣某在浙，聞其事，念其小有才，殺之可惜，乃爲營脫之，薦入運使柴某幕，爲司出納，又獲金十餘萬，捐五品職，人皆以爲錢豁五不豁矣。〔註27〕

可見清代捐納、捐例者，流品之雜。

較爲特別的是，這種風氣也引來外國人的興趣，光緒年間，總稅務司英人赫德，他的兩名兒子，竟在捐監生，準備參加鄉試，後因被中國學生群起圍攻，才放棄入場。〔註28〕

〔註27〕見（清）徐珂著：《清稗類鈔（十一）・棍騙類・錢豁五終身行騙》，頁 5408～5412。

〔註28〕見（清）徐珂著：《清稗類鈔（二）・考試類・外人捐監應鄉試》，頁 654。

二、捐納內容

清代捐納名目繁多，無非是滿足人們虛榮圖名之心，實增國庫財數之目的。就故事所見，捐納內容可分為捐出身、捐實官、捐升官、捐考試資格等。

（一）捐出身

捐出身，又名捐前程，亦即捐榮譽頭銜，這類捐官沒有實質官位，而是到吏部登記捐款後，即取得某階級官員的資格，可以享有同等頂戴與特權，以及官用車馬與執事等，威顯鄉里。例如《客窗閒話初集‧卷三‧沈竹樓》的沈竹樓，是名生員，因貧而被家人看輕，離鄉找工作，因種種際遇致富，後來國家發生白蓮教之亂時，沈某慨捐十萬、獲得四品官銜，返鄉後意氣風發，今非昔比：

> 沈竹樓者，浙右諸生其父為縣吏，竹樓入泮後，教讀自給，妻李氏，亦吏家女，紡織以佐之。既乏精饌以供高堂，而大比之年，反取給于乃父厭弟，是以父母日厭薄之。是歲，竹樓病，生徒皆散，益不能支，病痊，謂李氏曰：「戚某幕游楚南，為貴介所尊奉，予擬投之，改習刑名家，或可致富。」訪其戚，適於月前病歿。竹樓無所依倚……解帶縊。時有千戶張弁，巡檄至此，瞥見之，叱兵往探，體尚溫，與千戶共解而救之。竹樓始蘇，詢得其故。千戶曰：「若既諸生，必能書，請為我記室。」不數年，張官至淮帥，淮上鹺商與帥往還者，必晤沈先生，樂其為人和厚，咸贊仰之……謀為立鹺業……分配齎金百萬，儼然巨商矣。值國家有川楚之變〔註29〕，助餉十萬，獲賞四品銜，遂置象服霞裳、明璫金翠之飾數十箇，若者奉父母，若者給妻弟。載珍寶，從者數十人，闐然南旋。見者仰望若巨公，皆側目視，側足立。未幾，抵武林，先使豪奴馳服，一鄉皆驚，爭來問詢。竹樓至，父母迎門，弟亦伏謁，親串趨成，酬應不絕，仰其氣象光昌，莫不嘖嘖稱嘆曰：「大丈夫當如是也！」〔註30〕

對難以實力登仕宦之途的人來說，捐出身確能滿足他們虛榮心態，在鄉里人前一夕間從麻雀變鳳凰。以致有位監生，至死都要穿著這套衣服入殮。〔註31〕

〔註29〕 指嘉慶初四川、湖北白蓮教之亂。

〔註30〕 見（清）吳熾昌著：《客窗閒話初集‧卷三‧沈竹樓》（見《清代筆記叢刊（四）》），頁3360。

〔註31〕 見（清）遊戲主人著：《笑林廣記‧卷一‧古艷部》，頁13～14。

（二）捐實官

捐實官與捐榮譽頭銜，雖同享許多特權，但在權勢與社會地位上差很多，例如百姓須稱所有官吏為「大老爺」，但稱沒有官職或僅虛銜者為「老爺」；另外，捐實官者，他們還可利用職權之便，再開捐例，圖謀更多利益，所以即使捐實官所費甚巨，仍有許多人汲汲追求。《清稗類鈔（四）‧譏諷類‧左右國人諸大夫曰賢》裡，諷刺某人捐得實官後，假名義再開各捐與稅收：

> 光緒朝，科逢時督辦膏捐。有某某者以百計夤緣，得鄂省膏捐差，遂恣為聚飲，復於膏捐外假籌餉名義，增門面稅及煙酒糖各稅。朱死，或輓一聯曰：「門面有稅，膏捐有稅，煙酒糖有稅，畫策無遺，求也可使之富；左右曰賢，國人曰賢，諸大夫曰賢，蓋棺論定，今之所謂良臣。」〔註32〕

對於這般捐納官員，其實帝王心亦明瞭，道光皇帝即曾說：「我最不放心的是捐班，他們素不讀書，將本求利，廉之一字，誠有難言。」

（三）捐升官

捐升官，意即官再捐官，從小官捐起，再捐大官，越做越大。吳趼人在《俏皮話‧轎夫之言》裡，藉轎夫諷刺某位靠捐納，官位日益升遷的官人，其官服、頂戴均是銀子堆疊出來的：

> 某大人以捐納致通顯。初捐佐雜，既而漸次捐升至道員，俄而得記名，俄而補缺，俄而補缺，俄而升官，俄而捐花翎，，俄而加頭品頂戴，歷任至封疆，無非借孔方之力為之。一日，新用一轎夫，問其月需工錢若干？轎夫曰：「若專抬大人，便衣出門，則工錢不必計較；若具起衣冠來，他的頂子、翎子、補子、珠子，不知重重疊疊的多少銀子，是要我抬一轎子的銀子也，重壓兩肩，如何不要十金一月？」〔註33〕

書聯諷刺這類捐升官的人也不在少數，例見《清稗類鈔（四）‧諷刺類‧一步登天》：

> 咸、同之際，捐例大開，稍有餘貲者，莫不捐納一官，誇耀鄉里，

〔註32〕見（清）徐珂著：《清稗類鈔（四）‧諷刺類‧左右國人諸大夫曰賢》，頁1648～1649。

〔註33〕見（清）吳趼人著：《俏皮話（附新笑史新笑林廣記）‧轎夫之言》，頁57。

時人有官吏多如蟻之詩，蓋紀實也。潘中丞某以商賈起家，納粟得
巡檢，署廣東某缺，獲貲鉅萬，乃改道員，指貴州，尋護臬篆，不
數年而竟黔撫矣。鄉試，例須巡撫監臨，潘方赴闈，見門側一聯云：

> 「巡檢作巡撫，一步登天；監生當監臨，斯文掃地。」〔註34〕

（四）捐考試資格

捐考試資格，即是「納銀入監」，捐貲後取得考舉人必備的「監生」資格。
以前所謂的「監生」，是指在國子監中讀書的學生，類如今日大學生，若非有
實力，不易取得，頗受人們尊重。到了清代，捐監例不繁舉，而這些捐監者
也不用到國子監讀書，素質堪慮，為人所輕，諷刺揶揄者不少，例如《笑林
廣記・卷一・咬飛邊》說：

> 貧子途遇監生，忽然抱住兜耳一口。生驚問其故，答曰：「我窮苦極
> 矣，見了大錠銀子，如何不咬些飛邊用用？」〔註35〕

諷刺這監生身份是靠銀子買得的。

至於他們胸有幾許文墨，見《笑林廣記・卷一・監生拜父》即可明白：

> 一人援例入監，吩咐家人備帖拜老相公。僕問：「如何稱呼？」生沉
> 吟曰：「寫個眷侍教生罷。」父見，怒責之。生曰：「稱呼斟酌切當，
> 你自不解。」父子一本至親，故下一『眷』字。『侍』者，父坐子立
> 也。『教』者，從幼延師教訓。『生』者，父母生我也。父怒轉盛，
> 責其不通，生謂僕曰：「想是嫌我太妄了，你去另換過晚生帖兒來罷。」
> 〔註36〕

具有全國最高學府身份的國子監生，卻連基本用詞、應對都不懂，還振振有
詞，曲意解釋，遑論做學問、寫文章。

二、捐納者的心態

這些捐監者，不是為了買身份以求學，而是圖得名利風光而已。在清代
即有這樣一名監生，妻子嫌勸勉他要多讀書，他卻說此身難道不值百金？故
事見於《笑林廣記・卷一・半字不值》：

> 一監生妻謂其孤陋寡聞，使勸讀書。問：「讀書有甚好處？」妻曰：

〔註34〕見（清）徐珂著：《清稗類鈔（四）・諷刺類・一步登天》，頁1600。
〔註35〕見（清）遊戲主人著：《笑林廣記・卷一・古豔部・咬飛邊》，頁11。
〔註36〕見（清）遊戲主人著：《笑林廣記・卷一・古豔部・監生拜父》，頁13。

「一字值千金，如何無益？」生答曰：「難道我此身，半個字也不值？」
〔註37〕

許多想一償官場夢的人，多數是透過捐納，肯在學問上下功夫的人極少，因此捐納者表態捐納是與政府交換做官的條件，如果政府不肯予他官做，就要把他捐的錢如數歸還。朱翊清的《埋憂集・卷八・捐官》中說，有位負責農田水利的事務官，原是名賣布商人，因捐納得此官職，皇帝問他爲何要棄商從政？這名官員回答做官生涯較好，皇帝覺得此人只圖私利，而將他革職，此人立刻索討所捐的款項：

> 松江趙某者，以販布起家，其後捐一通判。引見時，上問其出身所自，對以向來販布。上曰：「然則何以捐官？」對曰：「竊以做官官較販布生涯更好也。」上怒，即著革職。某憤然，退至吏部堂上，大諜索金曰：「「既奪我官，應須還我捐貲也。」堂官聞之，發所司掌嘴五十，笞一百逐去。〔註38〕

類同此者在道光年間也發生過，宣宗皇帝索幸下令，讓戶部發還捐銀，事見《清稗類鈔（二）・度支類・索還捐銀》：

> 道光間，有西幫票某商甲號，遵例報捐知府候選，未幾得缺。引見時，宣宗詢其出身，以捐班對。問向作何事，曰開票號。宣宗不憚，斥之曰：「汝原係做買賣的，做官恐做不來，還是去做買賣的好。」甲見事不諧，亦憤然曰：「既不許咱做官，如何收咱們的捐銀，不是欺騙咱們嗎？」宣宗怒其貪鄙，而又憐其愚戇，揮令退出，即降手諭，將其革職，命戶部發還捐銀。〔註39〕

捐納者心思只圖自我利益，豈能期望他們有憂國濟民之心。

三、捐納者的素質

承前所述，這些捐納者的出身與心態，多數沒有學術涵養與官場倫理，常惹出笑話，他們有些還喜歡舞文弄墨、諂媚奉承與濫用職權，其素質頗爲堪慮。在《笑林廣記・卷一・古豔部・齋戒庫》裡，收錄一則富家子捐納入監，結果因一字不識而鬧出笑話：

〔註37〕見（清）遊戲主人著：《笑林廣記・卷一・古豔部・半字不值》，頁13。
〔註38〕見（清）朱翊清著：《埋憂集・卷八・捐官》（見《清代筆記叢刊（四）》，頁3175。
〔註39〕見（清）徐珂著：《清稗類鈔（二）・度支類・索還捐銀》，頁538。

　　一監生姓齊，家資甚富，但不識字。一日，府尊出票取雞二只，兔
　　一只，皂亦不識票中字，央齊監生看，生曰：「討雞二只，兔一只。」
　　皂只買一雞回話，太守怒曰：「票上取雞二只，兔一只，爲何只繳一
　　雞？」皂以監生事稟，太守遂拘監生來問，時太守適有公幹，暫將
　　監生收入齋戒庫內候究。生入庫，見碑上「齋戒」二字，認做他父
　　親「齊成」姓名，張目驚詫，鳴咽不止，人問何故？答曰：「先人靈
　　座，何人設建在此？睹物傷情，焉得不哭？」〔註40〕

這些人物往往有個通病，即是自以爲是，《笑林廣記・卷一・古豔部・監生自
大》故事是這麼說的，有來自城市與鄉里的兩名監生，堅稱自己見多識廣，
爭辯不休，於是決定到街上觀光，一較高下，結果卻是半斤八兩：

　　城裡監生與鄉下監生，各要爭大。城裡者恥之曰：「我們見多識廣，
　　你鄉里人孤陋寡聞。」兩人爭辯不已，因往大街同行，各見所長。
　　到一大第門首，匾上「大中丞」三字，城裡監生倒看指謂曰：「這豈
　　不是丞中大？」乃一徵驗。又到一宅，匾額是「大理卿」，鄉下監生
　　以「卿」字認作「鄉」字，忙亦倒念指之曰：「這是鄉里大了。」兩
　　人各不見高下，又來一寺門首，上題「大士閣」，彼此平心和議曰：
　　「原來閣（各）士（自）大。」〔註41〕

爲了顯示才學以討好上司，有的人竟不惜自咒家人，引得長官與在座賓客哭
笑不得，忍不住戲謔他一番，例見程世爵的《笑林廣記・貲郎納官》：

　　一貲郎納官，獻百韻詩於上賓，中一聯云：「舍弟江南歿，家兄塞北
　　亡。」上官惻然曰：「君之家運，一至於此。」答曰：「實無此事，
　　只圖對偶親切耳。」一客謔之曰：「何不說『愛妾眠僧舍，嬌妻宿
　　道房。』猶得保全兩兄弟性命。」〔註42〕

類此情形的不只其一，《笑林廣記・幹令》裡，有一透過捐納授任縣令官的人，
想要討好上司，把長官的居所佈置得十分有氣質，不曉長官出身跟他差不多，
但礙於情面，也想賣弄才學，結果自暴其短：

　　一貲郎納一縣令，自誇明幹有爲。郡守到任，預備公所，無不講究。
　　令稟曰：「公所中諸事俱備，請閱之。」郡守入酒室，見一像，問之，

〔註40〕見（清）遊戲主人著：《笑林廣記・卷一・古豔部・齋戒庫》，頁14。
〔註41〕見（清）遊戲主人著：《笑林廣記・卷一・古豔部・監生自大》，頁11～12。
〔註42〕見（清）程世爵著：《笑林廣記・貲郎納官》，頁364。

約是杜康。又入茶室，又見一像，問之，曰：「蔡伯喈。」郡守大笑
曰：「不必再望下看了，若到飯房，一定供米元章，若到馬房，一定
供司馬遷。」〔註43〕

正因捐納官員的背景來自各階層，又多是爲圖名利而來，不僅對所任職責不
熟悉，也無心了解，以致面對質詢，往往答非所問，在《笑林廣記・堂屬問
答》故事中，捐納官員的答話，令人啼笑皆非：

一捐班不懂官話，到任後謁見各賓。上司問曰：「貴治風土何如？」
答曰：「並無大風，更少塵土。」又問：：「春花何如？」他則説：「今
春棉花每斤二百八。」又問：「紳糧何如？」他回答説：「卑職身量，
足穿三尺六。」又問：「百姓何如？」其應答道：「白杏只有兩棵，
紅杏不少。」上賓曰：「我問的是黎庶！」答曰：「梨樹甚多，結果
子甚少。」上賓曰：「我不是問什麼梨杏，我是問你的小民。」官忙
站起答曰：「卑職小名叫狗兒。」〔註44〕

對於職掌內的事情完全答非所問，更遑論治理地方政務。

對於這些素質太差者的官員，縱使捐貲而來，長官也不敢任用。例如《清
稗類鈔（四）・譏諷類・夏徵舒爲君家何人》故事所述，夏姓商人想做官，納
粟捐一候補令，但因腹內無墨，反被屬下戲弄，巡撫得知後，莞爾一笑，婉
請夏某返鄉勤讀書：

太原夏某賈於陝，致富矣，思得一官以誇耀儕輩，乃於同治初，納
粟爲陝西候補令。既稟到，將衙參，慮有隕越也，聘一友爲顧問。
某日到省，至撫署官廳，眾見其舉止動作而竊笑之。時長安令爲四
川唐李杜，善滑稽。唐突揖之，詢其姓，則對曰：「夏。」唐又肅容
問之曰：「夏徵舒爲君家何人？」夏心目中以爲是必貴顯者，乃曰：
「是先祖也。」事畢歸，具以告其友。友曰：「休矣！夏徵舒乃龜子
子，君何引爲貴胄？」夏大怒。翌日，又衙參，復遇唐，即揪其領
而詈之曰：「汝何詈我爲龜子子？」拉之見巡撫。……時巡府爲曾望
顏，命傳二人入……夏以昨所問答縷述之。曾大笑，斥之出，即懸
一牌示，謂識字太少，難膺民社，著仍回籍讀書。〔註45〕

〔註43〕見（清）程世爵著：《笑林廣記・縣令》，頁255。
〔註44〕見（清）程世爵著：《笑林廣記・堂屬問答》，頁364。
〔註45〕見（清）徐珂著：《清稗類鈔（四）・諷刺類・夏徵舒爲君家何人》，頁1601。

清諺云：「捐官做，買馬騎。」反映清代捐納風氣之盛，可謂已到泛濫程度。又因此時捐納可捐實官、甚至是顯官，派任職權不以其能力才情衡量適任與否，而是看他捐款數多寡而定，如何能覓得適任的官員，無怪乎至晚清，內政腐敗之速。

貳、捐納的影響

捐納所產產生的問題，其實朝庭也注意到了，屢屢想要停止授予實官。《道咸同光奏議・卷一・法治類通論》裡載，同治元年（西元 1862 年），御史裘德俊奏文——〈臚陳時務八條疏〉：

> 近來捐例頻開，流品幾不可問，吏治因以廢弛，臣愚以爲……查捐例必自貢監始，貢監亦有俊秀字樣，非謂不俊者不准捐官也。出結官不察此意，……以致市儈之徒，皆成暴貴……并有眾商伙捐，一人出名赴官，眾人隨同撈利，變詐至此，其心何居……應請旨飭下中外，永遠禁革，凡本人現充商賈及曾經久于市井者，只准捐虛銜雜職，不准捐正印實在官階。〔註46〕

這篇奏文果然獲得同治皇帝的認可，下詔批准，但不久即收到戶部上奏表示，商人知道政令改變後，捐款就出現問題了：「捐銅局接奉此旨後，捐生觀望，有礙餉需，請仍照舊章辦理。〔註47〕」迫於財力困窘，政府只好又答應讓這些捐納者，擔任具實權的重要官員。

捐納，本爲了解決國家經濟的抒困方式；而授予捐納者官職等身份，是一種獎勵，可是當它成了一種官、民之間不成文的買賣行爲時，即會對社會產生負面作用。從兩方面言之：

一、科舉考試，是替國家選才，但當越來越多人以金錢買得功名時，這些士子的素質極爲堪慮，不僅不能爲國家貢獻學識所長，對眞正具有學養但出自寒門的學子而言，科舉一途更加困難，有實利者無法中舉，有財勢者越居高第，實不公平，長期下來，人們的價值觀更容易以利爲導向，倫理道德感相對薄弱。

〔註46〕見王延熙、王樹敏編：《皇清道咸同光奏議・卷一・法治類通論・臚陳時務八條疏》，台北：文海出版社，頁 103。

〔註47〕見席裕福、沈師徐輯：《皇朝政典類纂・卷二百一十一・捐納》，台北：文海出版社，頁 6453。

二、當捐納爲官者，從少數特例到成爲官場上的主流後，將會加速國家的衰退。其在位時，承如歐陽昱在《見聞瑣錄‧候補官情形》錄丁日昌所言，捐官者爲謀得此官銜，投下大筆資金，必趁上任後圖謀利益，補回損失，再累積資金以謀更高官爵，其如「委群羊於餓虎之口，雖有強弓毒矢在其後，亦必吞噬而無所顧〔註48〕」，無心於地方民政。也因其背景複雜，甚至是藉官職爲掩護，實際上行違法之事，危害百姓人身安全。若以樹爲喻，樹根不能扎土，其樹必傾或搖，這些買來的官員在各基層單位任職，可比樹根，若不將地方治好、鞏固民心，招致民怨，這個國家就不易屹立穩定。

清代道、咸以後，因爲戰爭頻仍，政府對捐納的依賴度越高，買官情形嚴重，表面上是解決財政問題，但也因製造另一波社會問題。除了前述盜賊爲官所產生的治安問題外，還有一情形是，捐職過多，等待候補者難計其數，爲等候補而喪命者，大有人在。《見聞瑣錄‧候補官情形》中說：

> 有人稟某候補縣死，方伯委員往驗因何而死，回稟曰：「某員到省二十年，未得差委，衣食俱乏，實凍餒而死。」予又見四川劉制軍奏一候補知縣，饑寒不堪，吞煙自盡，其人係旗員，素性質實，不善夤緣鑽刺，到省十年，未獲差遣。……蘇州有一即用知縣，……不識應酬，到省二十餘年，不惟無署事，並未得差遣，孑然一身，典質俱盡，遂自經而死。〔註49〕

若要盡早等到候補，還得在花銀兩買出缺消息，或典或貸，至傾家蕩產。而中間得利者，從官至役吏均享其惠。無怪乎有朝一日獲補職缺時，這些人得支挪公款、壓榨民脂以償買官債。

第二節　清代科場生態與文化

《禮記‧禮運篇》言：「大道之行也，天下爲公，選賢與能，講信修睦。〔註50〕」從「選賢與能」一語可知，先民在任用人選上，會評估其品德能力。

〔註48〕見（清）歐陽昱著：《見聞瑣錄‧候補官情形》（見《清代筆記小說類編‧世相卷》），頁523。

〔註49〕見（清）歐陽昱著：《見聞瑣錄‧候補官情形》，頁524～525。

〔註50〕見（漢）鄭玄注、（唐）孔穎達疏：《禮記‧禮運第九》（見《十三經注疏》，台北：藝文印書館印行），頁413。

司馬遷的《史記・五帝本紀第一》亦載:「堯乃以二女妻舜以觀其內,使九男與處以觀其外……堯乃試舜五典百官,皆治。〔註51〕」顯示在唐虞時期,領導者的能力需通過試用觀察與考核,才能授以王位,而不能隨意指派,反映早期任官授職即需通過考驗的。

歷朝選才方式大抵可歸為薦舉與考試兩種,以薦舉為主,考試為輔,直至隋煬帝,創「進士科」為選才標準,錄取與否全憑試卷,而不再是由地方推薦,任用權回歸於中央,打破門第觀,重視真才實學。此科考制度發展到唐代漸臻完備,可是在參試者條件上有許多限制,凡是觸犯過法令、工商子弟以及州縣衙門小吏等,均不得參加考試,且錄取名額每年不超過五十人,及第後只是得到做官資格,仍需通過吏部考試,才能授官。〔註52〕

對有意透過科考獲取功名、晉紳仕途的士子們而言,科舉確實具有某種機會上的平等,「十年寒窗無人問,一舉成名天下知」,一旦及第,鄉里共榮,再多的辛苦都值得,以致將畢生精力消磨科場,至死方休的舉子,自唐至清,例不繁舉。

在清人筆記生活故事裡,出現高齡童生來應考、父子同考等情形,也看到不少熱衷功名的笑話,以及舉子將及第與否,歸咎於鬼神護佑與個人操守的心態。

壹、士子熱衷功名的心態與行為

熱衷功名的讀書人,從古至今,有增無減,《儒林外史》中的范進,屢試不第,終於考中那天,竟高興到發狂,類此舉子,筆記故事裡常可拾見。以陳其元《庸閒齋筆記・卷二・熱中功名之笑柄》篇為例,某先生連年參加鄉試都沒有中舉,儘管生活困窘,先生仍堅持將妻子首飾拿去典當,酬資參加科考。放榜之日,報錄者誤入其家,先生雀躍不已,立刻擺出高傲姿態,但隨即被證明是誤報,反被妻子嘲諷:

> 嘉興馬淡於明經汾,嗜學工詩,……先生累躓鄉試,道光辛巳會開恩榜,時室中窘甚,妻苦勸其不往,先生不可,典質簪珥而行。出闈,意得甚,日盼捷音。放榜日,佇立門首,會同里沈蓮溪觀察中式,報錄者誤入其家,鄉人咸從之入,眾口稱賀。先生大喜,登樓

〔註51〕見(日)瀧川龜太郎著:《史記會注考證・五帝本紀第一》,頁30。
〔註52〕見郭齊家著:《中國古代考試制度》(台灣商務印書館),頁46+81。

> 易衣冠，命其妻爲之靴，顧而矜之曰：「何如？」語未畢，樓下忽呼
> 曰：「誤矣，中舉者乃沈家也。」一哄而散。先生靴猶未著竟，其妻
> 仰而誚之曰：「如何？」聞者爲之捧腹。〔註53〕

清人熱衷功名的情狀，與歷朝舉子心態一樣，表現在重視生活徵兆，也會透過宗教儀式獲得心靈上的安定。然因其深信功名與道德行爲有因果關聯，就另一方面而言，也具有正面惕勵之用。

一、過度迷信徵兆

科舉考試提供士子們較公平的仕進機會，但畢竟是僧多粥少的競爭，多數士子背負著家族期望與自我期許，到最後均需面臨落選的窘境，漸漸也形成他們對科考患得患失與迷信徵兆的心態。

唐代詩人朱慶餘曾寫一首〈近試上張水部〉：「洞房昨夜停紅燭，待曉堂前拜舅姑。妝罷低聲向夫婿：畫眉深淺入時無。〔註54〕」藉用新婦梳裝完畢，將拜見公婆時的志忑心情，想探問夫婿（隱指張水部籍）是否能得公婆歡心（文章能否能雀屏中選），反映舉子對科舉考試那份經不起得失的心境。清代遊戲主人於《笑林廣記・卷一・古豔部・及第》說道，有一考生趕考的考生，因僕人無心一語，讓他忌諱得不得了：

> 一舉子往京赴試，僕挑行李隨後。行到曠野，忽狂風大作，將擔上
> 頭巾吹下。僕大叫曰：「落地了！」主人心下不悅，囑曰：「『今後莫
> 說落地，只說及第。』僕領之，將行李拴好，曰：「如今恁你走上天
> 去，再也不會及第了。」〔註55〕

程世爵的《笑林廣記・頭鳴》，則是以詼諧筆調描繪舉子對科舉重視的程度，故事裡的秀才參加考試時，在儒巾裡放了一隻蟬，係取「頭鳴」之意：

> 一學使按臨。有一生員入場時，置一蟬於儒巾中。巾內蟬鳴，同坐
> 者聞其聲自儒巾出，無不大笑。宗師以犯規喚至，究其致笑之由，
> 皆曰：「某號生員儒巾內有聲，故笑。」宗師喚其人至前，欲責之。
> 生員大聲呼曰：「今日生員入場時，父親喚住，將蟬置於巾內，爬跳

〔註53〕見（清）陳其元著：《庸閒齋筆記・卷二・熱中功名之笑柄》，頁 42。

〔註54〕見（唐）朱慶餘著：〈近試上張籍水部〉（見《全唐詩（八）・卷五一五》，北京，中華書局），頁 5933。

〔註55〕見（清）遊戲主人著：《笑林廣記・卷一・古豔部・及第》，頁 8。

難受，生員以父命不敢擲去。」宗師怒，問其置蟬於巾之故。答曰：

「取頭鳴之意。」〔註56〕

有的考生一心想中舉，到近乎發狂的程度，任何聲音、景象都解讀為中舉徵兆，最後竟因此走火入魔，反而讓竊者有機可乘，事見《耳食錄二編・卷四・奎光》：

> 諸生某銳意進取，歲當兵興，往往夢中躍起，走叫出門外曰：「中矣！中矣！」已又作報喜人索采錢狀，往復爭竟。良久，復就床，鼾然睡去。次日憶之，惘惘然如不第者。然又聞人言登科則奎光且見。一夜，有偷兒炷火耀窗間，某正擁被冥想，見之喜曰：「殆奎光耶？果爾，當再見。」偷兒承意，復耀之。某大喜，遂熟睡不疑，偷兒盡發其囊篋以去。〔註57〕

像這樣迷信的考生不只其一，反映著士子一心求得仕進的心態。

二、求助神鬼護佑

清代舉子將功名視為天意，非人力所能決定。沈起鳳在《諧鐸・卷五・泄氣生員》裡說了一則讓通關節者氣結的故事：有一人名為夏器通，生性笨鈍，大家常嘲笑他，連他自己參加歲試時，也沒有信心，先到市上去占卜，沒想到算命先生竟說他必定奪魁，大家都不願意相信，可是最後他真的考上榜首，原因竟是諧音之誤，陰錯陽差讓他中舉：

> 學使某公，奉命督學西安，臨行辭座師某尚書。尚書，西安人，意其有心屬士，極力請教，尚書下氣偶泄，稍起座，某公疑有所囑，急叩之。尚書曰：「無他，下氣通耳。」某公唯唯，以為「夏器通」必座師心腹人，謹記之。後公按臨西安，果有夏生名器通者，扃試後，細閱其卷，詞理紕繆，真堪捧腹，以座師諄囑，不得已，強加評點，冠一軍。案發，諸生大譁，繼思某公本名翰林，閱文必有真鑒，夏生又貧士，絕無關節可通，乃以劣藝而高居優等，殊不解。後公任滿入都，告諸某尚書。尚書茫然，俯思久之，忽大笑曰：「君誤矣！是日下氣偶泄，故作是言，僕何嘗有所囑也。」某公悟亦大笑。〔註58〕

〔註56〕見（清）程世爵著：《笑林廣記・頭鳴》，頁240。

〔註57〕見（清）樂鈞著：《耳食錄二編・卷四・奎光》，頁190。

〔註58〕見（清）沈起鳳著：《諧鐸・卷五・泄氣生員》（見《清代筆記叢刊（一）》），頁854～855。

巧合之事在科場上不只其一，張培仁在《妙香室叢話卷十四》裡說，有位沈姓考生，在第二場考完交卷時，因人眾擁擠，於是托表弟李生代爲交卷，後來李生發現考卷沒有交出去，可是沈某卻中選了：

> 沈君尚忠，二場交卷，苦於人眾擁擠，與表弟李生同行，託以代交，瑣取照出籤，己則守視考裝。李取其卷同裹油紙中，往收卷處，告有兩卷，司事者即付兩籤而去。及至寓，李覺卷袋中沉重有物，探視，則沈卷宛然在焉，蓋油紙滑而溜出，交納時，竟不及覺也。迨揭曉，竟中第三名！李駭及不信，開箱取卷，往告曰：「二場卷現在我手，場中憑何取中？」……沈急至省，謁見主試，始知殤中謄錄所失，火燒去數卷，疑沈二場必在焚例，合觀首三場俱佳甚，所以毅然高拔也。〔註59〕

類如上述故事，流傳在科場間，甚爲普遍，舉子們對於竭盡心力未能考上，而有些人則能不費吹灰之力即可中舉的理由，歸咎於「功名命定」，所以祈求神鬼助力的做法也應之而生。參加考試前，士子們會至廟中祈夢，先行祝禱，請求神明告知中舉方法或名次，祝禱完畢即夜宿廟裡，待神入夢指示。也有考生極度虔誠，每夜焚香虔禱，求神庇佑，被其他考生捉弄仍不知情，事見徐錫麟所著《熙朝新語卷八》：

> 有張壨者，科分最久，自居前輩，每晚焚香拜祝神佑，如有積德之士，求暗中指示。各房笑其癡，咸揶揄之，伺其燈下閱卷時，以一細竿穿牖入，挑其冠，張驚以爲神，拜祝如前；眾伺其坐定，又挑之，張遂捧卷上堂，主考已寢，張叩門告以神明指示之故。〔註60〕

爲了能夠中舉，考生們可謂無所不用其極，還會與神明交換條件，例見《清稗類鈔（二）·考試類·陸溶爲歪頭舉人》，陸某求減壽換取功名，透露渴望中舉之心切：

> 蘇州陸溶工制藝，鄉試屢不第，益發憤讀書。某歲，遇大比，將行前一日，焚香告天曰：「某半生辛苦，不能博一第，如命中應有此福，雖遲數年無害，脫令無也，願略減壽算以易之，俾白屋儒生，亦有

〔註59〕見（清）張培仁著：《妙香室叢話卷十四》（見「筆」續編七冊），頁4409。
〔註60〕見（清）徐錫麟著：《熙朝新語卷八》（見《清代筆記叢刊（二）》），頁 1709～1710。

吐氣揚眉之一日。」禱訖，伏地大哭。是年，果中式，未久即病死。
〔註61〕

有考生則是於考前請神降乩，請神告知科考題目方向。《香飲樓賓談・卷一・
乩示闈題》即說了一則這類故事，結果神明賜給考生許多指示，後來均應驗：

> 鄉闈前有數日人請乩，忽武聖降壇，因羅拜求示闈題，乩書曰：「在
> 白雲紅之間。」眾皆未喻，復求明示。又書曰：「吾不讀春秋。」乩
> 遂寂，然終不可解。入闈，……題前終於浮雲，後一章葉公問政，
> 葉讀若攝，必加朱圈，而題中易書詩禮皆備，五經所闕惟春秋耳。
> 眾始恍然，且嘆神妙不可測。〔註62〕

孔子不語怪力亂神，可是筆記裡記載舉子們考前祈神鬼護佑的故事，比比皆
是。迷信背後，實反映舉子們內心壓力之沉重。

三、行為操守影響功名

士子們咸以為，人的功名係由天定，行為操守則可以改變命運。嚴有禧
（西元 1694～1766 年）於《漱華隨筆・卷二・漢陽生》裡說，蔡某在苦讀求
功名期間，鄰處正住著一名美女，讓他心儀不已，常常趁女子沐浴時偷窺她。
從此，每次他一進考場，雙眼就突然迷矇不能視物〔註63〕。另外，東軒主人
在《述異記卷上》寫道，朱孝廉參加考試前一天，他的妻子突夢見神明告訴
她：「汝夫數世不葬家，累十餘棺，今科本當首選，因此削其祿矣。」結果真
的沒考上〔註64〕。這些故事反映一個人，縱然命中有功名，但若行失德之事，
也無法獲舉。

但是善積陰德者，即使命中本無功名，卻能因行善而獲神助、或獲亡者
陰助而中舉，也有因此改變命運，在仕途上連捷進第。梁恭辰在《北東園筆
錄初編・卷三・白卷獲雋》說了一則人因行善，結果獲神助而中舉的故事：
某生在親友資助十餘金下，參加鄉試。一天，他聽到旅舍附近傳來來婦女的
哭聲，得知是老婦人因為家境貧困，不得已將媳婦賣給他人，婆媳兩人離情
依依。某生知情後，假借其子名義，寫了一封家書，老婦人收到「家書」與

〔註61〕見（清）徐珂著：《清稗類鈔（二）・考試類・陸溶為歪頭舉人》，頁652。
〔註62〕見（清）陸長春著：《香飲樓賓談・卷一・乩示闈題》，頁2639。
〔註63〕見（清）嚴有禧著：《漱華隨筆・卷二・漢陽生》（見「筆」十八編七冊），頁
　　　　4197。
〔註64〕見（清）東軒主人著：《述異記卷上》（見「筆」三編九冊），頁6681。

銀兩後，媳婦得以留在家中孝養婆婆，不再分離。至於某生，則再向人借貸赴考，入闈考試時，他遇到從天而降的貴人：

> 句容某生，博學能文，好行陰德。值鄉試無資，得親友贐儀十金，抵省寓東花園地藏菴。鄰舍有老嫗失養，不得已而賣媳者，分離前夕，哭甚哀。訊其子則多年遠出矣。生惻然爲輾轉作計，詭作其子家書，言久商獲利將歸，因結帳暫留，先寄銀十兩以資家用，明發投之。老嫗的銀事遂解。生復借貸入闈。夢有神告之曰：「子獲雋矣，然必須三場俱曳白乃妙。」醒而竊笑荒唐，題紙下方欲握管，恍惚夢神呵止之曰：「子欲落孫山外耶？卷有字榜無名矣。」生仍不信，靜坐構思而心如廢井，緒似棼絲，日已將夕，不能成一字，繼且神思困憊，竟入睡鄉，及覺，見提筐出場者踵相接，無奈何，亦交卷而出聞，藍榜已揭，趨視無己名，乃勉入二、三場，遂坦然曳白，迨接曉，則已高標第二名。正錯愕間，有飛騎遞某令札至，啓視則闈稿悉具。令固名進士，由庶常改外派作收卷官，深以不與衡校爲恨，得闈題技癢難禁，默成三藝，適接生白卷，袖歸寢所，疾寫發謄，欲以試內簾之眼力，而惟恐生之不再來也，繼得二、三場卷，俱一律曳白，益大喜，始終完其卷，填榜知己奪魁，意得甚，故密札以達之。生詣謝，令笑問：「君何惜墨乃爾？」生以夢告。問有何陰德致此？生謙言無之。固問，因微言場前寄銀事。令拱手曰：「是矣！子代人作家書，天遣予代子作場藝，又何謝焉，報施之巧如此，遇合之奇又如此，夢中神語之不憚煩又如此，一善行之所係不綦重哉！」〔註65〕

行善積德者，不僅獲神助，連亡魂也來護佑。許奉恩在《里乘・卷二・甲乙偕試》裡寫道，甲乙兩人相約參加科考，晚上借住某老婦家中，見老婦神色哀悽，上前關心。老婦傷心地表示難以生存，媳婦迫不得已改嫁。甲乙兩人心生憐憫，義贈四十兩幫助她們，讓少婦免於改嫁，婆婆有人照顧。爾後，他們獲得這對媳婦亡夫的幫助，連捷成進士：

> 甲與乙偕赴秋試，日暮失路，見前有茅屋，一老婦篝燈開門，問：「客胡爲者？」甲乙以失路借宿告。老婦曰：「既不嫌褻，敢不如命。」甲乙大喜，命僕解裝，同隨老婦入，展被於地，將坐以待旦。乃向

〔註65〕見（清）梁恭辰著：《北東園筆錄初編・卷三・白卷獲雋》，頁5891。

老婦：「姆家男子何往？頃聞哭聲，何哀之深也？」老婦嘆曰：「亡夫亡兒，俱爲諸生，頗負微名。前歲大疫，不幸相繼而逝。今將服滿，孀婦難以存活，已將兒媳改醮，昨甫有成說，是以哀耳。」甲乙聞之惻然，曰：「我二人敬汝婦賢孝，又憐汝姑婦難分，願贈白金四十兩，免汝婦改醮何如？」老婦聞言，泣謝曰：「若此，恩同再造，結草莫報。」甲乙急掖老婦起，啓篋出金，如數付訖，天明興辭而去。一日晴後，暴雨如注，薄暮始霽，泥浮，車艱於行。方躊躇間，（見）路旁有一小屋，門外二人徘徊，若有所待。見甲乙至，拱手前迎，曰：「兩先生辛苦哉！如不嫌蝸居，敢請稅駕。」甲乙就視，邊老者，蒼鬢垂胸，年可五十許，後一少年，年約三十以來。彼此酬酢，談笑甚歡。老者笑曰：「良夜逢嘉客，悶飲殊屬乏趣，何妨各擬三藝以消長夜。」甲乙構思頗苦，見老者、少者走筆風馳，頃刻三藝各就。老者匯付甲乙，曰：「我二人遁跡荒郊，不談此調久矣。草草急就，敢求斧正。」甲乙讀之，嘆爲傑作，自愧不及。老者曰：「夜將闌矣，兩先生少寐，以待明發。老夫亦倦欲眠，不能久陪矣。」言畢，與少者枕籍地上。甲乙以行路勞乏，一傴仰便入黑甜。無何，僕醒，見已與甲乙各臥曆柩上。大驚，亟呼甲乙起，互相駭愕。拂視前和，書有姓名，蓋即老婦之夫若子也。心知有異，喜夜作各藝俱在，分藏篋中，入闈果此三題，錄之果同中式，捷成進士。〔註66〕

此外，命中本無功名者，若能行善即可改變命運。這類故事在宋代即有，見於《夷堅丁志・朱承議》之載：

南豐朱祖軾，嘗告歸邑居，中道如廁，見一農夫自縊而氣未絕，急呼傍近人共救解之，既得活，詢其故曰：「負租坐繫，不能輸，雖幸責任給限，竟無以自脫，至於就死，豈予所欲哉？」問所負幾何？曰：「得數千錢便了，特無所從出。」朱隨身齎挾有此數，悉與之，不告姓名而行。歲夕，無以祭神，亦不悔也。後以累舉恩至承議郎，享甘旨〔註67〕。

故事傳到明代，所得善報，則是讓秀才生了一位有功名的兒子，例見褚人獲在《堅瓠丁集・卷一・償金獲報》所輯的明人故事：

〔註66〕見（清）許奉恩著：《里乘・卷二・甲乙偕試》，頁39。
〔註67〕見（宋）洪邁著：《夷堅丁志・卷二十・朱承議》，頁705。

> 明進賢舒翁以館穀救途中投水婦，抵家無米，採苦菜食之。夜間聞
> 神語曰：「今宵食苦菜，明年產狀元。」果生芬，正德丁丑魁天下
> 〔註68〕。

至清代，秀才獲得的善報與宋代所得結果同是中舉。例見《里乘·余徐二公
軼事》：余公是名私塾老師，因主人給的薪水很少，以致到了過年，他還籌不
出錢買牲品祭祖，只好將身上衣服拿去典當，卻在半途遇見一人投繯自盡，
余公趕緊將他救下來，知是為貧所困，便把原本要典當的衣服轉贈給窮人，
予他一線生機：

> 余公微時授徒，館穀甚菲。歲除，無資祀先，夫婦枵腹，愁對太息。
> 公身僅著一蔽袍，一舊羊皮短襦。雞鳴而起，擬趁早墟，貰短襦可
> 得三千錢，市牲酒薪米之屬，聊以卒歲。獨行五里許，路經一嶺，
> 隱約見樹林中有人影……迫而視之，則一男子投繯樹枝也。大駭急
> 解繯放臥地上，移時頓蘇。詰其自經之由，其人怵惕泣對曰：「小人
> 負佃租若干，主人迫索，倘不急償，便取妻相抵。妻去，兒在襁褓，
> 失乳必死。小人既不忍妻之生離，又不忍兒之短折，左右思維，不
> 如先填溝壑為得也。」公乃以短襦付之，曰：「速將去貰錢償主人，
> 慎勿出此下策。」……。時夫婦年俱逾五十，未幾，夫人竟有娠，
> 是年，公領鄉薦，聯捷進士……在官有政聲。〔註69〕

善惡有報，禍福相依的觀念，人們向來信守不疑。面對可遇不可求的功名，
舉子們將希望寄託於，一個人只要存好心行好事則能獲的善報，而這善報即
是圓滿他們一舉成名的心願。

貳、清代科場生態

透過故事，可以看到清代科場上出現童生高齡，以及神乎其技的作弊技
巧。

一、科場出現高齡童生

清代汲汲於科舉考試的士子，人數之多，可見資料所示，每回鄉試考生
總數，保守估計有十八萬餘人；道光二十四年（西元1844年）廣西鄉試，考

〔註68〕見（清）褚人穫著：《堅瓠丁集·卷一·償金獲報》，頁919。
〔註69〕見（清）許叔平著：《里乘·卷一·余徐二公軼事》，頁13～14。

生約兩千四百人；同治九年（西元 1870 年），以廣東省考生達九千餘人；同治十三年（西元 1874 年），江南考生約一萬六千人〔註70〕，而成千上萬名考生所爭取的，僅是數十名的舉額，可見其競爭激烈，以致在筆記故事裡，可見一百零三歲的童生參加科考，也有高齡九十八歲的童生終於考上秀才的情形〔註71〕，反映當時不少人終其一生都致力於科考上。

　　遊戲主人在《笑林廣記・卷二・腐流部・認拐杖》故事揶揄說，一回縣官考完童生〔註72〕，結束時天色已黑，卻聽到外面一陣嚷嚷，趕緊派人前往了解，原來是這群童生是為拐杖起爭執，可見現場老到需拿拐杖的童生人數頗多：

　　　　縣官考童生，至晚忽聞鼓角喧鬧。問之，門子稟曰：「童生拿差了拐
　　　　杖，在那裡爭認！」〔註73〕

除了有持拐杖應考的老童生，也有拔鬚趕考，以及鬚白赴考的老童生，例見《笑林廣記・卷二・腐流部》裡的〈拔鬚〉與〈未冠〉二篇：

　　　　〈拔鬚〉：童生拔鬚趕考，對鏡恨曰：「你一日不放我進去，我一日
　　　　不放你出來！」

　　　　〈未冠〉：童生有老而未冠者，試官問之，以「孤寒無網」對。官曰：
　　　　「只你嘴上鬍鬚剃下來，亦勾結網矣。」對曰：「童生也想要如此，
　　　　只是新冠是樁喜事，不好帶得白網巾。」〔註74〕

諷刺這些讀書人到老仍舊只是「童生」身份。

　　高齡現身科場的考生們，有的仍堅持持杖與兒子同赴考場。以《清稗類鈔（二）・考試類・王西莊隨父應歲科考》為例，王某的父親是老諸生，每歲科考必與其子同往，卻年年不利，屢居榜尾，但他仍堅持「奮志科名」是大丈夫理當之事：

　　　　嘉定王西莊光祿封翁某，老諸生也。光祿未貫時，每屆歲科試，必
　　　　與光祿偕試，惟試輒不利，屢列榜尾，而光祿則翹然首出。某年應

〔註70〕見張仲禮著：《中國紳士——關於其在 19 世紀中國社會中作用的研究》（上海：
　　　　上海社會科學院出版社），頁 169～172。
〔註71〕見（清）徐珂著：《清稗類鈔（二）・考試類・鄉試老少同榜》，頁 646。
〔註72〕明清科舉制度，凡習舉業的讀書人，在未考取秀才資格前，無論年齡大小，
　　　　皆稱童生。
〔註73〕見（清）遊戲主人著：《笑林廣記・卷二・腐流部・認拐杖》，頁 41。
〔註74〕二則均見（清）遊戲主人：《笑林廣記・卷二・腐流部》，頁 41。

試，適父子同場，封翁語之曰：「今將吾與汝文字換謄，一試宗師眼
力，何如？」光祿允之。既而榜發，光祿仍前列。迨光祿貴，封翁
猶頂戴封銜，扶杖應試。時都學者爲光祿同年，因離座揖曰：「老年
伯正當娑風月，何苦自爲？」封翁正色曰：「君過矣！大丈夫奮志科
名，當自得之，若藉兒輩福，遽自報棄，我甚恥也。」

也有些家中已是五代同堂，生活愜意，也被國家列入恩賜之名，但他們卻不
接受，堅持親赴考場，所謂何來，實是爭志不爭名。例如乾隆年間粵東諸生
謝啓祚，他婉拒恩賜時說：「科名，定分也，老手未頹，安見此生不爲耆儒一
吐氣乎？」終於以高齡九十八考中鄉試。〔註75〕

二、作弊百態

清代大小考試，官方嚴防作弊，監試人員會對入場考生嚴加搜查，在康
熙年間的鄉試，除了內有監考官，外場還有十二貝勒外場監考，道光、咸豐
以前，如有必要，考生必須解衣脫履，通過檢驗才可參加考試〔註76〕。對科
舉作弊者，法律上採嚴懲態度，吳榮光（西元1773～1843年）之《吾學錄初
編》載當時規定：

（卷二十）：應試舉監生儒及官吏人等，但有懷挾文字、銀兩，當場
搜出者，枷號一個月，滿日，杖一百，革去職役。其越舍與人換寫
文字或臨時換卷，并用財雇請夾帶、傳遞與夫匠、軍役人等，受財
代替夾帶、傳遞及知情不舉察捉拿者，發近邊充軍。

（卷二十二）：學臣考試，有積慣隨棚代考之槍手。察出審實，枷號
三個月，發煙瘴地面充軍。其雇請槍手之人，及包攬之人，並與槍
手同罪。知情保結之廩生，杖一百……生童考試，如有積慣棍徒，
捏稱給與字眼記認，誆騙財物者……枷號三個月。〔註77〕

據陳康祺《郎潛紀聞初筆・卷十二・本朝科場各案》記載，在順治二年（西
元1645年）、八年（西元1652年）、十年（西元1654年）與十三年（西元1657
年）間，有官員因捲入科考舞弊而被斬首〔註78〕；薛福成的《庸盦筆記・卷

〔註75〕見（清）徐珂：《清稗類鈔（二）・考試類・鄉試老少同榜》，頁646。
〔註76〕見（清）徐珂：《清稗類鈔（二）・考試類・搜檢》，頁586。
〔註77〕見（清）吳榮光：《吾學錄初編》卷二十與卷二十二。
〔註78〕見（清）陳康祺：《郎潛紀聞初筆・卷十二・本朝科場各案》，頁265～266。

三・戊午科場之案》中也提到，咸豐皇帝親審與重判科考收賄官員〔註79〕，可是清人筆記裡仍有不少科考作弊的故事。《漱華隨筆・卷一・五經中額》中寫著，科場上的最常出現的作弊現象：

> 剽竊擬題，購求坊刻寫成篇，臨時強記塞白，甚有於場中，同號互相倒換，湊助完卷……出闈以後，有叩以經義而茫然不知所出者。〔註80〕

考生作弊招數，令官員防不勝防，還有一個重要原因在於，當時通關節風氣特盛，收受賄賂的官員，明爲檢查員，實際上行掩護之事。今就故事裡出現最多科場上的換卷、代考、通關節等作弊法，說明如後。

（一）換卷作弊法

換卷，是先行賄監試員，於現場進行換卷的作弊方式。《清稗類鈔（二）・考試類・滄粟爲人得鄉舉》裡說，有位富商交遊廣泛，當其子要參加科考前，突然有人向他借錢，並在謝函中提到要他把兒子的履歷寄過來，秋試時，必會助一臂之力。果然考試當天，這名陌生人已替他富家子張羅，有人當場替他換卷，不會作文章的富家子，竟因此及第：

> 光緒初，山右郝某富甲一邑，解風雅，好客。有二子，長者年弱冠，延某孝廉爲師。一日，有客訪郝，郝臥未起，客翩然入塾，孝廉與之談，如讀破萬卷書者，未幾，郝出見，客先道嚮慕之忱，而後述來意，來假白金三千者。主人慨諾，孝廉謂郝曰：「公誠慷慨，然不相識者與以三千金，異日來者求無厭，殊可慮耳。」主人曰：「客目光如電，吐屬又類書生，殆俠義之徒。與之，所失不過三千金，不與，則禍且不測。」閱數月，有以書遺郝者，啓視，則客謝札，尾云：「令郎俊秀非凡品，擬爲納粟入監，俟秋闈一決勝負，，速將屨歷寄某處。僕已於某月日入京，令郎來，倘屈駕，當掃榻以待。」郝色然喜，擇吉日，令其子就道，孝廉與之偕。……客出監照授孝廉，復附耳語曰：「事已諧，高足領卷入場可矣，勿問他事也。」及錄科初入試場，枯坐不能成一字，至中午，有人持卷來易，視之，則琳瑯滿紙，遂繳卷出，名列前茅，三場亦如之。發榜前一日，客走相賀曰：「已中第幾名矣。」榜發果然。〔註81〕

〔註79〕見（清）薛福成著：《庸盦筆記・卷三・戊午科場之案》，頁3229。
〔註80〕見（清）嚴有禧著：《漱華隨筆・卷一・五經中額》，頁4140。
〔註81〕見（清）徐珂著：《清稗類鈔（二）・考試類・滄粟爲人得鄉舉》，頁653。

換卷還有一種情形是，考生賄賂相關考試人員，在考完後，將自己的名字粘到他人的卷上。以朱克敬（西元1792～1887年）在《瞑庵雜識卷一》裡的故事為例，某位考生賄賂考試人員，割下他的卷面，黏貼在其他人的試卷上，因而中舉。而這張被冒名的考卷的主人是彭生，深受某位進士的重視，彭生考後立刻呈上文章草稿請進士指點，進士看了很滿意，以為必中選無疑，看到他落榜甚感遺憾，接著又發現彭生考卷已被貼換為他人姓名，於是上告官府，揭發此事，傅某原本想以捐例方式讓彭生任郎中一職，還要賠償他許多田宅，但進士堅持替彭生告到底，傅某與收賄的人員最後均被判斬刑：

> 嘉慶戊午，湖南鄉試，有富家子傅進賢，賄藩胥割卷面黏他卷，時
> 粗擬名次，久之所黏卷，竟中解元。先是湘陰彭莪為舉業有名，羅
> 典主講嶽麓書院，雅愛重之，聞後呈所作，羅決其必售，榜揭無名，
> 方甚惋嘆。及見墨卷，彭作具在，而人則非。大駭，告巡撫窮治，
> 盡得胥姦利狀。傅懼，願為彭援例請道員，更與萬金，暨美田宅，
> 親友關說百端，莪意頗動，典持不可。獄遂具，胥與傅皆論斬。

〔註82〕

（二）代考作弊法

「代考」有兩種情況，一是冒名頂替進入考場，代寫卷子；一是有人在場外接應，當考生將考題丟入場外，槍手代寫完成再設法送予場內的考生。

「冒名頂替」的作弊方式，唐代已有，宋代洪邁的《夷堅支戊·卷二·胡仲徽兩薦》寫胡仲徽在富家擔任教書先生，某年，此家主人想送兒子參加科舉考試，又怕他考不上，所以要胡氏替他代考，條件是「許錢三百千〔註83〕。」

至清代，俞樾的《茶香室叢鈔·卷七·妻代夫入闈》載，有位女子假扮男裝，代替丈夫參加科考，監試人員並未發現，讓她順利入場參試，後來被其小叔得知，鳴官舉發，此事才為人所知。〔註84〕

除了親屬代考，還有更多代考人員是職業性的槍手，粵人稱他們為「一條蔥」，《清稗類鈔（二）·考試類·有一條蔥》寫道：

> 粵東科場積弊至多，槍替，其一也。有某觀察者，當其為諸生時，
> 尤優為之，故雖已入泮多年，而縣試、府試、院試皆往，往必售，

〔註82〕見（清）朱克敬著：《瞑庵雜識卷一》（見「筆」正編六冊），頁3429。
〔註83〕見（宋）洪邁著：《夷堅支戊·卷二·胡仲徽兩薦》，頁1610。
〔註84〕見（清）俞樾著：《茶香室叢鈔·卷七·妻代夫入闈》，頁187。

蓋包辦也。粵人謂之「一條蔥」，猶一條鞭也。彼之冒名頂替，歲以
為常，幾於一歲易一姓名焉。〔註85〕

這群職業槍手背景多來自監生、貢生，也有官員為圖厚利代考的〔註86〕。
吳熾昌於《客窗閒話初集・卷四・場外孝廉》說了一則沒有參加考試卻高
中孝廉的荒唐故事，其原因即與槍手代考有關：張某納粟入監，某回他上
京城等待候補機會時，在當地與正準備參加考試的某富家子相遇，並與其
伴讀者結為摯友。原本富家子厚聘某生代考，但因某生臨遭親喪，不可入
場，伴讀者俟機竊取張某監照，讓某生得以順利入場代考，不意卻讓張某
意外中舉：

> 吳人張某，偶積餘貲，納粟入北監，時或入闈，恆不終局，不過借
> 此觀光而已。戊子夏，東人以事去官，有舊居停在都候銓者，惜曾
> 以書招之，比至，則已銓得西粵行矣。張遂逗遛京師，以圖機會。
> 是歲係科場，會館皆為舉子住……因訪得西館，尚有虛室，偽託西
> 人赴試者，得駐足地。未幾，一少年來，馬騰車溔，僕從如雲，投
> 止於內。次日，以名柬拜會同鄉，知為太原王姓，父為大賈，家資
> 百萬，心羨科第，援例北闈者。其所帶之三人，閒暇無事，與張聚
> 談，竟成相與，遂入局鬥葉子為戲。客問張所事，則以就試乏貲，
> 以俟戚友偽對。七月間，驟有一客來，與王密語，喚三客入，久之
> 斯出，皆有張惶之色，詰張曰：「足下既來應試，貢乎？監乎？」張
> 曰：「監也。」又曰：「真乎？偽乎？」張曰：「有照為憑，奚能偽也？」
> 客故作不信，張啟篋與觀，三客咸欣然曰：「足下真讀書人也，惜不
> 及入場，功名誤矣，曷不一縱觀遊？」遂堅邀入妓室，縱酒肆博，
> 客為給米，張樂而妄返。至八月七日，客曰：「我等須送主人入場矣。」
> 張為之攜具護送，至唱名者，遇素識者，誤為張亦入闈也，出則仍
> 在妓室同樂。三場畢，與客接主人歸，張入己室，見箱篋似有啟動
> 者，然一物不失，置之不言。放榜之前之日……主人約通宵飲，以
> 俟報捷者。張則心無所事，放懷大酌，漸入醉鄉。午後，有噪而入
> 者，直至筵前，有識張者曰：「此非汝等所覓之新孝廉耶？今果在是。」

〔註85〕見（清）徐珂著：《清稗類鈔（二）・考試類・有一條蔥》，頁598。
〔註86〕見張仲禮著：《中國紳士——關於其在19世紀中國社會中作用的研究》，頁
　　　 194。

張瞠目不知所謂,三客大恐,延張入他室曰:「今日事當實相告,我主人以千金,訂某貢生代倩,不意某臨場驟丁外艱,不能以正名入試。吾等先曾詢得足下係赴試者,是以引入妓館,以縛足下之身而盜取監照,俾某頂名與試。不意其人學優心實,竟爲足下完場,公然取中。〔註87〕」

另一種槍手則是不進場的,他們假冒考生的僕人,在場外接應,助其完卷。在〈北京的科舉考試〉一文裡提到:

近來監察御史針對考試的方式提出了一系列參劾。其中一人說到……只要考題一宣佈,即有考生將抄好的考題扔至牆外,那裡有一同伙。然後這一同伙又將所需要文章以同樣方法扔回,應試考生的僕人常常是職業槍手。〔註88〕

這些靠作弊考上科舉的人,一旦被發現,自然會引起公憤,要求官員重驗其能力,可是他們還是有方法掩官耳目,以《仕隱齋涉筆・作弊有方》爲例,有位才學不佳的富家子,雇用槍手代考,四場皆得第一,大家覺得很不公平,請官員親自面試,官員爲息眾怒,將富家子全身搜檢,安置在某室內,親自將題目送進去,出來後立即把門鎖上,結果富家人呈上之文,條達流暢,實屬佳作,但官員殊不知這名富家人的作文仍是槍手所爲,而自己正是被利用爲接應場外的槍手:

有富家子,文字不佳。過縣試,倩槍入場,一試冠軍。眾歡嘩,官提堂號試之,又賄官之侍人,代爲傳遞,四試皆敵一。眾知其由,請官面試,不令侍人近童身,方杜弊。官如請,將富家子通身搜括,閉置室內,隨寫題紙,自送入室,出則鎖戶,驅侍人去。歷半晌,獨入驗之,見童伏案輾轉,未成一字。詢之,童曰:「素習腹稿,文之局勢已定,只字句欠酌,故未落筆耳。」官出俟之,仍封鎖加嚴,禁人窺覘。日過晡,官復入,見全篇謄就,閱其文洋洋洒洒,豐腴流暢,童軍中射雕手也,大加獎異,貼文示眾,遂定案首焉。眾亦驚詫,不解其由,久乃探知,仍是侍人作弊!方官下題時,已將題紙飛出,及官入驗,槍已脫稿,暗黏官之背衣上,俟轉面,童隨步

〔註87〕見(清)吳熾昌著:《客窗閒話初集・卷四・場外孝廉》,頁3370。

〔註88〕見〈北京的科舉考試〉(見《星期六評論》第六十二卷,1886年10月30日),頁582~583。

　　扯之，官疑童之送己也，卻之曰：「何必起送，急坐作文可也。」迨
　　官再驗。已謄真完卷矣，妙在即藉官身傳稿。〔註89〕

其機巧堪稱一絕，連官員都被蒙在鼓裡。

（三）通關節文化

　　「通關節」在唐代已有之，《唐摭言・卷六・公薦》載校書郎王冷然上宰
相書言：「僕竊謂今之得舉者，不以親，則以勢，不以賄，則以交。〔註90〕」
至清代，可謂幾成泛濫，馮桂芬在《復陳詩議》裡言：「科場關節也，十人而
七八也。〔註91〕」

　　通關節的作弊方法，是考官與考生間的暗號與默契，需要「孔方兄」來
促成。清代考生的姓名是被彌封的，所以想要靠通關節中舉者，最常見的是
事先賄賂閱卷官，與考官達成共識，例如《清稗類鈔・考試類・考試送關節》
所言：

　　　　考官之於士子，先期約定符號，於試時標明卷中，謂之關節，亦曰
　　　　關目。大小試皆有之，京師尤甚，每屆科場，送關節者紛紛皆是。
　　　　或書數虛字，或也歟或也哉或也矣，於詩下加一墨圈者銀一百兩，
　　　　加一黃圈者金一百兩。某科題為「子謂子夏曰」全章，某生與考官
　　　　暗通關節，令於破題中連用四個一字，某破曰：「儒一而為不一，聖
　　　　人一勉之一誠之焉。」榜發，果擢高魁。〔註92〕

有些考生考前行賄，考試時向閱卷官遞條子，條子上暗示閱卷官他是如何作
答的，好讓閱卷官辨認出那張是其卷子，薛福成在《庸盦筆記・卷三・戊午
科場之案》載：

　　　　咸豐之初年，條子之風盛行。大庭廣眾中，不以為諱，敢給者常制
　　　　勝，樸納者常失利，往往有考官夙所相識，闈中不知而擯之。及出
　　　　闈而咎其不遞條子者。又有無恥之徒，加識三圈五圈於條上者，倘
　　　　獲中式，則三圈者饋三百金，五圈者饋五百金。」〔註93〕

因此得利的官員難計勝數。

　　另外，也有買通考試相關人員的。黃鈞宰於《金壺浪墨・卷三・某太守》

〔註89〕見（清）丁治棠著：《仕隱齋涉筆・作弊有方》，頁488～489。
〔註90〕見姜漢椿著：《新譯唐摭言・卷六・公薦》（台北：三民書局），頁190～191。
〔註91〕見（清）馮桂芬著：《復陳詩議》（見葛士濬編《皇朝經世文續編・卷十》）。
〔註92〕見（清）徐珂著：《清稗類鈔（二）・考試類・考試送關節》，頁587。
〔註93〕見（清）薛福成著：《庸盦筆記・卷三・戊午科場之案》，頁3229。

寫道，某爲守無眞才實學，於是考生賄賂其幕友協助中舉，幕友知太守有竊聽人語的習慣，故意製造對話，讓太守誤入陷阱，選此生爲榜首，幕友們則因此分得八百金酬賞：

> 某太守者，好立名，而文字不甚了了。會府試文童，有賄囑幕友，冀得首名者。幕友知某守不學又多疑，往往微行竊聽。一夕閱卷，偵首將至，拍案嘆息曰：「佳文！佳文！可惜！」呼一友曰：「君試觀之，童子中乃有此才！」其一人曰：「頃吾已閱百卷，間有佳構，似此作色色精到，竟罕甚匹，雖擬以第一，無愧也。」某曰：「是決不可，微聞此生富于貲，東人善疑，寧少抑之，吾輩毋受惡名。其三五之間乎？」一人曰：「說亦良是，然此生屈矣。」某曰：「衡文當否，責在東人，我輩誰知者！」守悉聞所言而去。他日薦卷，守攜一卷出而笑曰：「公等目不識文耶？此卷突過首作，乃列之第四，何也？」某笑而不答。一友蹴踖以情告，守搖首曰：「否否，避嫌非賢者事，科第中寧無富家郎乎？」卒首拔之，而幕中瓜分八百金矣。

〔註94〕

究其買關節風氣之盛的原因，在於各類考試中，主試者都是從他處外聘的考官與學政，來到某省縣主持考試，他們的收入除了公定盤纏費外，更多是來自當地官員行賄，以隱瞞該省縣的弊端，另一豐厚來源即是考生的賄賂了，從資料可知，其價碼最高到「一萬兩銀票一張」〔註95〕。鄺承修在《語冰閣奏議・卷一》即記載某位御史形學政貪贓收賄，公然賣功名的行爲「幾如市儈之交易。」遊戲主人則生動刻畫官員貪賄、門生討價還價的醜態，見於《笑林廣記・卷二・腐流部・贄禮》：

> 廣文到任，門人以錢五十爲贄者，題刺曰：「謹具贄儀五十文，門人某百頓首拜。」師書其帖而返之，曰：「減去五十拜，補足一百文何如？」門人答曰：「情願一百五十拜，免了這五十文又何如？」

〔註96〕

光緒年間，某名士主持浙江鄉試，考完後，因關節酬資未到，竟在西湖流連，

〔註94〕 見（清）黃鈞宰著：《金壺浪墨・卷三・某太守》（見《清代筆記叢刊（四）》），頁2893。

〔註95〕 見（清）徐珂著：《清稗類鈔（二）・考試類・浙江鄉試關節》，頁655。

〔註96〕 見（清）遊戲主人著：《笑林廣記・卷二・腐流部・贄禮》，頁19。

不肯離開，引來當地人們一片嘩然，將他趕走，事見《清稗類鈔（二）・考試類・浙江鄉試關節》：

> 光緒某科，南中某名士典試浙江，撤闈後，以關節酬資未到，流連西湖者數日。浙人大譁，群起逐之，乃倉皇遁去。〔註97〕

這種買關節文化，也成了騙徒行騙的途徑。騙徒們深知貴家商人子弟多無眞才實學，想要圖個出身，得靠捐納或買關節，但買關節亦須有門道，他們即扮起接引進門道的角色，但因這畢竟是不法的行爲，所以縱使被騙事無成，行賄者也只能噤聲不語，自認倒楣。宣鼎在《夜雨秋燈錄三集・卷一・騙子十二則》裡說，有金姓洋商送子侄去參加童子試時，遇到一人假稱是閱卷官，並答應可他，付出千金代價，最終知是被騙徒所騙，懊惱不已：

> 浙有洋商金姓者送其子侄應童子試，寓學院之東轅外，有某人叩門請見，訪問書生陳某有無。先是金與陳係中表，知其向在江南游幕者，其時實未回籍。其人躊躇曰：「陳君不來，事不諧矣。我施姓，江南某科乙榜，與陳君至好。我爲學使所聘來此閱卷者。」遂告別而出。門有肩輿，施登輿，由東轅直入儀門去矣。金聞學使，向有貨取之名，疑來人與陳必有勾串事。一日，偕親友遨游西子湖，於聖因寺前遇施，同行兩客，施出隊趨迎，握手道故，指一卵色紡衫者曰：「此某孝廉，我同年同事也。」又指一卵色紡衫者曰：「此金長者，系我至友。」邀入五柳居，登樓列作。施與孝廉，縱談古人，議論文墨，金暗起給資，酒家曰：「上座之客，入門時已先付訖。」施等皆下樓，謂金曰：「三生有幸，始得訂交，如蒙相思，只需告把門張老，我自來耳。」金歸與子侄研之……具束交張老，以邀三君子。遂入席，請金之子侄皆出，索窗課閱之，曰：「佳則佳矣，但與學使風氣尚不甚合。就文論之，即如某篇某處應提，結以大尾，則投學使之好，無不命中矣。」嚴服其論。金乃重伸陳君之說，究爲何事。施曰：「爾我既成相好，不妨實告。學使之大公子，好與人相接，囑我輩爲之介紹，陳君前約貴處之某侄，通邑富豪，欲與公子納交。不意陳君逗留不至實爲缺行。」金曰：「如我子侄，不識可以充數乎？」施曰：「無不可者，但……各需千金，或可商辦。」言未已，有二役以提督學院大燈來迎，金送出門，見其由中道入，文武

〔註97〕見（清）徐珂著：《清稗類鈔（二）・考試類・浙江鄉試關節》，頁655。

巡官皆中立候進，金深信不疑。翌晨，施來曰：「關防在邇，遲恐不
得出，茲大公子以我故，屈允所請，須面封禮物，榜發來取。」相
與同赴錢局，如數兌銀，公封而回，給以關節。未幾試畢，金之子
侄皆落孫山外，始疑之，赴局開兌，則原封不動，而易以磚石矣。
內有一紙書云：「大宗師如此清正，汝曹妄想功名，理應重罰，所封
千金，權借濟急，銷汝罪愆。」金大怒……以訪其事，始知學使幕
中，實無施姓，即大公子亦年貌不符。細揣其故，係騙子先冒雜役，
放水蔡時入內，其時號舍無人，藏匿其中，易衣冠而出。巡官見其
華煥，且自內出，則拱候之，其入亦然。〔註98〕

當買關節文化習已成風時，士子們若不肯同流合污，反而會遭受阻礙。道光
年間，某位考生潔生自愛，不肯買關節，結果竟被考官怪罪，事見《清稗類
鈔（二）・考試類・會試關節》之述：

科場關防嚴密，某權相以此樹黨，其奮門生年家子及有以文字著名
者，場前預送條子爲文中之關節，久之相習成風矣。有某部郎者，
頗束身自愛，某科出禮闈，呈文稿於鄉薦座主。某甚重其文，怪其
不預送條子。某生曰：「門生初試，不知條子（註：場前預送條子爲
文中之關節）爲何物，又愧由詭道貽師門羞耳。」座者哂然不悅，
曰：「君不受栽培，嗣後不必過我也。」是科雖中，不與館選，說者
謂爲不受栽培所致。〔註99〕

在一片行賄風氣中，仍有堅持憑實力中舉的考生，受人敬佩。例如《清稗類
鈔・考試類・丁腹松中進士而辭館》所述，丁某博學能文，可惜屢試不第，
被某官延爲塾師。一年，又到了會試之期，某官鼓勵他再去參試，並替他買
通關節，當丁某知道事實真相後，辭退了塾師工作，也不接受中選後的官職：

丁腹松，重氣節，年三十舉孝廉，屢試春官不第。時明珠當國，聞
其名，延之課子。丁督課嚴，明益重之。明曰：「科名遲早有定數，
先生非久居人下者，吾願先生之就試也。」又曰：「奴子安三，於送
場事頗悉，令侍先生往，當能減先生之勞。」安三者，明之豪奴，
侍郎以下皆敬禮焉，呼之爲三爺。明敬丁，特命供使令，丁亦聞安
不法事，日必令其疊被掃地滌器以挫之，且直呼曰「安三」。安以主

〔註98〕見（清）宣鼎著：《夜雨秋燈錄三集・卷一・騙子十二則》，頁177～183。
〔註99〕見（清）徐珂著：《清稗類鈔（二）・考試類・會試關節》，頁669。

人故，謹受命。是日，明去後，丁思明言，遂少假顏色，笑呼曰：「安三爺，聞汝主言汝於送場事頗悉，吾試時，當借重也。」將入闈，眾官見安來，有揖者，有屈半膝者，丁誤以為施於己也，訝甚，據鞍拱手不已。抵闈門，即見一官手丁卷呈安閱，眾官前導，安與丁偕入號舍，為丁張號簾，數考具者，皆官也。安臨去時，復諄囑眾官善視丁，眾唯唯，如是者三場。發榜前數日，安忽入賀曰：「師爺中式矣。」丁笑曰：「固所願也，然談何容易？」安力言其確，丁怒曰：「關防嚴密，奴輩何由知之？汝敢造言以戲我，當告汝主扑汝也。」安疾趨而出。有頃，手一卷來，謂丁曰：「睹此，知小人知言確也。」丁視之，則一硃卷，卷面大書中式第幾名，展視之，蓋己作也。大驚，索卷將裂之，安見丁變色，急袖卷出，丁追之不及返。榜發，丁果中式，名數與前卷符。丁始晤明為之通關節，安所為，明所使也。大慟曰：「吾一生名節掃地矣。」急辭館。〔註100〕

顧炎武（西元 1613～1682 年）在《亭林文集・卷一・生員論三篇・上》言：「今之願為生員者，非必其慕功名也，保身家而已……此與設科之初意悖，而非國家之益也。人之情孰不為其身家者？故日夜求之。或至行關節，觸法抵罪而不止者，其勢然也。〔註101〕」此番話道破千餘年科舉取士的弊病與士子心態，有心學識、志於國事者鮮，圖名利者多，官員擇材則以個人既得利益為量，無心為國舉棟樑，終於到清朝末年，賣功名過於泛濫，及國政受各國脅迫等影響，讓科舉取士制度走入歷史。

第三節　都會商埠潛藏的社會問題

　　清代人口數量激增，清初人口約九千萬人，至康熙中葉即超過一億，乾隆中葉已有兩億人口，短短幾十年，到乾隆末期人口已增至三億，道光中葉時，國內已有逾四億的人口。〔註102〕

　　人口之多，相對糧食、物資需求增加，農業生產量，已無法滿足人口數，向來家庭手工業產品也已機械化與量化，家中男子必須到外地尋求謀生之

〔註100〕見（清）徐珂著：《清稗類鈔（二）・考試類・丁腹松中進士而辭館》，頁 660。
〔註101〕見（清）顧炎武著：《亭林文集・卷一・生員論三篇・上》（台北：新興書局），頁 10。
〔註102〕見趙文林、謝淑君著：《中國人口史》，北京：人民出版社。

路,他們除了做雜役粗活,仍以經營小販生意或行商者居多,所以,清代社會裡,除了有原本世商群體,也增加這群來自各地商販流向都會地區,以致商業活動頻繁,無形中,都會商埠也成了犯罪溫床。

壹、騙、盜的犯罪溫床

一、詐騙地點與對象

根據清人筆記裡的騙子故事統計,出現的行騙地點,歸納如後:

地　　　點	則　　　數
北京	31
上海及其周圍	40
浙江	15
蘇州及其周圍	12
廣東及其周圍	10
江西	5
南京	4
河南及其周圍	3
川滇及其周圍	2
山西	2
安徽及其周圍	2
山東	2
湖南	1

除了京城外,其餘地點多是多是商業阜地,各行業林立,財、貨交易激增,出現了不少富豪大家,不法之徒特別容易在其中大動腦筋,買賣假物情況較內地普遍。

在各行業裡,以藥行、布莊(華服店)、珠寶店及錢舖、當舖最常成為騙子行騙的對象。

藥行受騙情形,以被騙取人參者最多,且騙徒是集體行騙。在《清稗類鈔‧卷十一‧棍騙類‧騙人參》中說,某少年以假銀買參,店主不察,讓少年帶走人參,並派伙計跟他返家取尾款,病中的主人正要拿錢給伙計時,藉

故他人來找，將伙計留在某地，又利用吵架聲掩伙計之耳，一行人伺機離去，等伙計發現是騙局時，騙徒早已不知去向：

> 京師張廣號售人參有名。一日，有騎馬少年，負銀一饟肆，則先取銀百兩，與之作樣，而徐取參數包閱之，曰：「我主人性瑣碎，買參不如意，必呵責，我又不善擇，可否先存此銀於店，命老成肆夥多攜上等者同往，任其自擇，何如？」店中人以爲然，即納銀，索店中年老之夥，負參數斤偕往。……至一大府第，遂相將登樓。樓有主人，美鬚眉，披貂裘，帽有藍寶石，病奄然，椅枕……旁二僮捧參上，按包開檢，所批駁，皆一一無訛。閱未畢，忽門外車馬甚喧，一客入主人惶遽，命侍者下樓，辭以病，不可會客，低語店夥曰：「此蓋向我借債客也，斷不可使之上樓。彼上樓，知我力能買參，則難以無錢相覆矣。速藏參，慎勿爲惡客所見。床下竹箱可安置。」以銅鎖之匙付之，又曰：「汝坐此護守，我且下樓見之，或能止其上樓也。」遂踉蹌下樓，與客始而寒喧，繼而嘲罵。客必欲上樓，主人又固拒之，客大怒曰：「汝不過防我借銀耳，慮我見汝樓上有銀故也。如此薄待我，我即去，用不再來。」主人佯爲謝罪，送客出，僮亦隨之出，久而寂然。店夥乃端坐箱上以待，則久不至，始疑之，開鎖取參，參不見。蓋藏參顧乃活底箱也，箱底即樓板，方嘲罵時，已從樓下脫板取參，店夥不知也。〔註103〕

其詐騙技巧除了故設攢局者爲障眼法外，還有一機關在於樓板是活底箱。這類故事尙可見於《子不語‧卷二十三‧騙人參》、《客窗閒話續集‧卷二‧騙參》、《夜雨秋燈錄初集‧卷二‧騙參》等篇。

　　至於騙布莊、騙華服店的故事中，有些騙徒裡應外合行騙，有些則是一名騙徒兩頭騙。裡應外合的騙法，會先讓一名穿著華麗的騙徒，假借帶家屬買服飾或自身選衣物，因其排場與身份看來極具購買力，而鬆懈店家心防，輕易答應讓他先將衣物帶出或試穿，讓外應者伺機接應騙徒離開。例舉《清稗類鈔‧卷十一‧棍騙類‧騙衣》中的一段：

> 京師某騙子，冠綴珠之冠，戴金絲眼鏡，昂首入衣肆，選擇久之，得青種羊馬褂，謂身量恐不合，不如己。肆中人慫恿之曰：「君姑批於身而於鏡中端詳之，鏡故在門側也。」騙子如其言，方徘徊瞻顧

〔註103〕見（清）徐珂著：《清稗類鈔‧卷十一‧棍騙類‧騙人參》，頁5403。

間，突有人至後攫其冠，騙子大呼而追之，青種羊馬褂亦隨之而去
矣。〔註104〕

一名騙徒兩頭騙的例子，可見於《清稗類鈔・卷十一・棍騙類・綢緞店與外
科醫室之受騙》：有騙子到綢緞店買貨，要伙計隨他返家領取尾款，半途經過
某家外科醫院，騙子施計將伙計絆在院內，他則從容離去，等到醫師與伙計
發現受騙時，騙子早已帶著衣物逃之夭夭：

> 光緒時，吉林有某騙子至綢緞店購貨，檢定，告店夥曰：「余未挈現
> 款，請遣人從余往取。」店主乃令一學徒與之行。某導入一外科醫
> 室，坐定，乃曰：「請稍待，余出即回。」學徒靜俟之，久不至。醫
> 請詣內識，曰：「弛裡衣。」學徒本十六七歲之少年，溫婉若處女，
> 聞之愕然。醫又連促之曰：「既至此，何羞為！」學徒面愈赧，久之，
> 乃曰：「余來此，乃取貨價，若意欲何為？同來者非汝家人乎？」醫
> 曰：「安有是！余素不譜其人，渠晨來，曰余有幼弟以生殖器患瘍，
> 弟年少羞怯，須於無人時喚至密室，緩商之。君豈其弟耶？」學徒
> 乃大愕，始悟兩人均已受騙也，急蹤其人，無及矣。〔註105〕

珠寶值高，購買者非泛泛之徒，其店面多設於都會區或貿易地，也常是騙徒
覬覦對象。晚清雷君曜在《騙術奇談・珠寶被騙》裡說，某位穿著體面的人，
租屋於某珠寶店出粗的空室，與店主言談契合，某天，租屋者將家中骨董托
賣於珠寶店內，並跟店主約定，要給店家九五折回扣。起先因骨董的售價昂
貴，乏人問津，後來有一人前往，討價還價後訂了不少貨，先付五百元訂金，
並約定十天內來付餘款及取貨，但若店家在期限內另售他人，則要付予三倍
罰金。期間，租屋者家中遭遇變故，店主出高價力買下其骨董，以為買骨董
者會如約取貨，屆時將能獲取豐厚利潤，殊不知租屋者與買骨董者係一夥騙
徒：

> 金陵某珠寶肆，為一城巨擘。肆後空屋數楹，招人承賃。一日，有
> 人來賃屋，狀似達官貴人……高揭某公館條，漸次與肆中人浹洽。
> 某晚，其人狀若不預，曰：「予有祖遺珍物數事，已寶藏累代矣，年
> 來手中拮据，行將出售，汝肆能購此以濟予急最幸，否則請寄售，

〔註104〕見（清）徐珂著：《清稗類鈔・卷十一・棍騙類・騙衣》，頁5406。
〔註105〕見（清）徐珂著：《清稗類鈔・卷十一・棍騙類・綢緞店與外科醫室之受騙》，
頁5433。

以待善價而沽。」……謂如售去，當給九五回扣。肆中人以有小利可圖，并藉此裝飾門面，遂允之。歷數月，雖有過問者詢其價，無不咋舌而去。一日，忽有客來購鼻煙壺、手鐲、朝珠等件。越數日又來索閱玉佛、花瓶、如意、一見即嘖嘖嘆賞……問價若干，肆伙故昂其價，曰：「三萬。」客曰：「三萬太貴，折半則近矣。」卒定二萬四千成議。肆伙私計，連九五回扣之數，可賺五千，喜甚。客先付定銀五百，約十日為期，如逾期不至罰去定銀，或店中在期內別售亦罰三倍，并以所約之言要立字據，以示鄭重。逾五六日，客尚未至。至第八夜半，闔肆睡方酣，突聞叩門聲甚屬，拔關見一人形色倉皇，曰：「此間是某公館否？」曰：「然。」即導入內。俄頃聞內號淘大哭，急探之，云主人得家報，知母驟卒。明晨其人形容憔悴，付肆中房貲訖，曰：「即晚奔喪回里，寄售之物，幸即交還。」肆中人計今已第九日，明日客必來成交，因告之故并勸稍留。其人憤然曰：「汝真貿易中人，不知禮法。豈有為人子，聞父母喪而尚濡滯不返耶？且賣不賣由予，還客定銀可矣。」肆中人聚議，僉謂物若返渠，匪特坐失五千金，且失信於客，將何以對？不若先以銀一萬九千與之，好在祇差一日，挪移無害也。其人得銀，即急攜家眷去。至第十日晚，肆中人望眼欲穿，而客則杳如黃鶴，俟數月亦無蹤影，始知受騙矣。〔註106〕

交易金錢的錢舖，也是騙子們喜歡詐騙的地方，最常見的騙法是用偽銀充當真銀。袁枚在《新齊諧——子不語・卷二十一・巧騙》中說，某位老翁持金到錢舖換錢時，故意計較銀色，與主人喋喋不休，此時有一少年走入，自稱是其子的同事，代其子送回家書與銀兩，老翁稱己眼花，請店主代讀家書，店主發現其子予的銀兩與信中所寫金額不符，多了零點三兩錢，有意貪財，誆騙老人，孰料反入陷阱：

金陵有老翁持數金至北門橋錢店易錢，故意較論銀色……一少年從外出，禮貌甚恭，呼翁為老伯，曰：「令郎貿易常州，與任同事，有銀信一封，託任寄老伯。將往尊府，不意任之路遇也。」老翁拆信，謂錢店主人曰：「我眼昏，不能看家信，求君誦之。」店主人如其言，皆家常瑣屑語，末云：「外紋銀十兩，為斧薪水需。」翁喜動顏色曰：

〔註106〕見（清）雷君曜著：《騙術奇談・珠寶被騙》，頁1233～1235。

「還我前銀，不必較論銀色矣。兒所寄紋銀，紙上書明十兩，即以
此兌錢何如？」主人接其銀稱之，十一兩零三錢。疑其子發信時，
匆匆未撿，故信上只言十兩。老人又不能自稱，可將錯就錯，獲此
餘利。遽以九千錢與之。時價紋銀十兩，例兌錢九千，翁負錢去。
少頃，一客笑于旁曰：「店主人得毋受欺乎？此老翁者，用假銀者也。」
店主驚，剪其銀，果鉛胎，懊惱無已。……且詢此翁居址，遠望見
老人攤錢櫃上，與數人飲酒，店主直入酒肆，捽老翁毆之曰：「汝積
騙也，以十兩鉛胎銀換我九千錢！」眾人皆起問故，老翁夷然曰：「我
以兒銀十兩換錢，並非鉛胎。店主既云我用假銀，我之原銀可得見
乎？」店主以剪破原銀示眾。翁笑曰：「此非我銀，我止十兩，故得
錢九千。今此假銀似不止十兩者，非我原銀，乃店主來騙我耳。」
眾大怒，責店主。〔註107〕

清代典當業發展盛況空前，據統計，乾隆十八年（西元 1753 年），全國共有
18075 座當舖，至嘉慶十七年（西元 1812 年），則有 23139 座〔註108〕。僅京
城一地，據乾隆九年（西元 1744 年）大學士鄂爾泰等奏稱，共有六七百座〔註
109〕，許多官民見此業前景很好，爭相投資經營。在都會商埠做生意者，常需
要資金周轉，當舖是他們很好的選擇，可以將身邊較值錢的物品，作為臨時
變換資金之用。所以，當舖這熱門的行業，也成了騙徒的行騙目標。以《騙
術奇談・當舖被騙》為例，騙徒用調包手段騙得當舖銀票，讓同伙假意揭穿，
騙取賞錢，最後騙徒又用假銀票換回當物，騙徒無失一物卻得了不少錢，店
主連失錢財卻連當物也沒留住：

有衣冠華麗者，乘車帶僕至質庫，脫金手鐲二以質錢。掌櫃人細閱
之，黃赤無偽，稱各重五兩。問需京錢五百貫，掌櫃人還之。其人
讓至三百貫。北地尚錢帖，如數給而去。旁一丐者，脫其破襖，質
二十貫，掌櫃人叱之。丐笑曰：「假金鐲當錢三百貫，我襖雖破爛尚
非贗物，何不值二十貫耶？」掌櫃人心疑，復閱其鐲，則已誤畢包
金者。問丐何以知之。丐曰：「此有名騙子手，我知其寓處。」掌櫃
人願給丐錢兩貫，偕往尋之。至寓，果見其車在外。丐遽指其人，

〔註107〕見（清）袁枚著：《新齊諧——子不語・卷二十一・奇騙》，頁 391。
〔註108〕見羅炳綿著：〈近代中國典當業的社會意義及其類別與稅捐〉（見《中央研究
　　　　院近代史研究所集刊》第七期，1978 年 6 月初版）。
〔註109〕見（清）王先謙著：《東華錄・卷二十》。

得錢脫身去矣。掌櫃人入寓，則見其與顯者共飲。未敢喧嘩，因寓主通其僕，喚之出，與之辯論。其人曰：「物既僞，何以質錢如此之多？明是汝換我也。」互相爭執，顯者……笑謂其人曰：「我輩寧吃虧毋占便宜，不可與市井之徒較量，有失官體。足下錢尚未用，何不還之？」其人似不得已，委屈聽命，乃以原錢帖贖還二鐲。掌櫃人欣然領去，至晚，往錢局取錢，則已取去，出其帖比對，後帖系好手描摹者。〔註110〕

這種連環騙的手法在清代出現頗多，商界交易重互信，騙徒則是善用人性信任心理行騙，反映著在這種繁榮交易世界，人心善僞難分，人語只能信三分。

除上述店家外，鹽政等管理物資流通的官員，與各地往來商人互惠關係密切，騙徒也會俟機握住其弱點，假冒京城的觀察員，行詐騙之事。《翼駉稗編・卷七・冒充親藩》寫道，某騙徒假裝是某名請病假的親藩，並設計鹽政得知此番前來是要查其弊案，鹽政恐懼，求其近侍代爲說情，近侍獻計讓他付出巨額代價以脫罪，最後鹽政才知上當：

嘉慶初年，某邸兼管戶部，偶因目疾乞假。兩淮鹽院與天寧寺主僧至契。一日，有操京音者數人至寺，雲家主入都道病，欲賃靜室養病……不計值也。顯者視懸幢華，不交一語，僧異之，絲詰從人，皆雲某省道員入覲者……有某肆送白玉如意一枝來，索價千四百金，紀綱私扣六百，爲顯者所聞，命縛扣銀者鞭撻數百，逐之出。其人負傷詣僧叩求：「暫借一榻地，調理平服即行。」僧許之，因懷疑久，乘機研詰。曰：「主人非他，親藩某邸也。我系府中護衛齊某，奉命密查兩淮鹺務。」僧大驚，急白鹽政……隨僧赴寺，隔窗遙窺，顯者方據案展帖作書，眞某邸也。駭絕不知所爲，乃與僧懇之齊。徐曰：「王已查明鹺務，有三害五謬十不可信之疏，即日復命面奉。」遂朗誦疏稿，皆中時弊。鹽政色若死灰，堅求營救，良久，乃曰：「只一術，或冀挽回。王昔年從幸五台，曾許施鑄金羅漢十八尊，分府以未悉庫藏，未之足，公能具此以了夙願，王必德公。」鹽政大喜，遍市金十餘萬兩。未幾，王登舟，鹽政尾其後，皆張居間爲之關說，送之渡黃始返。旋聞邸抄，則王已銷假，無日不召見矣。〔註111〕

〔註110〕見（清）雷君曜著：《騙術奇談・珠寶被騙》，頁1233～1235。

〔註111〕見（清）湯用中著：《翼駉稗編・卷七・冒用親藩》（見「筆」三十二編九冊）頁5811～5815。

商業活動爲都會商埠帶來空前繁榮，房價也爲之上漲，某些商業埠地出現騙徒惡性「炒地皮」的現象。例可見於《清稗類鈔（十一）‧棍騙類‧串通地皮掮客以行騙》：

> 上海地價至昂，每畝或值十餘萬金。黠者輒於瀕馬路衝要之地，溺知其後必繁盛也，預購若干。他日有購屋於其旁者，即遣匠築牆。人必曰：「是將阻我之出路也。」恆就而商之。則曰：「祖遺之地，不欲售也。」果出重值，亦割讓，其所獲，較之曩昔所出之買價，每有多至十倍二十倍者。然此等狡謀，非有地皮掮客之畫策，亦不能辦。地皮掮客者，買賣屋地之媒介人，黠者行騙，恆倚賴之。
>
> 〔註112〕

詐騙事件偏在都會商業區，受騙者多是高級店家，實有原因。因這些地方，消費力強，行來過往的各項交易頻繁，流動客戶多，即使發生騙案，不易從當地居住者中找到破案線索。其次，商業埠地，即是財物交易地，店家與客戶之間的關係，多建立在以最低廉價格獲取最高利益上，這種貪小心理，反而讓騙徒有機可乘。再者，貿易地點的交通發達，有些地緣臨近出海口，騙徒行騙以後，可利用舟船將贓物運至遠地，使人無從追察。種種因素，提供這些騙徒詐騙機會，也出現詐騙集團，計劃縝密，團體配合行動，更讓這些商旅防不勝防。

二、都會商埠出現的犯案類型

承前所述，都會商埠人口複雜、財物利多、交通便利，提供犯罪者犯案的優勢條件。最常出現的犯案類型有：擄人勒贖、拐賣人口、謀財害命等。

擄人勒贖案件在廣東最多，繼而東三省、江浙一帶漸盛，若未能按時付贖款，則肉票性命不保〔註113〕。俞蛟於《夢厂雜著‧卷三‧金氏婦》篇載廣東金某，頗有資財，其妻被擄，金某挾資求贖之事：

> 海陽有金姓者，饒於財，妻王氏被擄，遺有幼子，方離乳思母，晝夜啼不止。因夾資赴盜舟求贖，匍匐而前。盜魁曰：「汝妻頗艾，念

〔註112〕見（清）徐珂著：《清稗類鈔（十一）‧棍騙類‧串通地皮掮客以行騙》，頁5458。

〔註113〕見（清）徐珂著：《清稗類鈔（十一）‧盜賊類‧擄人勒贖》，頁5296。

汝子幼，姑許贖，然須三十金，較錙銖以違命論，汝亦無望生旋矣！」

金解囊，如數以獻。〔註114〕

這些犯罪者所擄對象不限於商賈，凡多金之人，均是他們綁架對象，連官員也不能獲免。《清稗類鈔（十一）·盜賊類·某二爺擄人》載光緒年間，京師指揮官范某，在光天化日之下，連人帶車被劫，要求二十萬元贖金：

> 光緒甲午夏秋間，京師兵馬司指揮範某乘車行道中，忽有數人推其御者下，而驅其車速行。某驚問，則曰：「某二爺命相請。」指揮大驚，在車中大呼，無應者。過某街，有一坊官呵問，則對曰：「是某公府所要之人。」坊官不敢詰。良久，至府第……某偶見人過，輒哀其相釋，咸曰：「二爺有命，我等不敢知。」果有一人入見，曰：「君非湖北人范某乎？欲告借一二十萬，望勿卻。」范大驚曰：「我實兵馬司官，非湖北范某也。有文書可證。」即從靴中出文書示之……范始得出。〔註115〕

拐賣人口的問題在清代繁盛地區很普遍，以上海尤多，徐珂在〈拐帶婦孺〉一篇裡有詳細說明：

> 拐帶人口以販賣於人者，凡繁盛處所皆有之，而上海獨多。概華洋雜處，水陸交通，若輩遂得來往自由，肆其技倆。有自內意寮之至滬者，有自滬拐之出境者，或充奴僕，或作豬仔，而警察有所不知探有所不及……甚且從而袒庇之，蓋得其賄也。〔註116〕

在當時，若壯丁被拐，多從境內拐賣到異國為奴，稱做「販豬仔」，因到他國為奴，其際遇牛馬不如，尤在祕魯，還將這些人用鐵鍊橫鎖，牽連就役，至夜仍必須雙手反綁於榻上，不能翻身〔註117〕。若是婦女被拐，被先姦汙，再三凌虐至不敢妄言一語，再轉賣為人傭奴〔註118〕。時人有到外地選妾的風俗，都會繁華地區青樓歌妓林立，美女雲集，是他們特別愛前往的地方。揚州有一班媒婆，專門將婦女送至客戶寓中，任其選擇，立券交收後一個多月，就會出現自稱是此婦丈夫的男子，帶著數人強行將婦女帶回，若告上官廳，才

〔註114〕見（清）俞蛟著：《夢厂雜著·卷三·金氏婦》（據上海圖書館藏清刻深柳讀堂印本影印），頁688～689。

〔註115〕見（清）徐珂著：《清稗類鈔（十一）·盜賊類·某二爺擄人》，頁5328。

〔註116〕見（清）徐珂著：《清稗類鈔（十一）·棍騙類·拐帶婦孺》，頁5379～5380。

〔註117〕見（清）徐珂著：《清稗類鈔（十一）·棍騙類·販豬仔》，頁5378～5379。

〔註118〕見（清）徐珂著：《清稗類鈔（十一）·棍騙類·拐帶婦孺》，頁5380。

發現媒婆所立契字皆僞造，此即稱作「放鷹」，而媒婆等人稱作「瘦馬家」，其婦女多是他們或買或騙或拐而來，充斥都會地區。若是幼童被拐，肢體必受戕殘，用以博人同情乞錢，或現醜態娛人得賞，其情況之慘，可舉乾隆年間出現於蘇州的「狗熊」故事爲例：

> 乾隆辛巳，蘇州虎邱市上有丐，挈狗熊以俱。狗熊大如川馬，箭毛森立，能作字吟詩，而不能言。往觀者施一錢，許觀之。以素紙求書，則大書唐詩一首，酬以百錢。一日，丐外出，狗熊獨居。人又往，與一紙求寫，熊寫云：「少時被此丐與其夥捉我去，先以啞藥灌我，遂不能言。先畜一狗熊在家，將我剝衣捆住，渾身用針刺之，熱血淋漓，趁血熱時，即殺狗熊，剝其皮，包於我身，人血狗血相膠黏，永不脫，用鐵鍊鎖我以騙人，今賺錢數萬貫矣。」〔註119〕

至於謀財害命的案件，於第二章公案故事已述，商賈過往需經的旅店、船隻，最容易被當時犯罪據點。

晚清時期的程畹，在其《驚喜集·卷一·冤中冤》裡，說了一則豬肉販商返家途中被人殺害的故事：

> 東台分縣之初，縣令爲王某。時有販豬賈於外得銀投店。無賴某甲偵得之。次早黎明，販豬者出，某甲隨之。行既遠，四無人，甲出挺擊之，斃，搜銀入橐，而尸無可藏。適旁有新墳，土猶未固，乃去土啓棺，擬以尸入，則棺內女尸蹶然而起。甲大驚，疑爲尸變。女呼曰：「我某成衣店之妻也，以驟病死而復蘇。君是何人？送我還家，當以厚報。」甲曰：「爾欲生乎？從我遠行可也。爾欲死乎？斃爾杖下可也。其何從？」女無如何，諾之。甲乃瘞販豬者於棺，而挈女遁去。成衣者兄弟二人，女即其嫂。兄遠出，弟家居。嫂之死也，天方溽暑，不可以淹。叔與鄰里殯而葬之。嫂之母家既至，共奠於墓。見墓側有髮辮，引之，出於土中。……共開棺，則男尸在焉……官問成衣者，具白其冤。……官曰：「嫂即非爾所殺，然嫂往何所？且棺內男尸誰耶？姑令差緝爾嫂，而以爾抵男命。」……數年矣，成衣者之兄忽歸，見門有封條，大駭，鄰里告之故。且曰：「爾不速走，累且及爾。」因獨逃去。數月，至一旅店。主人之婦似其

　　妻，目之，女亦以目送。熟視之，眞其妻也。其妻遣某甲他出，而
　　以情告之，立鳴官，獲甲……立誅甲。〔註120〕

一件單純謀財害命案，原本以爲做的天衣無縫，不料，意外「死而復生」棺中屍，目睹一切，待因緣成熟時，破了此案。

　　從這些故事裡可以發現，利用美色或柔弱行騙者，女子的來源多出自妓女，老者則從乞丐挑選。這些經濟繁榮地點，嫖賭等娛樂盛行，丐者也因此處多金而聚集，本只是一種社會人口流動的現象，在這裡也提供了行騙者很好的行騙資源。

貳、中西合騙

　　鴉片戰爭後，清政府廣開通商口，異國文物傳入中國境內，成了騙徒詐騙新手法。《清稗類鈔（十一）‧棍騙類‧以女子相片行騙》寫道，騙徒利用洋物——「照相機」騙財：

　　蘇人某甲，即欲納妾，遍求佳麗。其親串某乙知之，出一西洋法所
　　照女子相片視之曰：「君視此，美否？」甲曰：「美甚。」乙曰：「此
　　某氏女，可圖也，然須重聘耳。」甲即託乙平章往返數日，乃報甲
　　曰：「事成矣，議定聘銀五百兩，先付二百，爲女治奩具。」甲如數
　　付之。數日無耗，使人問之，則乙已遠出矣，留書別甲曰：「君甫遭
　　大故，即納小星，非特人言可畏，抑亦國法不容，此事宜徐。俟君
　　服闋，再爲留意，僕適有遠行，前銀暫借一用！」〔註121〕

各層級洋人們入境後，多居住近通商口岸的商業埠地，其中不乏盜騙份子，在《蜨階外史‧船戶妻》裡，船戶妻對船戶曉以大義，莫取不義之財，而不義之財的來源即因，天津是洋貨聚集地，洋商會將貨品帶到停舶港口的船隻上，讓坐船到此地買洋貨的商人選物議價。有兩位洋商看到某商攜重貨前來，覬覦其金，便與船戶商量，將船開至空曠地，殺害此商人，再與船戶共分其利。〔註122〕

〔註120〕見（清）程畹著：《驚喜集‧卷一‧冤中冤》（見胡文炳著、陳重業主編：《折
　　　　獄龜鑑補譯注‧卷三‧犯奸下‧盜更成奸》），頁454。
〔註121〕見（清）徐珂著：《清稗類鈔（十一）‧棍騙類‧以女子相片行騙》，頁5445。
〔註122〕見（清）高繼衍著：《蜨階外史‧卷二‧船戶妻》（見「筆」正編六冊），頁
　　　　3979。

此外，有洋騙子與中國騙子連合行騙的情形。例見《清稗類鈔（十一）‧棍騙類‧串通洋人以行騙》所述，假借與洋人合作製作珠寶，騙取珠寶商訂金，所利用的即是國人崇洋心態：

> 僑滬之洋人，有無領事約束者，其人類多無賴，而不肖華人，恆與通作僞以行騙。彭玉甫者，其一也。一日，以金剛鑽原料至某珠寶肆求售，與肆夥訂期至某處看樣。屆期，肆夥與之往，果見有西人名愛迭生者在焉。議價既定，約先付定銀五百兩，俟三閱月後，貨運齊，款清償。翌日，肆夥送五百金往，並取有愛迭生收據，自是而玉甫亦常至此肆。及限期將屆，則絕跡，肆夥往視愛迭生，亦不知所之矣。〔註123〕

當時也有洋人利用中國百姓的無知而行騙，中西騙子結合行騙，或共謀騙術的故事。可見於《清稗類鈔（十一）‧棍騙類‧西人來滬自稱電醫》所述，有名自稱能用電學治療諸病的洋人，先是針對沿途痺者、盲者、傴者、癱瘓者乞求他診治者，均將他們治癒，使富貴人家爭相邀迎家中替親人看診，但洋人要求先付巨額診療費才肯前往，不過一個月時間，他就賺了很多錢。可是富家人的病卻都沒有治好，原來是某中國騙子事先賄賂人們裝成各類重病者，讓洋醫醫治，藉以誆騙大眾前來求醫：

> 宣統時，西人某來滬，自稱能以電學療治諸病，應手立愈。日坐馬車，行大路中，病者即就路旁求治，果見痺者、盲者、傴者、癱瘓者，沿途乞醫，略一施治，則痺者能起，盲者能視，癱瘓者立愈。於是富貴家之有疾者，爭以重金乞治。即索巨金，且須先給。雖匝月即去，獲資無算，而求者猶不絕，後來者方自恨知之晚。已而皆無效，再三研究，始知盲、傴之流，皆使粵人某賄寧波、江北人為之也。〔註124〕

商業繁榮，利益薰心，助長了人們想要以不法之途獲取利益增的念頭，以致賊盜騙徒，處處可見。到了晚清，這些都會埠地多已成爲各國租界地，政府無權管轄，無形中也提供了這些不法之徒爲非作歹的避風港，更易產生社會問題。

〔註123〕見（清）徐珂著：《清稗類鈔（十一）‧棍騙類‧串通洋人以行騙》，頁5457。
〔註124〕見（清）徐珂著：《清稗類鈔（十一）‧棍騙類‧西人來滬自稱電醫》，頁5457～5458。

第四節　旌表節孝對社會的制約與影響

滿族入關以後，爲鞏固在中原的政權地位，提倡封建綱常倫理，維護父權、夫權的家庭結構，對於孝子節婦，大加旌表。根據光緒年間《大清會典事例·卷四〇三》所載，康熙皇帝以爲：「興起教化，鼓舞品行，必以孝道爲先，孝子萬宜褒獎。」雍正皇帝則言：「治道莫上於風化，而節行實爲風化之首，故旌揚盛典，厲休崇之。」乾隆皇帝亦指出：「國家旌表節孝，所以發潛德之幽光，正倫常而維風化，典至重也。」〔註125〕

自順治元年（西元 1644 年起），官方即開始旌表節孝，順治九年（西元 1652 年）提准旌表奏核之事，並明文規定獎賞措施：

> 直省孝順孫，義夫節婦，州縣官申府，府申道，道申巡按御史，巡按御史核實，奏請下部察勘，復准旌表。〔註126〕

康熙六年（西元 1667 年）進而具體規定，民間婦女三十歲以前夫亡守節至五十歲者，爲完全節操，准予旌表。雍正元年（西元 1723 年）批准禮部之議：「節婦年逾四十而身故者，守節已歷十五載以上」予以旌表，且在各地建忠義、節孝二祠。〔註127〕

乾隆十年（西元 1745 年），政府推出了「安節孝」政策：

> 孝子節婦中有食貧守志，難以存立之人，或至饑寒失所，較之泛常孤貧，尤宜矜恤。令該省督撫分曁州縣核實，取具鄰右，印官各結詳報，酌給口糧，俾存活有資，不致失所。〔註128〕

政府大加獎勵節孝之人，對人倫義理自然起了正面制約作用，使孝子倍出，爲人子女者競相行孝，也使青年男女知份守禮，端正夫婦綱常。不過，因爲也過度旌表，產生不少偏激效果，自殘自盡悲劇頻頻上演。

壹、旌勵孝子對社會的制約與影響

受到政府獎勵與傳統家庭教育影響，清代孝子倍出，從前述親子故事可歸納出剖體救親型、險境護親型、千里尋親型、殉身救親型等的孝子。

就正面而言，這些孝子的確對社會風氣發揮制約作用。俞樾在《薈蕞編·

〔註125〕見光緒年間：《大清會典事例·卷四〇三》之〈禮部·風教〉篇。
〔註126〕出處同上。
〔註127〕見《清世宗實錄·卷十二》「雍正元年十月甲寅」條之載。
〔註128〕見見光緒年間：《大清會典事例·卷四〇三》之〈戶部·蠲恤〉篇。

卷十・姜元凱》中說：「一里之中若有孝者，則盜不敢欺、鬼不敢侵，里民得保平安，時人得疫幾死，唯與孝子爲鄰者得免〔註129〕。」查繼佐在《罪惟錄・列傳卷之二十四・孫清》中說，孫清護柩，遇賊不去，孝感盜賊，兩次經其家門而不入，鄰里反有依之而得生者〔註130〕。鄉里間一但有孝子事，則爭相迎養呈報，地方官判案時，若遇不孝子，請來曾經割股療親的孝子，斥訓堂上的不孝子，教以行孝之方：

> 他日人有訟其子不孝者，有司訊於市，延孝子並几坐，指以示其子
> 曰：「此剔肝袁孝子也，居同里而不知所效邪？」杖之。〔註131〕

就這些情況而言，的確有淳化風俗的正面意義。

但是，看到極年幼的子女爲了行孝，不惜殘害身體或殉身，幾成濫殤，實有違「身體髮膚受之父母，不敢毀傷。」雖然順治、康熙、雍正帝王均定下：「割股或致傷生，臥冰或致凍死，恐民仿效，不準旌表〔註132〕。」的規定，但又時有特例，像是順治朝的陳繼昌，年僅十歲，因母病而刲股救親，得到撫恤〔註133〕；康熙時期的鄧乾，割股救親受旌表〔註134〕；雍正六年，福建孝子李盛山割肝救母受旌表，理由是：「割肝療疾，事雖不經，而其迫切救母之心，實屬難得，深可憐憫〔註135〕。」政府大嘉獎勵下，蔚爲社會風氣。

雍正剛即位時，擔心這樣的旌獎只限於官方與富貴人家：「每見直省地方有力之家尚能上達，而鄉村貧竇之人，則多湮沒無聞。」所以特別呼籲都撫、學臣等地方官要遍加采訪，使苦寒守節之家，同沾恩澤。〔註136〕政府的美意，民間爲爭功賞，當社會沉浸在崇孝受旌風氣中，各地：「予旌者什一二，不報者什七八……一經大吏報聞，朝土疏、夕表閭矣。〔註137〕」地方官爲討執政

〔註129〕見（清）俞樾著：《薈蕞編・卷十・姜元凱》，頁4862。
〔註130〕見（清）查繼佐著：《罪惟錄・列傳卷之二十四・孫清》（見「筆」四十五編四冊），頁2475。
〔註131〕見（清）俞樾著：《薈蕞編・卷十・袁昌齡》，頁4862。又胡源祚著：《採異錄・卷六・投火救父》也有相同情形。
〔註132〕見《大清會典（康熙朝）・官民旌表》（台北・文海出版社），頁2640。《大清會典（雍正朝）・官民旌表》（台北・文海出版社），頁4258。
〔註133〕見《大清世祖章（順治）皇帝實錄・卷二十九》（台北：華文書局），頁345。
〔註134〕見（清）張邦伸著：《錦里新編・卷七・鄧乾》，頁455。
〔註135〕見（清）托津等奉敕纂：《欽定大清會典事例・卷三二二・禮部》（台北：文海出版社），頁4280。
〔註136〕見光緒年間：《大清會典事例・卷四〇三》之〈禮部・風教〉篇。
〔註137〕見（清）陳康祺：《郎潛紀聞初筆・卷十四・旌表烈婦》，頁296。

者歡心，廣搜民間孝子事，報者重賞，也出現製造賣孝子新聞圖利的情形，見於《採異錄・卷一・擊虎救父》：

> 夏千，會稽東關人，饒膂力負氣，獨事父婉順，以孝聞東關。故水窟虎急忽起叢草，眾驚噪，虎逸入千圃中。父出見攫，千急出手，持竹筯連擊虎頭，且擊且號曰：「汝不脫我耶？何敢爾！」虎爪其面，不為動，擊愈急，虎捨之去，乃負歸，腸出，納而衽之，禱於庭曰：「願得父偕生，否願偕死，幸勿獨存。」父創甚，猝不得善藥，因攬庭前苦薺嚼傅之，痛稍止。俄群獵過其捫所用藥，入視曰：「嘻此即是也。」和酒飲之，令各沾醉數日則俱起矣。或以其事聞於官議旌，胥索賄，千語人曰：「奈何為今之行錢買孝子者！」〔註138〕

這些都是矯枉過正的現象，也失去獎勵的意義。

貳、旌表節婦對社會的影響

　　俞正燮在《癸巳類稿卷十三》錄一則福建的民歌，道出守寡婦女被強迫守節的心酸：

> 閩風生女半不舉，長大期之作烈女。婿死無端女亦亡，鴆酒在尊繩在梁女兒貪生奈逼死，斷腸幽怨填胸臆。族人歡笑女兒死，請旌藉以傳姓趙。三尺華表朝樹門，夜聞新鬼求還魂。

清代大力旌表節婦，使得貞女貞婦倍出，人人競相學習，是見好事。不過，對許多偏激的殉節行為，政府非但禁止，反而加以鼓勵，實陳康祺於《郎潛紀聞初筆・卷十四》載：

> 凡烈婦殉夫、貞女守志……輒令具奏請旨，聽上權衡。然予旌者什一二，不報者什七八。蓋畸節異行，事近矯飾，未可為風厲天下之恆典也。……一經大吏報聞，朝土疏、夕表閭矣！〔註139〕

以致社會上，不惟髮妻守貞節，也有妾守貞者，見於《耳郵卷三》，有名富翁，在元配死後另娶一妾，雖育一子卻因病死去。不久富翁死了，族人覬覦富翁財產，逼妾改嫁，妾泣求道：「未亡人雖小家女，亦知從一而終之義，誓死不

〔註138〕見（清）胡源祚著：《採異錄・卷一・擊虎救父》，頁157。

〔註139〕見（清）陳康祺著：《郎潛紀聞初筆・卷十四・旌表烈婦（二則）》，頁296。

出此門，願長齋奉佛，以了餘生。」說完立刻削髮修行，將家產全交由族人管理，終身吃齋唸佛。〔註140〕

對於再嫁者，也給予排斥和羞辱，同治年間的《祁門縣志》載：「再嫁者必加以戮辱，出必不從正門，與必勿令近宅，至家牆乞路，跣足蒙頭，群兒且鼓掌擲瓦而隨之。」嘉慶年間《旌德縣志卷一》中言：「知重名節，以再嫁為恥。」再嫁婦受到的岐視，類同今日尚存在中東的陋俗。

社會風俗對守寡的婦女，求守節守志為尚。筆記中有關婦女守節的故事頗多。沒有經濟能力的她們，卻要獨立撫孤生存，備嘗辛苦。《清稗類鈔・貞烈類・劉丐婦守節撫子》篇中說劉婦早年喪夫，帶著五歲兒子過生活，因不見容於戚屬，只好行乞養子：

> 劉丐婦，贅李入，婦事之唯謹……未幾，遭火，婦與子從火中出，夫夫燼焉。時遺孤甫五齡，婦以遭家不造，家計蕭條，遂寄身戚屬，願服其勞為餬口計，然戚屬恆薄遇之，乃出而行乞焉。婦既行乞，至夜則宿尼庵。自朝至暮，則勤針黹，扣授子以《四子書》，折枝畫地為字以教之。後乃乞得殘書數部，並以錢十二文購筆一，令蘸水習字於大磚，如是者以為常。〔註141〕

宋永岳在《志異續編・節母》故事中說，有名節母早年喪夫，晚年時她娓娓道來自己的一生，以自己能潔身自持而引以為傲，實際則反映著這類婦女獨守空房的歲月難熬。

> 母曰：「我自失所天，子身獨宿，輾轉不寐，因思魯敬姜『勞則善，逸則淫』一語，每於人靜后，即熄燈火，以百錢散拋地上，一一俯身撿拾，一錢不得，終不就枕。及撿齊後，神倦力乏，始就寢，則晏然矣。歷今六十餘年，無愧於心。」

有位結婚才半年即守寡的節母，生下遺腹子，獨立撫孤，至子孫林立，臨終前，她特別將孫媳婦輩找來，把自己一生的『心』苦告訴她們，並勸勉媳婦們不要勉強守寡，若是改醮，也未嘗不可，道盡寡婦心酸，見於《諧鐸・卷九・節母死時箴》：

> 氏曰：「爾等作我家婦，盡得偕老百年，固屬家門之福，倘不幸青年居寡，自量可守則守之，否則上告尊長，竟行改醮，亦是大方便事。」

〔註140〕見（清）俞樾著：《耳郵・卷三》（見「筆」正編七冊），頁4216。

〔註141〕見（清）徐珂著：《清稗類鈔・貞烈類・劉丐婦守節撫子》，頁3084。

眾愕然，以爲憒耄之亂命。氏笑曰：「爾等以我言爲非耶？守寡兩字，
難言之矣。我是此中過來人，……我居寡時，年甫十八，因生在名
門，嫁於宦族，而又一塊肉累腹中，不敢復萌他想。然晨風夜雨，
冷壁孤燈，頗難禁受。翁有表甥某，自姑蘇來訪，下榻外館，于屏
後覷其貌美，不覺心動。夜伺翁姑熟睡，欲往奔之。移燈而出，終
以此事可恥，長嘆而回。如是者數次，後決然竟趣，聞灶下婢喃喃
私語，屏氣回房，置燈桌上，倦而假寐。夢入外館，某正讀書燈下，
相見各道衷曲，已而攜手入幃，一人趺坐帳中，首蓬面血，拍枕大
哭，視之，亡夫也。大喊而醒……正交三鼓，兒索乳啼絮被中。始
而駭，中而悲，繼而大悔，一種兒女子情，不知銷歸何處。自此洗
心滌慮，始爲良家節婦。……因此知守寡之難，乃勉強而行之也。」
〔註142〕

爲了鼓勵婦女守節即守婦道，是人倫道德的表現，政府大加「旌表」，獎勵有
志守節者，但到最後，大家爲求旌表，有的會逼迫婦女守節，有些婦女守節
最終目的，並不是對死去丈夫的一片情義，而是希望能受封旌表，以獲美名，
在《北東園筆錄四編‧卷二‧節婦請旌》一則故事，道出其願望：

某孝廉，負時望，鄰邑聘修縣志，有公舉兩婦人節孝者，哂之曰：「不
嫁易易耳，奚足爲奇？」擯之不錄。……夢兩婦人戟手相向曰：「我
等茹藥飲水，所得僅此虛名，何物狂生，乃謂易而黜之耶？今的請
於帝矣。」某驚覺，告知同人，咸以爲妖夢不足憑。及入闈，三藝
方成，即將謄清，忽見前兩婦人入，詈之曰：「今科本可掄魁入翰苑，
因爾妄肆，雌黃塗足已盡，尚望終場耶？」執其筆不得下，乃狂呼
徹夜，碎其卷而出。〔註143〕

沈起鳳在《諧鐸‧卷三‧兩指請旌》則說，有位寡婦，替七歲兒子聘請塾師。
一夜，寡婦她難忍孤寂，走到塾師趙某的房裡，主動示好，趙某嚴詞拒絕，
急忙關上門，不愼將寡婦的手指夾住，寡婦事後羞愧難當，割指自懲：

（婦）曰：「先生離家久，孤眠岑寂，今夕好風月，不揣自薦，遺此

〔註142〕見（清）沈起鳳著：《諧鐸‧卷九‧節母死時箴》（見《清代筆記叢刊（一）》），
　　　　頁871～872。
〔註143〕見（清）梁恭辰著：《北東園筆錄四編‧卷二‧節婦請旌‧又》（見「筆」正
　　　　編九冊），頁5985。

良宵。」蓉江正色曰：「婦珍名節，士重廉隅，稍不自愛，交相失矣，汝請速回，人言可畏也。」婦豎立不行，蓉江推之出戶，婦反身復入，蓉江急闔其扉，而兩指夾於門隙，大聲呼痛，稍啓之，脫手遁去。婦闔戶寢，頓思清門孀婦，何至作此醜行凌賤……羞與悔，并起急引佩刀，截其兩指，血流奔溢，瀕死復甦，潛取兩指拌以石灰，什襲藏之。……其子成進士，入部曹爲其母請旌，時蓉江已居顯要，屢申屢駁，其子不解，歸述詣母，母笑曰：「吾知之矣。」出一小檀盒，封其口，授其子曰：「往呈爾師，當有驗。」子奉母命呈盒於師，蓉江啓視之，見斷指兩枚，駢臥其中，灰土上猶隱然有血斑也，遂大悟，即日具題請旌。〔註144〕

蓉江答應旌表的原因，是節婦懂得潔身自愛之心。

社會重視寡婦守節者，不只其一，在《郎潛紀聞初筆二筆三筆・夫以妻榮》裡還寫道，某官因病去世，妻子殉節，獲得朝廷表揚，不只妻子受旌表，還賜其亡夫更高的頭銜，並贈其家百兩喪葬費。〔註145〕

請求旌節，蔚爲時風，有人則藉機斂財，最後受到報應的，見《北東園筆錄四編・卷二・節婦請旌・又》：例見某太守，頗負清名，某夜他做了一個夢，夢見有一老婦步履蹣跚，向他替了一張紙，像是有冤情欲訴般，接著又看見鄉榜某房師的兒子與侄兒，穿著狼狽，且帶鐵鍊，形如階下囚，來到某堂前受審，心裡很訝異，醒來後趕緊調查最近所發生之事，才知有一富室的節婦請求旌表，結果某房師的少爺與侄少爺藉機勒索賄費，因爲富室沒有答應，以致節婦始終未獲旌表。〔註146〕

重視節孝的本意，原爲固守倫常，透過旌表以茲獎勵，使人自惕，當大家競相求取旌表時，反而失去其意義。如果政府將心力用於人心教化，激起自願守節行孝，而非利誘所致，才是真奉行禮教之義，真正使祖「德」流芳。

〔註144〕見（清）沈起鳳著：《諧鐸・卷三・兩指請旌》（見《清代筆記叢刊（一）》），頁849。
〔註145〕見（清）陳其元著：《郎潛紀聞初筆二筆三筆・夫以妻榮》，頁471。
〔註146〕見（清）梁恭辰著：《北東園筆錄四編・卷二・節婦請旌・又》，頁5985。

第五章　清人筆記生活故事反映之社會風貌

　　透過筆記故事，可以發現，騙術至清代可謂集大成，詐騙集團也發展穩定勢力，活躍於都會鄉間，進行劫騙。對社會最活躍的商人群而言，劫盜與詐騙是他們行商過程中最大的考驗，即使能小心渡過，他們還有許多因長年離鄉帶來的家庭問題必須面對。

　　清人好訟，各縣縣衙每日有接收不完的大小案件，面對民事糾紛，判官多採勸導息訟，至於傷及人命或具具體犯罪行為的案件，為了讓犯者認罪，判官必須洞燭先機，熟稔心理學，才能讓人心服口服。

　　自古以來的婚姻均為父母包辦與媒妁之言，但沒有感情的婚姻很容易因種種因素而生變。清代女性婚前私戀與婚後外遇的情形增加，因為不為社會所容，以致為了愛情，直接或見接造成了人命官司者不再少數。

第一節　騙徒之騙術與盲點

　　有關騙子行騙的記載，早在秦漢時期已有，魯迅在《中國小說史略》言：「秦漢以來，神仙之說盛行，漢末又大暢巫風，而鬼道愈熾……凡使皆張皇鬼神，稱道靈異，故自晉迄隋，特多鬼神志怪之書。〔註1〕」其中的「張皇鬼神，稱道靈異」，即是裝神弄鬼以行詐騙之事。

〔註1〕見魯迅著：《中國小說史略・第五篇・六朝之鬼神志怪書（上）》（台北：谷風出版社），頁45。

　　歷朝筆記、小說出現騙子以各種方式行騙的故事例不繁舉，騙術代代流傳，騙徒們行騙技巧日新月異，至清，就筆記故事所見，騙術已達十餘種之多，包括一般常見的障眼法、美人局、迷魂法、冒認身分型。偽善型、以假風水以騙人、假奇術真詆騙、假物爲誘餌型外，尚有較特別，發展於清代的連環騙與給違未見的雅騙等。

　　僅管人們都知道這些騙術，但受騙者仍不少，其原因在於騙徒熟稔人們貪嗔癡心理弱點，加上他們多打扮成上流社會人士，表現出極誠懇、熱心，不易爲人察覺。透過騙術介紹，可見端倪。有趣的是，騙子行騙並非萬無一失，他們也有反被騙的窘境。

壹、騙徒之騙術

一、障眼法

　　障眼法，即是利用種種方法吸引人的注意力，再伺機行竊的方法。

　　宣鼎在《夜雨秋燈錄續集・卷三・驢化爲履》中說：有一個人很吝嗇，每次買東西必定斤斤計較，或者爲了圖廉價而寧願買次級品。這天，城裡來了一名外來客，牽著疲憊的驢子到市場上，表示急於販驢換錢，所以驢肉賣的價格十分便宜，慳吝者聽到這消息，趕緊帶了一袋錢去，把所有的驢肉都買回來，將部分交給廚娘烹煮，剩下的則裝在甕裡。當廚娘蒸好打開鍋蓋一看，驢肉全都化爲爛草鞋，驚訝不已，趕緊通報主人。慳吝者不信，把裝在甕裡的驢肉也拿出來看，果然都變成爛草鞋，才知道是上遊方術士用障眼法騙財的當：

> 東台某鎮，有富翁朱叟，擁厚資，而慳吝殊甚……里人呼之曰：「癩狗皮。」一日，有陝客牽驢來鎮，乞於肆云：「斷資斧，不能歸。」求眾援，不應。客嘆曰：「吾餒甚，實力窮，本擬乘驢返，今欲或之。急切無售主，盍殺之。貨驢肉，僅取價常之半。」人爭售之，頃刻去其半。翁聞之，急攜錢，盡購其剩者歸。以驢肉滲盤，儲於甕，剖小小一臠，炊于釜，廚婢燃薪，煮移時，偶揭釜蓋，睨其生熟，大驚，蓋肉突化爲爛草履一雙。告翁，大駭詫，視甕中，則滿滿皆雙不借。問鄰家有貨肉者，亦如是。蓋游方術士，用障眼法破慳囊者，翁不知也。〔註2〕

〔註2〕見（清）宣鼎著：《夜雨秋燈錄續集・卷三・驢化爲履》，濟南：齊魯書社，頁135～136。

同書卷二的〈小癩子〉，則是寫江姓鹽商與小癩子打賭，若眞能將他眼前的眞元寶騙去，就甘願將元寶送給他，小癩子固然爲難離去，接著來了一名大腳女子，與鹽商攀談甚歡時，鹽商拿元寶跟她炫耀並言與小癩子打賭事，大腳女子拿起元寶觀賞，不意失手又拾起，期間已將元寶掉包而鹽商不知，等到小癩子前來稱謝時，才知大腳女子是小癩子刻意安排鬆懈他心防之人，而女子將元寶掉包的伎倆也是障眼法：

> 鹽商江某，老而淫，婢妾外，更廣集大腳仙薦枕席。一日，小癩子嬉戲肆前，見江某，遽鞠躬問安否。江笑擎一寶，語癩子曰：「吾夙稔汝神通大。元寶置案頭，吾坐守之，眾目瞰之，爾能炊許時公然攫寶去，使吾與眾均不知，即以寶賞汝！」（癩子）曰：「如是，當預謝賞！」言已，即去無跡。江端坐，目時顧寶。忽一妖豔大腳仙，年甫十六七，飄飄從東來，至門首，見江翁撫案坐，故止步笑曰：「且小憩片時。量午餐湯餅尚不過遲。」旋有數婦人陸續過門，問女曰：「巧姐，竟親執其勞耶？不怕閃壞嫩腰肢，累主人心痛？」女怨曰：「無奈何！阿六官忽思啖湯餅，所幸大腳能走，哪怕踏破多街！」江瞰其冶容，已神迷；又聞其嬌語，更心動。（女）問曰：「翁癡耶？坐守元寶，將以炫路人耶？」曰：「非也！」遂曲折道與小癩子相賭之由。女嗤然一笑，曰：「翁莫逗人耍！是必假寶。若眞矣，翁即富，何肯以之作孤注？」翁極言其眞，舉寶使女自鑒。女果倚案捧寶審視。翁笑曰：「此吾家所最夥者，汝若肯來，何愁無十數枚？」女大笑釋手，誤墮柳斗麵中，失色曰：「殆矣！」急從麵中捧出，取袖中羅帕拂拭，而後置翁前，曰：「幸不跌傷！然奴幾驚破膽矣！」翁曰：「癡妮子，幾見有元寶跌損者乎？」女曰：「貪看元寶，憩此多時，恐六官又著急，奴去休！」言已，匆匆挾筐向西去。翁方與眾月旦女貌若何、言辭若何、衣飾又若何，小癩子忽含笑來，徑詣翁前，伏地拜謝厚貺。曰：「我元寶具在也。」曰：「翁寶已化爲鉛矣！眞寶已蒙賜。」……翁細審案頭，粲粲者果爲鉛鑄。驚詢何術？曰：「頃來尤物，乃小人之妻，與翁喋喋時，已由麵中更換去矣！」翁始恍然乾笑。〔註3〕

有些騙徒故意聲東擊西，製造吸引物引開受騙者的視線，藉機行騙，受騙者

〔註3〕見（清）宣鼎著：《夜雨秋燈錄續集·卷二·小癩子》，頁119～120。

之所以上當，多基於好奇心而不設防。丁治棠在《仕隱齋涉筆‧騙局三則》裡說了一則騙徒藉壺作影，引開布商注意力，再竊取其貨之事：

> 布販某逢場期傍街設櫃，擺布多捆，皆上色細貨。對面一大茶社，極熱鬧。當市人擁擠時，一人向販耳語曰：「我爲偷兒，欲取茶館銅炊壺，惟老兄處瞧得，乞垂青照，勿昌言，受庇多矣。」販曰：「竊他人物何干我事？爾好爲之！」其人再三密囑乃往。販念飲茶多人，炊壺又大且重，非可懷袖禮者，留意伺之，看如何竊法？是人入社，在炊爐畔摩壺數次，故將壺蓋揭視，旋就爐火吸煙，又向販作睞眼搖手狀，盤旋時許，卒無如何而出，出即避去。販寓目久之，見其人去，乃回顧己櫃，已失布絲四五捆矣。〔註4〕

若非布販抱池隔岸觀火心態，而能發揮商界道德，即時阻止騙徒行爲，或者冷靜思考：「豈有行騙者主動告知欲騙之事？」而提高警覺，即不會有此損失。可謂：「螳螂捕蟬，黃雀在後。」布販欲見人如何被算計，殊不知算己人正在己身後。

在使用障眼法騙取財物過程中，有一致勝關點，在於騙者多能先掌握受騙者貪、色等的心理，利用此心態使自己達到目的。

二、美人局

古云：「英雄難過美人關。」即使替人卜卦的卜者，竟也無法算出自己陷入美人計一劫，例見陸林收入《清代筆記小說類編‧計騙卷》中〈卜人受誆〉的故事：有位卜者占術高超，預言甚驗，生意很好，存了不少錢。一天，有人拿了妹妹的八字請卜者占算，後又請他幫其妹另謀對象，卜者毛遂自薦，事果順遂。婚後，夫妻相合，卜者將家中財物悉委其妻，直到一天，他被太守找去幫忙占驗，回來發現妻去財空，才知太守求占乃是騙子的調虎離山計。心有不甘的他，暗中察訪得知，騙子早知他頗有財富，故日前先替某城名妓贖身，設此美人局：

> 漢口鎮大街有卜人平地雷者，以賣卜爲生，其占卦有奇驗，人多問之詢休咎，其門如市，戶限爲穿。因是囊橐中頗有蓄積。一日清晨，有遠客入門，持一女造求卜。因曰：「此命早年恐於夫星有礙。」曰：

「君眞半仙！……此舍妹賤造也，適于歸歲喪偶，今意欲擇人而嫁，第甚難其選……」平地雷本屬鰥居，聞之，不覺心動，因作毛遂自薦，求爲執柯。其人曰：「雖然，舍妹性情執拗，非言語所能強，須得其自來一觀可否，由其自主，余不能力也。」越十餘日……忽有肩輿至，輿中人素服淡妝，嫣然國色也。坐定，出造令算，則即前日所言之女造也。平地雷已會其意，倍加殷勤。去後，其人至曰：「事已諧矣，幸不辱命！」涓吉成婚，婦所攜奩贈極豐盛。居月餘，所蓄資財盡露底裡，悉委其婦，掌其管籥。一日，有差役持束至，召其一卜決疑。卜問既竟，天色已晚，明日凌晨而歸，則雙扉洞開，僅有老嫗守戶，問嫗何往？曰：「歸家去矣！」心知有異，啓其篋笥，則瓦正因爲礫滿焉，所儲之銀已化烏有。既而細爲緝訪，則婦人固武昌城中名妓也，近日有四川客新爲贖身，得脫樂籍。四川人者，特一大拐騙也，知平地雷蓄有數千金，故設此美人局以誆之，府尊召卜，亦其假托耳。〔註5〕

類此色誘以達騙財目的的故事在清代頗多。其中一種「放鷹法」，在南北方均可見，又稱「放鵓鴿」。其行騙方式爲：騙徒以自己的妻女充爲室女，賣給他人，但在男方付款帶回家後，不過一個月的時間，這名女子即無故失蹤，實際上她則是回到夫家或父家，再被轉騙他人，在她離去前，則會將受騙者的財物席捲而去。《小豆棚・卷十四・放鷹》故事說道：有對父女在道旁故作可憐狀，引起艾某同情注意，與之攀談，繼而娶其女爲妻，墮入陷井。人財兩失的他，不意再度遇見此女，女子決意跟他遠走高飛，不肯再扮演讓父親騙財的「鷹」：

艾姓年二十，未娶，爲人佣僕，數年積中人產，遂欲作歸計。行至獻縣界，道旁有老翁與一少女，坐樹根鳴咽而泣。艾問翁何往，翁告去年婿死，老妻下世，父女如無主孤魂……又問艾曾娶否，艾曰：「固未有室家也。」翁曰：「如不以弱息醜陋，願寢禰焉。」艾喜動眉宇。至一村墟，翁與艾入旅店，翁曰：「儵住不必更分彼此。」艾與翁且飲，半酣，艾又提女事。翁作醉狀曰：「一諾千金，何悔之有？」呼女出，入室與艾成偶。艾即解衣偎女，以口囓帶，艾即昏然仆地，

蓋翁以迷藥置結上，俟其中計也。翁此時扶艾臥床，取艾資。侵曉，
翁起備驢，見愛驢偉，遂牽艾驢駄其行載，命女騎。呼店主人曰：「吾
婿尚寢，留其腳力，我與女先行。」主人不知，遂呼其載星而去。
日至午，主人不見客起程，搖弄逾時，醒曰：「失睡矣。」問妻與岳
安在，主人曰：「令正與泰山半夜行矣。」艾倉皇起，搜其篋蕩然一
空。乃整其疲牝驢掛被囊，喪氣出村。驢忽而抵西行……蹄趺而奔。
艾憤，追而騎之，任其往，抵一庄，驢忽入一柴門，艾方欲下，見
女立院中。女見艾曰：「郎來耶，甚好，吾將與爾偕行。艾方欲爭詰，
女曰：「我父放鷹，常以此誆少年行旅，非止一次，我誠不願爲此。
今趁我父遠集去，至暮始回，爾金在筐，爾驢在廄，我將懷細軟隨
郎去……」後翁半載得女耗，來訪艾，艾告女，女即出見翁曰：「鷹
其脫韝，隨狗走矣。東門之故智，此後不必復想。翁其歸乎，毋落
我女紅。」女遂入，不復與見。〔註6〕

「放鷹法」中的「鷹」，也有男子者。劉世馨在《粵屑・騙局》寫某位王府的
寵姬，在王爺已死後，獨自與養母同住，她以放高利貸過生活，也四處打聽
再嫁對象。一天，她發現有位美少年，常進出對門大宅，輾轉得知是某商人
暫住這裡，想要找續妻，她主動派媒人爲自己說媒。婚後，男子藉做生意要
調度資金爲由，向姬女借錢，不到兩天就還給她，讓姬女更深信他的爲人。
直到一天，某商告訴他要遠行做生意，十天後才會回來，可是半個月後仍不
見蹤影，打開篋箱，發現裡面的財物早已不翼而飛，只剩瓦礫石子，才驚覺
被奸人誆騙：

某明府有寵姬，子，明府死，姬留粵，與養娘同住於狀元橋。一日
偶立門首，見對門大宅內有美少年出入，裘帶翩翩，詢之鄰嫗，曰：
「聞是新會大賈，欲娶繼室，閱人多矣，無當意者。乃昨日忽曰：
洛陽女兒對門居，這般可喜娘罕曾見，必若是而後可爾。」越日來
曰：「吾爲若言，若躍然喜曰：『彼嫣者耶？？何幸如此！卓文君豈
閨女乎？爾何舍近而圖遠也。』」於是引與面訂姬約法三章，一須獨
當一面……一即須在此居住，不回本……一有養母年邁，需終身相
隨。皆如約，於是議訂。娶日，燈采輝煌，同歸鴛帳……翌日，將
箱奩妝物運貯房內。一日，郎自啓箱將囊中物，平兌扣算，謂姬曰：

〔註6〕見（清）曾衍東著：《小豆棚・卷十四・放鷹》，頁247～250。

「吾在洋行貿易，須若干兩，今查檢尚缺二百，卿有私蓄，借數日間反璧可乎？？」姬曰：「郎豈外人乎？」即開篋如數付之。母又私謂曰：「凡寶不可露面也。」次日，郎仍將所借原封歸趙，曰：「頃家中已付來矣。」姬遂讓母曰：「郎豈須此耶？勿以小人之心度君子之腹也。」後數日，郎謂姬曰：「我販抵江門，約十日即回耳。」後逾半月不見歸，即有登門取懸掛燈彩者曰：「所賃訂此日見還。」即徑取去。旋又有來討房租者，心大疑惑。適有人向姬借貸，姬開箱取資，見包內皆瓦礫石子，各包皆然。乃大驚駭，始知為奸人詭騙也。〔註7〕

另有一種「易妝法」，則是騙子將「誘餌」巧飾裝扮，使人看不出其真實身份與面貌。《妙香室叢話·卷四·巧騙》故事裡的蘇某，好不容易看中一女子，重聘娶回，圓房後隔天清早，驚見妻子竟是六十餘歲的老婦人，他還來不及回神，接著又看到這名老婦帶來數十名子孫，全要靠他撫養，蘇某無力負擔，只好連夜逃走：

蘇某，質產得數百金，赴都謀充供事。寓東長安門，有戚陳姓南歸，因行李累重，以裘十餘箱寄蘇。蘇欲誇耀同人，私取箱內華服，往來酒樓舞榭中。客有談廣東陶太太者，夫某省同知，擁厚資，欲贅婿如前夫官而資相等者，蘇利其財，謂客曰：「似我何如？」因詭稱由部郎改捐同知……議定財禮千金，贅其家。新人拜堂，即揭紅巾對坐。是日蘇至，一婢耳語曰：「娘齒痛不能奉陪。」蘇會意，少頃，解履登床，備極歡洽。天明，新人起梳喜，則六十餘齒落頭童之老婦也，然喜奩資固厚，可滿所欲。忽有男婦幼還二十餘，新衣出拜，則皆伊子婦及孫曾行，細稔其家，一無所有，上下食指四十餘人，均仰給於蘇，其宅亦暫賃者。恚甚，控之邢部，婦挺身對質，口如懸河，部不能詰，斷歸蘇，蘇無奈，乘夜剃髮逃去。〔註8〕

易妝法中的「誘餌」，不僅於老婦，還有飾男為女，賣人作妾的。《清稗類鈔·棍騙類·飾男為女以鬻錢》裡的某士紳，相中一名老婦人的女兒，以高價將她買回。孰料到了晚上，士紳要與她發生關係時，才發現「她」竟然是名男

〔註7〕見（清）劉世馨著：《粵屑·騙局》（見《清代筆記小說類編·計騙卷》），頁182～184。
〔註8〕見（清）張培仁著：《妙香室叢話·卷四·巧騙》（見「筆」續編七冊），頁4319。

子。男子說，這些騙徒先買回俊美小男孩，加以易妝美飾，混人耳目，再把他們以女子身份賣出去，以騙取錢財。士紳要找老婦人算帳，但老婦人早已不知去向：

> 有某紳在揚州買妾，連相數家，悉不當意。惟一媼寄居賣女，女十
> 四五，丰姿姣好，又善諸藝，大悅，以重金購得之。至夜，入衾，
> 膚膩如脂，喜而捫其私處，則男子也。駭極，方致窮詰，蓋買美僮
> 加意修飾，設局以欺人耳。〔註9〕

大抵以美人局為計者，男女主角的認識、結合，均有媒人牽線。不過，也有女子獨自引誘男子，使其受騙者。在《閱微草堂筆記・卷十七・京師人情狙詐》故事裡的女子，假稱夫死，另嫁他人，結果原夫突然回來，後夫不但失去妻子，還賠上許多錢：

> 有選人見對門少婦甚端麗，問之，乃其夫遊幕，寄家于京師，與母
> 同居。越數月，忽白紙糊門，合家號哭，則其夫訃音至矣。設位祭
> 奠，訟經追薦，亦頗有弔者。既而漸鬻衣物，云乏食，且議嫁，選
> 人因贅其家。又數月，突其夫生還，始知為誤傳凶問。夫怒甚，將
> 訟官。母女哀吁，乃盡留其囊篋，驅選人出。越半載，選人在巡城
> 御史處，見此婦對簿。則先歸者乃婦所歡，合謀挾取選人財，後其
> 夫真歸而敗也。〔註10〕

西方自由戀愛成婚的風氣，漸漸在中國社會造成影響，是許多青年男女嚮往的擇婚方式，也成了騙徒詐騙的利用手段。《清稗類鈔・棍騙類・以自由結婚騙財》寫道，某人坐船途中，遇見心儀且未婚的女子，各脫戒指訂婚，相約船抵目的地即成婚。談話之際，船役送來早餐，女子打開自己帶來的罐子，從中掏出一物，表示是添加這點味道會比較好吃，此人一吃就不醒人事。女子把此人皮箱打開，取其財物，並以己箱中的石塊替代。等到此人被茶役叫醒，發現手上的戒指實是銅質，打開皮箱一看，裡面裝的全是石頭，才知落入美人局：

> 李子用，商於滬。一日，付長江氣船返里，住某號房艙。少選，有
> 船役偕一鼻眼鏡、手皮篋、足革履之女子至，入房，口操京音，自
> 言「以父官部曹，居京師，既畢業於京師女校，乃受滬上某女校聘，

〔註 9〕見（清）徐珂著：《清稗類鈔（十一）・棍騙類・飾男為女以騙錢》，頁5396。
〔註 10〕見（清）紀昀著：《閱微草堂筆記・卷十七・京師人情狙詐》，頁547。

教某科，今探親江右，以行時匆促，未定艙房，尚希君之照拂也。」久之，語漸暱，李涎其色，詢以己字人未，女囁嚅而言曰：「未。」亦以詢李，李謂未聘，乃各脫戒指以訂婚，約返滬成禮。方談話時，門忽啓，則船役進早膳也。女出罐詰物佐餐，蓋已預置迷藥於中矣。李食之，少選，目眩，仆於床。女乃自啓其篋，出石塊，與李篋中物互易之。未幾，船抵某埠，女命船役從容攜行李登岸。已午餐，茶役叩門呼之，李驚起，不見女，大愕，視手之戒指，則銅質，顧箧挈，與原狀大異，啓之，則滿置石塊矣。〔註11〕

以「美人局」為騙的騙術，發展至晚清，騙法複雜許多，並出現連還騙的情形。例見《騙術奇談·毒騙》的女主角，先以色誘，使男子對婦女的交待言聽計從，婦女再利用「他」向人勒索：

某孝廉會試落第，偕數友回南，旅舍客滿，忽見後有屋甚寬潔，系官眷扶柩至此。店伙往商，果允讓出西邊屋一間，詢官眷何人，則僅一女子，孝廉因有讓屋情，特購楮帛往弔。弔畢，有一媼出云：「吾家小姐須出面謝眾位老爺。」孝廉悚敬之餘轉生悲憫，因謂眾曰：「吾輩家桐鄉，實赴海寧之便道，盍約彼偕行，使得有照料。」孝廉遂獨留並以己意告女子，女子泣謝再三。女曰：「吾以弱女子，分將流落。今幸得遇君子，先人遺資雖薄，然為君捐官尚是有餘。」……於是女為孝廉賃宅，養車馬，購置衣服料理孝廉到部，居然一京官氣象矣。無何，女又令孝廉輪日延同鄉同寅同年之有勢者至宅中宴飲。次日女又謂孝廉曰：「吾將出拜客，然箱中衣飾皆非時樣，汝須為我購辦。」女遂將衣裙尺寸并款式開與孝廉，便依樣購買。并取舊日釵釧，令交首飾店改造。又取珠花等，令改扎新式，計須添大小珍珠若干粒。孝廉承命往辦，數日陸續送至，女一一閱訖，謂衣飾均甚好，且亦合式，已而細察珍珠，嗟曰：「珠乃僞物，汝從何處得之？」孝廉駭，急欲至店中與理論。女曰：「今午炊已熟，汝飯竟再去未遲也。」因令媼出飯，并取手製之精饌與孝廉共飯。飯畢，孝廉即持珠乘車至店中，力斥其用僞物，拍桌碎碗，與之爭辯，店伙亦群起雜然喧爭。正嘩嚷間，孝廉覺口渴，索茗飲，忽然神色大變，應時倒地，視之已死。又未知孝廉住址何所，出視其車已無有。

〔註11〕見（清）徐珂著：《清稗類鈔（十一）·棍騙類·以自由結婚騙財》，頁5453。

忽一車至，即有傴扶一少婦出，謂：「此即某太太，吾家老爺至汝處
換珠，待久不歸，故來追詢。」已而睹孝廉死狀，即節足搥胸……
素與孝廉往還者莫不義形於色，使人驗屍，則實有毒。店主知勢力
不敵，倩人與女商，以賄和。女堅不允，必欲訟官論抵，且謂之曰：
「告店主知，即不論抵，亦須傾汝店資，一文不留也。」店主微知
其意，乃更許重賂，女乃許，盛殮為孝廉發喪。〔註12〕

這「毒計害命詐布莊」型故事，《清稗類鈔・棍騙類・點婦以偽夫取財》也有
一則，主角是名是寡婦，她雇用驢夫載物回鄉探親，途中主動表示願與驢夫
結為夫妻，結果毒死驢夫，再嫁禍店家，借他向布莊詐財〔註13〕。

故事流傳至今，天津地區也有一則〈拉夫設騙局〉，不過騙法已不是用「美
人局」，而是用意外天降的福氣來吸引受騙男子，這對從路上冒出的婆媳，堅
稱男主角是其家中走失已久的親人，將他帶回家，讓他憑白享受優渥生活，
某天，女主角請他替「母親」到布莊買布，並在他返家飲用的飲料中下毒，
接著「母親」挑剔貨色不佳，要他找店家理論，使其在店內毒性發作身亡，
這對婆媳騙徒藉機向店家勒索。〔註14〕

三、迷昏法

「迷昏法」是騙徒在受騙者的食物等中加入迷昏藥，待受騙者昏不知事
時，將財物帶走。潘綸恩在《道聽塗說・卷七・盧用復》裡說，盧某是名富
家子，但他生性昏慣，又有怪癖，只要有好吃的東西，恨不得連盤子都吞下
去，如果旁人稍吃一小口，他便憤怒不已，所以沒有人肯與他吃飯。有騙徒
知道他這等習性，故意在他逛街時主動搭訕，表明自己是某鹽廠的總管，想
請盧某吃飯，希望以後能多多照應，把他帶到某地吃喝，在食物中下藥，待
盧某不醒人事時，劫盡其身上財物：

盧用復者，其父為鹺商家掌計簿，饒有金帛。騙知盧懸心杯箸，顧
告少年曰：「坐客許久，腹餒矣，盍往趣庖人？視烹飪已調者，先供
一鼎來。」少年往廚取肉，又復消停數刻，始以鼎進，猶堅硬不能

〔註12〕 見（清）雷君曜著：《騙術奇談・毒騙》，（見「筆」三十二編三冊），頁1327
～1328。
〔註13〕 見（清）徐珂著：《清稗類鈔（十一）・棍騙類・點婦以偽夫取財》，頁5397
～5398。
〔註14〕 見《中國民間故事集成・天津卷・拉夫設騙局》，頁727～729。

下箸，騙兒再請添薪重燖爐火，盧不可，強攫入口，齒力所不勝，乃抽佩刀片片分截之，且吞且酌，頃刻盡一臠。不謂佳釀內暗置蒙藥，少頃藥發，沉沉下墜，頹然臥地矣。乃遍體搜括，絲縷無遺。〔註15〕

清代晚期，外國貨品傳入中國，令國人十分好奇，這種心理也成了騙子用來行騙的誘餌。有篇托名長白浩歌子所著、收入在《清代筆記小說類編‧計騙卷》的〈檸檬水〉寫道：卜者申上達，積財頗多，居所宛如世族大家。有天，某人前來替妹妹算命，接著有以感謝申上達預事如神等為由，假意讓他和家妹認識，期間讓家妹以美色誘之，接著，此人誠懇表示，兩人交誼菲淺，他有難得的洋貨——「汽水」，想請申上達品嘗，申上達一喝下肚後，即不昏沉不知事，醒來時則已人財兩空：

申上達，卜《易》多奇中。一日有郡城急足至，云是富紳所遣者。紳占之，得「困」之「歸妹」，其人再拜曰：「君真聖人也，吾妹嫁郡紳有年矣，因婿病垂危，將舍之而他適。」翌日：其人又至，曰：「余與君雖交淺而情深，有事不敢不商。舍妹現挾重資，意將擇人而事，然無一當意者，不知君肯為塞修否？」申欣然許諾。頃之，其人果偕妹肩輿而至，衣錦服御悉系珍重之物，猝不能名，舉止態度，酷似大家。申不覺神為之奪，心為之醉。……酒半，其人忽曰：「我從洋人處售得檸檬水〔註16〕，涼沁肺腑，洵消暑之珍品。」因令從人持出玻璃杯，為斟一杯，不意才得下咽，即覺天地旋轉，妻妾先倒，而申亦玉山頹然矣。及醒，則室中燈燭已滅，所有一空，妻妾亦不知何往。此事漸傳於外，聞者笑之，以此問卜者亦稀，而申竟僱寒終其身。〔註17〕

迷昏法最常見於置人食品中，趁人意興時不自覺吞下肚而中其計。另外，也有放在手巾上，趁人經過時，不意按住對方口鼻，使其昏迷而奪其衣物的劫騙法。〔註18〕

〔註15〕見（清）潘綸恩著：《道聽塗說‧卷七‧盧用復》（合肥：黃山書社），頁155〜157。

〔註16〕即汽水。

〔註17〕見陸林主編：《清代筆記小說類編‧計騙卷‧檸檬水》，頁115〜117。

〔註18〕見（清）徐珂著：《清稗類鈔（十一）‧棍騙類‧以藥水迷人而行劫》，頁5350。

四、冒認身分型

清人筆記故事最常見的冒認身分型的故事，是「冒認親人騙商家」。今舉程麟《此中人語‧卷五‧拐兒橋》為例：有一人看到某老丐婦衣不蔽體，又饑寒交迫，於是把她找來，先予她飽餐一頓，再讓她穿上華麗衣服，老丐婦受寵若驚，不斷答謝。第二天，此人陪她四處遊玩，並帶她到市上最大的布莊買衣服，但事先叮嚀她，不論別人問她什麼，她都要說「好」。當他們進到店裡，夥計等人見是富家宅眷，百般趨奉，不知此人是借老丐婦作人質，好將選購的衣物全騙上船：

> 從人等俱呼嫗為太太，揀選物件頻頻問之於嫗，嫗遵甲囑，但應曰：「好。」迨物件配全，約計銀一千餘兩，甲乃囑從人取下船去，自己但言赴莊上取銀，令嫗少待，嫗不知其意，亦應曰：「好。」店夥以為太太在此，並不起疑。甲回舟，即解纜開行，去如黃鶴，而該莊店夥久待不到，因問嫗，嫗亦曰：「好。」夥知有變，固詰之，嫗始吐其實，急甚，即令人四處找尋，絕無影響。〔註19〕

這類故事在《湖海新聞夷堅續志前集‧卷一‧人事門‧假母欺騙》即有，騙徒假丐婦為母，並帶她與婢女至某館寄住，一段時間後，他向店主表示將遠行做生意，請店主代為照顧其母，店主見他起居奉母極為孝順，又帶了數籠箱篋寄放於此，不疑有他，反而允他借錢做生意，後來此人如泡沫般消失，不再出現，店主覺得奇怪，問了丐婦，才知自己上當〔註20〕。故事傳到清代，有較多的後續情節，例如在上述故事裡，騙徒被捉住後，不只得償回所有物品，還被罰建一座「拐兒橋」來警惕後人。另，徐岳的《見聞錄‧詐騙》、吳熾昌之《客窗閒話續即‧卷三‧假父騙局》、宣鼎所著《夜雨秋燈錄‧卷七‧假父騙局》，與徐珂編撰《清稗類鈔‧棍騙類‧認丐為父以行騙》等，均屬之。此型故事，也見於伊朗等國。〔註21〕

有人則是冒認名人親屬關係以行騙的。例如《清稗類鈔‧棍騙類‧冒充某方伯子以行騙》故事裡的騙子，即是冒充某方伯（地方長官的泛稱）之子：某方伯廟裡進香，突然有名自稱是昔年被方伯趕出家門的「兒子」，哭倒在他

〔註19〕見（清）程趾祥著：《此中人語‧卷五‧拐兒橋》（見「筆」正編六冊），頁 3659。
〔註20〕見無名氏著：《海新聞夷堅續志前集‧卷一‧人事門‧假母欺騙》（北京：中華書局），頁 48～49。
〔註21〕見金榮華著：《民間故事類型索引（中冊）》（型號 1526），頁 540。

腳下，懺悔過錯，方伯知來人是假冒，把他痛罵一頓，並交給官府處置，可是不論官員如何審問，這位年輕人只是不斷重複表示，因為年少不學好，被父親逐出家門等。官員試其才學，皆能成篇，認定應是方伯之子，反過來勸導方伯要寬容接納，並同情青年遭遇，慷慨解囊，助赴膏火之資。等到這位年輕人離開，大家調查真相，才發現他真的是騙子：

> 有京卿惡其子之不肖而逐之者，其子不知所之。一日入廟行香……突有敝衣冠者，至方伯前，長跪而號哭曰：「兒今願改過矣，請大人盡法處治，伏望收留。」語畢，叩首無算。方伯察之，非其子也，大怒，叱曰：「何處匪徒，敢冒吾子，殊大膽！」令役加以縲絏，交首府，使問罪。首府挈至署，訊之，其人供稱前因不好讀書，不受訓飭，偶有觸犯，為父所逐，今但求為之挽回，誓必憤勉儲功……試以制藝，亦能成篇，信其為方伯之逐子也。為方伯委婉言之，方伯曰：「實非我子，若無為匪情事，任君遣之可也。」方伯歸……眾皆請見其人，令言志，則拜而泣曰「父性嚴屬，己實不才，惟有回籍應試耳，倘得科名，或可藉贖前愆也。然無旅資，奈何？」眾憐其志而哀其遇，遂贄著數百金，送之去……後家人言，始知確非方伯子。〔註22〕

另一種冒認親屬身份情形則是，趁人不備奪人財物，行騙過程非常短暫，僅數十秒。故事發生於某人在進行交易時，突然跑來一位自稱是其父親的人，責罵他不孝後，趁其未有反應前，將錢奪去，見趙翼錄於《簷曝雜記·卷二·京師偷拐之技》偽父騙財的故事：

> 一少年以銀易錢於市，方講價，忽一老者從後擊而仆之，且罵曰：「父窮至此，兒有銀乃私易錢，不孝孰甚！」遂奪銀去。旁觀者謂是父責子也。少年悶絕良久始甦，云：「吾安得有父也？」而銀已去不可追矣。〔註23〕

同類情節則有冒為人夫者，見《清稗類鈔·卷十一·盜賊類·冒為人夫以劫衣》篇：

> 有小家婦持衣至長生庫質錢者，方在櫃外論價，突有短衣持竹筐似

〔註22〕見（清）徐珂著：《清稗類鈔·卷十一·棍騙類·冒充某方伯子以行騙》，頁5422。

〔註23〕見（清）趙翼著《簷曝雜記·卷二·京師偷拐之技》，北京：中華書局，頁38。

買物之男子入門，摑其頰曰：「我以汝為何往？乃不顧家中兒女而在此質錢，果安所用者！」遂自櫃奪其衣，飛步出門去。婦大愕而哭。庫中人曰：「汝夫取歸耳，何哭為！」婦曰：「彼何人斯？吾之夫棄世久矣。」〔註24〕

利用人們崇敬僧寶心態，騙徒假冒僧人化緣，故弄玄虛，讓人們以為活佛降世，歡喜布施供養，連寺人也被蒙在鼓裡，此例見於《客窗閒話·假和尚》之述：

金生聰慧異常，經史百家，過目成誦……惜好為巧詐，不務正業。途遇一僧，醉臥於道，身畔有擔，生觸機而嘆曰：「噫！是可為也！」遂竊其衣缽，并有度牒，名曰悟真，因是周流於叢林間，輾轉入粵東，有古大寺者……其主持僧募緣修葺，尚無人應。生周閱之，曰：「噫！是可為也。」遂謁主僧，願留為役。問客何能，對曰：「吾乃粗笨和尚，未能識字誦經，不過任洒掃執爨之事耳。」僧留之，令其入市買物，則哀祈閭閻之中能者為之書單，必詳列某物價若干，共用錢若干，交單時，物既便宜，單亦明晰，主僧甚寵遇之，如是者半載……生故作憨憨之狀，以取信於人，於是潛置紫金衣缽，以笈藏於毀餘之佛座下。一日晨興，冠毗羅，服紫衣，據大殿之基趺跏而坐，主僧往觀，生徐起曰：「佛旨在身，不敢為禮。」主僧詰之，對曰：「弟子於夜半夢釋加牟尼降，囑曰：『是廟之興，為汝能為，其勉力募化，以結善緣。』弟子以愚昧辭，我佛微笑，以手摩頂，授以五色珠，使吞之，曰：『服此舍利子，自能領悟一切法，吾座下有正傳衣缽，亦以付汝，是可取信於人也。』弟子覺而尋之，果於蓮花座下得此……請吾師號召施主，以觀弟子撰文書榜。」眾僧聞之，喧傳遐邇，於是男婦聚觀者以數萬計，生乃布硬黃紙，對大眾書疏──其字仿《多寶塔》之端勁，士大夫僉頂禮佩服……哄呼活佛，施捨恐後，彌月間，朱提堆積，乃延善士以端其事，僉曰：「創建之資雖敷，梁棟之材未備，何從得此大木也？」生曰：「吾慧照四方，惟蜀山有巨林可採，第無難往買，難於運轉，須廣大神通以攝之，似亦可至也。」眾皆曰：「運大神力，非活佛不能。」生偽辭再三，眾請益力，生曰：「姑以二十萬金易輕便之物，俾予獨往獨來，

以成此善果。」眾皆欣諾，為之置珠寶以行。生出粵，棄其輜重，兼程入都，貸其珠寶，豐獲盈餘。值大捐例開，生以原名納資，得太守。〔註25〕

五、偽善型

有些騙子故作熱心幫忙，實際上是趁機接近並俟機行騙。清人袁枚在《子不語‧卷二十三‧偷靴》故事說，某人穿新靴子出門，突然遇到一名陌生人故事將他的帽子往屋頂上扔，另一陌生人好心讓他踩在自己肩上爬到屋頂上拾取，但條件是鞋子必須脫掉，等此人站上屋頂時，陌生人伺機竊走他的鞋子：

> 或著新靴行市上，一人向之長揖，握手寒喧。著靴者茫然曰：「素不相識。」其人怒，罵曰：「汝著新靴，便忘故人？」掀其帽擲瓦上去。著靴者疑此人醉，方徬徨間，又一人來，笑曰：「前客何惡戲耶？尊頭暴烈日中，何不上瓦去帽？」著靴者曰：「無梯，奈何？」其人曰：「我慣作好事，以肩當梯，與汝踏瓦何如？」著靴者感謝，乃蹲地上，聳其肩，著靴者將上，則又怒曰：「汝太性急矣！汝帽宜惜，我衫亦宜惜，汝靴雖新，靴底泥土不少，忍污我肩上衫乎？」著靴者愧謝，脫靴交彼，以襪踏肩而上。其人持靴徑奔，取帽者高踞瓦上，勢不能下。市人以為兩人交好，故相戲也，無過問者。失靴人哀告街鄰，尋覓得梯才下，持靴者不知何處去矣。〔註26〕

擲帽與好心人互唱雙簧，騙取某人新靴。這類偽善型的騙法須取得受騙者的好感以懈其心防，讓他「自願」受騙。

這類故事在在明代馮夢龍編纂的《古今譚概‧貪穢部第十五‧偷鞋刺史》篇已見雛型，故事結構較簡單：

> 鄭仁凱性貪穢，嘗為密州刺史，家奴告以鞋敝，即呼吏新鞋者，令之上樹摘果，俾奴竊其鞋而去。吏訴之。仁凱曰：「刺史不是守鞋人。」
> 〔註27〕

到了清代，故事情節較多變化，《清稗類鈔‧棍騙類‧騙靴》與《子不語‧卷

〔註25〕見（清）吳熾昌著：《客窗閒話初集‧卷二‧假和尚》（見《清代筆記叢刊（四）》），頁3351～3352。

〔註26〕見（清）袁枚著：《新齊諧——子不語‧卷二十三‧偷靴》，頁444。

〔註27〕見（明）馮夢龍著：《古今譚概‧貪穢部第十五‧偷鞋刺史》，頁182。

二十三‧偷靴》及《蜨階外史‧卷四‧扔冠騙靴》內容相同，有兩個騙子裡應外合，先扔冠後騙靴，但後者描寫上文字較簡略。至歐陽昱的《見聞瑣錄‧小底‧失靴費錢》裡，又添一騙財情節，實屬連還騙：

> 都中路旁屋多低，人長者，可探身上。某人身短，而頭戴新瓜皮帽，足穿新靴。行路中，小底〔註28〕攓其帽，拋屋上便走。某方徬徨道左，忽一人至曰：「君胡爲者？」某指屋上帽，欲得之。其人曰：「不難，君可以兩足立在我兩肩上，探身上取，易易耳。」某如言而行。其人忽抽去兩肩，用兩手脫其靴而去。其半身擱屋簷上，半身在下。方危急間，忽又一人至，笑曰：「君胡爲者？」某又一一告知，其人曰：「能給我二百枚，我當以兩肩承子下。」某遂失靴費錢，而帽終未得。及某去，小底即上屋取下矣。

這類故事在今天的河北等地仍見流傳。〔註29〕

六、假借風水騙人

中國人深信有好風水則能庇蔭子孫，爲此，歷代因迷於風水而受騙者不少。姚元之（西元1773～1852年）所著《竹葉亭雜記卷七》說：有位盲者自稱學過地理陰陽之術，藉由觸摸等方式替人尋墓地，但他很狡猾，從不明確指出地點，而是站在某一處，告訴他人選什麼地會有什麼結果，自己則不說應選那塊地最好的答案，正因如此，大家反而覺得他很厲害，深信不疑。有一天，某家請他算出下葬吉時，他告知，若見鳳凰至，即是吉期。暗地裡，他買通賣雞者，於某時抱雞來，並告知某家雞即鳳類，此見雞即吉時，某家深信不疑，殊不知這雞是他有意安排：

> 有瞽者，習大拘窆之術。人以爲神。嘗爲某家擇日下葬，告曰：「是日特奇，至時當有鳳凰過此，爾輩伺之。鳳一至，是即葬時矣。」乃預以錢三百買白雄雞一，即令鬻雞者，抱雞於某時向某處葬地走過，雞仍付之。至時，問：「有鳳來否？鳳當白色，當謹視之無忽。」少項，鬻者抱雞來。然咸曰：「不見鳳，唯有白雄雞來。」乃喜曰：「雞即鳳之類，天下誰見有眞鳳耶？吉時至，當速葬。」葬者亦心喜，以爲特奇也，而不知墮其術矣。〔註30〕

〔註28〕指無業游民。
〔註29〕見祁連休著：《中國古代民間故事類型研究（下冊）》，頁1040。
〔註30〕見（清）姚元之著：《竹葉亭雜記卷七》，北京：中華書局，頁156。

此類故事溯見明代《笑海叢珠‧鐵器應兆》記載，王尋龍表示遷葬吉時在於
某人從南方拿鐵器來，果然有一扛鐵器者走過來，大家正對王尋龍預言應驗
感到不可思議時，此人利刻問誰是王尋龍，要他拿鐵鍋來作什麼，尋龍的騙
術馬上被揭穿：

> 四川王尋龍與人葬地，先有剋應，華州陳知州請之遷葬。王尋龍同
> 陳知州尋地，月餘方得吉穴。至期，親友皆會葬。王尋龍曰：『諸君
> 子定丙時下事，須當有人自南方將鐵器來時，方乃應兆也。』良久，
> 日及辰刻，……（有一）村丁肩一鐵器至，諸公驚謂尋龍曰：「妙哉
> 精矣！鐵器已見，丙時不差，請掩靈柩。」須史，村丁肩鐵器至墳
> 前曰：「尋龍，尋龍，你雇我將鍋子來，不知分付與誰？」諸公大笑，
> 擊鍋而碎。〔註31〕

許多富貴人家，不惜金錢，四處尋覓吉穴，替祖先遷葬。表面上是追遠，實
際上是希望好穴地帶來好福氣，庇蔭代代子孫。可是懂得風水者少，需求吉
穴者眾，在寧可信其真的心態下，求吉穴很容易上騙子的當。《清朝野史大觀‧
卷十一‧堪輿騙術》有一騙風水故事是這麼說的：姚生卻因官場傾軋，只好
逃到外地避難，花盡積蓄，客棧主人日日催索。一天，他想到了一妙計，先
在店主家附近地製一土龍穴，又到鄰村富家墓地附近徘徊，自言自語地說表
示，稀有遇見該墓富可百萬卻世代絕嗣者，讓富者大為震驚，趕緊請他解釋，
姚氏信口說了許多堪輿理論，讓富者十分佩服，請他協助找尋好墓地，而他
提供的地方正是自己已預先製好的土龍穴：

> 姚某，坐牒者抗賦罪，捕甚急，姚遂逃之涵南汲縣避焉。居歲餘……
> 姚謂店主曰：「某負若資，欲償無力，欲去不能，此兩困之道也。能
> 從我計者，千金可致，悉歸若。」姚乃密令店主掘膠土至家，製成
> 土龍形，乘夜潛埋地內。姚遂出至鄰村大姓塋地，故作驚異狀、惋
> 嘆狀，徬徨不遽去。守塋者怪而問之，姚曰：：「某習堪輿學數十年，
> 行天下殆遍所閱地多矣，顧未有若此地者，富可百萬，惜絕嗣耳。」
> 未幾，主人至，姚為指畫龍脈若何主富，若可主絕，及歷年所遇吉
> 凶兆，一一悉符。主人大信服，請姚至家為相地。姚自是為堪輿先

〔註31〕見（明）《笑海叢珠‧卷二‧鐵器應兆》（見《明清善本小說叢刊初編》第六
　　　　輯諧謔編），天一出版社）。

生矣，每日偕主人乘輿出，遍歷近郊地，無當意者。及至埋土龍地，
佯驚曰：「得之矣！此為龍眠地，不惟子息繁衍，且科第鼎盛也。」
詢知為某村地主地，央人關說，以千金購之。于是店主得千金，姚
亦獲棲身所。〔註32〕

中國人普遍均對風水一知半解，只能倚賴風水師指點。莫說這些假風水師善
於賣弄玄虛，口若懸河，將人唬得團團轉，即使是具有真正學有地理學的風
水師，也難免藉人無知但大意不得的心態，趁機詐財。

七、假奇術真誆騙

在清人筆記裡，可以看到騙徒使用奇術使人信服、或混人耳目。其一種
是「假術尋物法」，其法為騙徒事先將某物偷走或藏起來，再告訴主人，自己
有神術可以找到，結果每每應驗。例見嘉慶年間婁東羽衣客所著《鏡花水月‧
蛤蟆子》裡的夏麻子：

夏麻子者，為人狡黠，而荒於賭，家業蕩然無存。一日饑甚，不得
已至兄家時已午後，兄出勾當公事，嫂飯後晝眠於榻……夏乘嫂熟
眠，拔其髮際金簪，已入手而嫂醒，開眼見叔，云：「飯菜俱有，使
女他出，我為叔炊。」夏先往灶前作舉火狀，而陰納金簪於灶……
兄歸，見弟，亦詰近狀……兄方欲詰其作何生理，婢適歸家，而嫂
已嘩於室矣，謂金簪不知何時失落，房榻之間尋覓已遍，夫妻相視
愕然。夏婉容已告曰：「弟近日遇異人傳授小技，……兄嫂一試吾術
可乎？」問何術，則云：「三牲已不及備，但買香燭、紙馬、黃阡、
元寶等物。」即遣使女去，須臾辦到，宋供佛馬于堂前，點燭焚香。
夏如道士之伏壇，半晌方起，曰：「嫂曾至灶下耶？何不覓之？」婢
已應聲而去，于灶穴邊取之，獻之主母。是晚，兄與之開懷暢飲。
黎明，卻即辭兄嫂去，時天色乍明，絕無行人，但有豬一群彳亍道
左。夏望眼見一空屋，遂驅入而扃其戶，不百步，見開腐店之家，
因昨夜失豬六頭，室人交讓怨聲互屬。夏即自稱其術，于其家灶前
墰香，而言：「汝等速去買三牲香燭等項，我先作法覘失物之所在，
買歸恰好酬神。」於是去者去，留者留，夏拜伏少頃，即起，拉店

〔註32〕見（清）無名氏編：《清朝野史大觀‧卷十一‧堪輿騙術》（見「筆」三十三
編八冊），頁104～105。

　　　主疾走至空屋，打門入，而六豬咸在。其家奉之如神，更謝以千文，

　　　自此聲振四方，延之者無虛日，既潤身而潤屋。〔註33〕

幻術騙金，是假方僧術士最常用來騙人的伎倆，施巧計使受騙者沉醉在某一幻化境界裡卻信以為真，被騙財物而不覺，今舉《清稗類鈔・卷十一・棍騙類・僧以邪術騙金》為例：有位富人雅好方伎，一日，某僧前來，僅帶一缽，富人往缽內一看，只見內有奇山異景，甚感驚異，奉為上賓。僧人於是邀富人到某山一遊，沿途所見皆是缽中之景，此地恍如世外桃源，正當富人陶醉其中時，僧人忽然不見了，富人乞求寺僧讓他回去，寺僧卻要求他捐十萬金助修正殿，才肯答應，富人立即寫券，寫完後，剛才那名僧人即出現了，跟富人道謝後，又請他看缽，富人看到缽內均是家人，回頭再看，自己不知何時已回到家中了，不見僧人，但見篋發內金子已失，只剩下他的書券：

　　　常熟某巨公退歸林下，雅號方技。僧某稱自峨嵋來，無長物，惟攜
　　　一缽。閽者不為通，僧置缽門前，撥之，不動，怪之。僧使審視，
　　　則缽中忽若湖海，波浪湧現，魚龍出沒。大驚入告，某禮之為上賓。
　　　一日，僧邀某游山，攜手一躍，身入缽中。行數十里，有山巍然……
　　　但見紅日初出……五色畢具，某大樂。僧請至山坡寺中少憩，即亦
　　　徐步從之。已而此僧忽不見，以問寺僧，寺僧要令捐十萬金，助修
　　　正殿，某書券與之。書畢，向僧復至，拱手謝過，引缽示某，請窺
　　　之。某俯視，則見一家兒女眷屬皆在眼前，回顧，身故儼然坐堂前
　　　也。尋向僧，不復見。發篋，失金而得券。〔註34〕

八、以假物為誘餌型

　　用偽物誘人受騙的故事，可舉《清稗類鈔（十一）・棍騙類・騙衣》為例：有位騙子觀賞戲劇時，與一位穿著華麗的人同坐在一起，他把銀包放在旁邊，看完戲後發現銀包與穿著華麗的人都不見了，他知被旁人所偷，故不作聲，幾天後換另一套服裝去看戲，且又改換容貌，使人認不出他來。並與穿著華麗衣服的人同坐，仍在他們中間放一個用紙填塞的銀包，故意將這人的馬掛角壓在自己的座底，果然穿著華麗衣服的人又偷取他的銀包，但在起身離開

〔註33〕見（清）婁東羽衣客著：《鏡花水月・蛤蟆子》（見《清代筆記小說類編・計
　　　　騙卷》），頁149～152。
〔註34〕見（清）徐珂著：《清稗類鈔・卷十一・棍騙類・僧以邪術騙金》，頁5398。

時，卻發現衣服被壓住了，只好把馬褂脫掉開溜，於是這件馬褂就被騙子騙到手了：

> 有某騙子之在滬觀劇者，與一華服者同坐，以所攜銀包置身側，注視臺上。戲畢欲行，伸手取之，則銀包與華服者皆杳矣。騙子忽自忖曰：「予固常日以騙人為事者，今乃為偷兒所算乎？」翌日，易服復往，且以膏藥貼於頰，欲使人不察也。至則華服者果在焉，乃仍與之並坐，以一中實以紙之銀包，置如前狀，故以華服者之馬褂角壓於身底。華服者果又取銀包，起而欲出座，急切不能行，乃脫褂而逸，於是馬褂為騙子所有矣。〔註35〕

在上海地區有所謂「擲包」行騙之事，騙徒故意藉不小心掉落等方式，引起人的注意與興趣，再進行詐騙，《清稗類鈔（十一）‧棍騙類‧擲包》有兩則故事是這麼說的：

> 靜安寺路之跑馬場，行人較稀，一日薄暮，有孔伯希者，經其地，見旁行者於懷中墜一巾裏，為一中年婦所拾。伯希趨而視之，婦女之首飾也，有珠有翡翠。婦詢之曰：「先生，此數件者值幾何？」伯希曰：「約可值銀三四十圓。」婦曰：「賣乎？質乎？我不知價，將若何？」伯希曰：「汝誠欲得錢者，售與我十圓可乎？」婦曰：「太少。」再三磋議，以十五圓得之。伯希大悅，及歸，就燈下審之，則皆偽，所值不及三圓也。

> 福州路道隘而人稠，一日，有青浦黃松濤者，品茗於青蓮閣，方下樓，前行一人忽於袖中墜一紙裏，喜而拾之。方將塞之於懷，突有一人自後捉其手曰：「子何拾我之遺？」怒目視之，搜其身，則所拾之紙裏及固有之時計並銀幣三圓，皆取之而去。〔註36〕

兩者都是騙徒先拋出假物，引起過路者好奇而受騙，後者發生於福州之故事則以不純詐騙，有劫騙性質。

晚清都會地區已有許多大規模的型公司出現在上海等地，這些公司開設前都會招股作東，有些騙徒則藉此行騙，將公司外觀裝飾得極具規模、氣派，吸引有意入股投資的人的興趣，一旦錢數募集，則公司空無一人，例見《清稗類鈔（十一）‧棍騙類‧招股行騙》：

〔註35〕見（清）徐珂著：《清稗類鈔（十一）‧棍騙類‧騙衣》，頁5405。
〔註36〕見（清）徐珂著：《清稗類鈔（十一）‧棍騙類‧擲包》，頁5459～5460。

有嚴季康者，夙以儌股欺人，始於漢口，繼而至京至津以達於滬，
所在爲之。設工廠也，開礦山也，歷有年所，積資巨萬。其在滬也，
則賃一廣夏，更爲兼容併包之計，揭兩銅牌於門，曰：「某某製煙公
司駐滬招股處」、「某某開礦公司駐滬招股處」。陳設之華麗，服御之
豪侈，每出則高車駟馬，招遙過市，不數月而果集銀十三萬圓有奇。
其年重九，火訪之，則室邇人遐矣。〔註37〕

類同上述這些騙局，仍存在現今社會，名稱或異，質實相同。

九、連環騙

　　清代騙子的騙技日益精湛，在都會地區還出現連環騙情形，行騙過程構
思縝密，令人防不勝防。今舉宣鼎《夜雨秋燈錄三集・卷一・騙子》爲例：
有一掌櫃被騙錢，經過乞丐指點才恍然大悟，乞丐指引掌櫃去找此人理論，
此人不肯認帳，在爭執中，有位看似體面的人出來主持公道，要此人把錢帖
還給掌櫃，原本以爲騙局就此落幕，掌櫃很高興，以爲討回公道，孰料前往
兌錢時，才發現此人給他的錢帖是假的，方知連好心的乞丐都是騙子，兩者
一搭一唱引他入阱：

有衣冠華麗者，乘車帶僕，至質庫脫金手鐲二以質錢，掌柜人細閱
之，黃赤無僞，稱各重五兩，問需京錢五百貫，掌柜還之，其人讓
至三百貫。北地尚錢帖，如數給而去。旁一丐者，脫其破襖，質二
十貫，掌柜人叱之。丐笑曰：「假金鐲當錢三百貫，我襖雖破爛，尚
非贗物，何不值二十貫耶？」掌柜人心疑，復閱其鐲，則已被易包
金者。問丐何以知之？丐曰：「此有名騙子手，我知其寓處。」掌柜
人願給丐錢兩貫，偕往尋之。至寓，果見其車在外，丐遙指其人，
得錢脫身去矣。掌柜人入寓，則見其與顯者共飲，未敢喧嘩，因寓
主通其僕喚之出，與之辨論。其人曰：「物既僞，何以質錢如此之多？
明是汝換我也。」互相爭執，顯者聞聲邀二人入，笑謂其人曰：「我
輩寧吃虧，毋占便宜，不可與市井之徒較量，有失官體，足下錢尚
未用，何不還之？」其人似不得已，委屈聽命，乃以原錢帖贖還二
鐲，掌柜人欣然領去。至晚，至錢局取錢，則已取去。出其帖比對
後帖，系好手描摹者。〔註38〕

〔註37〕見（清）徐珂著：《清稗類鈔（十一）・棍騙類・招股行騙》，頁5455。
〔註38〕見（清）宣鼎著：《夜雨秋燈錄三集・卷一・騙子十二則》，頁186。

一騙再騙的情形，《咫聞錄・卷七・巧騙》也有一說：某一穿著華麗的人，攜
銀兩袋上街，買了五雙鞋，要店主把鞋送到他家並取款。店主派伙計跟去，
走到銀樓，此人便進去換錢，店主稱重約有三十兩，並拿給他看，此人卻說
要拿去給熟人鑑定，並把自己的兩封銀放在柜上，又要鞋店伙計在那裡等，
店主看那兩封銀約有兩百兩價值，於是答應了，豈料此人去了大半天都沒有
回來，才問小伙計，小伙計說此人不是他的主人，他是鞋店的雇工，是幫他
送鞋且取銀的，銀樓店主心知不妙，趕緊打開那兩封銀一看，果真只有銅錢
二百文，四處去找他已經太遲了，可是第二天，銀樓店主仍派伙計去找，結
果遇到一人要幫助他，沒想到幫他的人仍是騙子：

> 有一人攜銀兩封上街，先買鞵鞋五對，令店主送鞋至寓取錢。店主
> 著小子跟送，攜鞋而去，行至銀樓，即進換斥金。店中取金約有三
> 十兩，交與觀看，若人曰：「予不識金色高低，取往相好豬內看明，
> 言價比兌。」若人有銀二封，置於櫃上，叫攜鞋小子看顧。誰去已
> 二時，不見回來，因問小子曰：「爾主人去已久，何不回？」小子曰：
> 「此啡五人，我是鞋舖佣人，著送鞋取銀而來。」店主心驚，即開
> 若人銀包，乃銅錢二百文，知受其騙也。四路追尋，天已晚矣。次
> 早，又遣伙往找，遇一人，曰：「爾等慌張形象，莫非找騙子耶？」
> 對曰：「然。」人曰：「項在戲場見此人，要花銀四枚，可能領找。」
> 其伙即如數許之，人曰：「必帶花銀同去，見之，指人付銀。」其伙
> 在熟識之舖借銀四枚，跟往戲場。若人指樓上看戲人，其伙見面貌
> 相似，即與花銀，直上戲樓捉住。群皆哄然，被捉者曰：「我是某行
> 之伙，誰不知之？子敢誣我以騙乎？」反為誣騙，欲扭送官，從旁
> 有人呼曰：「子誤以某為騙賊也，叫人如何下臉？」其伙見是鄰伙，
> 方知貌似而非，揖之求恕，看戲人曰：「我等作伙須以端正為主，人
> 肯容留，今於眾耳矚目之地無故誣我以騙，知者謂爾誤認，不知
> 者謂我騙貨，若使行主聞之，必覆出矣，予亦難以依人養家也，必
> 到官伸冤，方可明我心跡。」其伙情願認罰，邀同過舖告知主人，
> 即備酒邀其主同洗前冤乃已。〔註39〕

像這種騙徒兩頭騙的情形，吳熾昌在其《客窗閒話續集・補騙子》中也收錄
一則，故事發生在市集上，有一穿戴如貴官者，來到賣鞍的地方，買了最好

〔註39〕見（清）慵納居士著：《咫聞錄・卷七・巧騙》（見「筆」正編七冊），頁 4494。

的驢鞍，並向主人聲稱自己的僕人分散到各處買物，希望其伙計能幫他把鞍送到賣驢的地方，主人答應了；後來他到騾市，又挑了一匹上等的駿騾，接過賣鞍伙計手上的鞍韉，跟他說：「汝在此姑待，我試騎之。」賣驢者見僕人在現場，就放心讓他一試，沒想到他就一去不回頭了，這才發現此人是騙子，賣鞍與賣騾者均上了當：

> 京師騾馬市，大集也，有貴官戴五品冠……至鞍韉市擇一佳者，出
> 銀一錠，謂肆主曰：「我僕因買他物，分遣開矣，煩汝伙肩此鞍至驢
> 市，我欲試良馬也。」主者即遣一人為負去，至市，擇一大騾甚駿，
> 價值數百金，命來人以鞍韉備之，曰：「汝在此姑待，我試騎之。」
> 賣驢人見有僕在，任其鞭馳而去。久不返，謂其人曰：「汝主何往耶？」
> 其人曰：「我鞍韉鋪之伙，孰為我主？」賣驢人駭曰：「是必騙子也，
> 汝鋪亦被誆矣！」其人曰：「幸有銀在。」於是偕往鋪中，出銀公估，
> 則鉛心偽物也。〔註40〕

類同《客窗閒話續集·補騙子》的故事，最早溯源於馮夢龍的《古今譚概謔智部·第二十一·一錢誆百金》：

> 有盜能以一錢誆百金者，作貴游衣冠，先指馬市，呼賣胡床者，與
> 一錢，戒曰：「吾即乘馬，爾以胡床侍。」其人許諾。乃謂馬主：「吾
> 欲市駿馬，試可乃已。」馬主謹奉羈靮。其人設胡床而上，盜上馬
> 疾馳而去。馬主追之。盜徑扣官店，維馬於門，云：「吾某太監家人，
> 欲段匹若干，以馬為質，用則奉價。」店睹其良馬，不疑，如數畀
> 之。負而去。俄而馬主跡至店，與之爭馬，成訟。有司不能決，為
> 平分其馬價云。〔註41〕

其編纂另一書《智囊補·雜智部·卷二十七·狡黠一錢誆百金》與此相同。至今在遼寧省新金縣一帶尚見流傳。〔註42〕

　　施用連環騙技巧的騙徒之以能得逞，他們有幾個共通性：（一）穿著裝扮多類如貴富貴人家，容易搏得受騙者信任；（二）在行騙過程裡，他們會先施以小惠，卸其心防；（三）騙徒幾乎是多人行動，採裡應外合方式，讓受騙者難以防患。

〔註40〕見（清）吳熾昌著：《客窗閒話續集·卷二·補騙子》，頁3384。
〔註41〕見（明）馮夢龍著：《古今譚概謔智部·第二十一·一錢誆百金》，頁255。
〔註42〕見《中國民間故事集成·遼寧卷·騙術》，頁906～907。

十、雅騙

雅騙，可推源於早期以隱士身分來行騙的方法，因這些隱士的人格與價值往往爲人所仰慕看重，所以這些騙徒予人印象是滿腹經綸，或是學仙學禪，總之，與人高深莫測的感覺，連帝王達官貴人都對他們刮目相看，他們所騙的，除了沽名吊釣譽外，實是富貴榮華。

具體流傳於民間的故事，其內容則是騙書法墨寶，故事最早溯源於有關草聖張旭〔註43〕的傳說，見於唐人張固所著《幽閑鼓吹》：

> 張長史釋褐爲蘇州常熟尉。上後旬日，有老父過狀，判去。不數日，復至，乃怒而責，曰：「敢以閑事屢擾公門？」老父曰：「某實非論事，但觀少公筆跡奇妙，貴爲篋笥之珍耳。」長史異之，因詰其何得愛書？答曰：「先父愛書，兼有著述。」長史取視之，曰：「信天下工書者也。」自是備得筆法之妙，冠於一時。〔註44〕

明人周應治在《霞外塵談‧卷九‧寄因》裡有雷同之述，但簡略許多，對話多轉爲敘述句：

> 張旭爲常熟尉，有老人陳牒求判，宿昔又來。旭厭其煩，曰：「公筆勢奇絕，欲藏之以爲家珍爾。」因盡出所藏父書，旭視之，天下奇筆，自此盡其法。〔註45〕

雅騙的故事，到清代有了很大的變化，受騙主角不再是張旭，而是當時有名的書法家鄭板橋，故事情節曲折，多了主角不肯輕贈墨寶，商人費盡心思，才用請君入甕的方式，將他的墨寶騙得，故事的精采點在於騙徒的縝密心思與受騙者甘願上當。宣鼎在《夜雨秋燈錄初集‧卷一‧雅賺》故事裡，即載錄這則故事：某書法家名聞於世，大家爭相向他請求墨寶，但他非重價不肯輕許，更挑替求者人品，尤輕商人。一天，他到出外遊山玩水，走到一處很清幽的地方，似無人居，只有一間小茅屋，門額橫批寫著：「怪叟行窩」，又有「富兒絕跡」之句，環境佈設，開雅之至，引起書法家興趣，進門拜訪，主人卻透過童子表示不見，直到童子提及書法家之名，主人才出來，這名書法家被主人文雅風範所吸引，視爲知音，主動贈予墨寶，爾後才知上了當：

〔註43〕張旭（西元 658～747 年），字伯高，吳郡（今江蘇蘇州）人，官金吾長史，以書法聞名，尤擅長狂草，故有「草聖」之譽。

〔註44〕見（唐）張固著：《幽閑鼓吹》（見《唐五代筆記小說大觀》（下），上海古籍出版社），頁 1450。

〔註45〕見（明）周應治著：《霞外塵談‧卷九‧寄因》（見《筆記小說大觀》（六））江蘇：廣陵書社），頁 4483。

鄭板橋先生燮，各鹽商因都轉鹽政，咸重先生，遂爭求先生翰墨，
得寸縑尺幅為榮。惟某商出身微賤，先生惡之，雖重值誓不允所請。
先生性好游，一日，信步出東郭，漸至無人蹤，俄見茅屋制絕精雅，
上走小額云：「怪叟行窩。」稍進一重門……愛極不問主人誰是，即
就榻趺坐……始見主人出，則東坡角巾，王恭鶴氅，羊叔子之綬帶，
白香山之飛云履，手執塵尾，翩然而來，老叟也，彼此略敘述，語
頗投契，問叟名氏，曰：「老夫甄姓人，流寓於此，人以老夫太怪，
遂名怪叟。」問「富兒絕跡」四字何意？曰：「揚州富兒近頗好雅聞，
老夫居址小有花草，爭來窺瞰，但此輩滿身金銀氣，一入冷境，必
多不利。一日富兒甫坐定，承塵鼠跡空隙破瓦墮，正中其額，血淋
漓，乃委頓去。自是相戒不敢入吾室，遂以為額，志實也。先生清
貧則已，若亦富人，恐于先生亦大不利。」先生嘆曰：「僕生平最惡
此輩者，領雅教，何幸如之。」須臾，童子獻清茗，叟為之鼓琴，
于花下設筵，且啖且飲，叟醉，又抽劍起舞，先生起敬曰：「翁真高
士也，僕恨相見晚矣！」由是交月餘，漸與談詩詞，皆得妙諦，唯
絕口不論書畫。先生一日不能忍，告叟曰：「翁亦知某善書畫乎？」
曰：「不知。」曰：「自信沉迷於此已三折肱，近今士大夫頗有嗜痂
癖，爭致拙作，甚非易事。翁素壁既空空，何不以素楮使獻所長，
亦藉酬東道誼。」曰：「勸君且進一杯。」呼兒磨墨，「楮先生藏之
已久，實滿眼無一佳士如先生者，何敢失之交臂。」先生投袂而起，
視齋中筆墨紙硯已就，即為揮毫，頃刻十餘幀，然後一一書款，叟
曰：「『小泉』乃怪叟字，請賜呼，榮甚。」先生詫曰：「何翁雅人，
與賤商某甲同號？」叟曰：「偶相同耳，魯有兩曾參，同名何害，要
有清濁之辨耳？」先生信以為實，即書「小泉」二字與之。叟曰：「墨
寶非常，從此輝生蓬壁，然不可妄與商人，恐此輩皮相，不能辨珠
玉，徒損清名耳。」先生然之，旋又暢飲，歸則已二鼓矣。同人問
何之，先生盛誇叟。眾曰：「向無此人，公所見得無妖魅乎？……明
當同訪。」翌晨眾果偕去，則茅舍全無……先生大驚，以為遇鬼，
旋豁然悟大嘆曰：「商人狡獪，竟能仿蕭翼故事，賺我書畫耶？」歸
則使人潛禎某甲家，則已滿壁懸掛，墨猶未乾也。〔註46〕

〔註46〕見（清）宣鼎著：《夜雨秋燈錄初集・卷一・雅賺》，頁13。

這故事也出現在晚清《騙術奇談‧騙鄭板橋畫》，內容幾同，稍有異處在於，受騙書法家已具名。

至於文人之間，利用雅騙方式，取得對方墨寶，可見於《騙術奇談‧騙梁山舟書》之事：某學士想獲得朋友的墨寶，但朋友始終未答應，一回他藉故將朋友留在府上，施計讓朋友留下墨寶：

> 梁山舟學士嘗南歸，將渡河。河都某公留住署中，學士屢欲行，某公盛言水勢甚溜，宜稍待。學士不得已諾之，然住齋中，偶睹架上佳紙名箋羅列甚富，案頭筆硯亦頗精良。逐日以寫字消遣。忽忽將紙用罄，主人始出，言水勢稍減可以遄渡，已為具舟楫矣。梁拱手稱謝，將議行，忽主人顧架上紙，問僕曰：「此間紙皆何往？」僕惶悚若不能置辨，梁乃曰：「實已所書。」主人曰：「吾使紙特使人至南中購求，供己臨池之需，不意乃為汝用去，奈何？」梁嘿然而別。
> 既而憶此公為京官時，嘗托人求書不允，故為此以報。〔註47〕

同書還有一則〈騙劉文清書〉，故事中的兩位主角同在軍機處做事，劉某的墨寶十分有名，卻不輕易贈予他人。其同袍利用同職機會，常送對方一些精美的食品，劉某便寫信致謝，過了好一段時間，此騙者才拿出一本冊子予他看，上面都是劉某的謝函親筆跡：

> 劉文清公書名重一時，然求書不易。有某公同直軍機，時饋劉金品飲食。劉輒函謝，不數日則又致饋，年餘未嘗倦。一日劉詣某，某忽出一冊啟之，咸劉手跡。劉訝其多，視之即己平日謝函也。某因曰：「不有此饋貽，合得如許珍跡耶？」劉大笑。〔註48〕

雅騙出現於唐後，到明清才復出現，清代有較多變化，推其原因，應是跟商業繁榮，商人等附庸文雅，蔚為風尚有關，跟最初雅騙目的真心珍藏墨寶，其意旨已大不相同。

貳、騙徒受騙

故事有趣的是，騙徒會騙人，也會被騙，有些受騙者（或家屬）的智慧往往勝過騙子，不甘受騙，反過來引騙子入甕。例如《客窗閒話初集‧卷一‧李寡婦》故事裡的張鬼頭，是名無賴，一天，他受託於張姓鄰媼，要替其癡

〔註47〕見（清）雷君曜著：《騙術奇談‧騙梁舟山書》，頁1334。
〔註48〕見（清）雷君曜著：《騙術奇談‧騙劉文清書》，頁1336。

傻的兒子娶媳婦，張鬼頭貪張媼聘金豐厚，把腦筋動到守寡的妻姐李氏頭上，假意告訴李寡婦，要接她去見病微危妹妹最後一面，李寡婦不疑有他，上了轎，結果轎子卻被抬往張家。到了張家，李寡婦得知被騙後，先是憤怒，繼而向張媼及其子表示，她其實是先來幫姪女打探未來夫婿的情形，真正要嫁給傻子的不是她。在李寡婦安排下，張家母子隨她到張鬼頭家，李寡婦先進門跟姊姊說，剛剛新婚不適應，要姪女作陪，等姨姪兩人來到張媼家，她讓姪女陪睡在夫妻房，待姪女半睡半醒間，又設計讓張傻子進房，與姪女發生夫妻關係，並在門外向姪女誆稱是張鬼頭的主意，姪女只好接受。三天後，張鬼頭開心地來張媼家領取謝金，卻發現小姨子沒有嫁給張傻子，反而是讓自己女兒成了張家媳婦，心裡懊悔不已。〔註49〕

　　老朝奉在人們印象多是精明幹練的形象，騙徒無所懼怕，騙了老朝奉，老朝奉心有不甘，以假珠當真珠讓騙子贖回，反將騙子一軍，故事見《清稗類鈔（十一）・棍騙類・騙子為老朝奉所算》篇：

> 某質庫有以巨珠求質者估價千金，值十當五，付五百金去，審視則偽珠也，圖記加於線跡之上，珠色燦然。老朝奉某曰：「是吾過也。服務於質庫三十餘年，乃今為騙子所弄，當約期召集同業，碎珠以洩忿，賠本自懲。……」珠既毀，而騙子持券取贖，且曰：「千金之珠，非細事也。當因一時之急需，贖當為家傳之至寶。」老朝奉曰：「子備利錢來乎？」騙子曰：「豈特利錢，五百金之本，固如數籌備矣。」老朝奉面點銀數，權訖，從容取珠出，珠載於緞糊硬紙片，圖記加於線跡之上，珠色燦然。騙子對眾擊碎之珠，亦偽珠也。
> 〔註50〕

這「偽毀贗品騙真賊」型故事，在《新五代史・卷五十三・慕容彥超傳》即見：慕容彥超好聚斂，在鄉裡開了一間當舖，有人拿假銀來典當，被管理員發現，上告慕容彥超，他不動聲色，暗中派人在夜裡洗劫當舖，再昭告百姓當舖被偷，要大家來指認曾到當舖裡當了哪些物品，從中找到這群持假銀典當者，將他們找過來教大家製作偽銀：

> 已而得質偽銀者，寘之深室，使教十餘人日夜為之，皆鐵為質而包

〔註49〕見（清）吳熾昌著：《客窗閒話初集・卷一・李寡婦》，頁3346～3347。

〔註50〕見（清）徐珂著：《清稗類鈔（十一）・棍騙類・騙子為老朝奉所算》，頁5463～5464。

以銀，號「鐵胎銀」。其被圍也，勉其城守者曰：「吾有銀數千鋌，
當悉以賜汝。」軍士私相謂曰：「此鐵胎爾！復何用哉？」〔註51〕

現今於吉林仍流傳此型故事，故事是發生在光緒年間的某家當舖，有人持假
珠當眞珠前來典當一百兩，當舖主人見貨色鮮亮，高興接受，一旁伙計則從
這個人的神情變化感到事情有異，主人拿去請同行相驗，果然是假珠，主人
難過得想自殺，索幸伙計機靈，用了請君入甕一計，使騙徒上當：

（李成）訂了酒席，宴請同行師傅們。中午，全行當的師傅都到席
了。在酒席上，李成捧出那顆假珠，說：「我師傅一時疏忽，錯把假
珠當成眞珠，望各位師傅記住這個教訓。今天，我當著眾人的面把
這顆假珠砸碎。」……第二天剛要開店門，上次的當珠人笑瞇瞇地
走了進來，拿出當票和銀子，高聲叫道：「贖珠！」李成取出珠子交
給當珠人說：「原貨在此，銀子過好秤，一百兩。」當珠人接過珠匣
子跟跟蹌蹌地跑了。李成高興地說：「師傅，我昨天當眾砸珠的事，
很快就傳遍全城，當珠人來贖珠子是趁機要敲詐一筆。那天我砸的
是我請人仿制的假珠。」〔註52〕

這類故事，在韓國民間亦可見。〔註53〕

清政府嚴禁國人吸食鴉片，在各港口設有搜索船隻的官員，有騙子即持
僞符假扮官役，在江河間挨船搜索，實際上是劫人銀兩者。吳熾昌在《客窗
閒話續集・補騙子五則》中寫道，有位點客到楚地做生意，船停江岸，突然
遇到七、八名壯役拿著鐵鍊，首領手持簽票，口稱官命查抄鴉片，即大肆搜
撿，伙計無法阻攔，盤纏全被劫去，同與點客停船港口的其他販商，也無一
倖免。點客決定以其人之道還治其人：

查禁倭煙之年，有僞符假役在江河之間挨船搜索，訛攫銀錢，爲害
行旅。有點客販貨入楚，舟泊江濱，突然壯役七八人，鐵索瑯鐺，
手持簽票，口稱官命查抄鴉片，入舟搜檢，見銀錢，皆取之以充飯
食。值客臥病，其伙攔阻不及，盤纏被攫盡矣，不覺垂淚。客徐起
見之，笑曰：「毋作婦人態，從來悖入者亦悖出，彼將十倍償我，無

〔註51〕 見（宋）歐陽修撰：《新五代史・卷五十三・慕容彥超》（北京：中華書局），
頁609。
〔註52〕 見《中國民間故事集成・吉林卷・伙計李成》，頁917～918。
〔註53〕 見金榮華著：《民間故事類型索引（中冊）》（型號：929D），頁398～399。

憂也。」黠客于是擇舟子之強有力者十餘人，飾以僕從之服，自乃冠水晶頂，造作令箭，急易快舟尾追僞役，沿江而下。役擄掠滿載，忽繞出其前，使僕截擒，即以其鐵索鎖之，登郵亭而訊曰：「本廳奉軍門令查拿僞役抄搶案，送省梟示。先起其贓！」彼舟載錢已數千矣，僞役皆叩首乞命。於是運贓入己舟，將僞役交驛卒看守，曰：「候本廳稟報後來取若人，勿任逃脫，自干重罪。」竟揚帆逆流而歸，以錢表分舟子，銀則歸己，無不歡呼痛快。僞役忽解悟，告驛卒曰：「是官也，何以獲贓不獲犯？假可知也。」驛卒亦悟曰：「無論眞假，我輩豈白與人看待哉！」僞役已無一錢，乃各脫其衣履，賄驛卒，始得縱歸。〔註54〕

城市生活繁榮，但陷阱也特別多，所以，在《清稗類鈔（十一）·棍騙類·老人為某所騙》裡的主人，予伙計三千圓入城買貨時，再三告誡他要小心京城騙子甚多。伙計進京後，果然遇到一名已盯上他囊袋的騙子老人，伙計將計就計，向老人問路，老人主動要帶他去，並在半途中邀他上茶樓喝茶，借他煙袋，還慇懃關心他是否需要如廁，結果反被伙計騙去大衣與煙袋：

> 有某者，為人經營商業，一日，其主予以銀弊三千圓，命入都購貨，戒之曰：「君去，余即後至。至京，即居旅館，勿輕出，倘遭巨騙，則余血本三千金將化為烏有矣。」……未幾抵京師，下榻旅館，私念都中商市繁盛，倘閉門不出，虛此一行，而主人所言，亦何敢忘。思之再四，忽以銀幣二圓囑役人易錫餅，俄頃購至，藏之而寢。時方隆冬，晨起大雪，乃檢囊翁所實錫餅，間以銀幣，荷於肩以出。臨行，謂役人曰：「如有人覓我，即告以入市易物去矣。」徐步出門，且行且顧，以為往來人中，果誰是巨騙者。偶見一錢肆，即入小憩，取銀幣二圓兌小銀幣，餘則仍納於囊。當兌換時，對門立一老者，目眈眈注視其囊中物。瞥見，喜曰：「騙在是矣。」向老人洋作問路狀。老人曰：「君所問者，正老朽欲往之路，同行可也。」乙曰：「某受主人重託，攜巨金來京師購貨，初至貴地，不識路徑，承吾翁指示，深感。」微窺老人作何狀。老人聞之，若不為動。行未里許，見一茶肆，老人曰：「君負重囊，憊甚，此茶肆尚不惡，盍小坐。」

〔註54〕見（清）吳熾昌著：《客窗閒話續集·補騙子五則》（見《清代筆記叢刊（四）》），頁3385。

遂偕入。老人以京式短煙袋進某，復將織毛馬褂置於几側。某方唧
煙袋，忽皺眉向老人曰：「腹痛腹痛，附近有廁所否？」老人曰：「在
肆之東。」時風雪益厲，某曰：「翁之馬褂乞暫假一披，藉以護體，
某之布囊，請代為看護，囊失則某之生命且不保，乞留意焉。」老
人許之。某遂御馬褂、持煙袋去，老人固巨騙，第注意布囊已久，
以為有此為質，不虞他變，乃慨然以衣物假之。詎某久不回，急傾
囊視之，則所廁銀幣實贗物，及追某，不知所往矣。〔註55〕

這些騙徒反被騙，主要是靠受騙者的機警敏覺度。《騙術奇談‧騙子被騙（二）》
故事是這麼說的：在河南地區有一種騙法，是讓婦女假裝迷路，請車夫帶她
回家，半途想辦法讓車夫喝下迷藥，再把其車奪走。有位送客人到河南的車
夫，空車返回途中，果然遇到一名自稱迷路的少女，車夫知是騙局，將計就
計，不但使自己幸免於禍，還意外得了一名妻子：

河南直隸之間，多有使婦女伺空車過，輒偽為失路，求載歸，中途
以迷藥飲車夫而驅車去者。有車夫某載客至某處⋯⋯忽途遇少女哭
泣，言與兄弟歸寧中途失道，懼見強暴求載送歸。車夫知其偽，故
允之，使女登車。少頃，女出懷中餅自食且比一枚餉車夫，車夫取
而不食，匿懷中，見路旁有賣茶者，車夫索取茶一碗自飲，潛將餅
屑置茶中飲女，女不覺昏睡。車夫因鞭驟疾馳。良久，女醒，車夫
笑謂曰：「今離汝家已遠，汝之鬼蜮不復得行，將如之何？」女自言
被奸人誘令為此，前後害人無數，今既被算，願從歸，供箕帚之役。
車夫既免禍乃更得女焉。〔註56〕

故事裡許多騙子已是騙中老手，但仍被人騙，其盲點在於，他們趁人不防以
行騙時，腦海裡只想著自己的計謀要如何進行與緊盯獵物，沒有想到別人也
會趁其不防之際，反將一軍。例如《騙術奇談‧騙子被騙（二）》中的少女，
只知騙上車後，要把置有迷魂藥的食物送給車夫吃，她就可以安心等待車夫
以下的昏厥反應，進而奪車，但卻沒有注意到此次所乘車的車夫並未將餅吃
下去，少女失去這警覺心，反讓此餅迷了自己。又如《清稗類鈔（十一）‧棍
騙類‧老人為某所騙》裡的巨騙某老，他只短視注意到此少年的布袋有物可
竊，尋找可以讓布袋離開少年的機會，沒有想到，常人豈會將全部家當交予

〔註55〕見（清）徐珂著：《清稗類鈔（十一）‧棍騙類‧老人為某所騙》，頁5430～5431。
〔註56〕見（清）雷君曜著：《騙術奇談‧騙子被騙（二）》，頁1440。

一名素昧平生之人，縱然交托，其貴重物資必不在其中，反受少年的當。

誠然人知騙徒需防，但卻又不自覺將騙徒視爲知己，究其原因，是騙徒們熟稔人性心理，趁人不備之際，詐騙得逞。從故事裡，可以歸納出騙徒出現時的一些特徵。

一、騙婚之騙徒，多是集體行動，以美色爲餌，且將「鷹」者的家庭背景塑造成非富即貴，使心有貪念的人，多不設防。主謀者出場時，則表現出不甚熱中撮合的樣子，使人更急於事成。

二、騙物的騙徒，也都是以僕從雲集，光鮮亮麗出場，使受騙的店主或他人，以爲攀結富貴大戶。對於其所騙之高級物品，他們自有一套鑑賞能力，令人折服，論辯起來，口若懸河，使人不經意鬆懈心防。

三、就清人筆記所見，騙徒幾乎是兩人以上結合行騙，單獨詐騙的情形較少，騙藥行布莊、拐賣人口等騙徒，其幕後已有詐騙集團縝密規劃與操控，裡應外合，更使人不易察覺。

潘綸恩在《道聽塗說・卷七・洪鄉老》篇末評論中說：

> 欲知做騙者之用人，當先知作騙者之用意；知作騙者之用意，當先
> 知我之被騙者所受病，人能自知其病，其人已不可欺矣。[註57]

故事裡的騙徒誠然害人不淺，但藉由各地流傳的詐騙故事，也提醒世人，若要人不欺，除非己心正，才不會掉入騙徒設下的圈套，深具教育意義。

第二節 商人的生活考驗

清代政府廣開通商口，增加貿易城市，提供更多商業活動空間，以致商人倍出，商業活動十分活躍。商人若經營得當，獲利較各行業優渥許多，令人羨慕，殊不知他們的生活裡也充滿危險考驗與挫折，一是來自經商過程的劫盜與詐財；另一則是家庭問題，包括妻子外遇、家庭安全危機等。

壹、經商途中遇盜劫

商人們遇到的盜劫之災，有兩種情形，一是盜賊明搶，一是舟子謀財害命，另一則是假冒商人等身份，懈其心防，再行劫財。

〔註57〕見（清）潘綸恩著：《道聽塗說・卷七・洪鄉老》，頁 159～161。

　　盜賊明搶商人財物的情形，可見於潘綸恩的《道聽塗說・張百順》，這是一則行商遇劫後，繼續發展的故事：張百順父子以賣五金雜貨爲業，存了點錢，他們買了一艘小船，返鄉替兒子成家。沿途，父子倆小心翼翼護守財物，但仍被強盜洗劫一空，最後他們竟也走上劫盜一途，雖獲資無數，最後難逃法網，付出生命代價：

> 張百順攜其子小寶旅居江左，販匙鎖刀剪爲業。張年五十有奇，子亦弱冠，蓄積二百餘緡，將歸永安，爲小寶完婚。買得一小舟，捆載所有，刻期解纜，父子駕運而行。沿途戒備甚嚴，舟近大通界，斜日猶紅，風不慎利，誠恐晚行吃險，因而未晡先停，就想港內蘆葦雜處，釘棳束藎，以待后後至者，詎意諸船銳進，盡趕大通停泊。暝色已上，煙水淒清，孤影徬徨，別無鄰舫。……夜半不敢就枕，忽聞水聲拍拍，有槳板驅波進港，父子驚惶，面無人色。方議杜門加鍵，而長臂漢已提大砍刀立船頭，自稱「老阿爺」，呼：「無頭鬼速出艙受刃！」張父子無所爲計，惟有彎雙膝跪船頭，叩首連連，何啻百搗。盜曰：「姑寬寸晷，容汝寄頭項上，但須自運箱籠過船奉獻，苟匿寸縷，是自干不赦矣！」張奉命惟謹，罄艙歸盜，又叩首謝活命恩以退。父子漣漣對泣，空手無以言歸……遂相謀爲盜，顧無所得利器而用之，覓船中獲一短柄斧，淬厲而新之。是夜……執斧越船，聲喝一如前盜狀，舟人子皆俯伏請命，遂盡得其所有以歸。驗之，即前所被劫物也，乃慨然曰：「以人面取富，積之十年而不足；以鬼面取富；收之一旦而有餘。今而知取富之道，唯暮夜中有捷徑也。天下豈有眞技哉？尺寸之刃，其在人手，則我畏人；其在我手，則人畏我耳。」自新硎一試後，每日夕輒爲之技癢，……（一回）小寶（張百順之子）撩袖先登，以斧扣舷作響，屬聲呼舟中人出納命，并無應者，百順隨登，父子洶洶，備諸狠狀，而舟人之不應如故，探首艙間，伏兵猝起，并爲所縛、父子皆論死。[註58]

除了海盜，船上舟子也常是謀財害命的兇手。商人們行商過程常利用舟船爲交通工具，船上舟子若見商人有資財，即可能萌生害意。俞超在《見聞近錄・商販自救》寫道：有位販圖書石的商人，雇了一艘船到大城市做生意，當舟

子幫商人提箱子到船上時，發現箱子甚重，懷疑裡面裝的皆是銀子，於是萌生害意，商人知其意圖後，故意開箱，讓舟子看到箱內沒有裝銀子，才打消劫財念頭：

> 海昌又有馬販圖書石往江右鬻之，路雇一舟。其舟子舉箱，重甚，疑有白鏹，遂萌惡意，而某不知也。夜臥艙中，忽首軒然如有舉之者，細視無物，遂易向臥，而兩足又似推聳向前，不得已蜷曲而臥。將夜分，忽有聲砰訇甚厲，直擊板上，離足僅數寸許。暗中摸索，一大石磨也。悟為舟子所擲，急呼，起告曰：「汝奈何不小心，懸磨艙上，我幾為所壓，速持火來，我欲向箱篋覓物裹足。」而遍起鎖鑰，出石置外，其餘敝衣數事而已。舟子疑忌頓釋，即鼓棹行。次日，某婉辭以謝，另雇他舟而歸。〔註59〕

這些舟子有時也是盜賊假扮，他們以運送渡客為由，騙商人上船，劫財滅口。蒲松齡在《聊齋志異・卷十二・老龍船戶》即說，廣東一帶因往來商旅頻繁，無頭冤案多得不可勝數，因其「千里行人，死不見尸，甚至數客同游，全絕音信，積案累累，莫可究詰。」因為投狀實在太多，到最後官府索性置而不問。直到朱某上任，看到訴狀裡聲稱死亡人數竟高達百餘人，經商至此地結果下落不明的，更難計其數，心裡很震驚，於是虔禱城隍，透過夢境指示，才找出元兇，揭發盜賊假扮舟子誘商人入甕的事情：

> （夢境中某人）曰：「鬢邊垂雪，天際生雲，水中漂木，壁上安門。」言已而退。既醒，隱謎不解，輾轉終宵，忽悟曰：「垂雪者，老也；生雲者，龍也；水上木為船；壁上門為戶，合之非『老龍船戶』也耶！」蓋省之東北，曰小嶺，曰藍關，源自老龍津以達南海，嶺外巨商，每由此入粵。公早遣武弁，密授機謀，捉龍津駕舟者……蓋劫以舟渡為名，賺客登舟，或投蒙藥，或燒悶香，使諸客沉迷不醒，而後剖腹納石，以沉于水。〔註60〕

除此，夜宿旅店對商人的人身與財產安全也頗具威脅，當時有所謂的「黑店」，黑店的經營者本身就是匪盜，他們假借設立客棧之名，實行謀財害命之事。《清稗類鈔（十一）・盜賊類・浮梁黑店》故事是這麼說的：

〔註59〕見（清）俞超著：《見聞近錄・商販自救》（見《清代筆記小說類編・計騙卷》），頁263。

〔註60〕見（清）蒲松齡著：《聊齋志異・卷十二・老龍船戶》，頁799。

長江下游匪徒甚多，畫奪夜劫，時有所聞，陸道則尤多黑店，與山
左無異也。江西浮梁縣某鎮，為行人往來孔道，有匪類夫婦二人，
設逆旅。一日，有收帳之販豬客投宿焉，衣服雖襤褸，而藏金頗富。
某夕，有與豬客素識之販燈草客，亦往投宿，居樓上，豬客在樓下。
甫初更，各就寢，惟豬客不寐，乃趨友室告友曰：「余今夜不知何故，
常心驚，半夜未能睡。」友曰：「子必厭住樓下，故有此象。如子欲
與我更換臥處，亦無不可。」豬客從之。夜未三鼓，店主夫婦持刀
入燈草客室（即豬客所住之室），猛砍數刀。豬客在樓聞有聲，窺之，
戰慄萬狀。天明，遽赴縣控告焉。〔註61〕

為了免受劫害，商人們通常會尋求結伴同行者，互相照顧，殊不知盜賊們利
用他們這種心理，假冒同行，先鬆懈其防心，再進行洗劫。汪晥在《驚喜集·
卷二·廉州獄》裡記某太守所審理的一樁客盜同獲的案件，此案起於某鄉民
提供線索，讓官員抓了十幾位盜賊，審訊時，盜賊們紛紛指對方說對方才是
真盜賊，判官張某難辨誰是真盜，可是鄉民則肯定地表示，他們全部是盜賊，
就在此時，又有人上告，表示被盜賊砍傷，經他指認，才知是盜賊假冒商人
真搶劫：

一日，鄉民以獲盜十餘聞，及訊，則此盜指彼盜曰：「爾盜也，我被
盜者也。」彼指此亦如之。鄉民則曰：「皆盜。」張（太守）疑之。
及覆訊，忽有以刀傷事主報者，姑置盜而詰被盜狀。其人熟視群盜，
忽大喜曰：「劫我者固在是耶！」又復大哭曰：「戕我者亦在是耶！
苦爾矣。」張益怪之，回視群盜，或面壁不作一語，或哭呼曰：「客
人救我！客人救我！」張（判官）細詰之，被盜者曰：「某廣西人，
同賈三，輿人十。」指盜中一人曰：「半途遇若，若曰：『我孤客，
畏盜，願偕行。』憐而諾之。及至深谷，若忽鳴洋槍一，而群盜四
合，同賈皆死，我被傷倒地獲救。今幸遇若，天也！然輿人何以至
此？」張因訊所謂輿人，對曰：「盜既戕賈客，因冒客而脅輿之。鄉
民見捕，盜逸過半，今真盜只三人耳。」〔註62〕

在某些地方，這類盜賊被稱作「響馬」，因為他們在馬鞍上繫著鈴鐺，以作暗

〔註61〕見（清）徐珂著：《清稗類鈔（十一）·盜賊類·浮梁黑店》，頁5326。
〔註62〕見（清）汪晥著：《驚喜集·卷二·廉州獄》（見陳重業主編：《折獄龜鑑補譯
　　　　注·卷四·犯盜·客盜同獲》），頁609。

號，他們往往表現出俠客狀，且服飾豪華，常讓商人失去防心。這類故事可見於溫適汝所著《咫聞錄・卷二・響馬》：有位載滿財貨的布商，半途到食堂吃飯，遇到一面黃似病的少年也進食堂，看見布商，主動與他搭訕，並相約同行，布商見他為人慷慨，以為交到好朋友。幾天後，他們走到一處，遇見幾位少年的朋友，聲稱要入京應試，大家結伴同行，接著又陸續遇到身著華服的商人們，藉故問路而認識，聚結為伴，布客以為此番旅途，終可免於形影孤單，心中暗自竊喜。直到這一行人投宿某店，店主夜聞異聲，次日又見此行人已少一人，心感事有蹊蹺，報官處理，揭發這椿群盜劫商的惡行：

> 昔有布客馱本獨行。一日薄暮，見少年驅車至，面黃似病，同行入店，食邀布客共之，銀則自出。布客見其慷慨揮霍，行則并驅，宿則同居。數日，路遇四五人，相貌魁梧，少年認為同里富室子弟入京應試者，同伴行止，調笑喧嘩，布客欣欣得意，以為此次途中可無弔影嘆孤矣。又歷數日，復有客六七人，服飾華麗，途遇少年停驂顧問，亦聚為伴，同投小店宿焉。是夜三更，店主見客房中燈火煌煌……從隙相窺，布客捲帳獨睡於床，諸客圍燭踞坐於地，清聲低耳，不知所談何事。店主呼曰：「諸客何不安寢，明早辨色可行也。」諸人答以即欲睡也。旅店主腹疼如廁，廁中聞大叫一聲，回復問之，寂然無人答應，店主以為客夢中顛倒之聲也，亦不為意。迨雞止啼天將曙，客皆起身，店主查點出客入店內少一，諸客曰：「爾老眼昏花也，齊足而進，齊足而出，少之者誰乎？」店主細想昨夜之異，報於捕役，通於地保，白於鄉鄰，入觀其室，並無蹤跡。回環審視，板扉有指頭血印三點，於是各持械出追，圍而擒之，一無遁逸。得其車馬，搜其身，各有布包，啟視則一段血肉。檢其行李，各攜一團溼灰，僉供少年為綠林之魁，稔知布客負重資，獨行往還，約盜先後聚集僻店，殺其身，解其體，以灰醃之，不致血溢，分析其肉藏帶於身，擲之靜密坑中，以掩其跡。〔註63〕

劫盜者為了劫財，無所不用其極，孫靜庵在《栖霞閣野乘上・沙河保逆旅之謀殺案》說，這些盜賊的出現千奇百種，也會藏在箱中，伺夜謀殺劫財，令商人不勝防範。有群做各種買賣生意的人，到了晚上，同投宿某家旅館，半

〔註63〕見（清）溫適汝著：《咫聞錄・卷二・響馬》（見「筆」正編七冊），頁4457。

夜時，某房的卜者因聽到怪聲，與同房的販壺者，兩人略施小計，竟破了鄰房殺人劫財命案：

> 有甲乙二人者，販布於外，得厚利，攜資以歸。途遇一賣花者，與同行，夜宿沙河堡逆旅之西偏屋內，賣花者一擔荷兩箱，無餘物。先有販沙壺者，與一聾者同宿東偏屋，聾者中夜醒，忽聞西屋斧聲甚屬，繼以人呻吟聲，已而寂然，第聞窸窣聲而已。大疑，悄呼販壺客醒，故之故，客不知所為，聾者曰：「我試碎君壺，君即起與我爭，僞喧以觀其變。」西屋三人聞喧爭，果出勸，（聾者與販壺者故意起爭執，聾者表示失錢，三商指向販壺客為竊，但搜之無得，聾者轉指向三商，必要店主代他檢查三商行李）三人固不可，且神色倉惶，眾益疑之，謂聾錢必為所竊，盡集寓中諸客，破三人啓其箱。則油紙包各一，血漬殷然，解之，支解死人也。蓋每箱預藏一人，俟甲乙眠熟，潛出而砍殺之。〔註64〕

同朝的《蜈階外史・卷二・賣花人》與小橫香室主人編的《清朝野史大觀・卷四・沙河堡謀殺案》均記這類事情。

對商人們而言，靈機應變與保持高度警覺是很重要的。《騙術奇談・強盜受騙二》中說：某位商人做完生意，到了年底回鄉，深夜快到家時，遇到有人要搶劫他的衣服，商人靈機一動，將流水賬冊充作紙錢應付，保住性命：

> 粵人某商於滬，另室居妻孥。值歲暮事繁，深夜始返其居。路遇行劫者將褫其衣。某哀之曰：「子毋然！子之所以為者，圖財帛耳。」雖盡褫吾衣，能值幾何？無幸攜有鈔票在，敬以為贈，請免吾衣可乎？」言已，手出紙一束授之。盜大喜，攫之而逸。某急奔歸家，對妻孥吃吃笑不休：「蓋其所以授盜者，實一無用之流水賬冊也。特不知盜攜回見之，何以為情耳？」〔註65〕

宋永岳在《亦復如是・某船戶》裡，說了一則小孩機警守財的故事，這名孩子替剛賣完米的父親守船，後遇賊假借其父來取錢，孩子處變不驚，以時間換取空間，待賊已等待不及時，故意認某人為父，賊不知，見其父已歸，趕緊逃離：

〔註64〕見（清）孫靜庵著：《栖霞閣野乘上・沙河保逆旅之謀殺案》（見《清代野史（四）》），四川：巴蜀書社，頁1704。

〔註65〕見（清）雷君曜著：《騙術奇談・強盜被騙二》（見「筆」三十二編三冊），頁1282。

某船戶架舟往某市糶米，挈十一歲之子看船。糶米訖，行主招飲。
子見父去，閉艙門獨坐。未幾，一人啓篷，手攜饅頭十個，呼其子
曰：「汝父寄點心在此，且叫汝取鑰開箱，以銀交我市買物件。」其
子大喜，曰：「我正肚饑，待我吃了點心再行取銀。」因將饅頭慢慢
細啖。其人促之亟，其子指岸上人曰：「我父來矣，不用汝催！」其
人恐敗事，跳上岸跑去。及父回船，其子告之父，曰：「汝何以識破
其假？」子曰：「我於饅頭知之……若父買饅頭，不過兩三枚，今若
是之多，知其非出於父也。」〔註66〕

從上述可知，身負貲財的商人，縱然小心翼翼，但覬覦其財的盜劫早已緊盯
佈局暗算，商人們必須對周圍的人、事、物時時抱持高度警戒，才能保障人
身，財產的安全。

貳、商場上的騙局

即使能躲過盜賊劫財，在商業活動上人危機四伏，騙徒冒用關係騙商家
財物、製造事件騙商家、利用商家貪婪心態騙財、趁商家不備之際劫物或調
包等情形，層出不窮。

假冒身份以騙財的故事，可舉方元鵾的《涼棚夜話‧騙術》為例，故事
裡的老翁，開了一間綢緞店，其子在某地任官。某天，有人自稱與其子為同
事，奉長官之命前來採買綢緞等物，並示出其子手書，請老翁鼎力相助。老
翁見他行李頗豐，僕從甚眾，出手闊氣，加上兒子家書，不疑有詐，於是熱
情招待他，孰料卻被騙得家產蕩盡：

蘇州猛翁開綢緞鋪於閶門外，其子以援例除四州同知。一日有從成
都府來謁者，云與其子同官，奉中丞命至蘇辦買內局蟒袍百餘件并
綢緞若干。因出其子書言：「此系兒至交，所托事幸為鼎力。」云云。
翁信而館之。居數日，出欠票十餘紙，視所逋，則若府若縣，官江
南者居半焉。命僕各賫名帖往。翼日，則曰某府送銀五百兩，某縣
送銀三百兩，合之得千金，盡以付翁。翁大喜，張筵演劇，款待殊
殷。急為置貨，半月始備，曰：「尚須人參三斤，約小指頭大者。」
翁為遍搜城內外，儘符其數，約計所值，蓋萬餘金焉。明日，則遣

〔註66〕見（清）宋永岳著：《亦復如是‧某船戶》（見《清代筆記小說類編‧計騙卷》），
頁 161～162。

某僕收某債，行矣。又明日，則遣某僕收某債，行矣。數日，僕盡
去，唯身與一人留。一日晨起如廁，久而不返，視行李固在也，尚
以爲出拜客耳。既而數日杳然，翁心疑，開箱，盡空空然。大驚，
遍訪不得，至破產爲償。〔註67〕

冒用身份之外，騙徒也會故意製造事件騙商家，這類詐騙行爲，因其爲集團
行動，佈局積密，整個詐騙過程在人事時地物上，看起來均合情理，令商人
無從防起。可舉張培仁在《妙香室叢話卷十四》的故事爲例：有三位穿著華
服的人來到典舖，拿出了一張單子，裡面陳列的物品，價值約有數千金，他
們問伙計，這幾天是否有人來典當此物，並殷殷叮嚀他，這些都是主人家輩
盜賊竊去之物，如果有人拿來典當，請務必告知數個月後，果然有人來典當
此物，伙計通知他們，他們立刻趕來處理，孰料竟是一場騙局：

上洋鄉村有典肆，忽來客三人，被服甚都，若豪門紀綱者。到肆坐，
出一單，值數千金，問有人來典此物否，典伙辭以無有，則諄囑曰：
「家主處盜去各物，以此數種尤珍惜，故令四訪，頃到幾處訪問無
蹤，特令人留緝。我輩近寓某處，倘有人來典，必盜也，乞密報，
當偕伴來禽也。」數月後，國有虯髯肥禿髮及精悍少年數人來，典
物悉與單符。典伙款留查坐，急告客。客喜曰：「此皆劇盜，未易就
縛。」復邀數人往，眾爭觀之，復謝曰：「吾輩力與俱敵，恐誤傷旁
人。」閉門戒勿入。逾時始開門出，大呼曰：「盜悉擒矣，急進城送
官！」果見以門扇扛一和尚及二少年，皆反接，蜂擁至河干。已有
一船待，上船急開去，眾始反。訝肆中何以獨無人出觀，入肆探問，
寂然無人。遍覓之，見眾伙俱捆鎖一室。釋而問之，始知其劫縛載
寶而去，蓋以僞盜爲眞盜也。〔註68〕

劫盜者竊物必拿去典賣以換取現金，這是極合情的事，以致許多遭竊的巨室
人家，尋找被竊之物，必往鄰近典舖求助，典舖也做順水人情。整個故事的
發展極合情理，只是，典舖疏於防範，未料這些都是騙徒鬆懈其防心的陷阱，
以致舖內員工落入賊手，眼睜睜看盜賊囂張離去。

不過，商家最常被騙的原因，還是因其貪婪心態，使騙徒有機可乘。某

〔註67〕見（清）方元鵾著：《涼棚夜話・騙術》（見《清代筆記小說類編・計騙卷》），
頁139。
〔註68〕見（清）張培仁著：《妙香室叢話卷十四》（見「筆」續編七冊），頁4412。

位開錢舖的人，向來工於心計且很吝嗇，存了不少資財。某天，他在路上遇到一位穿著華麗的人，兩人相談之下，知爲同鄉，備感親切，於是結爲好朋友。此人常招待陳某至花街柳巷享樂，出手極爲大方。一回，陳某突然造訪其家，看到裡面陳設特別，只有爐灶一具，與一些碎銀等，此人不得已，只好說出「煉金術」的實情，陳某貪婪心起，不僅賠上自己的生意本金，還拖了一群同伙下水：

> 陳某開錢舖於城南，以素精心計，得擁厚資，性復吝，偶經北里，見絲商也。與陳稱同鄉，陳既心豔之，而王亦深相結，日與游梨園、妓館，遇客輒爲東道主，揮金無吝色，陳以爲遇之晚也。一日，陳造王所，王猶酣睡未醒，入視，惟爐灶一具，四圍炭灰抖亂，中雜零星碎銀，旁置銅屑斗許。王曰：「與君雖邂逅，而情同手足。我之所爲，向不敢告者，慮有所泄也。今既爲窺破，何敢以言唐突。實告君，昔曾販於豫，得遇異人授祕術，以藥草煉銅七次，色即如銀，每以紋銀百兩，入煉銅三十兩熔之，即與足銀無異，余挾此術，遨游江浙，故得恣意揮霍。君如不泄我秘，自後得金與君共之可也。」陳聞，始大悟，即欣然請曰：「忝與君爲兄弟，豈敢自外？但市多明眼，不識此銀果能賺用否？」王曰：「昨晚新熔百兩，君其試之。」陳持銀赴市，易錢如數，喜甚，曰：「子有此術，雖日獲千金不難也。」王曰：「余來未久，苦無相知。如君多同業，能廣行之，利固不可量也。然必擇可信者，始爲招接。如預付銀八百兩，則可代熔千兩。尚有所餘，與君月計分之。」陳遂漸言於同業，初皆未信，稍試之，果通行無滯。繼而聞者日眾，托陳付銀，爭先恐後，數月間接收銀萬餘兩。一夕，王忽遁去，杳無蹤跡，後始知其非眞能燒煉也，唯將銀錠以砂擦洗，使色如新熔，故用之無礙耳。〔註69〕

趁商家不備，或利用其同情心，劫物或將物品調包的情形，在清代也很普遍。《騙術奇談·銀飾肆受騙》寫道：有間打造銀飾的店舖，店主在櫃台上放著一盞燈，平時就坐在燈旁打造飾物。某天，有個人從外頭走過來，向店家哀求借燈貼膏藥，伙計慷慨允諾，此人借燈光把膏藥撕開後，瞬間把膏藥貼在他嘴上，趁機把貴重的手飾全搶走了，等到伙計把膏藥拆下時，此人早已跑得不見蹤影：

〔註69〕見陸林主編：《清代筆記小說類編·計騙卷》，頁272～273。

打造銀飾肆門前櫃上，恒置一燈。肆中人坐其旁，打造飾物。即有
人狀似甚困憊者，至其處哀之曰：「吾患瘡，幸某善士與我一膏藥，
云貼之立愈。欲借汝燈一用可乎？」店伙允之，彼便就燈將膏藥揭
開。即出不意，將膏藥貼店伙嘴上，攫貴重首飾去。逮揭膏追賊，
已去遠矣。〔註70〕

讓受騙店家不經意陷入其中，潘綸恩在《道聽塗說・卷六・金陵騙》中則說，
有位闊少爺帶著兩名僕人到綢緞庄買物，店主覺得遇到行家，兩人談了很久，
以三千金議定物價。闊少爺當場拿出錢票，店主立刻派人拿去銀號照驗，果
然不假，於是熱情地招待闊少爺吃晚飯，兩名僕人，一位留著侍奉少爺，一
位則是在外廳喋喋吵著要分紅，要店主饋贈他們一件羽毛袍褂，在爭吵中，
他們將錢票調包，店主發現時，主僕早已載貨上船：

金陵多拐騙。一日，狀元境來有湖南客，戴五品頭銜，兩僕皆俊美
少年，至昆和綢緞庄採買綾錦，持論中竅，迥係服假當行，指名選
貨……計值三千金，啟佩囊，出紅票授庄主，往銀號照驗不訛。庄
治肴饌留客晚膳，客僕一侍座隅給役，一爭辯外廳，勒索抽豐，利
口喋喋，希得賀蘭羽毛袍褂，兩從人各贈一副。庄言：「向來隨從私
餉仍自得之主人，須從價值中掏出私款，非有印板常例也。貴居停
乃經紀行家，並未留有羨餘，可以波及君等。」僕曰：「我等為主人
服役，往來闤闠，非從今日始也，斷未有徒手歸者。惟解事者自識
分寸，何待喋喋也。」（雙方爭執不下，鬧得很不愉快）庄怒其不情，
因謂：「貨價正嫌虧折，今既不諧，亦深愜本願。」僕乃鼻哂之，謂：
「既非所願，何不還我銀票？」（庄）遂出銀票還之，而以情告客，
客雷霆暴發，言：「我一生平論市價，權在己握，從不使僕從當事，
何物狂奴，猖厥乃爾！」立呼僕至，再批其頰，叱還銀票，僕不敢
出一語，即將票與呈主人。主人怒猶未息，以為此等惡奴大乖主訓，
未可片刻容留，乃銳意逼逐，客既還票，向庄主再三遜謝，然後稱
觴歡飲，更闌席罷，從容載貨回船。越日，庄往銀號取銀，則前票
已繳，庄所持者乃贗鼎也，蓋客僕責逐時，暗中掉換耳。〔註71〕

〔註70〕見（清）雷君曜著：《騙術奇談・銀飾肆受騙》（見「筆」三十二編三冊），頁
　　　　1237～1238。
〔註71〕見（清）潘綸恩著：《道聽塗說・卷六・金陵騙》，頁120。

故事裡的劫騙者，普遍都假扮成很有錢、大有來頭的人，讓商人們覺得應是出手大方的客戶或同伙，而失去戒心；再者，劫騙者善於自導自演衝突情境，或採哀兵政策，讓受騙商人或受「利」誘，或起善心，致掉入陷阱而不自覺。

參、家庭問題

即使能幸免在經商過程中的種種危險考驗，許多遠行久歸的商人，難得返回家中，還得面對妻子外遇，以及家庭遭外力侵害等問題。故事裡的商人，為了謀生，一出門就是數月或數年才能回家，妻子獨守空房，難耐孤寂，極容易發生外遇。

吳熾昌在《客窗閒話初集・卷三・吳橋案》寫道，賣布商人張乙，他常常挑著布四處兜售，一出門有時需兩三個月才能回來。他的妻子李氏美豔嬌蕩，夫妻倆感情雖好，但當張乙出外做生意時，李氏總不安於室，張母屢勸不聽，反被媳婦頂撞。鄉裡有位武科生員許某，家中頗有財富，對許氏傾心不已，在地方惡少們聳恿撮合下，許某與李氏發生不倫關係，張母得知媳婦外遇行為後，氣極敗壞地要求才返家的兒子休妻。被逐出家門的李氏，投奔許某，原以為能過著幸福日子，不意卻被賣做娼妓，最後經一番波折才返回許家，李氏終於覺悟，割指明志，乞求婆婆原諒，表示願意痛改前非，一家人才得以團聚：

> 燕都南吳橋縣之連鎮，布市也。居是地者，半以貿布為業。有肩販張乙，負布四方求售，出或兩三月一歸。取婦李氏，嬌而蕩。張仍出貿易，婦不安於室，姑勸之不聽，教戒之，則怒目視。有武生許三者，與李氏遇諸塗，豔之，訪諸惡少，或告知曰：「此吾鄰張乙婦，其夫負販外出……可以利誘之。」許故買弄姿首，漸與調笑，婦報不言，由是許為之易新衣、備首飾，居然完好，姑詰其所自來，則以母家對。姑知其無父母兄弟，大疑之，訪得其端倪，俟子歸，告之故，立命休棄。婦泣去，無可歸，乃投許而尤之。乃置宅相處。越數月，供億不支，復與惡少謀，僉曰：「是非爾真婦也，可使之娼，征其夜合之貲，不但衣食有藉，而致富不難矣。」許喜諾，逼婦接客，婦畏鞭笞，不敢不從。張乙自出婦後，訪知為娼，潛往視之，婦見痛泣，且告之悔，牽留共宿而還其手書。許知，復與惡少謀曰：「殆矣，本夫已反其手書，若以占妻訟我，奈何？」張知眾去，覺

遍體受傷，不敢見母，匍匐至河乾，趁舟入鄰邑，夜扣行家，求為調治，行主為之醫瘥，并為合夥，販布於口外。時有浮尸，張乙之母數日不見其子歸，尋訪無著。或告以河乾之尸必其子也，母信以為然，即投宰告許三謀婦殺子狀，宰啓棺使認，母亦難辨，因報仇心切，睹尸衣上右肩有補綴處，謬曰：「吾子布販也，其肩負布易破，吾以舊布補，以白線縫，是否請一驗而定。」遂洗驗，果然。遂提許三與諸惡少，一訊皆服辜。張乙貿易獲利，歸視其母，母見之，喜懼交集。張問故，母實告之，使仍避匿。張曰：「不可，我本無罪，若使許三問抵，則我咎不輕，且終身不得居故鄉，不如自首便。」張歸安業，婦亦投回，哀求其姑，割指示志，改行為良，仍完聚焉。
〔註72〕

趁丈夫經商，妻子紅杏出牆的故事，商人們亦有耳聞，對其妻小也甚有防心，返家前難免先試其心。《咫聞錄‧卷五‧江恂》篇說，有位到外地販貨的商人，一年後帶財物返家，將到家時心想，自己的妻子頗有姿色，不知是否已與人通，所以財物埋在某樹下，故意裝著落魄失意的樣子，妻子婉言安慰，商人看到妻子的真情，終於放心告知藏銀之處，不意被鄰人竊聽，前去挖銀，等丈夫取銀時，埋銀處已成一空洞，妻子誤以為丈夫騙他，丈夫也以為妻子有姦情未實說，兩人爭執不決，鬧上公堂：

有一民，負微資作客於外，經年方歸，積金百餘鎰。將至家時，已戍駭之交矣，思妻頗有姿色，且有能名，吾裝虧本，回家以試之，看其情形……於是將銀埋於土地祠後桐樹根下，徒肩行李而回。其妻問曰：「此行得失若何？」答曰：「非但無得，且多失，奈何？」妻曰：「命也，他日再作躊躇。然作客已久，今始回，可無一酌以洗塵乎？」……乃燃燈提壺出街，敲肆門沽酒，肆中小伙，乃育婦同門分東西而居者，問曰：「更已深，猶沽酒，飲誰乎？」女曰：「吾夫已回矣。」小伙暗思：「果回，何以夫不自沽，而令青年婦女黌夜沽酒？……吾將瞰也。」伙亦歸家，潛過其門，立而竊聽。妻曰：「吾日祝夫之得利而歸……何命之不良若此也。」淚如雨下。夫曰：「子不必悲，吾乃裝以試汝也，有金百鎰，而埋於土地祠後銅樹下，飲

〔註72〕　見（清）吳熾昌著：《客窗閒話初集‧卷三‧吳橋案》（見《清代筆記叢刊（四）》，頁 3362。

> 畢，吾往取之。」小伙聞詞言，即往是處，挖取埋銀而歸。……夫
> 即往取，見樹下成一空壙……其妻疑夫本無銀，飾言有銀……其夫
> 疑妻有奸，故不以虧本為意、而親往沽酒，此非飲我也，欲告我歸，
> 而使奸夫斂枊……兩相爭角，控之於官。江公細問其情……簽拿小
> 伙抵案……遂供吐實情。〔註73〕

同此情形在天津也發生過，見於《蜨階外史・卷二・張立》，在外做生意的丈
夫，七年始歸，先裝作乞兒狀回家，妻子知道丈夫未賺得分文，反而安慰丈
夫說：「子去家數年……日恃針黹供母子饘粥，昨市得百錢，可持出易升米作
糜也。」丈夫很感動，即告訴妻子所賺銀兩實埋某處，但被一位垂涎其妻很
久的豆腐小販得知，偷其銀兩，等丈夫前往時，見金銀已失，愧對其妻，竟
上吊自盡。〔註74〕

　　為試妻心幾至失銀，喪命者還有另一類，丈夫為驗妻子忠貞與否，返家
前先假扮浪蕩子戲妻，妻子不知丈夫回家試己，以為戲己之人是浪蕩子，情
急之下將「浪蕩子」刺死，釀成悲劇，采蘅子在《蟲鳴漫錄卷一》中說：

> 有遠賈於外，數十年始歸者，疑其妻或不貞，伏於村側，俟夜靜，
> 以土塗面，踰牆入室，誘妻與狎，妻不從，遽情強暴，妻怒，取剪
> 戮其要害而斃，細燭之，乃夫也，惶懼自首，執法以塗面誘姦，已
> 出理外，不知是夫，拒姦致死，貞烈可嘉，不加之罪，反請旌焉。

〔註75〕

即使商人的妻子堪忍孤寂，獨守空閨，嚴謹持家，手無縛雞之力的她們，一
旦遇及外力欺侮，倘無男主人保護，生命與貞節亦受威脅。蒲松齡在《聊齋
志異・卷八・詩讞》中說：范某是位賣筆的商人，長年在外經商，獨居在家
的妻子賀氏，某夜遭盜賊殺死，范某接獲凶報後，趕回處理並請官府捕捉兇
手，縣官查知，原來是位賣鐵器的商人張某，覬覦賀氏貌美，夜裡翻牆進入
范家，想逼賀氏就範，賀氏因一個人獨自在家，平時即備了一把尖刀用來自
衛。當賀氏發現張某來意不善時，趕緊拿刀自衛，張某則忙去奪賀氏手上的
刀，孰料賀氏卻緊握不放，並高聲大喊抓賊，張某在慌亂中，為了自保，而
殺了賀氏：

〔註73〕見（清）慵訥居士著：《咫聞錄・卷五・江恂》（見「筆」正編七冊），頁4482。

〔註74〕見（清）無名氏著：《蜨階外史・卷二・張立》（見「筆」正編六冊），頁3979。

〔註75〕見（清）采蘅子著：《蟲鳴漫錄卷一》（見「筆」正編六冊），頁3694。

范小山販筆為業，行賈未歸。四月間，妻賀氏獨居，夜為盜所殺。是夜微雨，泥中遺詩扇一柄，乃王晟之贈吳蜚卿者。晟，不知何人；吳，益都之素封，與范同里，平日頗有佻達之行，故里黨共信之，郡縣拘質，堅不伏，慘被械梏，誣以成案。……未幾，周元亮分守是道，錄囚至吳，所有所思。因問：「吳某殺人，有何確據？」范以扇對。先生熟視扇，便問：「王晟何人？」并云不知。又將爰書細閱一過，立命脫其死械，自監移之倉……眾疑先生私吳，……先生標朱簽，立拘南郭某肆主人。主人懼，莫知所以。至則問曰：「肆壁有東莞李秀詩，何時題耶？」答云：「舊歲提學案臨，有日照二三秀才，飲醉留題……」遂遣役至日照，坐居李秀，……先生擲扇下，令其自視曰：「明係爾作，何詭托王晟。」秀審視，曰：「詩真某作，字實非某書……跡似沂州王佐。」乃遣役關駒王佐，……佐：「此益都鐵商張成索某書者，云晟其表兄也。」執成至，一訊遂伏。先是，成窺賀美，欲挑之，恐不諧，念托於吳，必人所共信，故偽為吳扇，執而往。諧則自認，不諧則嫁名於吳，而實不期至於殺也。逾垣入，逼婦。婦因獨居，常以刀自衛，既覺，捉成衣，操刀而起。成懼，奪其刀，婦力挽，令不得脫，且號，成益窘，遂殺之，委扇而去。〔註76〕

僅管商婦平日也已做好自保措施，但力不敵蠻，為保貞操，命喪賊手。僅管商婦平日也已做好自保措施，但力不敵蠻，為保貞操，命喪賊手。

　　遇劫盜與發生家庭問題的商人，以行商居多，到外地謀生，商機帶來財富，但殺機也如影隨形，商人本身與其家人的生命與財產都冒著一定的風險。坐商雖較幸運，有固定營業定點，較能照顧得到妻小，可是其店面也是騙徒蠢蠢欲下手的對象，稍不慎防，損失難計。當一般人稱羨經商可以獲厚利之餘，殊不知他們也得比其他行業付出更高的風險與代價。

第三節　清官息訟與破案技巧

　　清人好訟，地方官接受的案件從芝麻小事到重大命案等，不勝枚舉，在處理案件態度上，民事糾紛多採感化，勸導息訟；而在判案過程裡，官員除了親自勘驗證據外，也常利用心理學，使犯者的偽詞不攻自破，並從行為觀察，辨其真偽。

〔註76〕見（清）蒲松齡著：《聊齋志異‧卷八‧詩讞》，頁558～559。

壹、勸導息訟

　　古代判官即是地方父母官，他們除了負責管轄區內的大小事與治安外，兼及對百姓的教化，以正風俗。所以對於無傷大雅、亦無涉及命案的民事糾紛，判官多採勸導息訟，以「和」爲貴。其勸導的範圍包括了親子間的糾紛、手足間的侵產糾紛、議婚糾紛等。

一、親子間的糾紛

　　這些民事糾紛起於家庭者居多。在親子糾紛方面，李元度（西元 1821～1887 年）在《國朝先正事略・卷二十四・鄭嶰筠制軍事略》中說，有位繼母誤信他人讒言，把繼子趕出家門，繼子鳴官求助。官員接到此案，先是命人將他綁在柱下待杖，又故意忙其他公務。又派人送食物給繼子吃，繼子請人全拿去孝敬繼母，但繼母不肯接受，繼子轉而又讓人呈給叔叔，到了傍晚，官員看到繼母也有悔意，於是暗中跟請叔叔對繼母曉以大義，原本已後悔的繼母，聽官員這麼一說，痛哭流涕，帶著繼子叩謝官員點醒，從此再也不提趕兒子的事了：

> 鄭中丞廷楨知西安府時，同州婺者以事出其繼子。子無所訟，訟至省。公佯怒曰：「此逆子也，當杖死。」繫柱下，故久治他事。而潛令人以茶、餅給其子。子奉母，母怒不食。奉其叔，叔食之。至暮，公度其母見子儼然繫庭中，時時顧日影待斃也，意且悔。乃密呼其叔曰：「汝嫂癡人耳？試以我意語之：汝撫六歲兒至娶婦，婦死更娶，勞苦甚矣，顧信族人言，有好兒子將爲汝嗣，汝幼而撫者不能子，顧能子長兒乎？彼利汝財而嗣汝，顧能孝養汝乎？汝死，財與子皆族人有也，即汝何利焉？必欲出子者，明日官爲汝杖決，無難也。」叔叩頭出。次日，母子來泣謝，不復言出子事。〔註77〕

官員透過行爲觀察，證明其子是孝子後，即分析蜚言流語的背後真實原因，讓繼母鏗恍然大悟，珍惜親子之情。

二、手足間的財產糾紛

　　手足間的侵產、爭產糾紛，官員或以身教，或以言導，致使手足握手和好。《國朝先正事略・卷五十二・翁蓼墅刺史事略》篇裡寫翁運標的事蹟，其中一段即寫其以身教感動兄弟的故事：

〔註77〕見（清）李元度著：《國朝先正事略・卷二十四・鄭嶰筠制軍事略》，頁 301。

翁刺史運標知武陵縣時，有兄弟爭田者，親勘之。坐田野中，忽自掩涕。訟者驚問之，曰：「吾兄弟日相依，及來武陵，吾兄已不及見矣。今見汝兄弟，偶思吾兄，故悲耳。」語未終，訟者亦感泣，以其田互讓，乃中分之。〔註78〕

三、議婚糾紛

清人論婚，重視親家財力，倘若對方甚貧，易蒙悔聘約之議。程晚在《潛庵漫筆》裡說：有兩家自幼替子女聯姻，但十幾年後，甲富而乙貧，某甲後悔，訟縣退婚，為了打贏這場官司，某甲先拿二千貫賄賂知台，希望知台能讓他打贏這場官司，知台大方地收下了。升堂時，知台先勸某乙之子退婚，又跟某甲說，退婚後，他願做其女的媒人。接著，他拿出兩千貫給某乙之子，讓他穿上新衣，並當堂為媒，讓這對聘定男女結為連理：

> 劉明府大烈知東台時，邑人某甲，巨富也。女美而慧，絕愛憐之。幼受聘於某乙，乙長而貧，甲中悔，訟縣退婚，女不知也。乙故文士，不相下，訊有期矣。甲行賄二千貫於劉，求左袒。劉素方鯁，竟納之。眾訝其改操。至期，坐堂皇略詰甲數語，笑謂乙曰：「聘有據乎？」乙以婚帖進，劉曰：「帖信不虛，但婚以合好，爾婦翁既不願，強合之何益？盍姑離異，而本縣為爾別聘一好女子乎？且事必如爾意，爾其勿拒。」乙不得已應命。乃謂甲曰：「若求退婚，則既退婚矣。但爾女須別擇婿。姑少待，本縣不惜作冰人。」立命乙入內，賜以新衣，出二千貫票與乙，而謂甲曰：「爾之厭乙，以其貧也。今賜以阿堵，裘以新衣，則富人矣。得婿如此，又何嫌？況乙有此貲，且將他娶，而爾女徒有退婚名，何益？爾既愛女，當有厚贈，盍出一千貫，本縣為爾辦奩可也。」聲色不加，即時判合。乙既畢婚，縣試高列，遂入泮。劉去任，送者如堵。有張筵於河干者，男女各一……呼恩人不置，則乙夫婦也。問其近況，已生二子，家業日富，翁婿和矣。〔註79〕

在民事糾紛裡，判官不只扮演和事佬，尚兼媒人，總以讓百姓和睦相處為尚。

〔註78〕見（清）李元度著：《國朝先正事略·卷五十二·翁蓼墅刺史事略》，頁407。
〔註79〕見（清）程晚著：《潛庵漫筆·卷四·離婚合婚》（見陳重業主編：《折獄龜鑑補譯注·卷一·犯義·離婚合婚》，頁142～143。

貳、善用人際心理破案

對於具體犯案卻狡詐不肯認罪者，清官善用人際心理術破案，例如在故事人畏鬼神心理、激將法、欲擒故縱法、諧音法等，使案情水落石出。

一、利用「人畏鬼神」心理破案

利用「人畏鬼神」心理破案，早在宋代包公審「貍貓換太子」已見。清人采蘅子《蟲鳴漫錄卷一》也說了一則故事：一名婚前已有私情的女子，嫁入夫家後，對婆婆很孝順，且善待丈夫，實際上她暗中與情夫謀害丈夫，婆婆卻毫不知情。一天有盲者經過其家，盲者所言均符事實，讓婆婆覺得所言甚準，後來盲者預言婆婆的兒子將死於何時，婆媳倆驚慌失措，相約每日輪流看守。到了某夜輪到媳婦看守時，突然大喊丈夫要砍人，在一片混亂聲中，婆婆只見兒子早已往河邊奔去，已跳入河中，即使派人打撈，仍不見其屍。婆媳倆替亡者辦完喪事後，婆婆反而可憐媳婦年輕守寡，要替她招贅，媳婦提出招婿條件：（1）要與亡夫同姓，（2）必須無父母與手足，（3）必需能與她共同孝順婆婆等。婆婆很感動媳婦的孝心，也四處請媒人幫忙。不久，有一外地青年到此地租屋，其條件全部符合，也願意入贅其家，婚後他們對婆婆很孝順，婆婆很安慰，不知這名青年是媳婦的情夫，一切都是他們事先串通好的。直到婆婆的親弟弟寄住其家，覺得事有蹊蹺，求官查辦，因未見屍體，官員也難以定奪，最後透神鬼讓凶手心生恐懼，無意間說出實情，案情才真相大白。現摘錄官員判法如下：

> 令詣城隍祠，將男婦縛於兩柱，令吏伏案下，餘人悉散歸。三鼓後，密遣人於殿後階側，鳴鳴作鬼聲，少年懼，謂女曰：「殊可懼！」女叱曰：「何所畏？不過如此，數日即歸矣。」吏出，錄其供，令據此，加以三木，少年始吐實……概推命盲士乃女所賄囑，少年故善泅，是夜約之來，將夫殺斃，掩於炕中，偽作發狂，挺擊赴水狀，殆媼共追入水時，遺一履，以堅其信。〔註80〕

這則故事在吳熾昌《客窗閒話續集·卷二·粵東獄》、《北東園筆錄三編·卷四·鬼乞伸冤》、《妙香室叢話·卷十三·陶某》等均載，描述上略有不同。今在山西、陝西等地區也傳述此故事。〔註81〕

〔註80〕見（清）采蘅子著：《蟲鳴漫錄卷一》（見「筆」正編六冊），頁3693。
〔註81〕見祁連休著：《中國古代民間故事類型研究（下）》，頁1234。

當時社會上有小姑加害嫂嫂不成，反害到自己的親生母親的事，小姑所幸嫁禍給嫂嫂，官員則利用木偶作撲人狀，讓作賊心虛的小姑終於招認，事見許仲元（西元1755～1827年以後）所著《三異筆談・卷二・犍爲冤婦》：

> 乾隆五十九年，予自滇入蜀，道出嘉州，聞途人猶嘖嘖語姚方伯宰犍〔註82〕時冤婦事。婦忘其姓，待年夫家。夫出負販，姑待之無恩，小姑尤狡獪，數恃母凌之。一日互訐，小姑不勝憤甚，乃以菜蟲藥置粥中毒嫂。姑不知也，啜之，諸竅沸血，暴卒。小姑詭甚，轉以誣嫂，眾信之，前任某令亦信之，案已定。一如萑任，獨疑之，請於制府，展限復訊。研鞫兼詢，迄無端倪，乃置獄城隍廟中，屏人，令兩女同室，使人竊聽之，亦不流露。至第三夜，夜將半，一如假寐，隱几神旁。二因爭折既久，疲倦欲臥。恍惚間，木偶起立，勢將撲人。小姑大驚曰：「矣！不敢矯矣！藥實儂置，然毒嫂非毒母也。母自啜之，傷哉！」蓋方伯幕後置人，推神而起之，小兒女畏鬼，真情遂畢獻。〔註83〕

二、激將法

　　誣服之舉，公堂常見，多起於受不了嚴刑拷掠，但也有爲了隱藏實情，情願誣服，官員明知誣詞有誤，卻又苦於無法讓其供出實情，故而採激將方式，讓服罪者無意間流露真相。這類情形可舉薛福成的《庸盦筆記・卷三・良吏平反冤獄》爲例：某孝媳不小心看到婆婆有姦情，媳婦雖未拆穿，可是婆婆卻因感羞愧而自盡，鄉里堅持婆婆是被媳婦所害，媳婦爲了婆婆名節，寧可受刑、認罪也不願意說出。官員見她神氣靜雅，舉止大方，一點也不像犯罪之人，卻始終問不出真口供。於是藉無故責打役吏悍妻，又將之與孝媳關在同房，悍妻無故遭責，詬罵不已，孝媳終於忍不住以己身所冤來勸她，不曉官員正派人在外暗聽，獲知真相，立刻還她清白：

> 東湖有民婦某氏者，事姑素孝。每晨起，灑掃庭除治中饋，然後適姑寢問安，以鹽水一盆，雞卵兩枚置案上，如是以爲常。一日清晨排闥入，見姑床下有男子履，大駭，亟低聲下氣，爲掩門而出。姑

已覺之，羞見其婦，自縊而死。鄉保以婦逼死其姑，鳴於官。婦恐揚其姑之惡，不復置辯，遽自誣服，已按律定讞矣。及張君蒞任過堂，見此婦神氣靜雅，舉止大方，謂必非逼死其姑者。疑其有冤，再三研詰……婦答曰：「負此不孝大罪，何面目復立人世？願速就死。」令終疑之，沉思累日。縣有差役某甲者，其妻素以凶悍著。令忽召某甲云：「有公事須赴某縣一行，俾還家束裝，速來領票。」頃之，某甲到署，令忽大怒曰：「汝在家逗留，誤我公事，必爲汝妻所慫也。」即發簽拘其妻，鞭之五百，流血決背，收入獄中，與獲罪婦同繫。某甲之妻終夜詛罵，婦聞其絮聒不休，忽言曰：「天下何事不冤？即如我認此死罪，尚且隱忍不言，鞭背小事，盍稍默乎？」縣令使人潛聽於戶外，聞言來告，令大喜。明旦，提婦與某甲之妻同至堂上，詰以昨夕所聞之言，婦不能隱。令悉心鞫問，盡得其情，平反此獄。〔註84〕

大抵，判官接獲案件，莫不求速判速決，服罪者若無異議，此案即可完結。但張君卻不肯枉縱，想出激將法，既激出冤案實情，又替役吏稍爲出一口氣，教訓其妻，一石二鳥，實在妙智。

三、欲擒故縱法

有些犯者極爲狡智，饒於口舌，雄辯滔滔，令官員難以問出口供。他們選擇先鬆懈犯罪者的防心，故意先與他同聲出氣，建立感情，俟犯罪者解除心防後，與他侃侃而談，從話中揪出其矛盾之處，讓他自願認罪。

汪輝祖在《病榻夢痕錄卷下》說了一則故事：匡某收養陳氏子爲養子，取名匡學義，後來，匡某妻產下一子匡學禮，匡某便於學義八畝地，讓他回到陳家認祖歸宗。匡某死後，學禮也重病不起，他予學義五畝地，請他關照妻小，不久他就死了，所幸其妻李氏，勤儉持家又善理財，十餘年間又添購了百畝多田地，收入增加許多，學義在立契等方面，也幫了不少忙。一天，田產的原主想贖回賣給李氏的田產，剛好學義外出，李氏要兒子匡勝幫忙檢查地契時，赫然發現地契所有權爲李氏與學義所共有，再看其他張地契亦然，於是找學義問原由，學義則一口咬定當初時合買，李趙上告官府，但以地契和租金簿論斷，確實沒有疑議，判官明知應是學義欺李氏不識字，可是要怎

〔註84〕見（清）薛福成著：《庸盦筆記・卷三・良吏平反冤獄》，頁3230。

麼證明李氏的話是對的，想來想去，只有用欲擒故縱的方法，逼學義說出實情：

> 李氏再三哀剖，至於號哭，余麾之去，而獎學義善經理。學義忘余
> 爲鞫事矣。問其家產，曰：「共田十三畝。」問其息，曰：「歲入穀
> 三十一石，得米十六石。」問其家口，曰：「一女二子三女。」問其
> 生業，曰：「某代李氏當家。唯長子年十八，方能力田。」余曰：「據
> 汝言，完餉所餘，不過十四五石米，以贍六口，食尚不給，尚有蔬
> 薪日用，力何能之？」曰：「妻子度日甚苦。」余曰：「人皆言汝有
> 錢，何也？」曰：「自苦自致耳。」余拍案大怒曰：「然則汝同李買
> 田之資，必由盜竊來矣！」命吏檢歷年報竊檔案，佯爲究鞫，學義
> 大窘，叩首曰：「某良民，未嘗爲盜，價皆李氏，契特僞書『同買』，
> 欲俟李氏物故，與勝時爭產，故歷年租入，並無欺隱。」余乃呼李
> 氏慰諭之，契塗「學義」名，毀僞籍，產歸李氏。〔註85〕

荊園居士在《挑燈新錄・異政》裡則說，有位鄉民告士紳侵佔他的布匹，不肯歸還，事起於鄉民到城裡買布，鄉紳正好在路口開店，向他取布來看，結果就不肯再還給他。判官把兩人找來，故意罵鄉民，堂堂大戶人家豈會佔他幾匹布？接著，又故意與鄉紳閒話家常，看到他胸前露出一束銀牙簽，向他借此物，讓匠人依樣打造，等候期間，則不讓他離開縣衙，另一方面，他則要屬下拿著這付牙簽到鄉紳家，告訴其家人，士紳同意把布還給他，以銀簽爲證，請家人把布交出。差役把布拿到公堂，判官升堂復訊，物歸原主：

> 有鄉民告邑紳某，悍匿布匹不還……公察情詞，未必無因，因拘某
> 面質，各執其詞。但以細故，又未便刑求。輾轉尋思，忽而得計，
> 因假叱鄉人曰：「些須布匹，能值幾何？勿論并無確證，且某相公，
> 豈是賴汝布匹之人？」鄉人不解其計。公令出，溫容笑面，復與某
> 閒話良久。適某胸露出銀牙簽一束，公令解視畢……因語某曰：「予
> 久欲打造此物，恨無好式，願借此以付匠人照造。」因亦令出暫候，
> 并命役密守，毋令歸家。一面喚二役入，付以牙簽，授以密計。二
> 役如命潛至某家，給其家人曰：「因鄉人蠢蠢，故相公留布以要之，
> 適間縣尊審出此情，已將鄉人重責，相公已許擲還之矣，顧恐家人

〔註85〕見（清）汪輝祖著：《病榻夢痕錄卷下》，頁651。

見疑，解有銀籤爲信。」家人審確是某物，遂信不疑，於内取布交
役。公笑謂鄉人曰：「布雖有兩匹在此，汝能認否？」因命内司取出
令識，鄉人堅稱非是，公復命取原物擲觀，鄉人檢閲一番，連聲呼
曰：「此是小人之布，青天何處得來？」蓋出之兩匹，公于布店取其
相似者以試之耳！眞情既得，公乃呼其近前，責之曰：「貧苦鄉民，
不知費幾許血汗，始得買此二匹，汝竟欲匿爲己有，良心何在？罰
汝二十金，給與鄉人，助其資本。」隨命役押某繳訖，即喚鄉人入，
當堂將布及罰項，一并給交，鄉人謝下。〔註86〕

這些官員明知是誰的錯，卻反其道而行，責備好人安撫壞人，目的是要趁其
不備時，找出證據，讓案情水落石出。

四、諧音破案法

在《談屑・書贏取銀》裡說了這一則故事，有位店主偷了旅客的錢，但
十分狡黠，判官不論如何設局問供，總能技巧躲過，最後官員是利用「諧音」
來破案：

有宿于逆旅而失銀五十兩，其夕同宿并無他客，疑爲主人所竊，控
於縣。主人以無證無臟，堅不承。令故明察，出主人掌，以硃筆判
「贏」字，命跪丹墀烈日中，戒曰：「久曝而字在，則汝之訟事贏。」
隨密遣幹役至逆旅，誑其婦曰：「客所失銀，爾夫已認竊，今來起臟。」
婦故點，佯爲不知也者，役拘之，至庭下，令語如前，婦復不答，
遙見其夫跪於階下，無由接語。令在堂上大呼曰：「爾『贏』字在否？」
故別其音。主人急，應曰：「在。」婦誤聽爲銀子在也，遂不敢隱。
命役同往取至，始進主人而責之。

這類「巧使諧音破疑案」型故事〔註87〕，在乾隆末嘉慶初年間，被無名氏寫
入《施公案》第四～六回劇情裡，吳趼人的《中國偵探案・晒銀子》篇的情
節較曲折變化，角色對話增加許多。不過這類故事較早可溯源至嘉慶年間的
《咫聞錄・卷五・江恂》：

有一肩箱搖鼓，販賣碎小綢緞絨線者，寓於飯鋪，將日逐售獲之銀

〔註86〕見（清）荊園居士著：《挑燈新錄・異政》（見《清代筆記小說類編・案獄卷》，
　　　　頁385～386。
〔註87〕見金榮華著：《民間故事類型索引（中冊）》（型號926R），頁391。

寄存鋪主，晚必算明存銀數目。若人物已脫盡，又欲往販，向鋪主
起取存銀。欺無票據，吞之。客與鋪主捐命，鋪主匿身，而令妻與
客敵。客乃情急，奔至旌德縣堂，見官坐於公案，一一跪稟。江公
（恂）立傳鋪之夫婦到案。先問其妻，竟供為客之圖賴，再三駁詰，
不得實情。問其夫亦如是。江公訊案，素不刑求。凝思半晌，命差
將其夫帶下，喚起婦起，至案傍，命伸手，提硃筆畫一銀錠於掌，
著差押跪日中。諭曰：「不許收掌，如果客銀非爾吞賴，則硃畫之銀
不能退去。若爾吞賴，則硃畫之銀必退，仍還白掌也。」遂又提其
夫而問之，仍如前供。嚇之以刑，矢口不移。江公高聲問其妻曰：「銀
子在否？」其妻應曰：「銀子在。」江公即詰其夫曰：「爾妻現供說
銀在，爾尚敢狡賴乎？」其夫聽妻已供認，即吐真情，立追繳案，
給領，將鋪主杖責示儆。〔註88〕

近代於浙江流傳的〈趙本府斷案〉，則是受最初的〈晒銀〉篇影響，故事中說，
因店主偷了遠客剛賺到的一千元白洋，遠客想不開要跳河時，被判官救起：
主動替他審理此案，判官先隔開夫妻兩人，並在店主妻子手上畫白洋，要她
不准抹掉，第二天受審時，責問其手裡的白洋是否在？店妻回應：「在。」店
主誤以為妻子是招認白洋在其店中，自己只好也承認。〔註89〕其他在陝西、
河南一帶也有這則故事。〔註90〕

參、運用行為觀察法破案

　　除了運用心理學破案外，官員們也會從行為觀察來查出蛛絲馬跡的線
索，而這往往是破案關鍵。他們會觀察嫌疑犯的生活習慣，有時製造各種情
境，見其反應以斷真偽。

　　例如蒲松齡在《聊齋志異・卷十二・太原獄》裡說了一則故事：有戶民
家，婆媳均守寡，婆婆有外遇，對象是名無賴，媳婦不能認同，而將外遇擋
於牆外，婆婆惱羞成怒，反誣告是媳婦外遇，官員於是先抓到這名無賴，然
後跟她們說，一切都是無賴的錯，並準備各種刀石用具，要她們重懲無賴，
結果：

〔註88〕見（清）慵納居士著：《咫聞錄・卷五・江恂》，頁4483。
〔註89〕見《中國民間故事集成・浙江卷・趙本府斷案》，頁707。
〔註90〕見祁連休著：《中國古代民間故事類型研究（下）》，頁1118。

婦銜恨已久，兩手舉巨石，恨不即立斃之，嫗惟以小石擊臂腿而已。

又命用刀，嫗猶逡巡，公止之曰：「淫婦我知之矣。」〔註91〕

媳婦莫名受誣，自然恨此無賴甚巨，用力擊打他，但無賴是婆婆的相好，婆婆自然捨不得下重手，官員一看就知道箇中關係了。

一、生活習慣露破綻

陸壽名在《續太平廣記‧卷七‧精察‧歐陽曄》中說：有鄉民為爭舟，毆打致死，因為無法判定誰才是真正兇手，所以此案遲遲未結。一天，官員來到獄中，替囚犯們解枷，跟他們一同用餐，透過吃飯來觀察他們的飲食習慣，吃完後，結果發現某人是左撇子，而死者傷痕在右，因此破案：

> 鄂州崇陽素號難治。民有爭舟相毆至死者。獄久不決。公自臨其獄，出囚坐庭中，去其桎梏而飲食之。食迄悉勞而還之獄，獨留一人於庭。公曰：「殺人者，汝也。」囚不知所以。曰：「食者皆以右手持匕，而汝獨以左。今死者傷在右肋，此汝殺之明驗也。」囚涕泣服罪。〔註92〕

二、嘔食斷案法

「嘔食斷案法」是官員讓被告與原告同吃下一樣東西，食物中放入催吐物，使他們吃後立刻將剛才吃的全吐出來，從吐物中判事實真偽。《清朝野史大觀‧卷四‧徐某治獄》故事說，有婆婆告媳婦忤逆，拿惡草當菜給她吃，結果自己卻在房裡喝酒吃肉，當縣官提訊媳婦時，媳婦只是哭泣不語，縣官覺得內有隱情，於是他想出了一妙計：

> 徐（縣官）乃謂嫗曰：「爾子媳不孝，實可惡，然本縣為民父母，而使部民犯不孝之罪，實教化不明之咎也。今本縣為汝上壽，和爾姑媳何如？」歙叩謝。徐乃令人於堂上設一長案，令嫗及其媳就坐，各予以麵一碗，食畢，徐故問他案，不即發落，俄而二人皆大吐，眾視之，則嫗所吐皆魚肉，其媳所吐則青菜而已。眾大笑。〔註93〕

〔註91〕見（清）蒲松齡著：《聊齋志異‧卷十二‧太原獄》，頁839。

〔註92〕見（清）陸壽名著：《續太平廣記‧卷七‧精察‧歐陽曄》（見「筆」十編八冊），頁4616。

〔註93〕見（清）無名氏著：《清朝野史大觀‧卷四‧徐某治獄》（見「筆」三十三編六冊），頁82。

此「誰偷了雞或蛋」型故事，在《南史・卷七十・循吏傳・傅琰「破雞得情」》已載，唐代義淨翻譯的佛經《（根本說一切有部）毘奈耶雜事》也有，故事大意為：

> 男童大藥自幼聰慧，有一次，老婆羅門帶著他的年輕妻子出外旅行，途中妻子受人引誘，與人私奔，後來雖被婆羅門追到，但那人堅稱自己是本夫，兩人爭吵不休，案由大藥審理。大藥先問他們從哪裡來？他們都說是從岳家來，大藥又分別問他們在岳家吃了些什麼？誘女私奔者說吃了肉羹與飯，還喝了點酒。婆羅門則說是吃了酪漿、餅和蘿蔔。於是大藥叫他們自己以指挖喉，嘔吐所食，結果誘女私奔者，祇有口水而無食物，婆羅門所吐者皆如所言，因此真偽立判，重重處罰了誘女私奔的男子。〔註94〕

歷經宋明清至今，在四川、浙江、吉林、遼寧、甘肅、寧夏、江蘇、海南、雲南、貴州等地均傳述此型故事，也見於印度《佛本生故事》及越南故事。〔註95〕故事發展大致可以分為兩種情形：受古印度佛教故事影響者，多是藉嘔食斷真假丈夫的案件；在中國則多見於親子或婆媳間的疑案，試舉例言之。

「驗嘔物以判真假丈夫」之例〔註96〕，可見於流傳於西藏的〈聰明的雷門力米〉：其情節近於《毘奈耶雜事》，智童要真、假丈夫以及婦女都說出昨晚與今晨所吃的食物，結果真假丈夫所說不同，而婦女則是與假丈夫的說詞相同，智童用雞毛搔三者的喉嚨，讓三人嘔吐驗食，結果婦人所吐出來的食物，與引誘她的假丈夫完全不同，倒與真丈夫所吐的一樣，智童也因此而受到國王的重視。〔註97〕

在雲南，也有一近似故事，但沒有「嘔食」情節，判官是讓自稱陪「妻子」回家的真假丈夫，說出岳家情形，藉以斷案：

> （原本女婿入贅，七年後女方讓他與女兒回自己家回去，途中遇到軸高漢，自告奮用要幫他們過河者，過河後，就威脅小媳婦造跟他

〔註94〕故事轉引自金榮華：〈佛經「毘奈耶雜事」中之智童巧女故事及其流傳〉（錄自《中國文化大學中文學報》第十五期，頁1。

〔註95〕見金榮華著：《民間故事類型索引（中冊）》（型號 926G.1），頁381～383。

〔註96〕此稱為金榮華於〈佛經「毘奈耶雜事」中之智童巧女故事及其流傳〉所訂定，頁6。

〔註97〕見陳慶浩、王秋桂等編：《中國民間故事全集・西藏・聰明的雷門力米》，頁131～134。

走，兩位男子打起架來）人們趕來止住了兩人廝打，把他們三人帶到召瑪賀那裡。矮子如實地將岳母家的情況說了，最後說：「想不到今天過河時遇到這個騙子，要拐走我的妻室。」女人回答說：「我叫玉罕，十歲時爹爹就死了……我丈夫岩剛在我家住了七年，母親同意讓我跟他回去照顧他的家人，不料途中遇到騙子。」瘦高漢子看見滿屋的人都對他怒目橫眉，身子好像矮了半截，結結巴巴地說：「我叫岩廣，女人叫玉亮，岳父叫波濤，岳母叫咪濤，女人的大姐叫玉得……」旁邊的人忍不住了，都哄叫起來：「打這個騙子，不要饒恕他。」〔註98〕

其源，則是來自古印度的《佛本生故事》。

流傳吉林的故事裡，同樣沒有藉嘔食判案，而是透過孩童行為反應斷定的：老夫少妻攜子外出，途中妻子發生外遇，妻子欲棄老夫而去，三人因此鬧進官府。縣官聽後，請衙役買來點心，分成三份，跟那位不知事的孩子說：「先送一份給你父親，再送一份給你親，剩下的一份自己吃。」孩子聽後就先端一份給老漢，縣官也據此做出判決。〔註99〕

至於「驗嘔物以斷親告子之真偽」，例見浙江省的《兩碗長壽麵》：有位婆婆告媳婦只用菜幹替她煮麵慶生，實大不孝，媳婦則說她一早即起來殺雞，將雞燉爛，弄成雞絲，煮麵給婆婆吃，兩人各據一詞，於是縣官就煮兩碗麵請他們吃，但麵上都浮層一層生菜油，十分難聞，他們勉強吃後不久就吐了，縣官一看，婆婆吐的是未消化的雞絲，媳婦則是吐菜梗，於是怒責婆婆，媳婦趕忙上前求情，才結束這場訟爭。〔註100〕

又，〈智判偷牛賊〉故事，兩人共爭一牛，判官是讓牛嘔食，從牛吐出的東西判斷到底是誰家的牛。〔註101〕

除上所述，現今流傳故事裡，在判案方式上，還有以下幾種情形：

（1）檢查口腔。例四川〈羌戈大戰〉：起因於天神的牛被偷了，其子檢查各族人的口腔。〔註102〕

〔註98〕見《中國民間故事集成・雲南卷（下）・兩個丈夫》，頁1508～1509。
〔註99〕轉引自註62之出處，故事名為〈賀八百連斷雙案〉（見《中國民間故事集成・吉林卷》（北京：中國文聯），頁56。）
〔註100〕見《中國民間故事集成・浙江卷・兩碗長壽麵》，頁708～709。
〔註101〕見《中國民間故事集成・雲南卷（下）・智判偷牛賊》，頁1507。
〔註102〕見《中國民間故事集成・四川卷（下）・羌戈大戰》，頁1128～1129。

（2）漱口決案。例遼寧〈知州巧斷光棍案〉：家中糕餅被偷，讓婢女們漱口，從漱口水中是否有餅渣，找出偷食糕餅者。〔註103〕寧夏故事則是起自婢女偷吃雞蛋。〔註104〕海瑞的母親則在其上任前，故意偷吃雞蛋，並堅持要兒子找出兇手，海瑞從漱口水中判出是母親所食，故事結尾還加了一個情節：母親故意生氣兒子竟敢論罪於她，海瑞則說：「母親常教我要嚴明公正，兒子就是據實而斷。」母親聽到兒子公私分明，欣慰不已。〔註105〕

（3）從糞屎顏色破案。例四川〈巧斷鵝案〉：起因兩人各爭鵝是自己的。判官先用白紙墊在鵝籠下，分別問他們用什麼東西餵鵝，結果一家用米飯，一家是野草，接著，從紙上鵝群屙出綠色屎中判定，是吃野草那家人的〔註106〕。

（4）殺牲剖腹見真章。例見甘肅〈蔡知縣審鴨〉，兩家爭鴨，縣官也是分別問兩家餵鴨的飼料，然後命人把鴨殺了，剖鴨見腹內裝的是哪種飼料來判定。〔註107〕

三、假死識心法

「假死識心法」是利用心理戰，暨透過行為反應來判案的。故事背景多在於兩夫爭一婦，均言此婦是己婦，判官讓婦人假死，觀察兩名男子的反應，將她判給原丈夫。發展到清代，這種偽死識心的判法，還延申到判子的情節。溫適汝在《咫聞錄‧卷二‧辨子》裡說，有一農人家境貧困，所以把剛出生的兒子賣給富家當兒子，富家將孩子照顧得很好，生父很想將他帶回，但是兒子過不慣優渥生活，不肯答應，農人只好想用錢贖回，富者不允，農人只好求助於地方官。官員故意製要孩子意外暴斃的情景，觀兩人的處理態度與表情，找出孩子的生父，把孩子還給他：

> 貧者痛哭不已，富者口第嘆氣。差令其籌棺斂之，富者曰：「彼認此
> 子而訐訟，當令彼收斂埋葬。」官即坐堂審訊：「子之真偽，已知之
> 矣。」〔註108〕

〔註103〕見《中國民間故事集成‧遼寧卷‧知州巧斷光棍案》，頁97～100。
〔註104〕見《中國民間故事集成‧寧夏卷‧十不全斷案》，頁604；及《中國民間故事集成‧吉林卷‧誰吃了雞蛋》，頁60～61。
〔註105〕見《中國民間故事集成‧海南卷‧海瑞審雞蛋》，頁80～81。
〔註106〕見《中國民間故事集成‧四川卷（上）‧巧斷鵝案》，頁214～215。
〔註107〕見《中國民間故事集成‧寧夏卷‧邵督統斷案》，頁600～602；與《中國民間故事集成‧貴州卷‧宋醒審鴨》，頁166～168；及《中國民間故事集成‧江蘇卷‧張飛斷雞》，頁62～63，同卷的〈滷鴨的傳說〉，頁441～442。
〔註108〕見（清）慵納居士著：《咫聞錄‧卷二‧辨子》（見「筆」正編七冊），頁4459。

四、審物法

　　清代透過審物破案者，有「審石頭」、「審畚箕」〔註109〕等故事。審石頭故事見於《清朝野史大觀・卷四・徐某治獄》：有一人收賬回程時，因天色已暗，不小心踢到石頭，昏了過去，醒來時所收的兩百銀元全不見了，他傷心地請縣官替他作主，因為如果他沒辦法把錢交回給主人，以後他就沒工作了。縣官很為難，因為既無物證亦無人證，後來他想到一辦法：

> 徐某不得，已乃詢石之所在，令明日到署聽審。次日，徐遣役舁石至署候質，有知其異者，咸入署觀審。徐登堂，指石而責之曰：「通衢大道，乃眾人所由之地，爾乃橫臥道中，有礙行人，爾罪一也。風雨昏黑時，行人易失足，爾仍不知避讓，爾罪二也。人既傾跌，爾又不知照顧，致令其所持之銀，被人竊去，爾罪三也。」責畢，即喝杖八十。觀者大笑，聲振堂宇，徐忽拍案呵斥曰：「法堂之上，汝輩如此無禮，於律為有罪，今願受責乎？受罰乎？」眾曰：「願罰。」徐乃硃書每人應罰銀一元，其現有者，即時繳堂；未有者，記其姓名住址，亦限即日繳到。終計所得，乃適如某店伙所失之數，遂以畀之。某店伙乃大喜叩謝而去。〔註110〕

此「審石頭」型故事，至今在吉林福建貴州等地仍見流傳，韓國的〈虎哥哥〉講述著同型故事。〔註111〕

　　在審物案件裡，有一則「審樹」的故事。這故事實屬於藏金失竊型的故事，到後來審判方式則是審樹。故事大意是：有一商人返鄉時，擔心身懷巨款會遭人謀殺，於是把金子埋在樹下，確定四處無人後，才匆匆返家，妻子問他長年奔波，是否事業有成，商人便告知妻子埋妻樹下的事，結果第二天早上，商人起床時，發現大門被虛掩著，以為有竊賊，趕緊檢查家中物品，幸好沒有損失，便放下心，既而他跑到樹下看昨晚埋藏的金子，卻發現藏金已失，趕緊報官，揭發妻子外遇之事（或盜竊事）。

　　這故事最早見於馮夢龍的《智囊補・察智部卷十・詰奸・吳復》，到清代，破案方式則有多元發展：成於嘉慶年間的《咫聞錄・卷五・江恂》是夫妻對

〔註109〕故事見本節所提「侵佔他人財物」中之侵占他人物品、牲畜者，頁87。
〔註110〕見（清）無名氏著：《清朝野史大觀・卷四・徐某治獄》（見「筆」三十三編六冊），頁83。
〔註111〕見金榮華：《民間故事類型索引（中冊）》（型號926D.1），頁373～374。

話中，被對門酒店正要返家的伙計聽到，前去挖銀，至於判案方式，利用請示神明，透過神語使奸者不敢狡辯：

> 江公細問其情，曰：「此乃疑案也，應拘土地問之。」即差扛土地到堂，繫用徽纆寘之於旁，次早簽拿小伙抵案。江曰：「昨晚土地夢指埋銀，乃爾竊聽其夫妻私言，潛往挖銀也。」〔註112〕

咸豐年間，高繼衍在《蝶階外史‧卷二‧張立》篇裡，丈夫因回頭發現銀子被竊，覺得愧對妻子，竟然上吊自盡。其破案關鍵在於在判官不知解套時，突然間：「俄見紅蜘蛛鳥一絲下垂明府冠。問立妻曰：『汝鄰人有朱姓者乎？』曰：『朱喜者，素無賴，以市腐爲業。』……從腐釜中搜得金還立妻。」〔註113〕

　　至晚清，在吳趼人的《我佛山人筆記‧審樹》篇裡，竊金者已不是外賊，而是妻子的外遇對象，官員則是用「審樹」法破案：

> 粵中故老相傳有顛梅者，令於粵，有神明之目……（※某人失金情節如前述）乃具呈詞至縣控焉。梅得詞，問其埋金甚悉。又問：「汝客外若干年矣？」曰：「四年矣。」「有父母乎？」曰：「無有也。」「有子女乎？」曰：「一子。」「年幾何矣？」曰：「生四年矣，吾外出時方娠也。」「有妻乎？」曰：「有。」「有婢僕乎？」曰：「鄉婦任操作，無婢僕也。」「然則汝出，室惟妻及子矣。」曰：「然。」「汝昨歸，曾遇人乎？」曰：「未。」「豈妻子亦不言乎？」曰：「歸來夜深，子已睡矣，惟言於妻。」「言於妻，喜乎怒乎？」曰：「不喜亦不怒也。」「汝試思之，汝歸，室必有異。」甲沉思曰：「今晨起，重門皆虛掩者，不知是可謂異乎？」梅忽大怒曰：「是樹之罪也。他人奇金於汝，胡爲不慎守之！」呼役逮拔樹至！乃謂甲曰：「汝來告狀，妻知之耶？」曰：「不知。」曰：「歸不得告之，告，則懲汝。明日挈汝子來聽審可也。」甲唯唯。翌日，抱子徑去。役人之奉命截樹也，圍而來觀者如堵也。梅遽命闔大門，令甲抱子立案前，叱觀者群立東階下，一一自東階升，至案經過，復由西階下，若點名然。後一人復過，其子忽呼曰：「叔叔抱我。」梅止其人曰：「汝識此子否？」曰：「不識。」試使此人抱其子，則張手求抱，狀甚親昵。梅叱其人曰：「盜金者汝也！」乃使甲問其子曰：「此叔叔汝何處見

〔註112〕見（清）慵訥居士著：《咫聞錄‧卷五‧江恂》，頁4483。
〔註113〕見（清）高繼衍著：《蝶階外史‧卷二‧張立》，頁3979。

來？」則曰：「此吾家叔叔也。」問：「叔叔愛汝否？」曰：「愛，常

餌我。」問：「叔叔住何處？」曰：「家裡。」問：「誰家裡？」曰：

「我媽家也。」其人懼，始自承。〔註114〕

這故事至今仍流傳於甘肅、寧夏、山西、山東、江蘇、海南、廣西等地。〔註115〕

　　從上述各種破案方式中觀之，其技巧均不離人際心理，即使勸導息訟或從行爲觀察來判定眞偽，官員之所以能對證設計，亦是因熟稔人心的原故。

　　胡文炳在《折獄龜鑑補序》言：「蓋牙角之爭、刀錐之細，不難應機而立斷，其偶事涉疑難，蹤跡詭密者，則必多方以取之，或鉤距以探其隱，或權譎以發其奸，或旁敲側擊以求其曲折，必期於得情而後矣。〔註116〕」爲了釐清案情眞相，證據是重點，但要使這些犯罪者甘願承認罪證，還得靠官員的智謀，才能讓犯罪者心服口服。

第四節　清代女性婚前私交與婚後外遇之情形

　　《大清會典事例》載：「婚嫁者由祖父母、父母主婚，祖父母、父母俱無干，從餘親主婚〔註117〕。」又言若自作主張嫁娶，將受杖八十之刑〔註118〕，政府嚴格執行將婚嫁權交予父母。因此，從婚姻締結的形式上觀之，清人婚姻以包辦居多，或從父母之約、或聞媒妁之言，或由兄長決定，幾乎不見自由戀愛而結婚者，以致流傳不少婚前發生性行爲，與婚後外遇的故事。加上社會經濟型態變遷，貧富差距甚大，一般民家，爲了經濟等因素，男性多會在婚後出外經商，將家中大小事務交由女性掌理，夫妻聚少離多，也增加各自外遇機會，產生家庭問題，甚至傷及人命。

壹、婚前有私情的女性

　　僅管婚前有私情的女性多不爲當時社會與夫家所容，卻無法禁止她們對自由戀愛的嚮往，在包辦婚姻束縛下，企圖反抗與毫無感情的丈夫共度一生，

〔註114〕見（清）吳沃堯著：《我佛山人筆記‧審樹》（見沈雲龍主編：《近代中國史料叢刊》第八十六輯，文海出版社），頁95。

〔註115〕見祁連休著：《中國古代民間故事類型研究（下）》，頁1058。

〔註116〕見胡文炳撰、陳重業主編：《折獄龜鑑補譯注‧胡文炳自敍》，頁10。

〔註117〕見光緒年間：《大清會典事例‧卷七五六‧刑部‧戶律婚姻》。

〔註118〕見《宜興藤里任氏家譜‧卷二十五‧婚娶議》。

有時他們選擇假死、放棄婚姻尋人代嫁，甚至綁架或謀殺親夫以達其目的。

一、雙方殉情

　　有些女子在適婚年齡之前已有愛慕對象，與對方產生戀情，雖未有聘婚等束縛，但男方父母十分不情願，女方父母礙於婚前有私，將來在婆家難以立足，而將她另許他人，女子不從，情願自盡，男方得知後，殉情以報。在《右臺仙館筆記卷一》裡即有這樣一則故事：

> 揚州某甲，生一女，年破瓜矣，頗有姿色。其東鄰爲某氏別業，某子爲邑諸生，讀書其中，翩翩少年也。女屢入園採花，與生有私，女父母知而防閑之。一日女至曰：「殆矣！父母將爲我擇配矣。君急以媒妁來，或猶可及也！」言已即去。生告父母，初不可，強而後可。媒者致命，女父母曰：「齊大非吾偶也，且知女私於生，恐異日不爲舅姑所禮。」竟謝絕之，而許女於他族。女知事不諧，服阿芙蓉膏死。生聞之，，亦自經死。兩家父母皆大悔，卒合葬焉。〔註119〕

生雖不能聚，死後不分離。雙方父母的懊悔，雖成就兩人合葬，但也反映出，擁有純眞感情的相戀男女，在婚前互有私情，終不爲社會道德所容。

二、假死逃婚

　　利用假死方式逃離聘婚，與情人私守的故事，見於《閱微草堂筆記・卷十七・閩女詐死》：有位女子在婚嫁前突然去世了，一年多以後，有親屬在鄰縣看到她，起先以爲是看到貌似之人，但進一步觀察，其聲音、體態都和那名女子極爲相似，於是趁她沒有防備之際，用她的小名叫她，那名女子忽然回頭過來看，才知道沒有認錯人，但又擔心是遇到鬼，便回去告訴她的父母，並開棺察驗，果然棺墓是空的，於是又帶她父母去見她。起先，這名女子故意裝作不認識，等到父母說出她胸口有瘢痣，請鄰家女子暗中查看，發現的確是她，女子才不得不承認：

> 閩女有女未嫁卒，已葬矣。閱歲餘，有親串見之別縣。初疑貌相似，然聲音體態無相似至此者。出其不意，從後試呼其小名。女忽回顧。知不謬，又疑爲鬼。歸告其父母，開冢驗視，果空棺。共往蹤跡。初陽（佯）不相識，父母舉其胸脅瘢痣，呼鄰婦密視，乃俱伏。覓

〔註119〕見（清）俞樾著：《右臺仙館筆記卷一》，頁15。

其夫，則已遁矣。蓋閩中茉莉花根，以酒磨汁飲之，一寸可尸蹶一
日，服至六寸尚可蘇，至七寸乃眞死。女已有婿，而死與鄰子狎，
故磨此根使詐死，待其葬兒發墓共逃也。〔註120〕

三、尋人代嫁

　　代嫁故事，清代繁見，除了愛富嫌貧因素外，也有因爲閨女婚前與人有
染，甚至懷有身孕而無法婚嫁，只好由人頂代。《蟲鳴漫錄卷一》裡寫道：有
一名富家女，雖許他人，但婚前與人有私，夫家迎娶時，忽然分娩不能上轎，
父母亂失分寸之際，剛好佃戶女兒來主人家道賀，主人看她與己女年紀相當，
便讓她代女婚嫁，可是叮嚀她不可說出此事，也不能與新郎同房，佃戶女兒
佯作遵從，但一到夫家，佃戶女即哭訴係代主人嫁，婆家見她容顏端麗，不
計較出身卑微，認婢女爲媳：

　　　　有富室女，既字而與人私，于歸之夕，彩輿至門，女忽分娩不能行。
　　　　父母惶遽。適佃女來主家稱賀，年與女相若，乃僞飾以往。戒不得
　　　　言其故，且毋許與新郎寢。佃戶女佯從之。入門即大哭曰：「我非爾
　　　　家婦也，爾婦有外遇，今夕臨盆，不能成禮，遣我相代……若欲行
　　　　合巹禮，有死無貳。」姑爲拭淚痕，熟視之，頗端麗。乃曰：「彼女
　　　　既有醜行，吾亦不欲其爲媳。爾雖貧女，貌美而明大義。既入我室，
　　　　即爲我媳。」佃戶女亦從字人者，夫家聞之將涉訟，富室懼揚醜聲，
　　　　重賂寢其事。鄰里鄙其女，無問名者。久之，乃嫁與佃戶女原受聘
　　　　之夫。〔註121〕

富室女與佃戶女因緣際會互嫁給原聘夫，誠屬不可思議，不過從富室女原婆
家對媳婦醜行的反映，以及鄰里的鄙視等，反映出縱有家財萬貫，不敵女子
貞節萬分之一。

四、綁架親夫

　　爲了能與情人廝守，新婚女子會與婚前私好的南友，聯手綁架親夫。丁
客克柔在《柳弧・卷三・通州婚變案》故事是這麼說的：有戶人家替子娶媳，
兩家門當戶對，迎親之日，賀客雲集。但是到了三更時分，突然聽到新郎大
喊救命，父母趕到時，新郎已被挾持，原來是新婦來時，即與姦夫商議，由

〔註120〕見（清）紀昀著：《閱微草堂筆記・卷十七・閨女詐死》，頁532。
〔註121〕見（清）采蘅子著：《蟲鳴漫錄卷一》（見「筆」正編六冊），頁3693。

姦夫假扮成陪嫁而潛於床後，再伺機綁架親夫，脅迫夫家成全他們。大家雖十分憤怒，卻礙於新郎已在姦夫手上，只好先通知女方家長，新娘的寡母卻表示，女已嫁人，任憑夫家處分，夫家只好佯應成全新娘與姦夫，待新郎被放出後，再將這對有姦情者縛送官府：

> 通洲鄉間某姓，家素封，僅一子，愛之甚篤。一日，為子娶婦某氏，亦大姓也。……合卺之後，花燭輝煌，父母大喜。……三更時忽聞新郎大呼救命，闔宅驚起，則新房係在樓上，而樓已從內鍵矣。人叩其門，則婿大呼：「已割我一刀矣！」眾大駭，遂隔門問之。婿言：「伴婆從床下出，解去女裝，乃一男子，而媵婢亦通同一氣，現三人縛我手足，刀加於頸。」蓋新婦來時，即商同姦夫扮成伴婆而潛於床後也。眾聞言大怒，欲破扉入，則婿又大號「救命」，並曰：「不但內已釘死，且箱櫃移積門內，萬不能開。」父母心切愛兒，投鼠忌器，在奸淫謀堅質子，騎虎勢成。奔告女家，女之寡母云：「生女不肖，今已嫁之，聽憑處死不問也。」遂鳴之官，官亦怒，遣役來，亦不得入，相持數日，遂再四詭言，許以女從奸夫而聽其去。又數日方開門而出，眾遂同縛姦夫淫婦於官而重懲之。〔註122〕

同樣的情形，在《右臺仙館筆記卷四》的故事，情節較曲折，多了官員以親情感召卻視若無睹，爾後官員只好施計，藉盜捉奸，才救出新郎，更強化了女方與婚前相好感情的堅持。故事也是發生在新婚之夜，新郎為新娘及姦夫所挾持，當時該縣官員請來女方父母，鞭其父，批其母，雙親哀號甚慘，跪在窗外向女兒呼以親情，此女仍無動於衷，官員只好請來獄中善於穿籬者，將門打開，卒役隨即將新娘與姦夫捆綁：

> 河南有一縣，其俗喜為少子娶長婦，欲以操井臼，持門戶也。有農家子，甫十三四，而所娶婦年長以倍矣。新婚之次日，舅姑呼於門外，聞其子應聲而不見其出，穴窗視之，則麋縛於床足，驚而問故，其子曰：「昨暮人定後，有男子自床下出，縛我於此，而擁新婦睡。」問：「何故不言？」曰：「言則殺我。」語未竟，男女二人皆啟帳出，男子抗聲曰：「吾與爾薪婦自幼有交，昨乘人亂入此室處，當容我盡歡而去，如敢破扉而入者，」袖中出白刃指其子曰：「吾劃刃爾子之腹矣！」秩持三日，聞之於官。官亦駭異，問新婦：「有父母乎？」

曰：「有。」乃逮之至，使呼其女，女不應。官命隸笞其父臀、批其
母頰，父母呼暴，哀號甚慘。復使呼起女，仍不應，如是者三，母
頰批至百，父臀笞至二百，流血漉漉，父母跪窗外哀其女，使開門，
若周聞之。時獄中有一賊，善於人壁，官命之至其家，先伏人於門
外，而使此賊伺男女皆睡熟，從屋後穴而進，以刀斷其子之繩，曳
之走，而門外伏者破扉突入，男女皆就服。官命左右盡去其上下衣，
先批頰如其母數，再笞臀如其父母，然後科以奸罪，決大杖四十，
命其父母領去，而歸聘禮於夫家。父母扶裸女出縣門，各脫衣衣其
女，而觀者數千人爭前褫奪，竟不得衣而歸。〔註123〕

這則故事發生於少年娶長婦的民情背景，故事更見合理，男女年齡不相當，
男方過長或幼，女方發生外遇的機會大增。

　　另外，《耳郵卷三》裡則說，有女子因婚前與人有私，與聘定丈夫結婚後，
被丈夫發現已非處子，又覺其懷有身孕，憤而將她殺死，娘家雖然知情，卻
苦於門面之羞，不敢作聲〔註124〕，凡此等等，於婚前有戀情者，皆鮮得善果。

貳、婚後外遇的女性

　　在清人筆記故事中，婚後外遇者不僅有年輕少婦，也有身為婆婆仍究外
遇，結果被媳婦撞見者，究其背景，多數來自丈夫長年在外經商，或已守寡
的婦女。

一、少婦外遇

　　少婦外遇之故事，康熙年間的景星杓在《山齋客譚‧母淫殺子》說了一
則為恐奸情事敗，母親不惜殺害親生子，罔顧人倫的故事。有一婦人發生外
遇，不幸被九歲兒看到，結果將他剁成泥肉裝入甕，幸因其子曾將母親恐嚇
他的事告訴師長，此案才被揭發：

方山之民有商於外者。其妻與人通，一子方九歲。中夜醒，忽肩旁
有一足，詢其母曰：「父歸邪？」其母惡之，切誡曰：「苟洩吾事，
當寸臠之。」其子旦入小學，至午不敢歸餉，及暮亦然。其師窮問，
乃述母誡。師強送之及門，乃返。次日其子不赴學，呼之，其母曰：

〔註123〕見（清）俞樾著：《右臺仙館筆記‧卷四》（濟南：齊魯書社），頁75。
〔註124〕見（清）俞樾著：《耳郵卷三》（見「筆」正編七冊），頁4219。

「昨兒未嘗歸，方欲向師求兒何事久藏乎？」師知其故，遂宣兒語於眾，因訟之縣。令不信，督師出兒，師歸，遂率徒眾登婦樓，窮索之不得，將下樓已，躐數級，正見二寶於婦床下，血腥逼人，取視之，兒果碎醬於中，事乃白。其私人逃於杭之護國院爲僧，并獲之就法焉，康熙乙未事也。〔註125〕

面對妻子外遇，有的丈夫爲了一家和諧，選擇能包容接納，但並不表示就能過著平靜日子，其妻與姦夫作賊因虛，唯恐丈夫報復，先下手爲強，殺死丈夫，事見丁克柔《柳弧・卷三・江北姦殺案》：有一鄉民，撞見妻子與人有私情，鄉民反過來安慰她，表示不追究。最初妻子感到慚愧，漸漸又對丈夫不計前嫌感到十分懷疑，終於與姦夫兩人密謀勒斃親夫，在六歲兒無意間告訴姑姑後，此事終被揭發：

江北鄉民某，有子六歲，其妻與人私。一日夫歸，猝遇之。妻大懼，夫固長願，反慰之曰：「此亦世間恒有之事，但吾在家時，爾可命其蹤跡稍束，吾亦不究也。」其妻始而懼，繼而慚感，終則疑矣。告於所私，亦大疑，兩人不安甚，遂密謀欲殺之。未幾，夫釁於廚，俯身拾柴，妻驟以繩自後套其頸勒之，復由窗遞繩於姦夫，用力共縊之，夫遂死，夜槀瘞秫田中，人無知者。夫有姊自遠路來，詢其弟，妻曰：「於去歲前巳去江南爲佃矣。」子具訴於姑。姑大駭，再三窮詰之。子方六歲，復垂泣言之鑿鑿。次日，姑即鳴於官，斬其姦夫，而淫婦凌遲處死焉。〔註126〕

清代有一「少女僞死測眞情」型的故事，故事背景與妻子外遇有關。其內容大要舉《蟲鳴漫錄卷一》爲例，有丈夫返家後，發現妻子外遇，於是與姦夫共爭一妻，爭至官府，官員難判，只好先令婦人假死，問何人願爲其收屍等，以驗眞心，結果姦夫往往表示，人既已死，守屍何益，只有原夫願意收葬，眞假自現，原夫得以帶回髮妻。〔註127〕

　　此型故事，在民間流傳甚廣，近代的海南、山西、湖北、江西、台灣、福建等均可見〔註128〕，到後來演變成閨女擇婿的故事，例如〈張大娘巧選門

〔註125〕見（清）景星杓著：《山齋客譚・母淫殺子》（錄自《叢書集成續編》，台北：新文豐圖書公司），頁404。

〔註126〕見（清）丁克柔著：《柳弧・卷三・江北姦殺案》，頁174。

〔註127〕見（清）采蘅子著：《蟲鳴漫錄卷一》（見「筆」正編六冊），頁3692。

〔註128〕見金榮華：《民間故事類型索引（中冊）》（型號851D.1），頁313。

婿）：故事中的女主角才貌雙全，求婚者蜂擁雲集，其母為了試探求婚者的品德，心生一計，先讓女兒假死，再問有誰願意收屍，結果大家紛紛搖頭離去，只有一位痛哭表示，願意與女主角死守一起，這時女主角「突然」醒過來，與真心待她的男主角擁抱在一起〔註129〕。而在山西〈三件寶貝〉中，則是少女父親要求求婚者，必須先找到最特別的寶貝才可求婚，其中一位因心地善良，獲得老婆婆特贈一能讓人起死回生的香果，但就在他們要前去求婚時，少女無故得了重病，前兩人的寶貝都沒有辦法救回她，只見少女仍舊死去，他們藉故溜走了，只有這位心地善良的人，不捨離開，要幫少女處理後事，並以香果為祭品，孰料這香果一靠近少女身邊，竟使她復活，也讓此人贏得美人歸。〔註130〕

　　故事在發展過程中，情節雖有所增補，但均不離「人死測真情」的架構，女主角從清代故事的「偽死」到近代山西的「真死」，更進一步強調真情的可貴，可以讓奇蹟出現。

　　正因女性外遇事件已非偶聞，長年在外經商的丈夫，對在家妻子是否會紅杏出牆產生疑心，萌生試探之意，以致曾經發生丈夫歸來時，為測探妻子是否堅貞，假裝他人戲妻，結果被情急反抗下的妻子意外刺死的悲劇。〔註131〕

二、年長老婦外遇

　　有些婦女即使結婚，倘遇愛戀對象，也會發生外遇，情況較常是男少女老的不倫戀。有名婦人與少年僧發生姦情，被繼女發現自己不倫行為後，索性嫁禍給已婚的繼女。女兒求助於丈夫，丈夫原本要暗殺岳母的姦夫，以除禍害，沒想到卻反遭對方殺害，這則故事見於徐崑國的《遯齋偶筆・卷下・唐公讞獄》：

> 某為贅婿，女之母繼娶，與僧通。女知之，母乃逼女與通，冀滅其
> 口。女逃，私語其夫某，某欲偵而殺之。女泣勸，某陽諾。一夕翁
> 外出，昧旦，某見窗外有人影，知為僧，躍起開窗裸逐之，遂不返。……
> 某家訟於官，意女有私謀殺也，官固疑之矣，其母復堅證之，毒刑
> 嚴鞫，女不知為何僧，案三月不決。大府檄先生代訊，女具以告。

〔註129〕見《中國民間故事集成・海南卷》，頁546～547。
〔註130〕見《中國民間故事集成・江西卷》，頁533～534。
〔註131〕見（清）采蘅子著：《蟲鳴漫錄卷一》（見「筆」正編六冊），頁3694。

至其家，見窗外皆隙地，旁有竹園，園外短垣臨斷港……盡去其
幈，見有新土數尺，命掘之，屍見，刀痕宛在，女伏屍大慟。先生知其
冤而兇究不可得，忽見對港有菴，臨小橋，菴門一少年僧窺伺，立
逮至，一訊而服。〔註132〕

守寡的婦人難耐孤寂，也是最易發生外遇的一群。在鄒弢的《三借廬筆談·
卷十二·姑惡》裡寫道，有戶吳姓人家，老婦人年輕喪夫，獨自扶養二子成
人，長媳賢孝，卻因某日撞見婆婆與僧人的不倫戀情，被婆婆記恨在心。婆
婆先是叫唆長子沉媳於河，媳幸未死，返家繼續行孝，但婆婆非但不領情，
又命長子殺其媳，長子不忍殺己妻，最後由其弟代為殺之的人倫悲劇：

松江南門外張澤鎮，有吳姓兄弟者。父早亡凡十二年餘，弟亦及冠。
母為長子娶一媳，極孝順。而姑素與僧大通者善，偶為媳窺見，因
含恨思。子貿易在外，比歸，母輒愬媳不孝。子愚不察，曾將媳縛
而投之河。遇漁船得救，送回母家。母家定欲匿人搆訟，女婉勸曰：
「姑之虐，兒之命也，訟可傾家。兒請仍往奉侍加謹，姑意或可感
動，否則威亦當稍殺。」母不忍拂，惟曰：「汝雖明大義，但恐他日
終死於惡姑手耳。」姑雖納而終以為厭，陰囑僧誘女姦。許月送銀
六兩，抵死不從。姑愈怒，恐為發覺，令召子回，命幼子為證，謂
媳與僧姦，爾苟仍優容，則我亦當死。子大怒，出外購刀，母與次
子將媳縛於柱，恐其聲救，首蒙以被、子甫欲舉刀，媳從被中泣曰：
「我從汝數載，並無失德，乃細一面之辭，遽以白刃，如何忍也？」
子聞言，手戰不忍刺……次子奪刀曰：「汝何無丈夫氣！」乃同母力
從脅下一刺入，腸流於外，鄰人間呼救，恐釀命累，遂排闥入，見
女一息僅存，腸已垂垂如貫珠矣。呼其母至，女略述數語曰：「此亦
夙孽，勿累吾姑也。」〔註133〕

有的寡婦與人發生私情，結果姦夫看上其女兒，想要享齊人之福，跟寡婦商
量若讓他娶其女兒，則他與寡婦就能明正言順在一起生活。寡婦為了想與姦
夫共處，居然與女兒商量，要將她嫁給這名外遇對象，但女兒不恥母親的作

〔註132〕見（清）徐崑國著：《遜齋偶筆·卷下·唐公讞獄》（見「筆」十四編十冊），
　　　　頁6344。
〔註133〕見（清）鄒弢著：《三借廬筆談·卷十二·姑惡》（見《清人筆記叢刊（四）》），
　　　　頁3568。

法，在婚前自盡，婦人自感慚愧，離家他遷，事見《右臺仙館筆記卷一》：

> 瀘上有流寓陳氏婦，嫠也。攜一女，甚美。婦與某甲私，甲曰：「爾
> 曷以女妻我？則我并迎妻母以歸，誰議我者！」婦以與女，女不可。
> 婦惑於甲言，卒以女許之。將成婚，女醜其事，縊而卒，婦慚懼即
> 遷去。〔註134〕

歷代外遇故事均有之，較於前朝，清代寡婦外遇的故事多出許多。推究其因在於，清代對女性貞節十分重視，莫說極看重婚前童貞，在政府獎掖旌表節婦與民間社會重視貞節風氣助長下，即使婚後守寡，社會道德要求女性必須殉夫或守節，所以寡婦再嫁很不容易，縱使公婆想要替寡媳另尋對象再醮，寡媳也必須以激烈手法表現出從一而終的態度，才能獲得社會的肯定與認同。但畢竟有許多寡婦是年輕時就守寡的，空閨難守女兒心，與他人發生感情機會增高，對方難敵社會輿論撻伐的壓力，只能彼此私下幽情，而不敢光明正大將寡婦娶進門。

在清代二百餘則婚姻故事裡，發生婚前私情或婚後外遇的故事即有六十七則，佔了近三分之一，反映這種情形在當時已是頗為普遍的現象。這些人為所愛慕的對象而枉顧人倫親情，故事裡對這些女性與姦夫亦採嚴懲的態度，可是類此事件仍不斷發生，反映了沒有情感為基礎的婚姻生活，縱然有法律規範，道德嚴訓，亦難避免受誘因蠱惑，以及人性情感需求下的婚姻出軌。

〔註134〕見（清）俞樾著：《右臺仙館筆記卷一》，濟南：齊魯書社，頁17。

第六章　清人筆記生活故事反映之
　　　　思想觀念

　　在清人筆記生活故事裡，反映時人諸多思想觀念，它們多數是承襲歷朝
發展而來的。在婚姻觀點上，清人重視門第與財富，對於女性嚴格要求守貞
節。另外，清人承襲先人「善惡有報」的觀念，並積極強調行善的重要，以
及珍惜字紙乃至萬物的可貴，至今仍留下許多古蹟為見證。

第一節　清人的婚姻觀點

　　清代為了維護封建制度以鞏固政權，強化禮教，在法律上賦予父母對子
女婚姻絕對的決定權。光緒年間《大清會典事例・卷七五六・刑部戶律婚姻》
明文規定：「婚嫁者由祖父母、父母主婚，祖父母、父母俱無幹，從餘親主婚。
〔註1〕」即使祖父母、父母因罪被囚，其子孫的婚姻仍需由他們安排，若男女
自行作主嫁娶，則要受杖八十〔註2〕。有些家族，因聯姻關乎宗族盛衰，族人
還會出面干預選擇對象，連父母都無權力替子女作主〔註3〕。而他們對聯姻對
象的選擇，則重視門第與財力。

　　此外，從大清律令至民間習俗，均強調聘婚六禮的重要性，聘金多寡，
成為婚姻成功與否的重要因素，對許多家庭來說，聘禮、嫁奩的經濟負擔，
實難負荷，除了想盡辦法籌款替子女成家外，免除繁縟婚儀的童養媳婚，此
時尤為盛行。

〔註1〕　見光緒：《大清會典事例・卷七五六・刑部・戶律婚姻》。
〔註2〕　見光緒：《大清會典事例・卷七五六・刑部・戶律婚姻》。
〔註3〕　見《宜興藤里任氏家譜・卷二五・婚娶議》。

壹、論婚重門第與財富

魏晉時期實施九品中正制，當時即以將「門第」納入議婚準則。北魏時期，皇帝下詔，不得與非類婚偶等，自此，論婚重門第、財禮的風氣漸盛。清人趙翼在《廿二史札記‧財婚》即云：

> 魏齊之時，婚嫁多以財幣相尚。蓋其始高門與卑族爲婚，利其所有財賄之遺，其後遂成風俗，凡婚嫁無不以財幣爲事。爭多竟少，恬不爲怪也。

宋代，論婚重財富輕門第，司馬光在《書儀‧婚儀》裡提到以財論婚的弊病：

> 文中子曰：婚娶而論財，夷虜之道也。夫婚姻者，所以合二姓之好，上以宗廟，下以繼後世也。今世俗之貪鄙者，將娶婦，先問資裝之厚薄；將嫁女，先問聘財之多少；至於立契曰云：某物若干，某物若干，以求售某女者；亦有既嫁而復欺殆負約者；……其舅姑既被欺殆，則殘虐其婦以攄其忿，由是愛其女者，務厚資裝，以悅其舅姑是以世俗生男則喜，生女則戚，至有不舉其女者，因此故也。然則議婚姻有及於財者，皆勿與爲婚姻可也。〔註4〕

但畢竟是社會民情所趨，積習難易。

至清，在論婚觀點上，可謂門第與財富均重。徐珂在《清稗類鈔‧婚姻類‧某中丞以嫁女爲市》一則說：有名位居高官的官員，爲了想得到更多的財富，於是將族人的女兒許配予富家子弟，藉此向親家求索高額聘金，累金鉅萬；至於這名富翁，因想要光耀門楣，即使爲了這門親事，幾乎傾家蕩產，仍沾沾自喜向人炫耀，自己已與高官結爲親家：

> 嘉、道間，有某中丞者，樂與富人納交，恆以戚族之女認爲己出，與之締婚，乃大索聘金，輒累鉅萬。富人藉以獲光寵，惟自炫於人曰：「中丞爲我親家也。」雖或傾家蕩產，不之悔。〔註5〕

清人論婚重門第與財富的思想，在筆記生活故事裡記載不少，究其原因，與政府政策，及社會經濟繁榮等因素有關。

〔註4〕見（宋）司馬光著：《司馬光書儀‧卷三‧婚儀（上）》之小字註（見《叢書集成初編》，北京：中華書局），頁33。

〔註5〕見（清）徐珂著：《清稗類鈔（五）‧婚姻類‧某中丞以嫁女爲市》，頁2081。

一、嚴等第，別良賤

　　徐珂在《清稗類鈔・婚姻類・指婚》寫道，清朝貝勒們的婚姻係由太后指婚，滿語又謂之「拴婚」〔註6〕，有意藉由婚姻穩固滿清貴族的門第之尊。再者，國家律令對良賤婚姻也設有約束。《大清律例・卷十・戶律・婚姻》裡，示有以下禁令：（一）禁官員娶部民婦女爲妻妾〔註7〕；（二）禁娶樂人爲妻妾〔註8〕；（三）禁良賤爲婚姻〔註9〕；（四）禁與番人結親〔註10〕等。婚配講求門當戶對，不許良人以上家庭混有賤民血統，不許望族與寒門聯姻，強化重門第的重要。

　　不惟宮廷如此，受到政府別良賤、重品第的風俗教化影響，民間也不遑多讓，雍正年間刊版的《浙江通志・卷一〇〇・風俗》條載寧海縣：「婚姻擇，先門第。〔註11〕」同治年間的《石首縣志》記該地男女十歲上下，若門第年齒相匹，即爲定盟〔註12〕；光緒前間的《崇明縣志》更言：「婚姻論良賤。〔註13〕」人們婚姻擇選上，有明顯的階級觀念，同爲官者必重雙方職階，若是官商聯姻，商者即是看重門第之故。

　　王應奎在《柳南隨筆卷三》中，記錄一則諷刺蘇州重門第的社會現象：

> 蘇州娶婦，必用掌扇、黃蓋、銀瓜等物，掌扇必寫「翰林院」。有蘇
> 州人周卜世者，嘗客揚州，一揚人卒問曰：「何故蘇郡庶民俱不娶

〔註6〕　見（清）徐珂著：《清稗類鈔（五）・婚姻類・指婚》，頁1990。

〔註7〕　律言：「凡府、州、縣親民官，任內娶部民婦女爲妻妾者，杖八十。」

〔註8〕　律言：「凡文武官并吏娶樂人妓者爲妻妾者，杖六十，并離異。歸宗，不還樂工，財禮入官。若官員子孫應襲蔭者娶者，罪亦如之。注冊、候蔭襲之日，照應襲本職上降一等敘用。」

〔註9〕　律言：「凡家長與奴娶良人爲妻者，杖八十。女家主婚人減一等。不知者，不坐。其奴自娶者，罪亦如之。家長知情者，減二等，因而入籍指家長言爲婢者，杖一百。若妄以奴婢爲良人，而與良人爲夫妻者，杖九十，妄冒，由家長，坐家長；由奴婢，坐奴婢，各離異改正。謂入籍爲婢之女，改正復良。」

〔註10〕　律言：「凡福建、台灣地方民人，不得與番人結親。違者，離異。民人照違制律杖一百，土官通事減一等，各杖九十。該地方官如有知情故縱，題參，交部議處。其從前已娶生有子嗣者，，即安置本地爲民，不許往來番社。違者，照不應重律杖八十。」

〔註11〕　見雍正年間：《浙江通志・卷一〇〇・風俗》。

〔註12〕　見同治年間：《石首縣志・卷三・民政・風俗》。

〔註13〕　見王清穆修、曹炳麟纂：《崇民縣志・卷之四・風俗》（中國地方文獻學會印行），頁135。

婦？」周訝而詰之，揚人曰：「我前寓蘇，所見迎娶者，無非翰林院
執事，何嘗有一庶民邪？」〔註14〕

應之而生的「借官銜」笑話，也被文人記載下來。《清稗類鈔‧譏諷類‧名帖》
裡說，有名署役與某乙聯姻，為充門面，借用了長官官銜，其實他只是個「掃
地夫」，某乙不甘勢弱，索性向借神明的官銜：

> 某省督署夫役，與武廟隔壁某乙結為姻婭，文訂之日，甲大書於帖
> 曰：「侵命頭品頂戴兵部尚書都察院左都御史總夫某處地方節制提督
> 軍門門下掃地夫愚弟某頓首拜。」乙張皇失措，就某紳商之。紳曰：
> 「隔壁為關帝廟，我自有法。」於是將回帖寫之，文曰：「敕封關聖
> 帝君漢壽亭侯隔壁愚弟某頓首拜。」〔註15〕

歸根究底，他們都只是一介平民角色，但在聯姻時，為爭顏面，總是想盡辦
法拉點裙帶關係或與某頭銜沾上邊。

　　當社會瀰漫著重門第風氣時，為攀高門而悔婚的情形不少。吳熾昌《客
窗閒話初集‧卷四‧陳制軍》故事裡寫道，有兩位同朝為官的官人，互為子
女締結婚盟，不幸男方父親早逝，女方父親為攀附高門，遂悔婚約，向男方
索回庚帖不成，逕自作主將女兒另許某戶官家，後被制軍得知，主持正義，
才讓這對聘訂男女順利成婚：

> 陳制軍在金陵甄別書院親臨督課，忽聞人聲洶湧，兼鼓樂花炮之聲，
> 生童不由欄阻，爭拔關出外觀迎娶者，惟后所有一人，若垂首構思
> 者。制軍曰：「諸生皆出，汝獨靜坐作文耶？」其人失聲大哭，急叩
> 其故，對曰：「婦翁係已致仕之觀察，許姓，由卑官起家，值亡父為
> 是省學政，攀援聯姻，為之游揚，薦升大員，前歲父歿於都中。婦
> 翁萌悔婚意，召生予百金，索庚帖，生不允，婦翁竟改婚楊兵部家。
> 聞今日迎娶，互鬥奢華，故諸生出觀之，諒此時往迎新婦耳。」制
> 軍命備兩馬，召武弁隨生歸，迅取庚帖，……傳諭中軍廣帶兵役，
> 往揚第稱賀。即其中堂設公案，制軍袖出庚帖，擲令觀之。楊跪告
> 曰：「許某心若豺狼，行同鬼蜮。某若早知，決不與婚媾。……請嚴
> 究之。」（制軍）遂借楊式喜筵及新郎之冠服回書院，適諸生繳卷之
> 時，諭令毋散，同陪筵席。命輿請生母公服而來，以觀花燭。生乃

〔註14〕見（清）王應奎著：《柳南隨筆卷三》，頁59。
〔註15〕見（清）徐珂著：《清稗類鈔（四）‧譏諷類‧名帖》，頁1710。

衣楊婿之衣，與女合拜成禮。次日，制軍濡筆待奏。許大怖，急奔書院，見婿，叩首曰：「婿為能救我，所有家財願與婿共之。」生遲移未決，母訓之曰：「其父雖誑，其女甚謹。汝不見其聞言悔悟時，則曰：『非制軍力，幾為父母誑矣。』痛哭不已，情可憐也。曷為之援解？」生敬諾，往見制軍，以情告。制軍曰：「果爾，命其開報田宅，我為分判，以贖其辜，以為汝誦讀之貲。」吳生於是乎驟富，奮勉讀書，是年入泮。〔註16〕

故事中的許某，將聯姻視為仕進目的，當年他因攀上吳門，才能仕途順遷，一旦吳門衰落，他立刻轉而攀上楊家高門，反映論婚重門第，背後實存在著許多現實利益。

　　除了父母以門第擇婚，男女主角也會以對方出身高低決定嫁娶與否。《聊齋志異・卷四・姊妹易嫁》裡，張女因輕視公公出身牧童，不肯出嫁，不得已由妹妹代嫁，張女則如願嫁入豪門。不久，她因家庭變故而貧困潦倒，見到妹妹過好日子，反而厚顏向他們求討資助，妹夫以德報怨，力解其困：

掖縣相國毛公，家素微，其父常為人牧牛。時邑世族張姓，請以長女妻兒。然此女甚薄毛家，怨慚之意，形於言色。有人或道及，輒掩其耳，每向人曰：「我死不從牧牛兒！」母即向次女曰：「忤逆婢不遵父母命，欲以兒代若姊，兒肯之行否？」女慨然曰：「父母教兒往也，即乞丐不敢辭，且何以見毛家郎便終身餓莩死乎？」父母聞其言，大喜，即以姊妝妝女，久知，浸知易嫁之說，由是益以知己德女。未幾，果舉賢書第一人。姊適里中富室兒，意氣頗自高。夫蕩惰，家漸陵夷，空舍無煙火。聞妹為孝廉婦，彌增慚怍，姊妹輒避路而行。又無何，良人卒，家落。頃之，公又擢進士。女聞，刻骨自恨，遂忿然廢身為尼。及公以宰相歸，強遣女行者詣府謁問，冀有所貽。比至，夫人饋以綺縠羅絹若干匹，以金納其中，而行者不知也，攜歸見師。師失所望，恚曰：「予我金錢，尚可作薪米費；此等儀物，我何須爾！」遂令送回。公及夫人疑之，及啟視而金具在，方悟見卻之意。發金笑曰：「汝師百餘金尚不能任，焉有福澤從我老尚書也。」遂以五十金付尼去，曰：「將去作爾師用度；多恐福

〔註16〕見（清）吳熾昌著：《客窗閒話初集・卷四・陳制軍》，頁3368。

> 薄人難承荷也。」行者歸，具以告……後店主人以人命事逮繫囹圄，
>
> 公爲力解釋罪。〔註17〕

無獨有偶，俞樾在《耳郵卷一》中說，咸豐年間，有名士卒駐軍某處時，與
當地農家女譜出戀情，農家女懷有士卒的骨肉，臨盆之際，農人與士卒商議
迎娶女兒之事，但當時士卒因功獲贈六品翎，自認前途可期，何患無妻，堅
持不肯承認與農家女的這段感情，已爲他產下一子的農家女，得知此事後，
傷心欲絕，上吊自盡：

> 咸豐乙卯歲，江蘇巡撫吉公，駐君九華山。一營卒與附近之農家女
> 通，許以爲妻，已有身矣。及免身，父詰得其故，邀卒議婚時，時
> 卒已以軍功得六品翎項，自念不日可得官，農家女非偶也，堅不承。
> 父歸詈其女，女棄兒自經死。〔註18〕

政府律令制約，民間風化俗成，重視門當戶對的觀念，深深影響了清人的婚
姻。

二、以財論婚

　　清人通婚擇門第，更看重對方財力。乾隆年間《東平縣志》載該地人們
議婚時，須：「擇兩家門第相當，資產相及子女年齡相若者。」才可提親〔註
19〕。《平原縣志》亦載民間：「嫁女適他邑乃論聘財」之多少來選婿。嘉慶年
間的《旌德縣志》載當地：「婚嫁論財。〔註20〕」光緒時期的江蘇則有：「婚
姻之家，必量其貧富而後合。〔註21〕」的習俗。

　　以財論婚，從官至民，比比皆然。有的是爲了藉婚姻以達斂財目的，例
如《清稗類鈔・婚姻類・閻錫齡子娶木商女》寫道：「光緒己亥，某道監察御
史閻錫齡爲子娶木商女，女曾認某福晉爲義母，迎娶日，妝奩多至百餘起，
半爲福晉所贈。〔註22〕」爲官者希望攀得富門，以圖豐厚嫁奩。

　　有的父母基於不忍子女（或男女本身不願）受苦，論婚時起嫌貧愛富心。

〔註17〕見（清）蒲松齡著：《聊齋志異・卷四・姊妹易嫁》，頁254～255。

〔註18〕見（清）俞樾著：《耳郵卷一》（見「筆」正編七冊），頁4205。

〔註19〕見張志熙等修、劉靖宇纂：《東平縣志》（見《中國方志叢書》，成文出版社），
頁186。

〔註20〕見嘉慶年間：《旌德縣志・卷一・風俗》。

〔註21〕見（清）裴大翁等修、秦緗業等纂：《無錫金匱合志・卷三〇・風俗》（見《中
國方志叢書》，成文出版社），頁521。

〔註22〕見（清）徐珂著：《清稗類鈔（五）・婚姻類・閻錫齡子娶木商女》，頁2108。

諸聯《明齋小識・卷七・當堂作親》裡的蔡、王兩人原是好朋友，王某將女兒許給蔡某孿生次子，後來蔡家生活日益貧困，以醫事為業的王某，心生悔意，藉著蔡某孿生長子過逝之事，宣稱當初是將女兒許其長子，其長子既逝，則女兒應許他人，蔡某不服，控請縣官裁奪，縣官見蔡家貧無以立，乃判王某還給蔡家兩倍的聘禮，並准王女另嫁。〔註23〕

　　看過許多婢女代嫁小說情節的黃鈞宰表示，在現實生活中，不乏愛富嫌貧的女子，其在《金壺浪墨・卷五・婢女代嫁》篇裡寫著，出身寒門的陶文毅，幼聘某氏女，某父惑於富商財力雄厚，逼陶某退婚，某氏女受父親影響，不願跟窮書生過苦日子，終以婢女代主出嫁。孰料風水輪流轉，貧困的文毅日後發跡，反而救了守寡的某氏女：

> 陶文毅公微時，家極貧，初聘同邑某氏女，歷歲餘矣。邑有富室吳姓聞女姿色，謀奪為其子婦，以多金餌女父，父利吳富，竟為所動，迫公退婚。公不可，女之母亦不願，而女惑於父說，已萌異念，私誓不適窮生。會養有婢請於母，願以身代，母許之，文毅亦坦然娶之。……某女既歸於吳，父子恃富奢蕩，又強佔鄰姓田，率眾毆鬥，吳子中傷暴卒，女無出，翁亦憤鬱死。於是族中強黠者，恨吳吝刻宗族，無所沾惠，群欺某女寡弱，謂以吳氏私財飽外家，藉口侵吞其田產殆盡，至貧困無以自存。時文毅已貴顯，乞假回籍，鄰里嘖嘖言前事，公微聞之，質諸夫人，良信，太息久之，遂以夫人意，贈女五十金。女得之，愧欲死，日抱銀號泣，不忍用，卒為穿窬者竊去，忿而自縊，遇救未絕。公嗣是歲致周卹不倦。〔註24〕

承如陸耀輯《切問齋文鈔・卷四・婚說》中言：「將擇婦，必問資裝之厚薄，苟厚矣，婦雖不德，亦安心就之；將嫁女，必問聘財之豐嗇，苟豐矣，婿雖不肖，亦利其所有而不恤其他。」可謂清人論婚重財力的寫照，但最後終是害苦了自己。

　　愛富嫌貧的心態影響時人究竟多深，從慵納居士的《咫聞錄・卷八・嫌貧害婿》茲可為見。富甲一方的徐某，原將女兒許給同邑豪門，但歷經數年後，婿家漸替凋零，徐某想悔婚又恐師出無名，女婿不允，苦惱之際，他想

〔註23〕見（清）諸聯著：《明齋小識・卷七・當堂做親》（見「筆」正編五冊），頁3322。
〔註24〕見（清）黃鈞宰著：《金壺浪墨・卷五・婢女代嫁》（見《清代筆記叢刊（四）》），頁2908。

出陷女婿於囹圄、即能使女兒順理成章改嫁的毒計，枉顧倫理，徐女得知後，
為求孝義兩全，即請求訟師協助，救夫出獄：

> 邑中有徐姓者，富如石崇，惡並元載。家有慧女，已許字，婿家亦
> 是華胄殷門，迨後漸替凋零。女已長大，迎娶鮮資。徐心鬱結曰：「吾
> 之愛女，嬌養已久，今嫁黔婁，竊恐清苦難熬也。……意圖退婚，
> 婿家未必肯依。」於是交結亡命之徒，計議毒害，絕婿性命，即可
> 全女大事也。布計已定，一日傍晚，遣人邀婿至家，商酌迎娶，其
> 婿以為岳之美意，欣然而來，見即逼其速日迎娶。婿曰：「家無擔石，
> 結褵非易，當竭力籌備，以副嘉命，望賜寬期。」正說之間，時已
> 三更，忽有數人扛出衣箱金銀服物，將婿抱住，用煤塗成李逵之臉，
> 劈破大門，喊醒鄰居，投鳴地保，綑送到官，誣為黑夜搶劫……徐
> 乃賄通臧獲幕友，竟欲以「莫須有」三字煉成冤獄。其女與漁婦最
> 相契合，進探之，見女形容顦悴，鬱鬱不樂，問之，女曰：「吾與某
> 既訂偕老之盟，未舒伉儷之情，今以此而身罹大辟，不救，是背夫
> 也，救之，是叛父也，奈何？」漁婦曰：「救之為是，此間有一謝秀
> 才，主見最高，與之商之，彼能救夫以全父也。」漁婦扶女上岸，
> 同叩謝門，入而訴之。謝巡簷繞屋，數回而定，呼女起曰，寫一詞
> 與女，投之於官，可兩全也。即轉至縣投之。官閱詞拍案曰：「爾父
> 竟如此之橫逆也乎？」女曰：「愛女過切耳。」官曰：「爾乃護夫背
> 父也。」女曰：「妾尚未離父母恩養也。」官默然。復閱至詞尾，有：
> 「不告害夫，告則害父，不可告，不得不告。」四語。曰：「此詞乃
> 情真理確也。」即傳父等訊之得實，將徐唾罵薄責，罰銀三千兩，
> 賞之於婿，當堂完婚。〔註25〕

金殖在《巾箱說》中寫著：有名富人，把女兒嫁給進士之子，但他看不起親
家家境清寒，自女兒成婚後，不肯再與女兒和孫子相見，即使後來得知孫子
貧困到流落街頭，賣餅養母，也置若罔聞。〔註26〕論婚趨富擇貴的風氣，反
映著時人「萬般皆下品，唯有富貴高」的心理。

　　當社會經濟日益繁榮，富裕帶來的生活享樂，令人嚮往，為官者冀望能

〔註25〕見（清）慵納居士著：《咫聞錄・卷八・嫌貧害婿》（見「筆」正編七冊），頁
　　　　4499～4500。

〔註26〕見（清）金殖著：《巾箱說》，北京：中華書局，頁152。

與富豪結爲親家，以圖財利；爲官者的威赫風光，是人們汲汲捐納、謀得官職的原因，他們除了捐輸，另一途徑則是透過聯姻以達其目的。所以，對於聯姻的考量，重門第、論財富，要之，總以利益爲前提，各沾其光，互謀其利。

貳、「經濟因素」對婚姻的影響

　　承上所述，清人擇偶多以富與貴爲尙，即使結了婚，仍可能因此而離婚。徐錫麟的《熙朝新語卷十一》寫道，秦簪園斷弦續娶，新婦悲啼不止，詳細盤問之下，才知道新婦已有丈夫，但因父母嫌貧，逼休改嫁，秦某將她還給原夫，並無條件贈送妝奩，撮合這對夫妻。他的善行，無形中積了陰德，一舉高中：

> 嘉定秦簪園大成，乾隆巳卯，舉於鄉，斷絃續娶。婚夕，新婦悲啼不止。問之，曰：「妾幼許鄰村李氏子，父母嫌貧，逼休改嫁。竊念身更二姓，名節有乖，是以痛耳。」秦聞之悚然，曰：「何不早言？幾成吾過。」乃趨避外舍，命僕召李。李至，語之故，且曰：「今夕良辰，可於敝廬合巹，所有奩資，舉以相贈。」李感激涕零，莫知所對。癸未會試，秦中第三名，殿試前夢至文昌宮，適問今歲狀元何人？文昌曰：「秦大成本以孝行，該中丙戌狀元。查伊又有還妻一事，擢早三年。」秦遂寤。是科竟大魁天下。〔註27〕

有些人即使成婚，婚後仍會以生活富貴與否，來衡量是否繼續維繫婚姻關係。類如朱買臣妻的故事，清代可見於鈕琇的《觚賸・卷二・事類翁子》，孫某屢試不第，妻子不願過貧苦日子，要求離婚，後來孫某中舉，妻子又做乞憐狀，表示願爲其奴：

> 孫天閒家甚貧，履赴童子試不售。其妻已生一子一女，力欲離異，孫不得巳聽之。未幾，孔文在自沐督學闈中，拔置榜首，……甲午乙未聯捷，妻乃偕後夫至願鬻身爲奴，孫堅不許，妻愧恨而死。
> 〔註28〕

清人普遍重視聘禮，對許多人而言，是一沉重負擔，爲了籌得聘金，許多父

〔註27〕見（清）徐錫麟著：《熙朝新語卷十一》（見《清代筆記叢刊（二）》），頁1722。
〔註28〕見（清）鈕琇著：《觚賸・卷二・事類翁子》（見《清代筆記叢刊（一）》），頁154。

母選擇犧牲自己來換取子女幸福。屈大均（西元 1630～1696 年）之《廣東新語・卷八・某氏婦》寫著：某位寡婦家境清寒，她爲了替兒子娶妻成家，只好賣身爲人傭奴，將傭金拿來作聘金。媳婦過門得知後，悲痛不已，趕緊向父親借錢贖回婆婆，詎料屋漏偏逢連夜雨，才借回來的錢又被代贖婆婆的人所私吞，媳婦傷心不已，上吊自盡：

> 某氏婦者，其夫以貧弗克娶。夫之母自鬻得四金，以與之娶。婦入門知之，哭曰：「夫以婦故，而令母自鬻以娶婦乎？得婦而失母，婦以夫故，而令姑自鬻以嫁夫矣。得夫而失姑，是皆不孝。」然安所得金以贖姑，請於父，貸得四金，使甲往贖，甲匿金紿以被竊。婦痛哭兩日，計無所施，即自經。〔註29〕

類此情況者，還可見於李鶴林的《集異新抄・卷七・孝婦》：某位老父苦於家境貧困，無力替兒子籌措聘金，挺而走險盜用公款，最後被人舉發入獄，媳婦知情後，悄悄變賣首飾救公公，卻被叔輩所騙：

> 江西贛縣民某爲子娶婦而無資，會其人有里役，攝用宮帑十二金，旋爲怨家所告，逮民繫獄。新婦數日後而知其事，語夫曰：「翁以君婚故罹法，君不得爲子，妾亦何顏爲君婦？盍謀所以釋之乎？」夫涕泣無以應。新婦慨然典其簪釧，得八金，復遣人告父母：「兒未製夏衣，計費約四金。今不願得衣願得金，幸即畀我。」於是悉以十二金援其夫曰：「是可以脫翁矣。」其夫不嫻官府事，走告於叔，叔相去數里中途，更遇他叔族之無賴子也，備詢其任，知新婦典飾借金事，佯喜復爲之慮曰：「爾室卑淺，不虞嫚藏耶？」任曰：：「置吾婦枕下匣中可無虞。」遂別去。無賴叔竟詣新婦，詭言：「吾是某叔，適從縣來同爾夫具狀贖耳翁，官命取銀，銀在枕下匣中，爾夫所密語也。」婦不疑，捧匣付之去。去久之而夫與叔偕還，方知其詐，亟追至其家，不復見矣。〔註30〕

不幸的是，有的家庭好不容易籌得聘金，卻又遭小偷竊去，寡母悲憤自盡，正往女家提親的兒子，回到家中，發現母親上吊身亡，也跟著自殺，女方得知婆婆與丈夫身亡的消息，選擇殉夫自縊，一椿喜事竟成了家破人亡的悲劇，事見《續子不語・卷二・雷異》：

〔註29〕見（清）屈大均著：《廣東新語・卷八・某氏婦》（北京：：中華書局），頁 265。
〔註30〕見（清）李鶴林著：《集異新抄・卷七・孝婦》（見「筆」三十二編第八冊），頁 5009。

> 有某者，其子幼時與某姓爲婚。未幾，某卒，妻矢志撫孤，屢遭饑
> 謹。子既長，不能行娶禮，遂屬媒氏辭婚，令別擇婿。女志堅不奪……
> 母子計無所出，居久之，母呼其子曰：「吾十數年來，饑寒交迫，不
> 萌他念者，望汝成立室家，爲爾父延一線也，今煢煢相守，雖百年
> 何濟？余昨已議改醮某姓，得金若干爲汝娶婦……速詣媒氏言之。」
> 子泣不應，母促之再三，乃往。時鄰左博場，有群匪竊聽，乘某子
> 夜出，穴壁偷金去。母晨起失金，遂自縊。越宿子偕媒來，啓戶不
> 見其母，怪之，使媒坐客舍，而己入內，見母已死，痛極亦縊。媒
> 怪其久不出，呼之無應者，窺其寢，母子俱懸樑死。駭極而號……
> 媒因奔告女之父母，女聞之亦縊。〔註31〕

清人對聘金、嫁奩以及婚儀特別看重，而婚禮費用是筆可觀的金額，爲此，
親家協談不攏成冤家者，大有人在。薛福成的《庸盦筆記・卷六・嫁女爭花
轎釀人命》，寫著時人結婚以花轎迎娶爲貴，某地發生男方不肯雇用花轎，女
方即不肯嫁，雙方僵持不下，最後女子自盡的故事：

> 雍正乾隆間，吾錫顧持國先生……將嫁其女，當時風以用花覺爲貴，
> 然如賃之，則婚家約須多用錢十緡，婿之父母未之允也。先生謂媒
> 曰：「若無花轎，我當養此女不嫁。」婿之父母亦謂媒曰：「若必索
> 花轎，我當以其費爲子買妾。」媒於是奔走兩家，陳說百端，皆堅
> 不見聽。先生設誓不嫁其女，而婿家竟爲子納妾，媒亦敬謝不敏。
> 婚事遂作罷論矣。明年元旦，其女方盛服拜賀父母，先生怒目視之
> 曰：「汝尚有顏來見我乎？」其女含淚歸房，距戶自經。〔註32〕

經濟情況不佳的家庭，迫於現實，往往傾向選擇「童養媳」婚，可省於婚儀
繁文縟節的費用。《新城縣志・卷一・風俗》載同治時期，此婚俗十分普遍：
「農家不能具六禮，多幼小抱養者。〔註33〕」安徽《績溪縣志》也說，貧者：
「女生畀人抱養，長即爲抱養者媳。〔註34〕」據有關清代童養媳的資料計載，
《鎮洋縣志・卷十・人物》裡的周氏，五歲時就被抱入婆家做「待年媳」〔註

〔註31〕見（清）袁枚著：《續子不語・卷二・雷異》（見「筆」正編四冊），頁2461。
〔註32〕見（清）薛福成著：《庸盦筆記・卷六・嫁女爭花轎釀人命》（見《清代筆記
　　　　叢刊（四）》），頁3261～3262。
〔註33〕見同治年間：《新城縣志・卷一・風俗》。
〔註34〕見嘉慶年間：《績溪縣志》。
〔註35〕見王祖畬著：《鎮洋縣志・卷十・人物》。

35〕；《蘇州府志》中的楊氏，六歲就成了紐家的童養媳〔註36〕，她們的年齡很小，心智上卻被迫早熟。

這些童養媳，除了極容易遭婆家虐待外，也被婆家視爲「財產」而非家庭一份子。紀昀的《閱微草堂筆記‧卷十‧難斷之獄》即載，與其同村的杜姓人家，因貪圖富室財厚，把童養媳賣予富家爲妾，童養媳與養兄雖未成婚，但兩人已有了感情，童養媳不肯再嫁，又無自主權利，只得與養兄相約逃離，跑回原生家庭，童養媳的親生父母知道後，氣憤塡膺，準備告官，杜家爲息事寧人，只好打消賣童養媳的念頭：

> 杜生村，距余家十八里，有貪富室之賄，鬻其養媳爲妾者。其媳雖未成婚，然與夫聚已數年，義不再適。度事不可止，乃密約同逃。
> 〔註37〕

不過，並非每個童養媳都能像杜氏那麼幸運，身爲家中「財產」的她們，還可能成爲桌上肉食。〔註38〕

「童養媳婚」由來已久，這對女方來說，極不保障，甚至無人權可言，可是此婚俗確實能解決議婚時的經濟困擾，所以在重視婚姻禮儀的清代社會，反而是許多家庭亟欲選擇的婚姻方式，以致當時童養媳婚甚爲流行。

以財富與門第的觀念由來已久，溺女、重男輕女、指腹婚等習俗也應之而生，至清，此俗特盛。清代社會極重視父權，視子女爲父母的財產，加上商業繁榮所帶來的誘惑力，許多世農或儒的子弟，均棄農儒而學賈，價值觀以現實經濟利益爲導向，在此風氣下，更促長了以財論婚的觀念，擇偶對象非富即貴。

第二節　貞節思想

自古至清，史書《列女傳》中的列女，爲了守貞，斷鼻、割耳、剜眼、自盡等記載不勝繁舉。至明清〔註39〕，受到政府大力獎掖，節烈故事，如雨

〔註36〕見乾隆年間：《蘇州府志‧卷六十九‧烈女》。

〔註37〕見（清）紀昀著：《閱微草堂筆記‧卷二‧廟祝救人》，頁45。

〔註38〕見（清）王逋著：《蚓菴瑣語》（見「筆」三編十冊），頁6488。

〔註39〕見《明會典》載明太祖於洪武元年（西元1368年）下詔：「民間寡婦，三十以前亡夫守制，五十以前不改節者，旌表門閭，除免本家差役。」寡婦守節，可以榮蔭全家。清代相關記載見後述。

後春筍般增加。清人的貞節思想，表現在重視女性童貞與對丈夫從一而終。

壹、重視童貞

授巾以驗童貞的作法，在《儀禮・士婚禮》即有記載，在婚禮結束後：「婦說服於室，御受姆授巾。〔註40〕」歷代均習此俗，清代尤爲重視，徐珂在《清稗類鈔・婚姻類・粵中婚嫁》裡，描寫得十分詳盡：

> 成婚之夕，喜娘爲新郎脫靴，即授一白巾，備交合後拭穢之用。新婦入門，直入洞房，新郎即與新婦登床，而寢室門亦砰然而闔。新郎之父母宗族戚屬皆靜待於房外。少焉，室門闢新郎手捧朱盤，盤置喜娘所授之白巾，蓋以紅帕曰喜帕者是也。在門外者，見新郎手持喜帕而出，則父母戚屬皆大歡喜，賀客至是始向新郎道賀。新郎既捧喜帕而出，女家之輿從已在男家門中立，俟新郎高捧朱盤，登輿端坐，直至女家，外舅揖新郎，新郎傲不爲禮，直捧喜帕至外姑臥室，置於外姑之床，然後修謁見外舅外姑之禮。如新婦不貞，則即以女家來輿，迫令新婦乘之大歸，即須涉訟公庭，追索聘禮。〔註41〕

對於這些未守童貞、或婚前有私情的女子，社會則是抱持嚴懲態度。俞樾在《右臺仙館筆記卷九》寫道，某江上漂來一塊木板，板上有一女子與一僧人的頭顱，板上寫其失貞罪狀，請大家不要救她，任其自生自滅：

> 光緒六年五月間，湖北漢口鎮人見江中流下一木版。其版凡數重，以巨絚纏束之。上臥一女子，貌頗娟好，四肢皆貫以鐵環，釘著於版，不能展動。旁置三千文，又有瓷壇一具，中實餠餌，即在其右手之側。胯下有一人頭，視之僧也，已臭腐不堪。版上插木爲標，書其上曰：「此女金口人，年十九，僧年四十二。女死，則仁人君子取此錢買棺殮之；若其不死，則有餠餌可延其數日之命。見者不必救，救而收留者，男盜女娼。」於是見者皆不之救，任其漂流而去。〔註42〕

眾人的視若無睹，可見社會對不守貞節女子的嚴厲譴伐。

〔註40〕見（漢）鄭玄注，（唐）賈公彥疏：《儀禮・士禮第五》（見《十三經注疏》，台北：藝文印書館印行），頁 54。

〔註41〕見（清）徐珂著：《清稗類鈔（五）・婚姻類・粵中婚嫁》，頁 2001～2002。

〔註42〕見（清）俞樾著：《右臺仙館筆記卷九》，頁 192～193。

　　爲證明童貞，有些婚前名譽被人污陷的女性，逼得在堂上受人質疑奚嘲，在眾多男性面前滔滔自辨，情已難堪，倘若官吏再被污陷者收買，有的女子甚至得付出生命代價，以表清白。道光年間，浙江吳興的朱翊清搜錄一則烈女被人陷害，蒙受不白之冤，受人賄賂的縣令堅持要將她定罪，爲了表示謹守童貞，她當眾剖腹以證清白的故事，見於《埋憂集・卷四・賈荃》：

> 江陰賈行芳，字士香，邑中名士也。家素不豐，而清介自持，不可干以非義。一妹名荃，字心香，容華絕世，性端靜，字同邑鹺商江氏子詩濤，將迓吉期。有賣珠汪嫗者，以珠往售焉，女爲市數珠，兼出奩中珠數十，俾扎一珠鳳。……適其嫂以鏡奩來倩爲描樣，見幾上所扎珠鳳，取視之，訝曰：「此即汪嫗所穿者耶？若荃原不可許其入門，妹今受其欺矣。」女就其手中諦視，乃知珍珠早被換去，懊恨無及。嫂還，以語士香。後士香出，遇嫗於門，拒之，且詈其不識廉恥，嫗慚而出。既以老羞成怒，徑至江氏，譖於江母言：「女嘗令其同里金媽傳書某生，頃聞其已有身矣。昨故以賣珠爲名，探其信否，不意果如所言。」於是決意離婚。竟造媒氏，擲以庚帖，俾返璧焉。生駭絕，問故，媒氏微露其情，生怒擲其帖於地而入。翁遂控於官，以金媽爲證。生亦赴縣申訴。及對獄，生詞氣激切，令不能屈，諭之曰：「汝姑退，明日挈汝妹偕來聽質可也。」生歸，以商女，且曰：「耐何使吾妹摧殘至此！」女慨然嘆曰：「妹自蒙兄嫂撫愛，嘗思勉企郗、鍾，以慰父母於地下。今橫罹此辱，尚容姑忍乎！妹志已決，兄無惜也。」比至，指天誓日，清辨滔滔。令曰：「此事證據確然，何容強辯？」喚穩婆至引女至別室驗之。稟曰：「所驗賈氏孕已四月。令大笑，詰女曰：「今汝又何詞以對？」女對曰：「不然，妾謂不如老父台親驗之信也。」言未已，袖中出佩刀，解衣直刺其腹，剖未及半而身已仆，刀破至小腹，腸胃俱流，投其刀曰：「老父台請驗。」令急呵止，已無及矣。令以得贓枉法論絞。

〔註43〕

即使官派穩婆替女子驗身，穩婆若被收買，作了僞證，欲加之罪，何患無辭，反添女子羞辱。所以，在《閱微草堂筆記・卷十三・智勇之女》中，與賈女

有相似情形的焦氏女，她自知公堂不明，於是請鄰家老婦人帶她去夫家，請婆婆親自驗身，誣告不攻自破。〔註44〕

　　正因清人很重視童貞，有人藉此名堂棄醜妻者，俞樾在《右台仙館筆記卷三》說，李某嫌棄王女長像醜陋，第二天故意以王女非處女為理由，要求媒婆把她送回娘家。王女的嫂嫂知道小姑並無外遇對象，且從小姑口中探知當晚並未行房，實為李家誣造，即請公公代為鳴官申冤，官員立刻請人視驗，果然王女仍是名處女，於是下令李家要用鼓樂將王女迎回：

> 永平府某縣之閨範致嚴，女子初嫁，母家必使人偵之。成婚之次日，
> 夫家鼓樂喧闐，因客雜沓，則大喜；若是日闃然，則女之留否，惟
> 夫家為政，不敢與爭矣。有王姓，嫁女於李氏，卻扇之夕，李以新
> 婦貌陋嫌之。次日，託言非處子，不舉樂，仍呼媒妁送歸母家。女
> 幼失母，隨其嫂以居，嫂知小姑無他，乃問昨夜洞房情事，則固位
> 合歡也。嫂曰：「然則安知其不知歟？」力言於翁，使翁訟之官，官
> 命驗之，果守禮謹嚴之處子也。乃判李姓，仍以鼓樂迎歸。〔註45〕

這些故事反映社會對女性童貞的嚴求與不平等對待，女性本處弱勢，能像前述王女般幸運遇到明官還她清白的，可遇不可求，實有更多女性犧牲在這樣的風俗中。

貳、從一而終

　　從一而終的觀念，始見《易經‧遯卦》：「象曰：婦人貞，吉，從一而終也。〔註46〕」東漢班昭《女誡》言：「夫者，天也。天固不可逃，夫固不可離也。」將這觀念推到極端，則是起於宋代的伊川先生：「餓死事極小，失節事極大。」

　　清代為了穩定封建政權，特別重視宋明理學的「三綱五常」思想，其中的「夫為妻綱」觀念，使清代婦女不只是丈夫的附屬品，買賣由他，也被要求要視夫為天，侍奉丈夫只有一敬字（見陸圻《新婦譜》）。夫在，不離婚；夫死，不改嫁，最高境界則是殉夫。

〔註44〕見（清）紀昀著：《閱微草堂筆記‧卷十三‧智勇之女》，頁372。

〔註45〕見（清）俞樾著：《右台仙館筆記卷三》，頁47。（又徐珂著：《清稗類鈔（五）‧婚姻類‧永平婚嫁》載同一事，文字不異，頁1994）。

〔註46〕見（魏）王弼、韓康伯注，（唐）孔穎達正義：《易經卷四‧遯卦》（見《十三經注疏》，台北：藝文印書館印行），頁84。

一、殉夫

　　清人咸以為，「從一而終」是女性對丈夫忠誠的表現，能殉夫以示殉道，則夫家、娘家均沾其光，所以，縱使寡婦本身不願意，仍會受親族、社會道德逼迫，走上自盡一途。在《清稗類鈔（七）‧貞烈類‧姚烈婦先夫飲滷死》篇裡說，命在旦夕的丈夫擔心尚未舉行婚禮的妻子不能守節，妻子索幸先飲鴆自盡，做了節婦，丈夫竟感到很安慰：

> 姚烈婦者，錢塘金秉中之女也，夫曰聖天。秉中歿，婦依兄以居。
> 而聖天病瘵，且以兩家貧，不能舉禮，故婦之待嫁也及二十年。秉
> 中之族人唆其母，令絕婚者數矣。婦拒以父命，謂不歸姚氏，無死
> 所也。歲久，先時媒妁無在者。其從兄裕堂再三趣姚曰：「妹婿，旦
> 夕人耳。吾妹願即婚，得逮事老姑，不怨也。殺禮舉之，何忌！」
> 婦遂以嘉慶丁巳二月十八日歸於姚。姚氏子有統天、應天者，聖天
> 之兄也，先喪偶，無子，以聖天病廢久，故亦不願聖天婚。及婦入
> 門，願以女工所得資佐醫藥，聖天得少延矣。戊午八月，病又劇，
> 乃吞聲而死語婦曰：「汝何歸哉！汝何歸哉！吾終且負汝。汝能學他
> 家節婦乎？吾死，吾母日益老，奈吾家獨居者何？」婦聞言，大泣。
> 月大盡之夕，婦坐視聖天呻吟……潛伺聖天聲息，旋闔戶，飲滷死。
> 聖天蹶而慟，且以掌擊床木者再，曰：「吾有婦矣！」繼而亦死。

殉將死之夫，這等偏激愚昧的行為，在清人眼裡卻是件值得驕傲的事。

　　在清代筆記裡，婦殉夫的記載超過千餘則，甚至還有殉未婚夫者。吳德旋（西元1767～1840年）在《初月樓聞見錄》以兩卷大規模篇幅，搜錄有關貞節婦女的故事，其中卷五提到，朱女在婚前突然接到未婚夫的死訊，她堅持前往祭殿奠並守喪，自此日日哭泣至失明，不久又絕食殉夫：

> 朱貞女名旭，寶應人。許字劉疊。未行而疊歿，貞女欲往視斂。家
> 人止之，自是涕泣廢食，目失明。未幾卒，其舅姑憫貞女志，為立
> 嗣。迎其柩，與疊合葬焉。〔註47〕

乾隆年間，永寧地區有名婦人在丈夫往生後，餓死殉夫，她死後，經過其墓地的人，都稱此墓是「好老婆墓」，事見《清稗類鈔‧貞烈類‧單節婦餓死殉夫》：

> 永寧有醜夫郝小車，以業名，生而短小，髮禿，手攣，足跛一目眇，

〔註47〕 見（清）吳德旋著：《初月樓聞見錄卷五》（見《清代筆記叢刊（三）》），頁2273。

口期期然。其妻為澠池柳溝村單氏女，年十八，麗姝也。于歸，父
母以夫醜家貧為憂，單絕不介意，伉儷殊篤。鄰婦常嘲之，單正色
曰：「夫，天也，貧可憎乎？且吾命也，請勿再言。」……乾隆乙巳，
邑大饑，單為鄰婦佐女紅，貸餘食以食，郝自咽糠麩。明年疫作，
郝病，單鉤柳葉煮糜以給，郝竟死。數日，子又夭。單丐席裹尸，
以木杖掘坎瘞之。杖斷，更以手捧土。瘞成，血漬地，乃椎胸號曰：
「天乎單氏！汝偷生乎？」族人以其年少，勸令貶節。單憤怒，不
應，坐破窯中，餓數日死，年二十六歲。族人醵錢葬之夫瘞旁，有
過之者輒曰：「此好老婆墳也。」〔註48〕

這類殉夫的女性，在清代備受肯定，上賜旌表，人咸褒揚，蔚為傳誦。

二、夫為妻綱

清代夫權崇高，妻子是丈夫的附屬品，或典或賣，身不由己。筆記故事
裡，妻子最容易被丈夫當成物品賣予他人的背景，多與饑貧戰亂有關。陳康
祺在《郎潛紀聞二筆・卷十五・羅壯勇公鬻妻》說，羅壯勇未發跡前，曾得
奇疾，百方治之不癒，有一道人告訴他，有種藥可以治好他的病，但藥價三
十千錢，於是他與妻子商量：「吾病且死汝亦餓死耳，苟鬻汝得錢買藥，則兩
活矣。」當他病好且任官職後，立刻遣人訪尋妻子下落，重金贖還，再續夫
妻緣。〔註49〕

能像羅妻一樣幸運的，畢竟是少數之例。諸聯在以記乾、嘉年間，松江、
青浦一代軼事為主的《明齋小識・卷七・糕易婦》裡寫道，婦女們被丈夫變
賣是常有的事，其價值竟只有三斗米或兩塊糕：

毛食，以米三斗買婦……又南門吳姓者，業剃髮，將牢尚得度日。
方噉糕，鄰人向索，吳曰：「爾婦與我，我即與爾糕。」鄰念婦體日
就柴瘠……苟得糕，可延殘喘，婦從吳，或終身飽，遂允諾。竟以
兩糕相易其婦。〔註50〕

至於清代婦女，自幼受到「夫為妻綱」的禮教影響，不論丈夫如何對待，均
逆來順受，怨命不怨夫。在松江地區，有一婦人被婆婆與丈夫逼迫從娼，痛

〔註48〕見（清）徐珂著：《清稗類鈔（七）・貞烈類・單節婦餓死殉夫》，頁3105。
〔註49〕見（清）陳康祺著：《郎潛紀聞二筆・卷十五・羅壯勇公鬻妻》，北京：中華
書局，頁604。
〔註50〕見（清）諸聯著：《明齋小識・卷七・糕易婦》（見「筆」正編五冊），頁3322。

不欲生的她選擇自盡，臨死前還告知家人，不要讓丈夫爲此事負任何責任，事見《清稗類鈔·貞烈類·魯烈婦死不怨夫》之載：

> 烈婦本姓張氏，其父爲魯氏屛之養子，負屛錢，因乞爲女。及長，以妻其子祥。居松江洙涇鎮之西街，後枕秀州塘，爲江浙孔道，商賈麟集，群娼錯處其間。祥之母沈嫗，故娼也，陰與子計，誘烈婦，載之楓涇鎮，迫使爲娼。不可，則痛加鞭笞，絕其衣食，積三四歲不改。烈婦日夜涕泣，以死自誓。一日，其夫復劫之他往，烈婦知不免，潛啓後戶，赴水死。河流迅疾，里人求其尸不得。其未死之前數日，語其父母曰：「夫以貧故至此，我必死，死，命也，愼勿抵夫罪。」里人爲之葬於橋左，復立祠墓旁。〔註51〕

臨近的錢塘地區，有一女子名袁素文，婚前不嫌棄丈夫身患惡疾，婚後即始常常受到丈夫暴力相向，仍無怨悔，《清稗類鈔·貞烈類·魯烈婦死不怨夫》記載了這名苦命婦女的故事：

> 錢塘袁素文，名機，子才妹也，幼許字如皋高氏子。高以子有惡疾，願離婚，素文曰：「女，從一者也。疾，我侍之。死，我死守之。」卒歸高。高譟戾跳蕩，傾奩具爲狹邪貲，不足，日撲扶，至以火炮烙之。姑聞奔救，歐母折齒。既欲鬻素文以償博負，不得已，始歸母家，長齋素衣，孝養母氏。高病狂死，哭泣盡哀，血淚交迸，越一年亦卒。〔註52〕

有些婦女頗「識大體」，見丈夫貧困，自願被賣以助丈夫生存，見於《耳郵卷一》：

> 上海北鄉有黃某者，妻李氏，頗有姿，而黃貧不能自存。謀於李。李曰：「君爲男子而及婦人，無已，請鬻我乎？妾，我可百金；妓，我可千金也。」〔註53〕

有的婦女則是傭身爲奴，以照顧丈夫，後來丈夫餓死，她則愧疚自盡，吳德旋在《初月樓聞見錄卷五》收錄這一則故事：

> 金烈婦許氏，揚州北湖公道橋營卒金長齡妻，家貧，爲郡城富室主爨事，得值，以佐夫食。嘉慶甲子乙丑間，湖中頻年水溢，米昂貴。

〔註51〕見（清）徐珂著：《清稗類鈔（七）·貞烈類·魯烈婦死不怨夫》，頁3094。

〔註52〕見（清）徐珂著：《清稗類鈔（七）·貞烈類·袁素文殉夫》，頁3106。

〔註53〕見（清）俞樾著：《耳郵卷一》，頁4203。

列婦所得值，不足以濟。丙寅八月，長齡以餓死，烈婦聞，大哭不

食，曰：「吾飽而今夫死於餓，尚何以爲人？」遂自縊死。〔註54〕

王逋在《蚓菴鎖語》載，有的婦人與丈夫逃難時，衡量腳力恐難遠行，爲了不拖累丈夫，先行自盡，寧願犧牲自己以成全丈夫〔註55〕。心態上，這些婦女視丈夫爲天，將自己屈就在極卑微之處。

（三）一女不事二夫

清人徐珂言：「婦人不失節曰貞，未嫁而不失節亦曰貞，蓋言其有節操也，故貞可賅節而言之。〔註56〕」貞節的表現即是不事二夫，即使夫（未婚夫）死未以身殉，也不可萌生再嫁念頭。

聘訂未過門之女子，視未婚夫爲己夫，若丈夫不幸於婚前離世或失蹤，也不宜再嫁他人。《清稗類鈔・貞烈類・李貞女失婿不嫁》故事中說，李貞女與徐家締結婚約，惜其未婚夫是名浪蕩子，離家不歸，徐家恐耽誤女方青春，請求解除婚約，但貞女自此不肯再嫁他人：

> 李貞女，天性純篤，服膺親訓，內睦昆季，外接戚黨，人無間言。
> 締婚於徐，婿流蕩，絕言耗，微聞家人語，竊自傷嘆，遂萌不奪之
> 志。已而徐氏告子亡失，請罷婚約。時父已前沒，母欲令別適，貞
> 女喟然曰：「婦德無二，吾終爲李氏女矣。」竟不嫁。〔註57〕

宣統年間，有名出自書香門第的女子，不幸未婚夫淪爲乞丐，但她堅持守貞不二志，寧死不改嫁，故事見於《清稗類鈔・貞烈類・武烈女以不願改適自縊》：

> 宣統時，有武烈女者，雞澤人，父業儒，早世。家貧，母寡，藉針
> 黹以佐饔餐，恬如也。女性莊重，不苟言笑。其父在日，女已許字
> 同里焦氏。焦氏子長而不肖，流爲丐，母聞而惡之，常諷女改適，
> 女不允。母勸之急，女泣曰：「薄命之婚，父實主之。背死父，不孝；
> 字二夫，不貞，生女如此，不如無也。」遂以死自誓。里有富翁，
> 聞女賢，以重聘啗其母，母許之，且以數百金絕焦郎婚，女不知也。
> 及迎取有日，女見母製嫁衣，頗華麗，心疑焦氏子焉得有此。適母

〔註54〕見（清）吳德旋著：《初月樓聞見錄卷五》，頁2283～2284。

〔註55〕見（清）王逋著：《蚓菴鎖語》，頁6481。

〔註56〕見（清）徐珂著：《清稗類鈔（七）・貞烈類・張淑儀守禮全貞》，頁3061。

〔註57〕見（清）徐珂著：《清稗類鈔（七）・貞烈類・李貞女失婿不嫁》，頁3070。

他出，鄰媼告女曰：「非汝母，焉得有此？」女聞而悲啼，取新製衣
片碎之。母歸，忿詈備至，女夜自縊死。死後，又有同邑富人因子
新死，慕女貞烈，亦以重金許其母，將聘女為冥媳，擇期並葬。事
為邑令所聞，力阻之。令遂捐俸為女營葬……題曰武烈女墓。〔註58〕

清代社會要求女性對丈夫有絕對的忠貞，從婚前守貞至婚後守節，均需始終
如一。社會風氣規約，加上自幼所承家訓，使得此時期不只出現視女性為物
品、任意販賣賤踏的丈夫，更有不少看似完婦，實是盲從的愚婦，即使被丈
夫凌虐致極也甘之如飴，這些都是矯往過正的行為，但在風俗使然下，她們
的人身與心靈自由，均被貞節禮教束縛禁錮著，無法掙脫。

第三節　因果報應思想

　　人們咸以為，中國「因果報應觀」是受佛教思想影響所致，其實不然。
早在佛教傳入以前，《周易‧坤卦‧文言》即云：「積善人家，必有餘慶；積
不善之家，必有餘殃。〔註59〕」《老子‧第七十九章》說：「天道無親，常與
善人。〔註60〕」爾後的《墨子‧法儀第四》也表示：「愛人利人者，天必福之；
惡人賊人者，天必禍之。〔註61〕」把人的修為納入天降禍福的考量標準，已
存在「善惡有報」觀念。

　　「生從何處來，死往何處去。」一直是人們極欲探討的問題，佛教傳入
後，佛經裡敘述的地獄世界與輪迴觀，將人死後的去處，歸咎於在世作為，
強調因果報應的嚴肅性。北涼曇無讖譯《涅盤經‧卷三十七》云：「知從善因
生於善果；知從惡因生於惡果，觀果報已，遠離惡因。〔註62〕」姚秦‧鳩摩
羅什譯：《成實論‧卷八》亦言：「善業得樂報，不善業得苦報。〔註63〕」而
這個「業」，是從人的起心動念乃至行為所產生出來的，從有形行為到無形心

〔註58〕見（清）徐珂著：《清稗類鈔（七）‧貞烈類‧武烈女以不願改適自縊》，頁3127。
〔註59〕見（漢）孔穎達正義、（魏）王弼注：《周易‧坤卦‧文言》（見《十三經注疏》，
　　　　台北：藝文印書館印行），頁20。
〔註60〕見陳鼓應註譯：《老子今註今譯‧第七十九章》（台灣商務印書館），頁324。
〔註61〕見李漁叔註譯：《墨子今註今譯‧法儀第四》（台灣商務印書館），頁17。
〔註62〕見（北涼）曇無讖譯：《涅盤經‧卷三十七》（見《大正藏》第十二冊，台北：
　　　　新文豐圖書公司），頁852。
〔註63〕見（姚秦）鳩摩羅什譯：《成實論‧卷八》（見《大正藏》第三十二冊，台北：
　　　　新文豐圖書公司），頁297。

念，都在受報範圍，「報」的內容，對人的言行舉止具約束性，在教化人心上具說服力，影響千餘年至今。

　　清代講述因果報應的故事頗多，有不少專門搜錄這類故事的筆記，例如《信徵錄》、《冥報錄》、《現果隨錄》、《果報聞見錄》、《信徵錄》、《萬善先資集》、《陰騭文廣義》等，也有以闡明因果，勸懲爲旨的筆記，如《閱微草堂筆記》、《三異筆談》、《勸戒近錄》等。茲從果報範圍，及反映的觀點說明之。

壹、因果報應範圍

　　在筆記故事裡，得善報者的行爲歸納有：行孝、尊重生命、扶困濟弱、不欺暗室、施藥、守口業等；得惡報者的行爲則有：不孝、作惡、殺人、殺生、溺女、好色、不敬神、收賄、詐賭、勒索、竊人子、判案不公、浪費糧食、筆錄不實、刻薄、素食者食葷、悔婚約、圖謀家產等。至於何種善行所得何種報應之內容，有以下幾種情形。

一、善報

　　善報，就字義言，爲善是因，行善後得的正面結果是報，民間廣傳善報故事，旨在勸人爲善，淨化人心。在清人筆記生活故事裡，行善者可以獲得的果報有：天賜物、天延壽賜福、圓滿人願、人死復生、水火不侵、獲取功名、遇見貴人等。

（一）行孝得善報

　　人們透過刲割身體器官救母疾病、身歷火場等險境救父母、代親死、圓親願等方式行孝，施予孝子善報者，多爲神明，或延孝子父母之壽命、或賜孝子功名、財物，或使水火不侵、或使死者復生等。

　　《論語・爲政第二》：「子夏問孝。子曰：『色難。』」〔註64〕孝順不僅是順體親意，還要時時和顏悅色，一般人即不易做到，遑論遇到緊要關頭，寧願犧牲性命救親者，實屬難能可貴，因此能孝感動天。陸長春在《香飲樓賓談・卷一・禾農》採錄一篇孝感動天天賜米的故事，佃農某，因連年欠收使得他繳不出租稅，幸運的是，他遇到好地主，不曾向他催討，可是佃農某仍覺得過意不去，於是和妻子商量，以後只讓母親吃乾飯，他們則喝粥，節省

〔註64〕見謝冰瑩等編譯：《新譯四書讀本・論語・爲政第二》（台北：三民書局），頁77。

開銷，好還地主租稅。農母得知後，覺得自己已經年老，不能拖累晚輩，起了尋死念頭，但又考量，若自盡會使子媳蒙上不孝罪名，於是她故意裝生病，讓媳婦把飯端進房內，她又偷偷將飯倒入溺器裡，希望能透過天譴結束生命，這時果真打了一聲響雷，子媳驚覺有異，這時農母才告訴他們實情，他們立刻把溺器中的飯洗淨吃掉，並跪求上天饒恕母親的過錯，上天不僅未懲罰農母，反而賜給他們許多米：

> 忽雷雨晦冥，對面不相見，農繞室大號，以為母罪終莫逭，必震死。須臾，開霽，母固無恙，室中累米四十袋，視袋所誌字，則張宦家物（地主）也。農走告諸張，請歸其米。張曰：「天畀孝子，吾何惜焉！」遂以所佃田貽農，約世世毋償租云。〔註65〕

清人孝子誠多，孝媳也不遑多讓，徐錫麟在《熙朝新語卷十五》中說，農人王某耕作時，忽然看到大水淹入家中，趕忙跑回去，見妻子在門口，立刻背妻子逃出去，妻子卻要他先入房內救婆婆。王某把母親背出去，回頭要再去救妻子時，水已淹沒整間房子，妻子的屍體漂到某一阜地，王某與母親看到後，傷心痛哭，此時妻子突然甦醒過來，人咸以為妻子能死而復生，是行孝所致：

> 定州唐河近村，為西山眾水所歸，驟長丈計，依阜而居者，時遭水厄。有王某者，耕於田，見水忽至，急趨至家，遇妻於戶，即負之走。妻大聲呼止之曰：「母在內，何先顧我也？」某舍而負母，置之阜，歸救妻，則水已及丈，居毀而妻無跡矣。奔告母，母痛甚，望水泣不已。巡見一屍浮近阜，某力挽出之，即妻也，母益痛，撫屍大慟。某亦視而泣。妻忽蘇，張目如夢醒然，形氣無恙。母子告以故，始覺再生。未幾水落，仍安居如故，蓋造物嘉其孝，特活之數外也。〔註66〕

對於孝子所犯下的錯事，上天僅施薄懲示警，不傷孝子性命。乾隆年間，沈日霖在《晉人塵‧雷憐婢孝》說了一則雷不擊孝女的故事：

> 川南道樊君項昭子，伯父門人也。其家有一婢，方十歲，其母來探，婢匿糕於懷，將以貽母，伺間不獲其母已去，婢偶如廁，其糕褪落廁，深不測，婢不能俯拾，亦不敢言。天忽雷店隆隆不已，象昭之

〔註65〕見（清）陸長春著：《香飲樓賓談‧卷一‧禾農》，頁2638。
〔註66〕見（清）徐錫麟著：《熙朝新語卷十五》，頁1736。

母夫人集一家之良賤男女長幼，環而問曰：「非時而震，已屬可異，
況雷火如輪，祇在吾家盤繞，必有隱慝，爾等有愧於心者，當爲我
言。」眾各默然。惟一婢失色，迫而問之，乃吐其實。樊母（主母）
曰：「婢本無知且有念母之意，雷故不忍遽擊也。」急令人洞其窘出
之，洗糕之污，片而切炙，自樊母以下人啗其一，雷即無聲。〔註67〕

樊母不責婢，反藉雷示警卻不擊人，讓全家了解行孝的重要。

（二）守正得善報

這類善報故事最常發生於報恩的情節，醫者（或仗義行俠）者救人後，
受恩者無以爲報，自願以身相許（或獻身以報），施恩者受與不受，存乎道德
一心，並無任何刑責問題，但施恩者若能守正不欺暗室，不求非份的回報，
反而在陰德簿上記上功德一筆。陸壽名在《續太平廣記・卷七・厚德・何澄》
中說，醫師何某，一回替人將病治好，某人之妻因無力償還醫藥費，願意獻
身爲報，何某力辭，不肯答應，不久即夢到天賜予的獎勵：

有一士人抱病纏年，百治不差，有何橙者善醫。其妻召到引入室中，
詬之曰：「妾以良人抱疾，日久典賣殆盡，無以供醫藥之資，願以身
酬。」何正色曰：「娘子何出此言，但放心，當爲調治取效，切不可
以此相污。」未幾，其人疾愈。一夕夢神引入神祠，有判官語之：「汝
醫藥有功，不乘人急以色慾亂良人婦女，上帝令賜汝錢五萬貫，官
一員。」未幾，東宮得疾，國醫不能治，有詔召草澤醫，澄乃應召
進劑而愈，朝廷賜錢三千貫，與初品官，自後醫道盛行。〔註68〕

無獨有偶的是，紀昀在《閱微草堂筆記・卷四・史某拒色》篇裡，也有這一
類的守正之人，主角史某，行善且不欺暗室，結果逃過火劫：

獻縣史某，佚其名，爲人不拘小節，而落落有直氣，偶從博場歸，
見村民夫婦子母相抱泣。其鄉人曰：：「爲欠豪家債，鬻婦以償。夫
婦故相得，子又未離乳，當棄之去，故悲耳。」史問：「所欠幾何？」
曰：「三十金。」「所鬻幾何？」曰：「五十金，與人爲妾。」問：「可
贖乎？」曰：「券甫成，金尚未付，何不可贖！」即出博場所得七十
金授之，曰：「三十金償債，四十金持以謀生，勿再鬻也。」夫婦德

〔註67〕見（清）沈日霖著：《晉人塵・雷憐婢孝》（見《叢書集成初編》據《昭代叢
書》本排印），頁 741。

〔註68〕見（清）陸壽名著：《續太平廣記・卷七・厚德・何澄》（見「筆」十編八冊），
頁 4599～4600。

史甚，烹雞留飲。酒酣，夫抱兒出，以目示婦，意令薦枕以報。婦領之，語稍狎。史正色曰：「史某半世爲盜，半世爲捕役，殺人曾不眨眼。若危急中污人婦女，則實不能爲。」半月後，所居村夜火。時秋穫方畢，家家屋上屋下，柴草皆滿，茅簷秫籬，斯須四面皆烈燄，度不能出，與妻子瞑坐待死。恍惚聞屋上遙呼曰：「東岳有急牒，史某一家並除名。」（接著，家中的牆壁突然倒下，史某立刻帶著妻子跳出去。）鄰里皆合掌曰：「昨尚竊笑汝癡，不意七十金乃贖三命。」〔註69〕

大抵，守正得善報者，多爲陰報。

（三）尊重生命得善報

尊重生命所包含的範圍，有人類，以及宇宙間有具生命的物類，其生存權均需受到尊重，不能輕易扼殺。旨爲勸善惡的《果報聞見錄‧放生善報》裡說：有一布商，坐船途中見漁人捕獲一魚，心生不忍，決定把牠買回來放生。船戶見他錢多，便與其同伴商量，藉故把他灌醉，並丟入大海中，大約飄流了數十里，剛好遇到漁舟下網，見有物急流，趕忙收網，結果撈起一具屍體，見亡者即是午間向他買魚放生者，於是趕緊把他救醒，也讓謀害他的人，全部繩之以法：

> 康熙十二年五月，衢州張龍甫販布得利數倍還經龍游，見漁人手持一魚，張欲買放，身邊銀已用盡，呼船戶柴一取出艙底第六號包，內有銀十封。張以銀二錢五分買魚放之。柴一商之同伴，詭言今柴一生辰，辦酒邀，張大醉，縛擲水中，順流約數十里，值數漁舟方下網，見有物流，急收網，起乃一死屍。內一人駭曰：「此即午間買我魚放生者。」解縛見胸微溫，救醒。張述前事……眾擒住柴一，同伴無一得免，駢斬於市。〔註70〕

布商一念善心，反救了自己一命。

同樣有好生之德的韓某，生平喜好放生，四十餘年如一日。過了許多年，其子孫夢神告知，其祖放生功德，庇蔭其孫，得以考取狀元。此故事見於《果報聞見錄‧放生善報》：

〔註69〕見（清）紀昀著：《閱微草堂筆記‧卷四‧史某拒色》，頁79～80。
〔註70〕見（清）楊式傳著：《果報聞見錄‧放生免死》（見「筆」三十九編七冊），頁168～169。

> 長洲韓侍郎世能⋯⋯祖永椿喜放生，乏錢。每早起持箒掃兩岸，螺
> 螄盡放水中。有時忍饑掃逾數里，如此者四十年不倦。侍郎赴鄉試，
> 夢金甲神告曰：「汝祖父放生功大，從此累代貴顯，當令汝入翰林官
> 一品。」後仕至少宗伯。〔註71〕

以吃食人肉來維持生命的情形，宋代已有之。洪邁《夷堅志補・卷九・饑民
食子》篇裡，記其鄰村遇到饑荒之年，無糧可食，極度饑餓之下，與他人交
換子女，然後互食的慘況：

> 朱氏有男女五人，長子曰陳僧，年十六七，能強力耕桑，最為父母
> 所愛。值宣和旱歉，麻菽粟麥皆不登，無所饔食，盡鬻四子而易他
> 人子食之，獨陳僧在每為人言：「此兒有勞於家，恃以為命，不可滅。」
> 他日諸滕過之，但二翁嫗存不見所謂陳僧者，詢所在，翁泣曰：「饑
> 困不可忍，乃與某家約，紿此子使往問訊，既至執而烹之矣〔註72〕。」

同卷同篇中尚載，在荊南地區，因盜寇充斥，即使小康之家，為了滿足盜寇
所須，而使家計青黃不接，父親饑餓難耐，想吃自己的孩子，讓妻子結好繯
繩，引誘小兒入室，準備將他勒死，但妻子護子心切，自行先引首入繯，代
兒喪命〔註73〕。

　　類同這樣的悲劇，歷朝皆有，困於現實環境，老弱婦孺最易成為犧牲品。
紀昀在《閱微草堂筆記・卷二・周氏救女》篇收錄一則家中老僕告訴他有關
「菜人」的故事：

> 景城西偏，有數荒冢，將平矣。小時過之。老僕施祥指曰：「是即周
> 某子孫，以一善延三世者也。蓋前明崇禎末，河南、山東大旱蝗，
> 草根木皮皆盡，乃以人為糧，官吏弗能禁。婦女幼孩，反接鬻於市，
> 謂之菜人。屠者買去，如刲羊豕。周氏之祖，自東昌商販歸，至肆
> 午餐。屠者曰：『肉盡，請少待。』俄見曳二女子入廚下，呼曰：『客
> 待久，可先取一蹄來。』急出止吃，聞長號一聲，則一女已生斷右
> 臂，宛轉地上。一女戰慄無人色。見周，並哀呼：一求速死，一求
> 救。周惻然心動，並出資贖之。一無生理，急刺其心死。一攜歸，

〔註71〕見（清）楊式傳著：《果報聞見錄・放生善報》（見「筆」三十九編七冊），頁
　　　　168。
〔註72〕見（宋）洪邁著：《夷堅志補・卷九・饑民食子》，頁1629。
〔註73〕見（宋）洪邁著：《夷堅志補・卷九・饑民食子》，頁1629。

因無子，納爲妾。竟生一男，右臂有紅絲，自腋下繞肩胛，宛然斷
臂女也。後傳三世乃絕。皆言周本無子，此三世乃一善所延云。」
〔註74〕

把活人當已死的牲畜般刲宰，其痛楚宛如人間煉獄，周某心生不忍，解人倒
懸之苦，無疑勝造七級浮屠，功德無量，德蔭周家，讓周家終有後代。

徐慶所著《信徵錄·勸賑再生》裡的郟鼎，則是在饑饉之年，廣設粥廠
施粥，活人甚多，後來他不幸染上瘟疫，因施粥有德而得救，福延家人：

> 康熙庚戌，吳郡大水，禾稼靡遺。崑山諸生郟鼎同甫里紳仕者碩設
> 廠施粥，活尤眾。其夏疫癘大作，鼎病劇氣絕，恍在萬頃波濤中，
> 曰：「子生平無大罪，無恐，大凡君子小人人品不同，爲君子者，不
> 可以無福之善而不爲，不可以無禍之惡而爲之，尤不可以有禍之善
> 而不爲，有福之惡而爲之。余當救汝……」病尋愈。時妻與次子亦
> 垂危而並瘥。〔註75〕

上蒼有好生之德，不論是人命或物命，均需平等善待之。對於尊重生命之人，
均獲得厚報。報的背後意義，實是藉此警惕世人，都應以慈悲心普愛天下眾
生。

（四）敬待亡者得善報

在民間信仰裡，人們深信死後有靈，若對亡者不敬，其鬼魂將會作祟或
帶來災厄，必須尊敬善待之。《壺天錄》言：「掩骼埋骨，善之大者，固有得
報於他日者，亦有隨其掩埋之時，而即獲意外之財者。〔註76〕」在此則中，
即舉了一例：

> 金陵東鄉姚某，家貧性好善，往往攜鋤荷鍤，遍陟山嶺，覓骸骨之
> 暴露者，掩而埋之，歲以爲常，家計亦窘。某歲二月初，雨雪嚴寒，
> 攜籃入山，拾柴煨火，見枯草中有骷髏一具，水雪凝結，惻然不忍，
> 急歸覓鋤而往，掘許久，甫及至二尺深，忽露一甖，某意甖內如無
> 骸骨，正可用以藏骨。乃將浮土揮去，則粲然白鏹焉，欣喜過望，
> 以銀置筐，而以罈裝骷髏，自使衣食裕如，成小康矣。〔註77〕

〔註74〕見（清）紀昀著：《閱微草堂筆記·卷二·周氏救女》，頁36。
〔註75〕見（清）徐慶著：《信徵錄·勸賑再生》（見「筆」三十九編七冊），頁249～
250。
〔註76〕見（清）百一居士著：《壺天錄卷下》（見《清代筆記叢刊（三）》，頁2844。
〔註77〕見（清）百一居士著：《壺天錄卷下》，頁2843。

尊重亡者的觀念起源很早，不過敬待亡者得善報的故事，則是自清朝始見之。
俞樾在《右臺仙館筆記卷八》寫道，有一人貧無以替亡妻下葬，王某得知後，
立刻出資幫助，結果獲中舉善報：

> 會稽王湘舟濟泰，工爲制舉文，而困於場屋。性好施予，一日，有
> 里人以硯來求易錢一千。視其硯，凡石也，卻之。其人顏色慘沮，
> 問其故，則其婦方產，勢甚危殆，欲以此硯易錢招白洋媼婆。白洋
> 媼婆者，越中乳醫之最良者也。遂留其硯而予之錢。久之，念此婦
> 未知已產未，使問之其家，則婦死矣，無以殮。其姑亦老且病，號
> 咷欲自盡，王惻然，急取敝衣數襲，洋錢十枚，親送與之。至咸豐
> 乙卯歲元旦之夕，夢一婦人向之叩首，曰：「妾即往歲以產而亡者也。」
> 手以一黃紙條示之，有朱書曰：「臣十七。」是歲應秋試，入闈中，
> 所做號適爲臣字十七。及題目出，文思泉湧，榜伐中式。〔註78〕

倘路遇無名屍骨暴露天地間，能將之掩埋者，也會獲得善報。陳其元的《庸
閒齋筆記・卷九・解元抄襲陳文（二）》寫有位貧士因一念之仁，收埋無名棺
材，結果意外獲得鈔本，助他中舉：

> 新昌俞君煥模，貧士也……無事閒遊村市，見破屋停十餘棺，已將
> 朽腐，詢之，皆無主者。俞惻然，盡舉所贈爲掩葬焉。親視畚築，
> 至暮而歸。歸途於小肆中見鈔本文十餘篇，以數文購得之。比入試
> 闈，題爲「季康子問仲由」一章，適鈔本內所有，因稍加改削錄入，
> 竟得解元。〔註79〕

不僅葬斂無名人屍得善報，同以此善心收埋動物屍骨者，也有同等善的回應。
《咫聞錄・卷三・郭介》中說，萬某在路上看到死蛤，不忍牠屍體被行來過
往的人踐蹋，便將牠埋在於某處，爾後他遇毒蛇攻擊之時，幸得蛤蚧相救，
才幸免於難：

> 桂林萬生入山採藥，見死蛤蚧長二尺許，心生惻然，用藥鑱破土瘞
> 之。夜夢一人，黃衣短何褐，綠襖黑裙，踵門告曰：「子郭介也，誤
> 行山穴，爲蛇所吸，蒙君掩之，毒消病去，今已得生，然尚有難。
> 明日有人攜竹盒謁君者，籃中物即予也，倘能再救，恩澤無窮矣。」
> 醒而異之。翌午，果有同窗徐生來訪，攜一竹籃，萬問之，徐曰：「適

〔註78〕見（清）俞樾著：《右臺仙館筆記卷八》，頁158。
〔註79〕見（清）陳其元著：《庸閒齋筆記・卷九・解元抄襲陳文（二）》，頁230。

行山中，忽見古木竅有兩蛤蚧，思廄中馬病，正須此物，喜而補之，
得其雄者，將爲藥醫馬也。」萬曰：「捨之。」徐不允，遂詳述夢中
之託。徐異其言而放焉。後萬閒步山林，忽出一蛇，昂首閃舌，飛
越過來。萬情急，欲思避於巖隙中，已無及矣。見一小蛇跳起，立
於蛇首。大蛇俯首不動。萬往視，乃蛤蚧也。〔註80〕

蠢物含靈皆是生命，均需平等對待與尊重。

（五）扶困濟弱得善報

雪中送炭的善行，在筆記中出現不少，其中陸長春的《香飲樓賓談‧卷
一‧錢翁》故事，值得醒思。某村錢翁，生性寬厚，好善樂施，救了一名滿
身癩瘡，穢臭不可言喻的丐婦，無怨無悔照顧她至病癒，此丐婦最後成了錢
翁續弦，把將前任丈夫留予她的財產，全拿出來幫助錢家，爲感念翁德，丐
婦把這些金子拿來幫助錢翁，使錢家大富，人皆爲是錢翁善報所致：

> 某村言應業農，薄田十餘畝，租可自給，性寬厚好善，人以長者稱
> 之。一日，村中來一丐婦，瘡癩滿體，穢惡不可近臥於錢之門外，
> 將就殆。村然咸加叱詈，欲其他徙。翁獨憫之，飲以粥糜，並市藥
> 令其膚治。越宿少瘥，婦留不去，日求哺於翁，翁施捨無吝，月餘，
> 瘡痂盡脫。婦謂翁曰：「惡疾沾身，兼以凍餒，其不爲溝中瘠者，皆
> 翁之德也。今疾雖愈，而夫死身無所依，求食非良策，願役於翁家，
> 不求值，得噉飯足矣。」翁許之。婦早起晏息，操作甚勤，而米鹽
> 經其掌管，必力求撙節，無苟且，翁與家人俱信任之。後數年，翁
> 妻死而鰥，子婦以婦能襄理家事且年未四十，勸翁納之。戚友聞其
> 事者，咸來慫恿，翁遂納婦爲繼室。踰年，生一子。婦謂翁曰：「曩
> 所以隱忍不言者，特未知君心耳。」今既與君生子，當不相棄。妾
> 有黃金一萬，在某處大樹下，事雖多年，或未有發掘之者，請與君
> 跡之。」翁問金所自來，因言其前夫乃劇盜，嘗劫巨室得金，無可
> 匿，埋之地中，事發被獲，瘐死於獄，故贓猶存。發地果得金，滿
> 載而歸，家遂大富。或其人忠厚之報歟。〔註81〕

大凡助人瘡疾故事中，善心人替得瘡者治癒後，即予他一筆錢或贈食物，令
其自去。但錢翁幫助丐婦，不只親自買藥替她治病，更予她安身之處，讓她

〔註80〕見（清）慵訥居士著：《咫聞錄‧卷三‧郭介》，頁4464。
〔註81〕見（清）陸長春著：《香飲樓賓談‧卷一‧錢翁》，頁2643。

在家中工作，靠勞力獲得溫飽，過著有尊嚴的自食其力生活，免於再流浪，助益實大。

從古至今，人咸知行善有報的道理，故也產生行善是爲圖報的心理，舉凡放生等行爲多起於此。殊不知眞正能獲善報者，是付出無所求之人，其心念純善，所獲果報亦不可思議。

二、惡報

古云「多行不義必自斃」，行惡之人必自食惡果。在清人筆記故事中，爲惡者所獲的果報爲落第不舉、惡疾纏身、生子不育、遭雷擊斃等。

（一）不孝得惡報

清代孝子倍出，不孝之子也不在少數。董含在《三岡識略・卷四・神誅逆子》裡說：有一鄉民的老母年邁視茫，一天不小心踢死剛滿週歲的孫子，鄉民十分震怒，連忙提刀要砍殺老母，最後被神譴責致死：

> 毘陵民某生一男，歲才週，民母年邁目昏，誤踐兒死。咆哮取刀母：逃入三義廟。民追及，忽見周將軍厲聲斥之，鬚眉畢張，舉刀砍其頸，急呼「將軍赦我！」隨仆地。一黃冠扶之起，自言所見，連呼頭痛頸痛而死。〔註82〕

不孝受報的範圍，除了對世間父母不孝行爲外，也包括祀祖是否虔誠。《明齋小識・卷二・祀先》裡寫道，有位蕭姓舉人，經濟很好，可是每次祭祖時都很草率，選擇蔬果魚肉等祭品，要先看價格，而定量的多寡，結果在科考時，他本有拔魁機會，卻意外落選，爾後家業漸漸蕭條。〔註83〕

（二）殺生得惡報

殺牲祭祀的民俗，由來已久，這種心理源出自念誠，因古人生活辛苦，肉食得來不易，視爲珍品，必先供奉神明祖先，才敢食用，也認爲這是最有誠意的祭祀祭品，殊不知爲了祭祀殺害更多生命，反失去祭祀的意義。周思仁在《萬善先資集・卷一・閱是集者・祀天遇佛》中即說，爲求自己得利而犧牲其他物命，上天不會賜福、反會降禍於人，所以殺生祈福得反效果〔註

〔註82〕見（清）董含著：《三岡識略・卷四・神誅逆子》，頁669。

〔註83〕見（清）諸聯著：《明齋小識・卷二・祀先》，頁3287。

〔註84〕見（清）周思仁著：《萬善先資集・卷一・閱是集者・祀天遇佛》（見「筆」七編八冊），頁5012。

84〕。戒殺觀念，不只包括蟲魚鳥獸、禽畜獸物不可妄殺，人類亦屬其中。在《冥報錄‧卷下‧曹小蠻》故事裡的曹小二，是名逃兵，某天突然屠家借刀自殘，執筆寫下自己的罪狀，原來他在戰時殺了一名孝廉，並對其妻與妹妹起了歹念，欲以侵犯，兩女抵死不從，他便把她們殺死：

> 曹小二，蠻者，應募爲兵，征江西，戊子逃回，辛卯七月，初忽臥
> 不起，至水濱盥洗，喃喃曰：「非我一人殺汝，何獨尋我？」遂往屠
> 家借刀，屠者慮其爲博質也，故與之鈍者。小二持往水濱，且磨且
> 語，見者救之歸，堅臥至暮，狂號痛絕，聲震鄰戶，啓扉視之，流
> 血床簀，抽刀刺喉，以手作援筆欲書狀。與之筆札，書云：「我在江
> 西殺二節婦，彼時曾得銀二兩，放活十人，故得未死。」迺於血污
> 中取刀投出曰：「爾可去尋頭目來。」越數日，始知痛，進勺飲，聲
> 啞啞如內豎，詳述其事曰：「初破江西，擄二婦，其丈夫姓王，亦孝
> 廉，⋯⋯二婦一妻一妹也，長號請死，小二恨其不受淫也，與什長
> 共起刃之。」數日號死。〔註85〕

非時而妄宰牲畜，等同殘殺無辜性命，或以非人道待遇虐畜致死者，均當受報。《果報聞見錄‧木槌遍體》故事裡說：有位屠夫以賣豬肉致富，可是他宰豬的過程極爲殘忍，在豬還沒有斷氣前，就用鹽水灌入豬心，並以木槌搥豬致死。爾後他突然得了一種怪病，遍身疼痛難忍，一定要家奴用木槌搥他，且喝鹽水，疼痛才能緩解，備受折磨：

> 楓橋顏復初販賣壯豬，因致富，所宰豬不令氣絕。以鹽水灌入豬心，
> 以木槌遍體搥之，每日如此。康熙七年得疾，遍身痛楚，令家奴以
> 木槌搥之，少止；又索鹽水飲之，方快。二日後，不能自飲，令家
> 人灌入口中，如此三日夜。將死，謂五子曰：「，鹽水我不能飲矣，
> 汝等各代飲三碗。」五子跪而飲訖，囑曰：「我殺豬業重，死即爲豬。」
> 〔註86〕

除了宰殺生畜，墮胎也是殺生行爲，同樣會受到報應。《果報聞見錄‧穩婆墮胎之報》裡的穩婆范氏，專以替人墮胎爲業，結果一年之內，全家十一口皆患奇症，先後死去，穩婆自己也夢到以「捉拿墮胎首犯」爲由，被冥吏捉去，

〔註85〕見（清）陸圻著：《冥報錄‧卷下‧曹小蠻》（見「筆」三十九編七冊），頁62
～63。
〔註86〕見（清）楊式傅著：《果報聞見錄‧木槌遍體》，頁184。

不久得疾痛苦致死，臨死前她告訴鄰人，爲了貪財，替嫉妒心重的女主人，
墮去婢女腹中胎兒，或有閨女寡婦失身懷孕者，皆爲之墮胎，得財雖多，但
子孫滅絕，財多何益，後悔已經來不及了：

> 穩婆范氏，專爲人墮胎，未及一年，一家十一口俱患異症，相繼而
> 死……日夕號告：「今日方知淫殺二業最重。大家女婢爲主人逼通，
> 主母妒忌，必欲墮胎；更有閨女孀婦失身懷孕，尼姑亦所不免。或
> 兒女太多或生產艱難，俱來尋吾。只緣貪財，故手害多命。吾做得
> 幾何家事？替別人造如此惡業？凡用吾者，若非子孫滅絕，定是家
> 業凋零，俱不得善報。」言終而死。順治初年事。〔註87〕

胎形既成，已具生命，墮胎等同殺生，剝奪生命的生存權，亦是違天背理事。

（三）害人得惡報

龔煒（西元 1704～1769 年以後）在《巢林筆談續編・卷下・陰德》曾載
隋朝隱士李士謙（西元 523～588 年）的一句話：「陰德譬猶耳鳴，惟己獨聞，
人無知者。〔註88〕」有些人雖無具體犯罪事實，但心存不善，暗中害人，人
雖不知，但天理不饒。《果報聞見錄・仇殺之報》篇裡，甲爲了害乙，行賄皂
隸，將乙打死，結果兩人都受報應：

> 桐鄉有甲乙二人素相仇訟。一日赴審，甲與皂隸商曰：「今日乙必打，
> 汝能一板打死，我酬汝銀四兩。」隸許之。及行杖，隸以一板擊乙
> 陰囊而斃。逾年，隸生一子滿月陰囊後生一毒，日夜號哭，服藥醫
> 禱無所不至，年家貲俱費，食不充口，身無全衣，隸抱子而嘆曰：「冤
> 家汝受苦至此，我亦家業累盡，亦可以饒我矣。」子忽應之曰：「汝
> 得我銀四兩，一板殺乙，今陰司罰我爲汝子，受乙痛苦一年而死，
> 乙豈可饒汝乎？」言訖——而死，隸驚倒，至晚亦死，家中訪甲，
> 已於一年前死矣。〔註89〕

除了表現於外的行爲，清人也將個人身修納入果報範圍。旨在勸說善惡的《北
東園筆錄三編・卷六・一生不破口》篇中說：

> 吾鄉有封翁某，素謹厚，出身微賤，雜傭作中餬口而已……翁一生

〔註87〕見（清）楊式傅著：《果報聞見錄・穩婆墮胎之報》，頁 172。
〔註88〕見（清）龔煒著：《巢林筆談續編・卷下・陰德》（北京：中華書局），頁 216。
〔註89〕見（清）楊式傅著：《果報聞見錄・仇殺之報》（見「筆」三十九編七冊），頁
201～202。

> 獨無破口,有聞人穢罵者,輒掩耳卻走,數十年如一日,其子成進
> 士入翰林也。〔註90〕

翁某終身不惡口,謹守口德,雖是市井小民,無顯赫家世背景,其子亦能擠
身士林。

倘若口業不守,即使不是惡意陷害,而是無心一語致人受害者,也會獲
報。《果報聞見錄·諂諛之報》故事是這麼說的:某人家境清寒,他拿了僅有
的小花缸,想跟富人換米,門客卻慫恿富人不要換給他。窮人眼見妻小嗷嗷
待哺,無計可施,挺而走險,與人行搶,事跡敗露,被抓去問供,窮人招出
還有一犯,即是那名門客:

> 有人一貧如洗,口食不給,僅有小花缸一隻,欲售於貴介。晨起負
> 缸至門,意求易升斗之粟。貴介將許之,旁有一門客獻諂諂曰:「今者
> 年荒穀貴,百物俱賤,如此之物,千百易得,何必急急買之耶?」
> 貴介是其言,其人飲恨,問其姓名,負缸而去……歸家見妻孥皆嗷
> 嗷待哺,……思欲投水,適四五勇夫過而問之,其人訴前事……勇
> 夫曰:「均死也,汝投江作餓鬼何如?隨我等飽鬼乎?」……至晚逐
> 被拉行劫,少分贓物以糊口。未幾事露,其人與勇夫等皆被緝……
> 招扳阻買花缸之人……擬大辟。臨刑,阻買者問其人:「我與汝素無
> 仇隙,汝必陷我於死,豈宿冤耶?」其人曰:「我即某月某日賣花缸
> 之人也,我窮極至此,汝彼時一言慫恿,我(不)得升斗自活,……
> 今我之死,汝之故也,我寧容汝獨生哉!」〔註91〕

冤冤相報,誠非良策,但是「一刀斷水水易合,一言傷人恨難消」,門客原本
只是想討好富人之語,沒想到會影響一家人的存活,甚至傷及自己的性命,
足為戒惕。

(四)行不正得惡報

行不正的報者包括判案不公、賴租、侵佔他人之物等皆會受報。

治獄者身繫人命安危,案案均需謹慎處理,若不能替冤者申冤或誤判,
會受報應。知情不申,間接害死人命的官員,在《三異筆談·卷四·靳言冥
責》篇有此一述:

〔註90〕 見(清)梁恭辰著:《北東園筆錄三編·卷六·一生不破口》(見「筆」正編
八冊),頁5112。
〔註91〕 見(清)楊式傅著:《果報聞見錄·諂諛之報》(見「筆」三十九編七冊),頁
205～207。

> 陸耳山副憲……至七十歲作翰林學士時，夢入冥，人見某謂曰：「君
> 祿已盡……」某復取冊出示，見下又注曰：「爲惜一縅，誤斃二命，
> 降爵二品，奪算十年。」蓋有兩富民爲盜誣，乞公一言，立可省釋。
> 而公方爲高山所軋，避嫌矜節，再三不可，二人均斃獄中。伯仁由
> 我，無可貸也。〔註92〕

梁恭辰在《北東園筆錄初編・卷四・宋龍圖》裡寫到，某知縣以包拯自命自
期，卻因一次未詳查暗情而誤判兩人死罪，最後自己也被判了重刑，以命償
命：

> 縣令爲嘉興宋某，素性方嚴，以包老自命。某村有王監生者，姦佃
> 戶之妻而嫌其本夫在家，乃賄算命者告其夫，以在家流利不利，必
> 遠走他方，庶免於惡。夫信之，告王監生。王監生遂借之貲本，令
> 貿易四川，三年年不歸。村人遂喧傳某佃戶被王監生謀死矣。宋素
> 聞此語，欲雪其冤。一日過某村，有旋風起於轎前，跡之，風從井
> 中出，遣人淘井，得男子腐尸，信爲某佃，立居王監生與某佃妻，
> 嚴刑拷訊，俱自認謀害本夫，遂置於法。邑人稱爲宋龍圖，演成戲
> 本，沿村彈唱。又一年，某佃自四川歸，甫入城，見戲臺上演王監
> 生事，就觀之，方知其妻業已冤死。登時大慟，號控於省城臬司某
> 爲之申理，宋知縣以故勘平人致死抵罪。〔註93〕

賴租之例，可見徐慶濱於《信徵錄・刁佃賴租之報》所述，佃戶賴租得財，
原本得意洋洋，但最後失財又喪子，得不償失：

> 有一佃戶素號強梗，佃某宦田二十餘畝，畝收二石五六斗，僅完租
> 五六石，餘米六十餘石，載至嘉郡糶銀四十餘兩，得意之極，命其
> 子看船，身入城探親，其子止十三歲，在船獨坐，偶見一人攜一新
> 艘鼠帽入船，謂其子曰：「汝父爲汝買一新帽，央我至船付汝一看，
> 汝若中意，即爲裝纓帶來，汝父又要買綢布數疋，問汝取糶米銀去
> 用。」其子大喜，即以原銀授之，頃之，父來，子向之索帽，父茫
> 然不知，詢知其故，知爲拐子騙去，持槳向子一擊，破顱立斃，不
> 唯失所賴之租米，又失其子。〔註94〕

〔註92〕見（清）許仲元著：《三異筆談・卷四・靳言冥責》，頁 2530。
〔註93〕見（清）梁恭辰著：《北東園筆錄初編・卷四・宋龍圖》，頁 5897～5898。
〔註94〕見（清）徐慶濱著：《信徵錄・刁佃賴租之報》（見「筆」三十九編七冊），頁
　　　　280～281。

侵佔他人之物，只是起一念之貪，並無害人之意，但卻可能因此使人喪命，自己也得惡報：同書的〈雷擊惡婦〉篇說，某日一陣雷雨，有對母子皆被雷打死，母親死後復生，說了一段爲了侵佔三斗米，而使人家破人亡的陳年往事，說完後吐了膽汁又死：

> 今春有一育嬰堂，乳母抱嬰至堂照驗，領米三斗，歸途遇雨，借我家坐，雨久不止，我因給之曰：「雨大如此，挈米攜子難以行走，何不先抱兒歸？米留我處，復來取。」彼依言而去，令其夫來取米，我抵賴其米，夫歸，其婦自來，我終賴不與，婦因無據，不得已哭去，夫又痛扶其婦，婦是夕縊死，夫抱兒還堂中，商欲告，我亦以無據而止，今吾母子遭殛宜矣。〔註95〕

行在路上，見錢遺失道旁，隨手佔爲己有，也是侵人財產。《諧鐸·卷三·一錢落職》故事裡，某人見一少年掉錢在地，不上前告知，反而據爲己有，結果竟賠上了前程：

> 南昌某，父爲國子教，隨任在京。偶過延壽肆街，見書肆中一少年數錢買《呂氏春秋》，適墮一錢於地。某暗以足踐之，伺其去而俯拾焉。旁坐一翁，凝視良久，忽起，扣某姓氏，冷笑而去。……見巡補傳湯公命令：「某不必赴任，名已掛彈章矣。」問所劾何事？曰：「貪」……爲秀才時，尚且一錢如命，今僥倖坐地方官，能不探囊胠篋，爲紗帽下之劫賊手？〔註96〕

天災禍起，政府撥資賑災，若官員侵賑，不將錢用於百姓身上，實罪大惡極。《庸閒齋筆記·卷五·侵賑之報》裡說，盧某因爲侵賑，在將死之際，夢見自己入冥受審，幸因孝感，免受重判。〔註97〕

行不正之人，即使無直接害人的行爲，但間接害人致喪命或造成負面影響力，均難逃天理之咎。

（五）心念不正得惡報

心念不正是指，起心動念有不正的思維，一念萌因，惡果已現。在《北東園筆錄三編·卷六·一念之差》裡說，有一孝廉遇到寡婦向他示好，先感到高興又旋即起正念拒絕，可惜一念之現，結果科舉不第：

〔註95〕見（清）徐慶濱著：《信徵錄·雷擊惡婦》，頁281。
〔註96〕見（清）沈起鳳著：《諧鐸·卷三·一錢落職》（見《清人筆記叢刊（一）》，頁843～844。
〔註97〕見（清）陳其元著：《庸閒齋筆記·卷五·侵賑之報》，頁107～108。

孝廉未及第時，其家每值元旦必向黃公山祀黃侍中。一歲，廟祝謂
其先德曰：「汝來欲卜長公子科名乎？吾夜夢侍中填榜，長公子已列
名，旁批云：『殷翼以紅線繫蛋，暫停一科。』今秋當不得第也。」
其先德歸，怪問孝廉。孝廉自述：前歲館於某家，其主人婦孺居，
與殷約伺得間當以紅線繫雞卵食，汝以是為期。越日果然。殷甚初
喜，轉念以為不可，遂逃歸。一念之差，孰知冥中已詳記之。〔註98〕

《論語‧顏淵十二》篇云：「顏淵問仁。子曰：非禮勿言，非禮勿聽，非禮勿
視，非禮勿動。〔註99〕」青年男女對異性總帶有幾許好奇，暗中窺探，殊不
知已為非禮，《夜譚隨錄‧卷二‧棘闈誌異》篇說，有一監生愛慕某尚書之女，
後得知尚書府溷所的地方，即在該處牆角鑿洞，暗中偷窺女子隱私，最後自
己竟變成全盲。〔註100〕

俗云：「勿以善小而不為，勿以惡小而為之。」上述這些惡報中的主角，
有些只是微不足道的念頭或舉動，卻影響他人甚鉅，自己也獲得現世報或陰
報，得不償失。

貳、反映部份社會現象

在受報內容中，因謀財等因素害人性命而受報者，佔了報應故事的三分
之一，至於報應故事發生的背景，見於清代或明顯於此時數量增加者，則可
以行商或殺女兩類為代表。

商貨往來，多靠舟船，有些舟子在船行水中時，即對商人進行勒索、甚
至謀財害命，《柳南隨筆卷一》裡的舟子，無惡不作，常在半途以生命相脅，
向商人斂財，大家只能任其擺佈。這件事傳到某位嚴官耳裡，舟子仍舊天不
怕地不怕，口出狂語。官員把他押回衙門，丟入煮人鍋，並要其妻在十口煮
人鍋中，任選一口點火燃燒，結果選到的，竟是丈夫所待的那口煮人鍋，舟
子就被活活燒死了：

錢塘江有航船舟子最橫，每至波濤險處，則謂一舟性命死生盡在吾
手，輒索財不已。吾邑陳公虞山察為浙江按察使，聞其狀甚惡之。

〔註98〕見（清）梁恭辰著：《北東園筆錄初編‧卷四‧宋龍圖》，頁5976。
〔註99〕《論語‧顏淵十二》（見謝冰瑩等編譯：《新譯四書讀本》），頁194～195。
〔註100〕見（清）和邦碩著：《夜譚隨錄‧卷二‧棘闈誌異》（見《叢書集成》本），頁
　　　34。

遂潛至江頭，偽為問渡者，既解維至中流，則舟子惡狀果如所聞。
公乃曰：「陳按察新政甚嚴，汝輩獨不畏乎？」舟子曰：「政雖嚴，
那見有煮人鍋也？」公既歸署，則下牒錢塘尹，逮舟子至。公乃設
竈，，置十大鍋，從壁後為竈門。謂舟子曰：「此非所謂煮人鍋邪？」
舟子乃悟向者問渡之人即按察公也。遂置舟子於鍋中，而呼其妻至，
謂曰：「竈門有十，不知何鍋有汝夫在，任汝擇一燒之，幸不幸關乎
命數，無怨我也。」迨舉火，則適于其夫所置之鍋，于是遂死。
〔註101〕

看似巧合之選，其「合」冥冥中有一因果定律存在，可謂之天道不遠，善惡
有報。

類如舟子欺商受報者，《信徵錄‧謀財之報》也有一說，某位富人，他替
長女招了一位賢婿，可是結婚後就死了，富人只好把二女兒、三女兒又配給
他，可是三位嫁給此婿後就死去，令富人傷心不已，直到一天，其妻夢見僧
人告訴說，此婿即是丈夫前生所害之人：

康熙初年，武林有賣菜郎，相貌平滿，為人誠懇，每日過一富翁家
賣菜。其翁有三女兒無子，賣菜郎來，翁在則與現錢，翁出，嫗云：
「且待。」郎即靜坐門外候之，不敢輒入窺嘆。嫗曰：「汝肯婿我家
乎？」叔曰：「家貧無聘奈何？」嫗曰：「求婿非求聘也。」叔佃大
喜，遂擇日就親娶其長女……三年，長女死，再以次女續配……而
次女又死……遂又婿其少女，三年少女亦死……翁嫗與婿三人方聚
哭間，忽一老僧入門化齋……翁甫出門，嫗昏倦假寐，夢此僧語之
曰：「爾夫前生舟人，爾婿富商也，齋重貲以客淮揚，雇爾夫之舟，
爾夫謀其命而取其財，三女皆搭船之客，爾夫恐其事洩，賄金三十
兩，故各陪枕席三年，爾夫之財產皆爾婿物也，何用怨尤？」〔註102〕

行商故事裡也有善報之事，例舉《信徵錄‧償貨救商之報》言之：侯某要買
綢緞，當貨商將東西送達時，正值重陽，侯某約他過節，貨商即將剩下的布
疋先置於某寓中，等到過完節再送往他處。孰料，某寓卻突然發生大火，布
疋全付灰燼，侯某表堅持把損失換做現金交給貨商，令貨商感激不已，爾後
幾次天災意外，侯家都能幸免於難：

〔註101〕見（清）王應奎著：《柳南隨筆卷一》，頁14。
〔註102〕見（清）徐慶濱著：《信徵錄‧謀財之報》，頁191～193。

> 吳門陸采侯者，豪爽有氣節。順治年間，某商主其家爲置綢緞諸貨。
> 畢，束裝行，采侯止之曰：「詰朝重陽佳節，客不囊茰山上而反載月
> 船頭耶？」乃移貨貯他寓爲便行計。明日，攜斗酒登治平寺，盡醉
> 歸。他寓忽失火，數百基物盡爲灰燼，采侯驚嘆語商云：「若貨未登
> 舟猶我貨也，且我不強若留，火安能及？」竟竭償其值，商且喜且
> 感而別。采侯與其弟俊侯同居，鄰居失火，左右蕩然無遺，獨陸氏
> 廬無恙。……時左鄰有高牆已傾，采侯兄弟正覆其下，觀者痛兩
> 人……亟鋤出之，見牆獨傾右，……兄弟戰慄危坐，無鮮毫傷也。
> 〔註103〕

商業道德也是包含在果報範圍。《里乘·卷六·雷》中載一人以蒸過的種子假
作新種子賣給他人，雖圖利甚厚，但造成饑荒，害人無數，最後遭雷擊斃：

> 某年春夏之交，定遠苦旱，按禾無收。六月中旬，甫得甘霖，農人
> 心稍慰。僉謂種蕎可以救荒，但苦無種。某甲藏陳蕎甚多，慮顆癟
> 色黯，不能出售，以甑蒸之，頓覺碩大光潤，大喜，遂榜其門曰：「出
> 賣蕎種。」於是爭往購求。蕎價翔貴，獲利千萬。後所種蕎竟無一
> 出者，眾無所歸，怨嘆爲天意使然。然由此饑餓以死者指不勝屈矣。
> 無何，雷擊某甲死，釜底書「蒸蕎誤人，粉身莫贖」八字。人始知
> 甲險惡而不能逃天誅也。〔註104〕

以假銀買賣，間接害死人命者，也會受報，故事見於《北東園筆錄續編·卷
五·雷擊先插小旗》：

> 汪銘甫明經曰：浙中有某甲善用銅銀，其子甫七歲。於除夕忽驚啼
> 告母曰：「有青面獠牙人自天降下，以小旗插爺頭上而去。」未幾，
> 雷震，甲死於通衢，猶手執用剩銅銀。親鄰有知其事者，緣郊外某
> 農以雞遺子售於市，爲辛歲之需。甲以銅銀向買。農子貪其價貴，
> 孰知無可兌錢，歸被父責，投河自溺。蓋甲雖未殺農子，而農子實
> 由甲而死。〔註105〕

自宋以來，有關商業倫理的因果報應故事漸漸傳開，旨在於勸人生財有道，
誠正信實爲要。

〔註103〕見（清）徐慶濱著：《信徵錄·償貨救商之報》，頁292。
〔註104〕見（清）許奉恩著：《里乘·卷六·雷》，頁168。
〔註105〕見（清）梁恭辰著：《北東園筆錄續編·卷五·雷擊先插小旗》，頁5934。

　　清代廣開通商口，商人貿易頻繁，攜帶重貲的他們，往往是爲非作歹者想要謀財、加害的對象，爲此受報之例，書多見載，相對之下，也出現對商人有情義者會受善報的情形，這些發生於行商的果報故事，是歷朝較爲少見的。

　　宋代以來，民間即有溺女、殺女之風，至清代尤盛，育嬰堂應此而生，但民間被父母親扼殺的嬰仍難以計數，甚至也有被用火焚燒致死者：「於空地積薪，置女嬰其上，舉火而焚之，始則呱呱啼，……久之皮骨俱焦，不復成人形矣。」至於被焚的原因，則是因前面已連生數女，所以改用火焚，使其魂魄知懼不敢再來。〔註106〕

　　清人重男輕女，有的母親不願替女兒備嫁妝，竟忍心將女兒活活餓死。事可舉《信徵錄・殺女慘報》爲例：陳氏育有二男二女，一天，她看到鄰家嫁女兒時，所準備的嫁妝很豐盛，心裡想將來女兒若嫁，所費不貲，其子如何營生？於是她狠心地把才七歲的女兒鎖在樓上，將她活活餓死：

> 陳氏性忍酷，生二男二女。一日，陳氏聞門外鼓樂喧甚，出視之，乃送奩者，妝資頗豐厚，因自念：「吾有二女，使奩飾若此，兩男何以爲生？」時幼女甫七歲，鎖之樓上，絕其飲食。乳母憐而竊食之，陳怪其半月不死，偵知，遂逐乳母，封閉愈嚴。其女女號呼哀慘，置若罔聞，女聞樓下飲食，乞哀無所不至，竟囓樓板穿一穴，俯窺慟哭，人不忍聽。及餓斃時，食絮襖俱盡。未數月而長子患喉痛如人扼者，忽空中作女言：「汝憚嫁費，枉殺我，今汝一家死甚於我死時。」長子頸腫如斗，不能食，餓極，取一汗巾吞其半，以手引之，心肺皆出而死。次子復病噎膈，食不得下口中，又作女言索命，陳乃哀懇，願多作佛事禳解，女曰：「我最後取陳氏耳。」〔註107〕

許多不願生養女的父母，若非將女嬰溺斃，即是將女嬰棄之某處。《北東園筆錄續編・卷六・溺女棄嬰惡報》裡說，有一農民在道上，看到一只小提籃內有一女嬰，衣服下放了布、銀與女嬰的生辰八字，就此判斷應是請人收留或送往育嬰堂之意，孰料農人把布與銀兩帶走，將女嬰投入河中溺死，不過數日，這名農人就被雷打死了：

〔註106〕見（清）俞樾著：《耳郵卷三》（見「筆」正編七冊），頁4220。
〔註107〕見（清）徐慶濱著：《信徵錄・殺女慘報》（見「筆」三十九編七冊），頁255
　　　　～256。

> 乾隆四十年乙未，長沙農民米上西，晨出見道旁置一小籠，內貯女
> 嬰併布一匹、銀十兩，附生年月一紙，蓋識必難留，作此曲全之術，
> 令遇者或收回撫養，或送入育嬰堂俱可。詎料，米竟沉女於河，取
> 銀布以歸。未過百日，為震雷擊死。〔註108〕

同篇裡尚言，有的人即使沒有溺嬰行為，但叫唆他人溺嬰，同樣會受報應。
某人懂得命相之術，只要替人算到所生之女命格不佳時，都會勸人把此女
嬰棄入河中，因此溺死的女嬰不少，結果他自己雖生五子，其中四子先後
死去，僅存一子眼盲，不久亦得疾死，後夢入冥受責才知己子之死，均是
自己叫唆他人溺女所致，冥王要他返人間傳述此事，使世人咸知知改過，
不可再溺女：

> 莫譚，家計頗裕，年四十，妻已生五子，因粗識字，學星命之術。
> 凡本家以及近鄰生女時，即遽查其八字，女命不佳者，俱勸人溺之。
> 人信其言，而溺死其女者已不少。無何，己之五子連夭，其四存者，
> 亦瞎目。未幾，莫旋死，子瘠，絕而復甦，哭告家人曰：「適奉拘
> 至陰司，冥王大怒曰：『古無命學，亦無義敗掃祿之說。……爾全
> 不識，乃敢妄言。況此女即使將來果敗，亦是注定者。縱能溺死一
> 女，又要生出一女。……豈可我於簿上放生、爾於口中判死乎？姑
> 押回陽，廣傳此說。庶人咸知改過。』」……此余近年眼見事。
> 〔註109〕

溺女之人會受惡報，救女免溺者則會得善報。《耳郵卷三》裡的朱翁，老年得
子，在兒子病危之際仍能收養女棄嬰，結果其子病情意外轉危為安：

> 蘇州胥門外一村，聚曰錢莊。有朱姓翁年五十，始生一子，甚愛之。
> 甫二歲，痘毒內陷，勢且不治。適其鄰有生女而欲溺之者，或以告
> 翁，勸留養之。翁曰：「吾子未知生死，遑恤鄰之女乎？」既而曰：
> 「吾願吾子之生，豈忍視鄰女之死？」命抱之入。女大啼，其子忽
> 亦大啼。啟衾視之，則痘漿重灌，圓綻如珠。醫至賀曰：「生矣！生
> 矣！此留養鄰女之報也。」〔註110〕

正因當時溺子女風氣熾盛，民間善心人士紛紛出資開設的育嬰堂，《右臺仙館

〔註108〕見（清）梁恭辰著：《北東園筆錄續編‧卷六‧溺女棄嬰惡報》，頁5938。
〔註109〕見（清）梁恭辰著：《北東園筆錄續編‧卷六‧溺女棄嬰惡報》，頁5938。
〔註110〕見（清）俞樾著：《耳郵卷四》，頁4225。

筆記卷二》中的勞氏，生子至七八歲，仍不會說話，也不會走路，直到其家創建育嬰堂時，「堂成之日，兒即能言，越二歲能行。今且讀書游泮水矣。」人咸以為是設堂救棄嬰的善報所致。〔註111〕

對於溺女之風，清代政府官員也是抱持禁止態度，或勸說，或設育嬰堂助之。陳康祺於《郎潛紀聞初筆‧卷四‧阮文達公拯嬰法》即言：

> 金華貧家多溺女，阮文達撫浙時，捐清俸若干，貧戶生女者，許攜
> 報郡學，學官註冊，給喜銀一兩，以為乳哺之資，仍令一月後按籍
> 稽查。蓋一月後顧養情深，不忍殺矣，此拯嬰第一法。〔註112〕

天災連年，貧窮家庭無法脫困，重男輕女觀念等影響，載於筆記的溺女故事可數，實際發生於各地的溺女不幸難計，因而溺嬰獲報的故事在此時也增加許多，冀以為戒。

這些故事，反映部份社會現象，透過「報應」，也表達人們心中的感受與願望。

參、反映的思想

一、起心動念需正善

從這些因果報應故事，反映時人認為，一個人的起心動念是善或惡，會影響其所受的報應。《小豆棚‧卷三‧金駝子》故事是這麼說的：有人生來駝背，但因他背駝的樣子很像元寶，所以人們都稱他「金元寶」，有喜事時都會請他去，討個好兆頭，他也因此賺了不少錢，後被某甲暗中與人勾結陷害他，他變得一貧如洗，人見他潦倒，認為是晦氣，也不肯再找他參加喜事。一天，某人告訴他一切無妄之災來自某甲的主意，他氣憤不已，躲在屋檐下，等某甲出來，伺機報仇，但這時，他念頭一轉，放下凶刀離去。回家路上被人扳倒，醒來背竟挺直，而某甲之子則是得駝疾難治，知金駝子背直原因後，趕緊悔過，還其家產，而其子之病遂好了起來：

> 金駝子，背曲如弓，心性靈敏，人多愛之，肖其形呼為「金元寶」。
> 人家有喜慶事，總得金元寶到門，以為佳讖……數年，家漸裕，有

〔註111〕見（清）俞樾著：《右臺仙館筆記卷二》，頁35。
〔註112〕見（清）陳康祺：《郎潛紀聞初筆‧卷四‧阮文達公拯嬰法》，北京：中華書局，頁87。

田二十畝。……里有某甲富而貪，涎之，求售於駝，駝不賣，甲意甚恨，乃與役勾使人訟駝，駝傾囊，遂欲鬻田。甲賤得之，價不及半也。鋤禾者，駝舊佃客也，相與語，因談及為訟某者，即某甲以此數十畝故，佃原委甚悉。駝憤然歸，磨利刃出入挾之，思得之而甘焉。一日，偵知其飲於姻家，夜候道旁簷下。更餘，駝忽轉念曰：「貧，我命也。謀某產而得產，蓬自昧心，我復捨命而殺人，我仍無產，且亦喪命，何益之有？」遂擲刀於河，返走。暗中度石橋……覺有人自駝後扳倒仆地，右似一人持板至，遂置駝於板上，復以一板壓之，縛自勒板如榨油麻。痛急悟去。復蘇，一無所有，反手腰背，大異於前。疾返扣門，妻見而訝之，遠近傳為異事。數月，其仇某甲忽至，甲跪曰：「鄙人年逾五十，止一子七齡，生而娟秀，前月嬉於燈下，足掛屏風而仆，遂如鉤焉。其母日夜憐念，思所以療之，非君神方不可，如肯援手，當奉百金為酬。」駝聞言，仰天直視，默默不語。甲笑曰：「豈薄百金耶？不靳益也。」駝曰：「妄取人財，恐腰再折耳。」不覺慨然嘆息，涕泗交頤。甲怪問，駝乃罄吐詳悉，計擲刀橋頭之日，正其子屏風得疾之夜。甲聞之憬然，繼而痛哭，深以為悔。乃載駝之夫婦養於家，歸其米囷之田，其子遂瘳。〔註113〕

某甲用陷害人的手段貪得財富，卻讓孩子失去健康；反之，金駝子一念之善，讓長久困擾的背疾不藥而癒。

二、財富命定

　　人多以為，天上掉下來的財富甚為可喜，殊不知非己之物，倘若無故佔有，即為貪，最後還是無法獲得，起心動念不可稍有非份之想。光緒年間，李慶辰在《醉茶志怪・卷二・小老虎》裡寫道，有位農夫，在田裡挖到兩枚元寶，以為從此致富，再也不思工作，成天關在家裡賞玩這兩顆元寶，孰料竟死於元寶中：

邑有農夫，見田間鳥與蛇鬥，掘其下，得元寶二枚，懷歸。自以為暴富，杜門，不出為佣。家人促之，輒云：「有此壯膽物，何屑為人役？？此後須人求我，我更何求於人？」呼銀為「小老虎」。閒時把

> 玩或拋向空中以為戲。一日，誤落頭上，患風身斃。醫藥棺殮，洽
> 敷其用。〔註114〕

這類故事初見於清朝，而今台灣苗栗縣也流傳一則〈飛來的金塊〉的故事，故事裡的牧童，看見天上飛落一金塊，掉在離地三四公尺的地方，牧童為取得金塊，用鞭子一撥，金塊掉下來正好哂到他的腳拇趾，但他仍很高興帶著金塊回家。母親替他敷藥，但腳姆趾卻越來越腫，最後只好賣掉金塊找醫師治療，直到花完金塊所賣得的錢，腳姆趾就自然好起來了。〔註115〕

命裡有時終須有，命裡無時莫強求，若非己應得財物而多得，則反致禍害。

二、不肯為善遭陰報

清人的報應之說，除了勸人暗路莫行之外，一個人即使不曾做壞事，但若遇人臨困而不救，或者畢生均未做過善事等，均會受報。《漱華隨筆・卷二・王文肅》的故事說：某人之子久病，無計可施，向神祈夢：「余一生清苦認真不作虧心事，而病如此，是何罪業？」神明告訴他，因為有人向他求救他置若罔聞，才會得此報：

> 神曰：「公記得吝一單名帖失活二十七人之命否？」太蒼默然醒而追
> 憶有海商漂至，巡兵執以為盜，眾皆憐之，請太倉往解，不應，又
> 請一單名帖致兵道，終不應，二十七人者皆死，太倉矜名節，故知
> 其冤而不為救，然力可為而不為，神固己罪之矣。〔註116〕

有些清代士子會在參加科考前，扶乩問吉凶或考題內容等，在《明齋小識・卷一・關帝降乩》裡即寫到，有一名考生問秋試事，結果神明告訴他，他生平沒有做過一件善事，所以無法如願。〔註117〕

清人不肯為善遭陰報的思想，打破了過去人們「獨善其身」觀念，當行善時未行善，未救待救者，等同造惡業；當行善時即行善，即是為自己累積無形福報。

〔註114〕見（清）李慶辰著：《醉茶志怪・卷二・小老虎》（濟南：齊魯書社），頁 68 ～69。

〔註115〕見金榮華著：《台灣桃竹苗地區民間故事・飛來的金塊》（台灣：中國口傳文學學會），頁 77～78。

〔註116〕見（清）嚴有禧著：《漱華隨筆・卷二・王文肅》，頁 4193～4194。

〔註117〕見（清）諸聯著：《明齋小識・卷一・關帝降乩》，頁 3281。

三、行善可以改變命運

命運是生前注定，但仍可透過人的修為行善來「運命」。《仕隱齋涉筆・卷一・一善免劫》故事即說：某甲在兵亂中逃到古廟中，夜宿於此。突然看到寺內燈火輝煌，兩階站滿了胥隸，呵聲震耳，原來是城隍神坐堂審案，聽到他們唱此次兵劫必死的名單時，某甲正列其中，心知不免一死，後來在逃亡途中，遇到貧無以生存者，把錢都給了他們，讓此家人得以生存，沒想到此善舉，竟能免己死劫：

> 逃至江，招舟欲渡，同逃者，男婦百十人，皆立沙岸，惶惶待渡。舟子高其價，逃者無資不得渡，哭聲動地。甲惻然憫之，身帶廿餘金，自念為劫中人，死在眉睫，多金何為人？不如散之，以救逃者。即屬舟子將逃人渡盡，當傾囊與之。舟子如言渡訖，甲付資，身無一錢矣。至晚，聞賊渡江，惡氣甚近，勿遽不知所避，暫伏路側之土祇廟，廟不大，以背塞而入，身外無餘地也。時月色昏曚，見賊過廟外荷戈執旗者，連綿不絕，相去尺有咫，無見之者，最後一賊貌粗惡，纏紅布巾如笠大，持長矛洶洶來，覷廟有人，挺矛直刺之。甲以雙袖裹矛頭撐拒之曰：「得非王三麻子乎？吾當死爾手矣。」賊驚詢：「從未一面，何能識我？」甲述夢語。賊笑曰：「素不信神，神言死我手，我偏不殺爾，俾神言不驗。」抽矛出，且授以旗，指示避賊法，遂去。〔註118〕

梁恭辰在《北東園筆錄續編・卷六・馬翁》中寫道，年少的馬某時運不濟，只好投身綠林，而成為一名盜王，後來洗手改行，教子讀書，其子飛黃騰達，馬翁福壽兼備。許多人不解，曾經做惡多端的他，怎會有此福報，原來是馬某雖劫財盜物，但曾經做過好事，救過人，所以也能獲福：

> 馬翁少年不得志，曾混跡綠林中。後乃教子讀書，且貴矣。一日請乩問科名……乩大書：「窗前白鏹，籠裡紅群」八字……有點者徑述乩語以問翁……微哂曰：「此非人所知，我實告汝，我少年流落四方，為群盜裏脅同行。偶至一家，有婦人哭甚哀，我隔窗問之，婦大驚，我曰：『我來問汝疾苦，無他意。』婦曰：『吾夫為某豪家佃戶，積欠若干金，無力繳償，今欲以妾身抵欠緩追，以是哭耳。』我乃就群盜所存贓內提銀若干，置其窗外，呼而與之，彼亦終不知銀所自

〔註118〕見（清）丁治棠著：《仕隱齋涉筆・卷一・一善免劫》，頁22～24。

來也。又鄉里有巨室為富不仁者，群盜直入其室，僕婦皆遁去，幃
中有一弱女子，裸體不得出，盜曰：『俟收贓畢再搜而取之可耳。』
時群盜方搜括衣物，我乘間以被蒙此女令伏於雞籠下，自執火立其
上，招揮群盜席卷衣物。移時，有盜問女所在，我曰：『早逃去矣。』
俟群盜全出，我乃逸女，幸而免。」〔註119〕

有的人，被術士預言壽不過一月，原本已準備好與家人度過餘日，但在這段
時間內，意外救了一名活不下去的人，因此而改變命運。《里乘·卷二·倪封
翁》的倪封翁，在外地工作，有位名聞當世的算命家告訴他，他的臉色暗沉，
恐怕活不過一個月，倪封翁聽後，再也無心工作，趕緊僱舟返家，在途中遇
到一名抱嬰欲沉的少婦，倪封翁上前搭救，得知是其丈夫欠要賣少婦以償賭
債，倪封翁即把其丈夫找來，替他還債外，又給他一些銀兩讓他謀生，這家
人感激涕零，叩拜不已。後來倪封翁還數度探視，看到少婦的丈夫已經戒賭，
做了點小生意，且善待妻兒，讓他放心不少。一年後，倪封翁去找這名算命
家，問他怎麼預言不驗？算命家看到他後，十分驚訝：「公陰騭紋滿面，不惟
延壽，後福且不可量。」詳問這一年發生之事，才知是活人得善報，竟能改
變命運。〔註120〕

　　清人承襲「善有善報，惡有惡報」的觀念，藉懲惡獎善來勸人向善，也
積極強調為善的重要。

第四節　清人惜福觀念與表現

　　古聖先賢以惜福儉德勉人，朱子《治家格言》曰：「一粥一飯，當思來處
不易；半絲半縷，恆念物力維艱。」清人惜福觀念，承襲前人所思，認為萬
物為天賜予，眾人齊力所致，珍惜物命即是惜福的表現。清人惜福行為格外
著重於珍惜字紙，今日各地聖蹟亭，即是當年珍惜字紙的見證。

壹、從道德制約強調惜福的重要

　　清人透過獎勵惜物者與懲處不惜物者的故事，使人心生警惕，強化人們
惜福的思想，故事反映享福即消福，福盡禍至，惜福者更需造福的觀念。

〔註119〕見（清）梁恭辰著：《北東園筆錄續編·卷六·馬翁》，頁5939。
〔註120〕見（清）許奉恩著：《里乘·卷二·倪封翁》，頁27～28。

一、珍惜物命，天賜福壽

中國社會經濟來源，以農業為主，珍惜農作物的觀念與習俗，早已深植民心。錢塘陳實父在《太上感應篇圖說》寫道：「民以食為天，苗稼關乎民命。敗之者，或阻水利以旱之，或決提防以捲之，或縱牲畜以賤食之，或遊獵以蹂躪之。傷天地之生成，絕民間之衣食，此不仁之甚者也。」早在千餘年前《夷堅志》即記載著，不僅人們糟蹋糧食會受罰，倘若家畜不小心踐踏稻田、傷害禾穀，家畜會受到雷擊懲罰，連主人也需負連帶責任〔註121〕。明代《功過格分類彙編》則把惜食與不惜食納入功過判定標準：「穢中拾穀食之，一次一功；反此者，一次三過。」

唐代詩人李紳（西元772～846年）〈憫農詩〉寫道：「春種一粒粟，秋收萬顆子，四海無閑田，農人猶餓死。」稻米，是中國重要主食之一，也是最不易擁有的珍貴糧食。對農人們來說，若遇天災，則農作歉收，即使豐年，多數稻作均需繳予國家充作賦稅之用，能留下來的，少之又少。所以歷代故事中，珍惜米粒的人會受到上天獎勵，反之則受嚴懲。以清代為例，天賜福壽給珍惜物命者的故事，可見於《北東園筆錄四編·卷三·天賜孝子米》，有名孝子將母親倒入溺器中的穢食拾起吃下肚，這份惜福態度，不僅替母親將功贖過，還得到上天獎賜二十四袋米：

> 道光二十七年七月，雷賜嘉興農家孝子米一事，傳播一時。言者失其姓名，謂是張叔禾先生之佃人也，極貧苦。孝子與母妻共止三人，而食常不給，因與妻謀，以飯為母餐而己與妻食粥。至是母之飯亦偶不給，以粥進，母性卞急，不食，傾於廁，俄而雷殷然作，母懼跪於庭，子婦趨視之，詢得其故，亟如廁取出以水潔之，相對食訖，同跪叩引愆，為母解免。俄而雷又一震，自天降米二十四石，堆積院中。〔註122〕

貪求山珍海味以圖滿足口腹之慾，乃人之常情，不過也有人終身過著粗茶淡飯的寡欲生活，這些人雖無大仁大善的行為，殊不知不妄殺動物生命滿足口慾，無形中已為自己累積陰德。玉峰居士周思仁於《萬善先資集·惜福延齡》說了一則惜福延壽的故事：有位私塾教師，律己甚謹，在主人家中，只要求

〔註121〕見（宋）洪邁著：《夷堅丁志·卷四·蔣濟馬》、《夷堅丁志·卷六·永寧莊牛》兩篇。

〔註122〕見（清）梁恭辰著：《北東園筆錄四編·卷三·天賜孝子米》，頁5994。

每餐有醃製小菜可以配飯，即感心滿意足，過著淡泊的教書生活。後來，他不幸死去，死後第三天，突然醒過來告訴妻子，因為生前惜福，也不曾讓主人因他妄殺生命，才得以延壽，被放回陽間：

> 福建曹舜聰，設教於汀州鄭氏，奉十齋甚謹，凡鮮雞蝦蟹之類，一切屏除，蓋恐主家為己烹殺也。席中若陳醃臘諸品，輒盡歡而退。順治丙申，患腹疾，殭冷三晝夜，舉家號哭，後事悉備，忽蘇。告妻子曰：「吾命應於甲申初夏，被流寇所斬，緣設教以來，誠心愛物，主家未嘗特殺，一命故延壽一紀，且衡夭。」〔註123〕

清人的惜福思想不僅於不浪費，還包括起心動念都應有敬天護生命之心。

二、傷蹋物命，遭天譴懲

自古至清，人咸以為傷害、蹧蹋物命，是不敬天地所賜的行為，會遭受天懲。光緒年間，百一居士於《壺天錄卷上》記述一位婦人，因用粥水洗衣，結果被雷擊斃：

> 雷殛一事，所以懲隱惡也，至於暴殄天物，龍華西南有蔣姓生一女者，嫁同里阮某為妻，性極和平，戚黨賢之。惟潔癖特甚，每以粥湯漿洗衣服，人或勸之，卒不改業。某歲六月間，又以粥湯姜裹衣，霎時雷電交作，女已震死矣。〔註124〕

有的人並非故意蹧蹋糧食，只是未養成良好生活習慣，每餐未將米飯食用乾淨，這樣的人也會受到天懲。錢學綸（西元 1736～1796 年以後）所著《語新卷上》裡，有位妙齡女子，因平時不惜飯粒，結果頭皮被雷公掀去：

> 徐姓東門蔣家濱人，有女約二十矣，其年夏雷雨驟作，父母俱往間收晾。忽雷火一巨團，從徐前門進後門出，黑煙蓊起，伸掌不見，霹靂一聲，凌空而去。父母入室，不見其女，覓之在床亂滾，若痛楚之極。視之笄際被雷公揭去頭皮一片，連髮俱光。問之，不能語，神迷七日始甦。問其被擊亦不知。女無大過，惟平日不甚愛惜飯粒。
> 〔註125〕

除上所述，清人敬重字紙，凡是不敬字紙的人，即是遭蹋上天賜予的福報，

〔註123〕見（清）周思仁著：《萬善先資集・卷一・塾師・惜福延齡》（見「筆」七編八冊），頁 5022～5023。

〔註124〕見（清）百一居士著：《壺天錄卷上》（見《清代筆記叢刊（三）》，頁 2823。

〔註125〕見（清）錢學綸著：《語新卷上》（見「筆」三十九編三冊），頁 53～54。

會受到懲罰。錢泳在《履園叢話·卷十七·報應》中說，有位農婦，將有文字的紙張用作孩子鞋內襯底，某日她在田裡耕作時，突然被雷擊斃，站在一旁的幼子雖沒被雷打死，但鞋子被雷火燒得粉碎：

> 康熙四年六月十四日，嘉定西門外有一徐氏婦荷鋤往田，忽爲暴雷震死。其子甫垂髫，亦爲雷火所焚而未死，擊其履粉碎。人爭拾視，則以字紙置其子之履也。此慢褻字紙之報。〔註126〕

同樣情形也出現在溧陽一帶，有位媳婦嫁妝豐厚且賢淑溫婉，深得婆家憐愛，但某日無故被雷震死，其陪嫁妝奩內的鞋子被擊碎，究其原因，是她習慣用字紙鋪在鞋底：

> 溧陽富室娶媳亦富家女，奩資既豐，人亦淑婉，過門未旬日，一家皆稱其賢。一日爲暴雷震死，莫解其故，而雷聲隱隱，仍繞臥房，忽霹靂一聲，將箱籠擊碎，檢視則鞋底接字紙鋪襯也。〔註127〕

以有字之紙做鞋內襯底，人踩鞋上，等同踐踏文字，時人咸以爲是極不敬字的行爲。

　　以寫志怪寓言聞名的佟世思（西元 1651～1692 年），於《耳書·雷神》寫道：「某家產婦以字紙拭穢，尋爲雷所擊。」產婦用字紙擦拭產後穢物，結果也被雷打死了。〔註128〕

　　至於將字紙置於不淨處，即使是無心之過，還是會遭受譴責。《履園叢話·卷十七·折福》有則記載，有名少女無故被縣令誣作妓女，蒙受不白之冤，氣憤得準備上訴，後來她夢見神明說，這是不敬字紙的報應，她當下懺悔息事：

> 廣陵有鹺商女，甚美。嘗遊平山堂，遇江都令，令已醉，認此女爲娼也，不由分辨，遂笞之……其父兄怒，欲白太守。是夜夢神語之曰：「汝平日將舊書冊夾繡線，且看小說曲文，隨手置床褥間，坐臥其上。陰司以汝福厚，特假醉令手以示薄懲，否則當促壽也。」事遂止。〔註129〕

有些人在日常生活裡，會將用過的字紙當柴燒，看似惜福行爲，卻因不敬

〔註126〕見（清）錢泳著：《履園叢話·卷十七·報應》，北京：中華書局，頁464。
〔註127〕見（清）湯用中著：《翼駉稗編·卷一·穢褻字紙被焚》（見「筆」三十二編九冊），頁5286。
〔註128〕見（清）佟世思著：《耳書·雷神》（見「筆」八編十冊），頁6216。
〔註129〕見（清）錢泳著：《履園叢話·卷十七·折福》，頁466。

「字」，將有字之紙燃燒後的灰燼隨意棄置，所以受到天懲。故事可舉諸聯的《明齋小識‧卷六‧鼠銜燈草》為例，有一對開燈籠店的夫妻，待人和善，某天，其店內無故發生火災，火勢凶猛，夫妻倆均被燒死，鄰里回想他們生活點滴，發現原來是這對夫妻平時將字紙當柴燒的原故：

> 有燈籠店龔姓者，黃昏時，煙騰於街自其家出也。鄰里撬闥而入，則火已熄，布帳燒去其半，夫婦同臥，身皆焦灼，奄奄向人曰：「頃見碩鼠銜燈盞中草，曳而走，匿枕畔，帳遂燃，身不能起，為火所逼。」痛楚難狀，至明日，夫婦俱死，一子繃臥床上，髮膚無傷。
>
> 按龔素無大罪過，惟平日以燈紙代薪，殘字盡納諸竈。〔註130〕

這些故事的主人翁，均因不敬字紙者，受到雷擊、火焚等報應，反映清人視敬字紙為極慎重之事。

人們對於字紙敬重之意，可以當時「惜字局」為證。「惜字局」是專門收集字及整理焚燒的地方，有人發心出資，僱人到街上回收廢紙；人們也可把拾到的字紙拿來這裡秤賣，這些都是時人惜字紙的表現，但也不乏藉此圖利之人。

道光年間，湯用中在《翼駉稗編‧卷一‧穢褻字紙被焚》裡記載著，生活貧困的王某，到街上撿拾字紙，定期將它們拿到「惜字局」秤賣，以換得日常生活所需，日子也漸漸好過許多。後來，他發現白紙價格較高，於是他將字紙上的墨跡去除，當成白紙拿到紙局去賣，獲利更多。不久，一回他在燈下檢視紙張是否有墨跡時，紙被油燈所燃，引發大火，王某就被活活燒死了：

> 楊州徐疑門外王彬，本赤貧，多製篋筐檢（撿）拾字紙於三六日，向二廊廟惜字局秤賣，斤值五文。家漸溫飽後，將字紙滌去墨跡售各紙局更造，獲利較豐。一日方燃燈細檢，燈倒紙燃，彬墳死，餘屋悉燼。〔註131〕

綜上所述，若一個人不惜糧食，或將有字之紙鋪襯鞋底、擦拭穢物、置於不淨之處、當柴燒，或去除紙上字跡以圖利等行為，皆視同傷蹋物命，都會受到天懲。

〔註130〕見（清）諸聯著：《明齋小識‧卷六‧鼠銜燈草》（見「筆」正編五冊），頁3315。

〔註131〕見（清）湯用中著：《翼駉稗編‧卷一‧穢褻字紙被焚》（見「筆」三十二編九冊），頁5286。

三、福盡禍至，惜福更需造福

福盡悲來、福禍相依的觀念，透過勸世書、報應故事等，長久以來深植
人心，至清亦然。在《子不語·卷十三·雷擊土地》故事裡，土地神與世間
朋友感情很好，一天，祂告訴朋友其母命中註定會死於雷擊，並教導他免禍
方法，即是讓她過著極浪費生活，讓她提早福盡命終，這故事雖不合情理，
但反映著人們享福即消福，福盡則命終的觀念：

> 土地私謂汪（其世間朋友）曰：「君家有難，我不敢不告。弟告君後，
> 恐我難逃天譴。」汪再三問，曰：「尊堂太夫人分當雷擊。」汪大驚，
> 號泣求救。神曰：「只有一法可救，汝速盡孝養之道。凡太夫人平日
> 一飲一饌，一帳一衣，務使十倍其數，浪費而暴殄之，庶幾祿盡則
> 亡，可以善終，雷雖來，無益也。」汪如其言，其母果不數年而卒，
> 又三年，天雨，雷果至，繞棺照耀，滿房硫磺氣，卒不下。〔註132〕

可與之印證的，是《耳食錄·卷二·西村顏常》這則故事，故事裡有對父子
是暴發戶，因錢得來容易，過著極奢侈的生活。福報享盡之日，家中頓時一
貧如洗，其子竟活活被餓死，其父幸因曾蒙珍惜糧食之念，才免於凍餒：

> 嘗有一貧兒，得黃金百鎰，遂暴富。于是聘妻買妾，造華屋，田產，
> 奴僕充庭，賓客踵座。豪富甲鄉里，奢恥聞都邑。其子暴殄尤甚於
> 父，飲千絹，一食萬錢，又不足道也。一日，其父出遊，見道上糞
> 中有穀數粒，忽瞿然曰：「積農人三時之勤，為人生日食之需者，奈
> 何令棄污穢中？」即令僕拾取，以水滌之。歸至家，其子迎謂曰：「午
> 晌時，有數人衣服鮮楚，成隊自室中出，語我曰：『爾家逐我，今去
> 至西村顏常家。』遂冉冉出戶，視室中財物盡亡矣！復見黃蛟億萬
> 出倉中，頃刻蔽空望西而去，而倉中無粒穀存矣！」父子跌足懊嘆，
> 其家頓貧……其子竟以饑寒委溝壑。蓋華侈素習，不能復以勤儉持，
> 其後天禍又從而施之，以至於斯也。其父復夢人告曰：
> 「我穀神也，
> 感爾昔日穢中相救，念之不忘，當以爾身之食給爾。」明日，乃有
> 黃蛟億萬飛來其家，盡化為穀，食盡復來，至死乃已。〔註133〕

故事反映享福終有福盡時，人在日常生活中必須節儉持身，珍惜物命，即是
惜福。

〔註132〕見（清）袁枚著：《新齊諧——子不語·卷十三·雷擊土地》，頁 247～248。
〔註133〕見（清）樂鈞著：《耳食錄·卷二·西村顏常》，頁 19～20。

另外，清人進一步將惜福思想，推向積極的造福觀念，一個人若空守財物，不肯造福，福份仍究無法守住。俞樾在《耳郵卷一》寫了一則銀子飛出箱外的故事，主角張翁一生節儉持家，未嘗妄用一錢一物，十分珍惜物命，也存了很多錢。可是他把這些錢全鎖在祕盒內，既不用它，也捨不得拿出來救濟窮人，直到他病危時，他把鎖滿畢生積蓄的箱子打開，孰料，箱子才一打開，銀子竟像蝙蝠般飛起來，看得到卻摸不到，不久就輕飄飄飛到上空，數十年辛苦積存的心血，一時化為烏有，親眼目睹一切的兩位兒子才體會到，要懂得造福才能積福，財物福份才能守得住：

> 上海浦東張老達，先世本多田翁，老達性儉嗇，未嘗妄用一錢。及病篤，命其弟與子析祖業為二，各得其一。室中有銀一籃，乃老達手自積累，封識嚴密，至是命其妻啓之，將議分析。而老達已逝，方共驚涕。忽籃中銀錠，隨風飛，爭起撲之，如蛺蝶蹁躚，不可捉摸。或偶得一二，隨手即空。俄頃之間，籃中之銀烏有矣。乃悟作守錢虜，亦正須福。〔註134〕

清人將這惜福思想實與命定思想相關連，認為一個人究竟有少福份，已是命中注定的事，過度享福、消福卻未積極造福者，則福盡悲來。

貳、清人珍惜字紙的觀念與表現

《文昌帝君陰騭文·勿棄字紙》篇言：

> 人之所以獨貴者，以其口之能言，亦以其手之能書也。……手之所言，千秋不倦。字之有功於人也。世間若無文字，則官吏無以為治，政令無以為憑。豈獨家不能家，亦且國不能國矣！人之受恩於字者如此，而謂字紙，可輕棄乎！〔註135〕

珍惜字紙的風俗起於古代教育不普及，對百姓而言，能識字是件很了不起的事，他們不只敬重識字的讀書人，連帶對於字紙也很尊重。讀書人亦然，古代書籍不易獲得，使他們十分珍惜每部書冊與紙張，加上對科舉功名的汲汲追求，勸善書中的「惜字過率」、「褻字過率」等，在士子們心裡發揮因果警惕之用，對字紙更不敢輕慢。

〔註134〕見（清）俞樾著：《耳郵卷一》（見「筆」正編七冊），頁 4204～4205。
〔註135〕見釋淨空法師著：《安士全書——文昌帝君陰騭文白話解》，頁 455。

　　六朝顏之推（西元 513～？年）在《顏氏家訓・治家第五》即提到：「紙
有五經辭義及賢達姓名，不敢穢用。〔註 136〕」明末儒者劉宗周（西元 1578
～1645 年）則說：「夫字紙者，天地之精華，聖賢之性命。」明景帝景泰五
年（西元 1454 年），進士顏延表亦言：「自倉頡作書，產天地之靈秘而文章
流遍宇宙，……爲上天所珍惜，人君子不可不深加敬畏者也……故有功名
之士故當眾點畫，即無心利祿之子，亦宜敬畏斯文。」相傳，惜字亭在宋
代已出現，至明代，因印刷業發達，紙張通行市面的機會大增，珍惜字紙
的思想也從此時漸漸流行，到清代已普遍民間，清人張允祥還以一篇〈廣
惜字說〉傳世。〔註 137〕

　　故事裡所見惜字紙者的行爲，一是口頭勸導他人惜字紙，一是身體力行
撿拾字紙集中火化。梁恭辰在《北東園筆錄初編・卷四・勸人惜字》裡，寫
一名私塾教師，見人把字紙拿來糊窗抹桌，或者隨意置於地上任人踐踏，深
感痛惜，常苦口婆心勸戒，還出資把別人不要的紙買回來，親手洗乾淨後，
才將它們焚燒成灰，其身教終於改變當地的民情，使百姓們都懂得要珍惜字
紙：

> 朱坎者，錢塘諸生，客遊他省。有某官延課二子，見其居民不知惜
> 字，糊窗抹桌，踐踏穢污，惡習相沿，恬不爲怪，乃力勸居停，捐
> 貲收買，或有不潔之紙，必手自洗滌焚燒，逢人勸諭，竟移其俗。
> 不數年間，所收之字以百憶萬計。及其歸也，長子名瀾，以嘉慶丁
> 丑成進士，入翰林；次子瀛亦以某科登鄉薦矣。夫一人惜字爲善有
> 限，能使人人惜字，則其善大矣，宜其獲報之隆也。〔註 138〕

有的人則是提倡「惜字會」，出資請人尋拾被丟棄的紙，焚燒後沉於大海，例
可見於徐錫麟《熙朝新語卷十五》裡的程生：

> 歙縣程道平坦，少習制舉業，不售，去而學賈。生平敬惜字紙，每
> 行街市，輒注目四顧，恐有字紙棄地也。人以爲癡，程樂此不疲。
> 倡惜字會，雇人拾剟，砌爐焚之，灰則附客舟，載至江而沉之，如
> 是五十年，年八十餘，無疾而終。歿後旬日，示夢於其子曰：「我前

〔註 136〕見李振興等注譯：《新譯顏氏家訓・治家第五》，台北：三民書局，頁 44。
〔註 137〕見（清）張允祥著：《廣惜字說》（見《叢書集成續編・二一八冊》），頁 195
　　　　～198。
〔註 138〕見（清）梁恭辰著：《北東園筆錄初編・卷四・勸人惜字》（見「筆」正編九
　　　　冊），頁 5895。

　　　身乃文帝坐下白騾也，夙根不昧，惜字一生，今往浙江託生爲士人。」

　　　此乾隆五十九年事。〔註139〕

這些惜字紙的人，都會獲得不同的善報。例如《熙朝新語卷四》有位識字困難的婦人，發願惜字紙，結果福延子孫，她所生的孩子，週歲即識字，五歲即通一經：

　　　上虞徐仲山咸清……母俞夫人自以識字稍魯，發願惜字，每見棄紙輒檢閱，有字則留之，并募人收買，聚而焚之，久則沉其灰於江。

　　　仲山生一歲，即能識字；五歲通一經；甫束髮即有文名。〔註140〕

不惟如此，民間還將敬字紙觀念推及到「神明」亦敬字紙上，強化敬字紙的重要性。《履園叢話・卷十七・報應》載，有位無賴，喝醉酒後赤裸躺臥在文昌殿前，道士看了，上前勸解，被而遭此無賴辱罵，直到道士離開，無賴仍漫罵不止，還對著神像遺溺，這時突然風雷大作，霹靂一聲，把廟柱削了一大片，此片就剛好插在無賴的肚子上，當場慘死，神座前的布幡、器具等皆被雷火所燒，但凡雷火所燒之處，若有字者，皆逐字跳過：

　　　蜀中有一無賴子，夏日大醉，裸體仰臥文昌殿前。道士勸之，反被襯詈，道士畏而避之，無賴猶訕謗不已，且對神細盞遺溺。忽風雷大作，霹靂一聲，削柱木一片，鋒銳如刃，適破其腹，劃然中開，腸流滿地。更有奇者，神前布幡、器具、柱木皆爲雷火所燒，惟兩柱上所掛金字長聯，雷火燒處，逐字跳過，無一筆燒壞者。時吳門周勗太守……親自往驗，目擊其事。〔註141〕

無獨有偶，朱翊清《埋憂集・雷殛》也說，雷懲惡捉怪，但遇字必跳過不敢侵。怪物知雷神不敢傷殘有字的牌板，於是就藉之以避雷殛〔註142〕。這些故事無非是使人心生警惕，以達勸勉目的，勸人敬惜字紙。

　　清人惜字紙的觀念，不僅於消極的對有字之紙的保存與焚燒，還包括不可汙衊字的價值，如果濫用文字書寫淫書，亦是不敬字紙的作爲。徐子楞言：「世有造淫書穢史者，孽當百倍〔註143〕。」《履園叢話・卷十七・報應》記載一則故事，有位書商，專門刻淫詞與春宮圖像，賺了很多錢，可是不久，先

〔註139〕見（清）徐錫麟著：《熙朝新語卷十五》（見《清代筆記叢刊（二）》，頁1735。

〔註140〕見（清）徐錫麟著：《熙朝新語卷四》（見《清代筆記叢刊（二）》，頁1693。

〔註141〕見（清）錢泳著：《履園叢話・卷十七・報應》，頁460。

〔註142〕見（清）朱翔清著：《埋憂集・卷二・雷殛》，頁3145。

〔註143〕見（清）湯用中著：《翼駉稗編・卷一・穢褻字紙被焚》，頁5287。

是所賺的錢全被盜賊偷去，接著他又雙眼失明，後來所刻淫書諸板，都被祝融焚燒殆盡，妻離子散，死時竟連一口棺材也不可得：

> 桐鄉一士，好閱淫書，搜羅不下數十百種。有子少聰俊，每伺父出，輒向篋中取淫書觀之。從此纏綿思想，琢鑿真元，患癆瘵天死。其父悲慟不已，相繼卒。又某邑一書賈，刻淫詞及春宮圖像，易於銷售，積資四五千金。不數年，被盜席捲，兩目旋盲。所刻諸板，一火盡爐。及死，棺殮無措，妻子離散，此編造淫書之報。〔註144〕

此故事在在《北東園筆錄四編・卷四・上洋童子》也有相同之述。

造淫書危害人心甚巨，遑論廣傳，罪更是孽深重。百一居士《壺天錄》中亦言，陸氏喜歡製春宮圖冊贈人，結果自己的女兒即被家僕用春宮圖誘拐失身，其子又留戀煙花柳巷，耗盡家產，還將妹妹賣入青樓，最後陸氏痛悔致死，足見造淫書其罪之重。

為了惜字紙，清人設有許多專門焚燒字紙的地方，稱做「聖蹟亭」，另外也稱惜字亭、敬聖亭、字紙亭、惜字爐等，在台灣，即有三十三種稱謂〔註145〕，其外觀像是燒金紙的金爐，但其功能只用於焚燒殘書或廢紙，漸漸則兼有祈福的意義。從故事可知，清人已有「惜字局」與「惜字會」的惜字團體組織，這個組織是由大家輪班當爐主，擔任爐主者，需雇人往來街上搜集字紙，將它們拿到惜字亭，請專人焚燒。其風氣之盛，以台灣為例，在光緒年間所建的聖蹟亭，多達百餘座以上。

至今，在台灣有一百一十九座惜字亭〔註146〕，仍可見到清代惜字亭的遺跡，在桃園龍潭有條路名稱作「聖亭路」，此路名的由來，即是起於當地有一座建於光緒元年（西元1875年）的聖蹟亭，是由龍潭人士集資建造，供鄉人焚燒字紙，表達敬字紙的習俗。近兩百年來歷經無數次翻修，終於民國七十四年認定為國家三級古蹟，在八十八年十二月由台積公司認養維護。

〔註144〕見（清）錢泳著：《履園叢話・卷十七・報應》，頁456。

〔註145〕其稱謂有：敬文亭、敬字亭、敬字爐、敬字塔、敬字樓、敬紙亭、敬紙爐、敬聖亭、惜字亭、惜字爐、惜字塔、惜字樓、惜紙亭、文紙亭、字亭、字爐、字塔、字紙亭、字紙爐、紙亭、紙爐、聖亭、聖爐、聖文亭、聖紙亭、聖蹟亭、聖蹟臺、焚紙亭、焚紙爐等，還有頓水亭、毛筆亭，孔聖亭、孔聖塔等特殊稱謂，共三十三種。（見施順生：〈台灣地區敬字亭稱謂之探討〉，《中國文化大學中文學報》第十五期），頁118～119。

〔註146〕施順生：〈台灣地區敬字亭稱謂之探討〉，《中國文化大學中文學報》第十五期），頁146～157。

第七章 結 論

　　清人筆記數量冠於歷朝，富涵各類資源，其中的生活故事，反映社會現象、民情風俗與時人思想。也看出時人有意識整理筆記故事的雛形。

壹、故事反映社會與民情

　　清代締婚方式，除了承襲歷代的指腹婚、搶婚、招贅婚等外，童養媳婚與買賣婚，至此時非常普遍，究其原因，多與貧困有關，女性不論是在原生家庭或夫家，當生活困難時，極容易被視爲一種交易商品。在婚姻關係維繫上，因清人重視以財論婚，以致許多夫妻或聘定男女因此而關係生變。另外，由於多數婚姻是建立沒有感情基礎上，且清代男性於婚後多是離家做生意，以致當時女性婚前或婚後的外遇情況增加，爲此衍生出不少爭妻訟事，以及謀害配偶性命的刑事案件。在故事裡也看到當時的沖喜、某大姐、過癩等婚俗。

　　在人際關係上，故事裡反映清人重情義的一面，且許多小人物或妓女、大盜等，在人遇難時展現俠義心腸；當時棄嬰與因貧自殺者不少，拯救棄嬰與弱勢者而得善報的人，也成了故事中歌頌的角色。反之許多道貌岸然之人，在面臨危難時，反而自保爲尚。

　　爲了增加國庫收入，清代廣開捐例，不惟商人，只要民間百姓有意願者，均可透過捐納入監或授任官職，以致也有盜做官、不識一字成監生等情形。國家人才素質堪慮，間接也反映在官場上貪賄與貪賑風氣，官員貪賑使生靈塗炭；在貪賄風氣中，事無理據，而是向「錢」看齊，有學之士因未通關節而落選，反之通關節者則連捷；另外，百姓若遇及事情，不論是請訟師協助

或上衙門，常會面臨「豬燒頭到爛，錢到事公辦」的情形，讓弱勢者苦上加苦。即使功名難求，清代士子仍躍躍欲試，不論是憑藉實力，或透過買關節或作弊等方式，士子終其一身希望能獲得功名，圖得較好的社會地位。

清代商業貿易活躍，商人行商過程裡，有劫盜、詐騙等風險，考驗他們靈機應變的能力，相對之下，同伙互助更顯重要。然而在這些商貿活動中，也看到了部份奸商使用騙術貪圖厚利的情形，尤其在晚清，國人一片崇洋物的心態下，製造贋品以獲利，成了商人另一新商機，這些都是清代較為特別的社會現象。

除此，晚清門戶洞開，異國風情與人物進入國內，也帶來一些社會問題，例如賭妓等危害社會的行業，因有租界地的保護而更盛行，外國妓女在中國賣娼同時，也將傳染病帶入中國；然而，這些洋客也未必是良善之輩，他們也會扮起強盜劫財，並與中國騙子聯合行騙。

過去，婦女在家中扮演著賢妻持家的角色，至清，因社會經濟型態漸漸由農轉商，家中男主人遠行經商機會大增，婦女必須自保及保衛家人的故事，應之而生；除此，在面臨難境時，他們往往展現沉著的智慧，化險為夷；遇人臨難時，則俠義相助。

訟師發展至清代在社會形成一股強大勢力，好訟師固然能協助百姓調訟，但有更多訟棍打著協訟之名，實行斂財之事，並組成訟師集團，左右暗情，影響社會甚深。

反映的思想與觀念，在政府大力旌表節孝的獎勵制度下，原本即存在的貞節觀念至此時發揮極致，重視女子童貞與寡婦需守節外，未婚女子殉未婚夫的情形，也受到社會的肯定與褒揚。

此外，清人相信事有因果，善惡有報，並擴之強調，一個人縱然沒有犯錯，但不曾行善也會受到譴報，反之，若能行善，則可改變命運，且在人的道德規範上，重視人們起心動念的思維都不能有偏差。珍惜字紙的風氣至此時十分流行，不惜糧物與字紙而受報的故事，時而可見。這些勸懲故事，加強珍惜字紙與物命的重要性。

貳、清人筆記生活故事的文學特點

清人生活筆記故事所載非事即人，而以人物為主的篇幅較多，在寫作筆法上，發現其探史家筆法，對故事裡的人、事、時、地、物，角色家世背景

等，會清楚交待，時間上多採順序發展。此外，有不少筆記，例如吳熾昌《客窗閒話》、宣鼎《夜雨秋燈錄》等，在故事後面都會附加作者的評述，以及對該故事的相關資料補充。

　　歷代筆記是文人雜散的記錄，含括內容很廣，舉凡天文、地理、考證、時事、神話、傳說、人物、故事、諺語、俗語等均載之，清代的筆記多數也是如此。但較前朝不同的是，此時已出現具分類性的筆記故事集，除了勸懲因果報應的《信徵錄》、《冥報錄》、《果報聞見錄》等外，晚清雷君曜的《騙術奇談》從《子不語》等書中，輯錄關於騙子的故事，集結成專談騙子的筆記；另外《笑林廣記》、《笑笑錄》、《笑得好》等亦然，是專輯詼諧笑話的清代筆記故事，因清代笑話多承襲明代，單就遊戲主人的《笑林廣記》而言，其完全抄襲加部份文字刪改自明人馮夢龍的《笑府》，即有兩百九十七篇之多；另外《笑得好》與《笑倒》所選錄的故事，則是同朝笑話的互相抄作，反映時人已有將筆記故事內容分類的意識。

參、筆記故事的意義與價值

　　筆記是文人所見所聞的記載，其故事來源實自民間，它不僅真實記錄當代的傳聞，也搜集聽自父祖鄉野耆老傳述的歷代故事，例如在《冷廬雜識·卷六·鉤慝》裡，記載了「財物不是我的」型故事：某甥借牛予舅舅，牛生子後，舅只肯還老牛，不肯予牝牛，某甥說不過他，只好請縣官來處理，結果縣官故意以舅舅偷牛為名要捉拿他，舅舅情急下，說出牛是向外甥借來的牛所生，判官據此要他還牛。故事說完後，並交待出自於宋代《折獄龜鑑·鉤慝門》與《金史·疑刺斡里朵傳》，可見在宋金時期，此型故事即已流傳，文人筆記故事，實有助於民間故事的溯源。

　　再則，將同型故事歸納觀之，則可以探討異地民情風俗。清人筆記故事中，搜得九十五個民間故事類型，其中有三十七個是屬於國際型，發現到：（一）在有關判案型故事部份，僅見於國內，外國鮮見；（二）見於清代的類型故事裡，看到詼諧故事與騙子故事增加許多，似可反映當時人喜以幽默之語諷刺世態，以及在社會上詐騙的現象較前代普遍、並從故事情節可知，已有連環騙的精湛技巧。

　　除了藉故事探討社會人、事外，也可拾得一些歷史人物傳說與民俗史料，例如《吾亭雜記》記載錢謙益的傳說，內容大意是，錢謙益為官時，殺了很

多人，晚年得孫，錢氏疼愛異常，卻幸七歲得疫去世，死前，其孫直言看見無頭人討前世債，問無頭人形狀，結果皆是錢氏所殺之人。

在《庸閒齋筆記》裡，記錄當時有一無賴廣招學徒，因為行情很好，被同業人所妒，齊聚咬他，人各咬一口，到最後竟把他咬死，他們之所以會如此猖狂，實因吳俗咬死人不必償命，而其典故在於《岳傳》之載，張浚陷害岳武穆後，自己則被諸將咬死，當地人深恨張浚，覺得其被咬死罪有應得，衍變成咬死惡人不必償命的習俗。〔註1〕

另外，晚清筆記生活故事裡，還可看到文人聽聞的異國故事。例見《庸閒齋筆記・卷四・日本讓國之美譚》裡寫到日本國兄弟互禪讓，弟弟為了讓兄長能即位，選擇自盡。〔註2〕俞樾《茶香室叢鈔・卷四》裡，記二位女子的故事：

> 伯養（二山義長）將出，而有火，謂省君（三字省君）曰：「火遠必不及，若逼，吾歸攜汝。」燒焉，風急，燒及鄰。弟子謂曰：「盍早去？」省君曰：「夫臨出，謂妾曰：『火逼，必歸其行。』不待夫而去，此不奉夫之言也。不奉夫言以求苟生，不如死。」時火益熾，而守死不變。烈婦栗氏，嫁同村安兵衛，有惡疾，栗事之無厭心。大風暴雨川流沸騰。夜中人相呼水至，夫四肢爛潰不可起，謂栗曰：「我著此惡病，死水，幸也，汝則避矣。」栗泣曰：「相親數年，臨難委之不祥。」乃扶舅出門外，以舊副衣及田地典契，油紙裹之以託其人，遣之入室，侍夫側，與夫同死。〔註3〕

《甕牖餘談》則述法國奇女子，以莊重自持，在英法戰爭時，她帶軍突擊英地，雖被擒獲慘死，卻是法國人的驕傲。

就上所述，清人筆記生活故事實具民間文學、人文、史料、民俗等價值，亦有再進一步以不同角度深究的空間。

〔註1〕見（清）陳其元：《庸閒齋筆記・卷四・小說誤人》，頁84。

〔註2〕見（清）陳其元：《庸閒齋筆記・卷四・日本讓國之美譚》，頁77。

〔註3〕見（清）俞樾：《茶香室叢鈔・卷四・記日本二女子》（北京：中華書局），頁122。

引用文獻

壹、古籍

一、經部

1. 《十三經注疏・易經》,(魏)王弼、韓康伯注(唐)孔穎達等正義,台北:藝文印書館印行。

2. 《十三經注疏・周禮》,(漢)鄭玄注(唐)賈公彥疏,台北:藝文印書館印行。

3. 《十三經注疏・儀禮》,(漢)鄭玄注(唐)賈公彥疏,台北:藝文印書館印行。

4. 《十三經注疏・禮記》,(漢)鄭玄注(唐)孔穎達等正義,台北:藝文印書館印行。

5. 《十三經注疏・孝經》,(唐)玄宗明皇帝御注(宋)邢昺疏,台北:藝文印書館印行。

二、史部

1. 《史記會注考證》,(漢)司馬遷撰,(日)瀧川龜太郎,台北:萬卷樓圖書公司,1996 年 02 月初版。

2. 《新校史記三家注》,(漢)司馬遷撰,楊家駱編,台北:世界書局,1993 年 12 月六版。

3. 《漢書補注》,(清)王先謙撰,台北:藝文印書館印行。

4. 《後漢書》,(南朝宋)范曄,北京:中華書局,1985 年 06 月初版。

5. 《南史》,(唐)李延壽撰,北京:中華書局,1985 年 06 月初版。

6. 《南齊書》，（梁）蕭子顯撰，北京：中華書局，1985 年 06 月初版。

7. 《隋書》，（唐）魏徵等撰，北京：中華書局，1985 年 06 月初版。

8. 《舊唐書》，（後晉）劉昫等撰，北京：中華書局，1985 年 06 月初版。

9. 《新唐書》，（宋）歐陽修、宋祁撰，北京：中華書局，1985 年 06 月初版。

10. 《新五代史》，（宋）歐陽修撰，北京：中華書局，1985 年 06 月初版。

11. 《宋史》，（元）脫脫等撰，北京：中華書局，1985 年 06 月初版。

12. 《元史》，（明）宋濂等撰，北京：中華書局，1985 年 06 月初版。

13. 《明史》，（清）張廷玉等撰，北京：中華書局，1985 年 06 月初版。

14. 《清史稿》，趙爾巽等撰，北京：中華書局，1985 年 06 月初版。

15. 《通志》，（宋）鄭樵撰，浙江：浙江古籍出版社，2000 年 01 月初版。

16. 《文獻通考》，（元）馬端臨撰，國家圖書館影印本。

17. 《續資治通鑑長編》，（宋）李燾撰，北京：中華書局，2004 年 09 月初版。

18. 《唐律疏議》，（唐）長孫無忌等撰，劉俊文點校，北京：法律出版社，1999 年 09 月初版。

19. 《宋刑統》，（宋）竇儀等撰，薛梅清點校，北京：法律出版社，1999 年 09 月初版。

20. 《明實錄》，中央研究院語言研究所。

21. 《明律集解附例》，台北：成文出版社（據清光緒二十四年重刊本影印），1969 年 02 月初版。

22. 《大清律輯註》，（清）沈之奇撰。

23. 懷效鋒點校，北京：法律出版社，2000 年 01 月初版。

24. 《大清會典》，（清）崑剛等奉敕纂，台北：文海出版社。

25. 《大清皇帝實錄》，台北：華文書局。

26. 《欽定大清會典事例》，（清）托津等奉敕纂，台北：文海出版社。

27. 《皇朝政典類纂》，席裕福、沈師徐輯，台北：文海出版社。

28. 《道咸同光奏議》，王延熙、王樹敏編，台北：文海出版社。

29. 《牧令須知》，（清）剛毅輯，台北：文海出版社，1966 年初版。

30. 《入幕須知五種》，（清）張廷驤著，台北：文海出版社，1966 年初版。

31. 《吾學錄初編》，（清）吳榮光撰，《續修四庫全書·史部·政書類》。

三、子部

（一）諸子著作

1. 《淮南子注釋》，（漢）高誘注釋，台北：華聯出版社，1968 年 05 月初版。

2. 《老子今註今譯》，陳鼓應註譯，台灣商務印書館，1998 年 02 月二次修訂版。

3. 《墨子今註今譯》，李漁叔註譯，台灣商務印書館，2002 年 01 月初版。

4. 《新譯顏氏家訓》，李振興等注譯，台北：三民書局，1993 年 08 月初版。

（二）筆記

1. 《搜神記》，（晉）干寶著，北京：中華書局，2007 年 03 月初版。

2. 《神仙傳》，（東晉）葛洪著，台灣大學圖書館據《龍威祕書》本影印，收入《百部叢書集成60》。

3. 《搜神後記》，（南朝宋）陶潛著，北京：中華書局，2007 年 03 月初版。

4. 《括異志》，（南朝宋）張師正著，北京：中華書局，2006 年 09 月初版。

5. 《稽神錄》，（南朝宋）徐鉉著，北京：中華書局，2006 年 09 月初版。

6. 《異苑》，（南朝宋）劉敬叔著，上海：上海古籍出版社（《魏晉筆記小說大觀》），1999 年 12 月初版。

7. 《述異記》，（南朝梁）任昉著，台北：商務印書館《欽定四庫全書·子部·小說家類》）。

8. 《朝野僉載》，（唐）張著，上海：上海古籍出版社（《魏晉筆記小說大觀》），1999 年 12 月初版。

9. 《太平廣記》，（宋）李昉等編，北京：中華書局，2003 年 06 月初版。

10. 《夷堅志》，（宋）洪邁著，台北：明文書局，1994 年 09 月再版。

11. 《雞肋編》，（宋）莊綽著，北京：中華書局，2004 年 06 月初版。

12. 《癸辛雜識》，（宋）周密著，上海：上海古籍出版社（《宋元筆記小說大觀》），2007 年 12 月初版。

13. 《青瑣高議》，（宋）劉斧著，上海：上海古籍出版社（《宋元筆記小說大觀》），2007 年 12 月初版。

14. 《新校正夢溪筆談》，（宋）沈括著，胡道靜校注，北京：中華書局，1957 年 11 月初版。

15. 《新編醉翁談錄》，（宋）羅燁著，台北：新興書局，（《筆記小說大觀》影印本），1977 年 06 初版。

16. 《續夷堅志》，（金）元好問著，北京：中華書局，2006 年 09 月初版。

17. 《湖海新聞夷堅續志》，無名氏著，北京：中華書局，2006 年 09 月初版。

18. 《居家必用事類全集》，（元）佚名著，《續修四庫全書·子部·雜家類》）。

19. 《稗史彙編》，（明）王圻纂，台北：新興書局（據明萬曆刻本排印）1981 年初版。

20. 《解蘊編》，（明）樂天大笑生纂，台北：商務印書館《續修四庫全書・子部・小說家類》）。

21. 《古今譚概》，（明）馮夢龍著，北京：中華書局，2007 年 08 月初版。

22. 《智囊集補》，（明）馮夢龍著，北京：中華書局，2007 年 09 月初版。

23. 《馮夢龍笑話集》，（明）馮夢龍著，高洪鈞點校，河北：河北人民出版社，1987 年 06 月初版。

24. 《雪濤小說》（外四種），（明）明江盈科著，上海：上海古籍出版社，2000 年 05 月初版。

25. 《快談四書》，（含潘游龍《笑禪錄》、李開先《一笑散》、伽斯那《百喻經》、江盈科《雪濤諧史》），陳文新評注，崇文書局，2004 年 01 月初版。

26. 《江盈科集》，（明）江盈科著，黃仁生輯校，湖南：岳麓書社，1997 年 04 月初版。

27. 《笑海叢珠》，（明），台北：天一出版社，1985 年初版。

28. 《諧鐸》，（清）沈起鳳著，濟南：齊魯書社，（《清代筆記叢刊》），2001 年 01 月初版。

29. 《觚賸》，（清）鈕琇著，濟南：齊魯書社，（《清代筆記叢刊》），2001 年 01 月初版。

30. 《虞初新志》，（清）張潮輯，濟南：齊魯書社，（《清代筆記叢刊》），2001 年 01 月初版。

31. 《虞初續志》，（清）鄭澍若編，濟南：齊魯書社，（《清代筆記叢刊》），2001 年 01 月初版。

32. 《香祖筆記》，（清）王士禎著，濟南：齊魯書社，（《清代筆記叢刊》），2001 年 01 月初版。

33. 《堅瓠集》，（清）褚人獲著，濟南：齊魯書社，（《清代筆記叢刊》），2001 年 01 月初版。

34. 《茶餘客話》，（清）阮葵生著，濟南：齊魯書社，（《清代筆記叢刊》），2001 年 01 月初版。

35. 《熙朝新語》，（清）徐錫麟輯，濟南：齊魯書社，（《清代筆記叢刊》），2001 年 01 月初版。

36. 《退庵隨筆》，（清）梁章鉅編，濟南：齊魯書社，（《清代筆記叢刊》），2001 年 01 月初版。

37. 《初月樓聞見錄》，（清）吳德旋著，濟南：齊魯書社，（《清代筆記叢刊》），2001 年 01 月初版。

38. 《兩般秋雨盦隨筆》，（清）梁邵壬纂，濟南：齊魯書社，（《清代筆記叢刊》），2001 年 01 月初版。

39.《鷗陂漁話》，（清）葉廷琯著，濟南：齊魯書社，（《清代筆記叢刊》），2001年01月初版。

40.《甕牖餘談》，（清）王韜著，濟南：齊魯書社，（《清代筆記叢刊》），2001年01月初版。

41.《壺天錄》，（清）百一居士著，濟南：齊魯書社，《清代筆記叢刊》），2001年01月初版。

42.《金壺七墨》，（清）黃鈞宰著，濟南：齊魯書社，（《清代筆記叢刊》），2001年01月初版。

43.《埋憂集》，（清）朱翔清著，濟南：齊魯書社，（《清代筆記叢刊》），2001年01月初版。

44.《庸盦筆記》，（清）薛福成著，濟南：齊魯書社，（《清代筆記叢刊》），2001年01月初版。

45.《客窗閒話》，（清）吳熾昌著，濟南：齊魯書社，（《清代筆記叢刊》），2001年01月初版。

46.《三借廬筆談》，（清）鄒弢著，濟南：齊魯書社，（《清代筆記叢刊》），2001年01月初版。

47.《薈蕞編》，（清）俞樾纂，濟南：齊魯書社，（《清代筆記叢刊》），2001年01月初版。

48.《三異筆談》，（清）許仲元著，台北：新興書局，（《筆記小說大觀》影印本），1973年04初版。

49.《鋤經書舍零墨》，（清）黃協塤著，台北：新興書局（《筆記小說大觀》影印本），1973年04初版。

50.《香飲樓賓談》，（清）陸長春著，台北：新興書局，（《筆記小說大觀》影印本），1973年04初版。

51.《聞見異辭》，（清）許秋垞著，台北：新興書局，（《筆記小說大觀》影印本），1973年04初版。

52.《墨餘錄》，（清）毛祥麟著，台北：新興書局，（《筆記小說大觀》影印本），1973年04初版。

53.《笑笑錄》，（清）獨逸窩退土著，台北：新興書局，（《筆記小說大觀》影印本），1973年04初版。

54.《明齋小識》，（清）諸聯著，台北：新興書局，（《筆記小說大觀》影印本），1973年04初版。

55.《此中人語》，（清）程趾祥著，台北：新興書局，（《筆記小說大觀》影印本），1973年04初版。

56.《蟲鳴漫錄》，（清）采蘅子著，台北：新興書局，（《筆記小說大觀》影印本），1973年04初版。

57.《蜨階外史》，（清）無名氏著，台北：新興書局，（《筆記小說大觀》影印本），1973 年 04 初版。

58.《雨窗消意錄》，（清）牛應之著，台北：新興書局，（《筆記小說大觀》影印本），1973 年 04 初版。

59.《耳郵》，（清）俞樾著，台北：新興書局，（《筆記小說大觀》影印本），1973 年 04 初版。

60.《咫聞錄》，（清）慵納居士著，台北：新興書局，（《筆記小說大觀》影印本），1973 年 04 初版。

61.《南皋筆記》，（清）楊鳳輝著，台北：新興書局，（《筆記小說大觀》影印本），1973 年 04 初版。

62.《聽雨軒筆記》，（清）徐德清著，台北：新興書局，（《筆記小說大觀》影印本），1973 年 04 初版。

63.《聊齋志異拾遺》，（清）蒲松齡著，台北：新興書局，（《筆記小說大觀》影印本），1973 年 04 初版。

64.《鸝砭軒質言》，（清）戴蓮芬著，台北：新興書局，（《筆記小說大觀》影印本），1973 年 04 初版。

65.《夜譚隨錄》，（清）和邦碩著，台北：新興書局，（《筆記小說大觀》影印本），1973 年 04 初版。

66.《影談》，（清）管世灝著，台北：新興書局，（《筆記小說大觀》影印本），1973 年 04 初版。

67.《石渠隨筆》，（清）阮元著，台北：新興書局，（《筆記小說大觀》影印本），1973 年 04 初版。

68.《甕牖餘談》，（清）王韜著，台北：新興書局，（《筆記小說大觀》影印本），1973 年 04 初版。

69.《志異續編》，（清）青城著，台北：新興書局，（《筆記小說大觀》影印本），1973 年 04 初版。

70.《前徽錄》，（清）姚世錫著，台北：新興書局，（《筆記小說大觀》影印本），1973 年 04 初版。

71.《在野邇言》，（清）王嘉楨著，台北：新興書局，（《筆記小說大觀》影印本），1974 年 05 初版。

72.《冬夜箋記》，（清）王崇簡著，台北：新興書局，（《筆記小說大觀》影印本），1974 年 05 初版。

73.《隴蜀餘聞》，（清）王士禎著，台北：新興書局，（《筆記小說大觀》影印本），1974 年 05 初版。

74.《天祿識餘》，（清）高士奇著，台北：新興書局，（《筆記小說大觀》影印本），1974 年 05 初版。

75. 《粵述》，（清）閔敘著，台北：新興書局，（《筆記小說大觀》影印本），1974 年 05 初版。

76. 《粵西偶記》，（清）陸祚蕃著，台北：新興書局，（《筆記小說大觀》影印本），1974 年 05 初版。

77. 《峒谿纖志》，（清）陸次雲著，台北：新興書局，（《筆記小說大觀》影印本），1974 年 05 初版。

78. 《談往》，（清）花村看行待者著，台北：新興書局，（《筆記小說大觀》影印本），1974 年 05 初版。

79. 《簪雲樓雜說》，（清）陳尚古著，台北：新興書局，（《筆記小說大觀》影印本），1974 年 05 初版。

80. 《天香樓偶得》，（清）盧兆著，台北：新興書局，（《筆記小說大觀》影印本），1974 年 05 初版。

81. 《蚓庵瑣語》，（清）王逋著，台北：新興書局，（《筆記小說大觀》影印本），1974 年 05 初版。

82. 《見聞錄》，（清）徐岳著，台北：新興書局，（《筆記小說大觀》影印本），1974 年 05 初版。

83. 《冥報錄》，（清）陸圻著，台北：新興書局，（《筆記小說大觀》影印本），1974 年 05 初版。

84. 《顯果隨錄》，（清）釋晦山著，台北：新興書局，（《筆記小說大觀》影印本），1974 年 05 初版。

85. 《果報聞見錄》，（清）楊式傳著，台北：新興書局，（《筆記小說大觀》影印本），1974 年 05 初版。

86. 《信徵錄》，（清）徐慶著，台北：新興書局，（《筆記小說大觀》影印本），1974 年 05 初版。

87. 《曠園雜志》，（清）吳陳琰著，台北：新興書局，（《筆記小說大觀》影印本），1974 年 05 初版。

88. 《述異記》，（清）東軒主人著，台北：新興書局，（《筆記小說大觀》影印本），1974 年 05 初版。

89. 《蓴鄉贅筆》，（清）董含著，台北：新興書局，（《筆記小說大觀》影印本），1974 年 05 初版。

90. 《說夢》，（清）曹家駒著，台北：新興書局，（《筆記小說大觀》影印本），1974 年 07 初版。

91. 《談異》，（清）伊園主人著，台北：新興書局，（《筆記小說大觀》影印本），1974 年 07 初版。

92. 《儒林瑣記》，（清）朱克敬著，台北：新興書局，（《筆記小說大觀》影印本），1974 年 07 初版。

93. 《説鈴》，（清）汪琬著，台北：新興書局，（《筆記小說大觀》影印本），1974 年 07 初版。

94. 《黑美人別傳》，（清）無名氏著，台北：新興書局，（《筆記小說大觀》影印本），1974 年 07 初版。

95. 《女盜俠傳》，（清）酉陽著，台北：新興書局，（《筆記小說大觀》影印本），1974 年 07 初版。

96. 《女俠翠雲孃傳》，（清）秋星著，台北：新興書局，（《筆記小說大觀》影印本），1974 年 07 初版。

97. 《女俠荊兒記》，（清）無名氏著，台北：新興書局，（《筆記小說大觀》影印本），1974 年 07 初版。

98. 《書葉氏女事》，（清）屈大均著，台北：新興書局，（《筆記小說大觀》影印本），1974 年 07 初版。

99. 《貞婦屠印姑傳》，（清）羅有高著，台北：新興書局，（《筆記小說大觀》影印本），1974 年 07 初版。

100. 《握蘭軒隨筆》，（清）卜陳彝著，台北：新興書局，（《筆記小說大觀》影印本），1974 年 07 初版。

101. 《居易錄談》，（清）王士禛著，台北：新興書局，（《筆記小說大觀》影印本），1974 年 07 初版。

102. 《佐治藥言》，（清）汪輝祖著，台北：新興書局，（《筆記小說大觀》影印本），1974 年 07 初版。

103. 《寄園寄所寄》，（清）趙吉士著，台北：新興書局，《筆記小說大觀》影印本），1975 年 07 初版。

104. 《陰騭文廣義》，（清）周思仁著，台北：新興書局，（《筆記小說大觀》影印本），1975 年 07 初版。

105. 《北游錄》，（清）談孺木著，台北：新興書局，（《筆記小說大觀》影印本），1975 年 07 初版。

106. 《萬善先資集》，（清）周思仁著，台北：新興書局，（《筆記小說大觀》影印本），1975 年 07 初版。

107. 《續太平廣記》，（清）陸壽名著，台北：新興書局，（《筆記小說大觀》影印本），1975 年 12 初版。

108. 《塵餘》，（清）曹宗璠著，台北：新興書局，（《筆記小說大觀》影印本），1976 年 08 初版。

109. 《遜齋偶筆》，（清）徐崑著，台北：新興書局，（《筆記小說大觀》影印本），1976 年 08 初版。

110. 《游梁瑣記》，（清）黃軒祖著，台北：新興書局，（《筆記小說大觀》影印本），1976 年 08 初版。

111.《閒處光陰》，（清）彭邦鼎著，台北：新興書局，（《筆記小說大觀》影印本），1976 年 08 初版。

112.《夢厂雜著》，（清）俞蛟著，台北：新興書局，（《筆記小說大觀》影印本），1976 年 08 初版。

113.《居易錄》，（清）王士禎著，台北：新興書局，（《筆記小說大觀》影印本），1977 年 01 初版。

114.《白下瑣言》，（清）甘熙著，台北：新興書局，（《筆記小說大觀》影印本），1977 年 01 初版。

115.《簞廊瑣記》，（清）王濟宏著，台北：新興書局，（《筆記小說大觀》影印本），1977 年 05 初版。

116.《芝菴雜記》，（清）陸雲錦著，台北：新興書局，（《筆記小說大觀》影印本），1977 年 06 初版。

117.《玉堂薈記》，（清）楊士聰著，台北：新興書局，（《筆記小說大觀》影印本），1977 年 06 初版。

118.《紅杏山房聞見隨筆》，（清）盧秉均著，台北：新興書局，（《筆記小說大觀》影印本），1977 年 06 初版。

119.《漱華隨筆》，（清）嚴有禧著，台北：新興書局，（《筆記小說大觀》影印本），1977 年 06 初版。

120.《井蛙雜記》，（清）李調元著，台北：新興書局，（《筆記小說大觀》影印本），（未註）。

121.《談助》，（清）王崇簡著，台北：新興書局（《筆記小說大觀》影印本），1977 年 09 初版。

122.《南越筆記》，（清）李調元著，台北：新興書局，（《筆記小說大觀》影印本），1977 年 09 初版。

123.《五石瓠》，（清）劉鑾著，台北：新興書局，（《筆記小說大觀》影印本），1980 年 08 初版。

124.《騙術奇談》，（清）雷君曜著，台北：新興書局，（《筆記小說大觀》影印本），1981 年 05 初版。

125.《集異新抄》，（清）李鶴林著，台北：新興書局，（《筆記小說大觀》影印本），1981 年 05 初版。

126.《翼駉稗編》，（清）湯用中著，台北：新興書局，（《筆記小說大觀》影印本），1981 年 05 初版。

127.《清朝野史大觀》，（清）無名氏著，台北：新興書局，（《筆記小說大觀》影印本），1981 年 05 初版。

128.《採異錄》，（清）胡源祚著，台北：新興書局，（《筆記小說大觀》影印本），1984 年 06 初版。

129. 《艮齋筆記》，（清）李澄中著，台北：新興書局，（《筆記小說大觀》影印本），1985 年 01 初版。

130. 《酒蘭燈□談》，（清）芝秀軒主人著，台北：新興書局，（《筆記小說大觀》影印本），1985 年 01 初版。

131. 《吾亭雜記》，（清）趙某著，台北：新興書局，（《筆記小說大觀》影印本），1985 年 01 初版。

132. 《雅謔》，（清）浮白齋主人著，台北：新興書局，《筆記小說大觀》影印本），1985 年 01 初版。

133. 《語新》，（清）錢學綸著，台北：新興書局，（《筆記小說大觀》影印本），1985 年 01 初版。

134. 《嶠南瑣記》，（清）魏濬著，台北：新興書局，（《筆記小說大觀》影印本），1985 年 01 初版。

135. 《雞窗叢話》，（清）蔡澄著，台北：新興書局，（《筆記小說大觀》影印本），1985 年 01 初版。

136. 《錦里新編》，（清）張邦伸著，台北：新興書局，（《筆記小說大觀》影印本），1986 年 02 初版。

137. 《隻塵譚》，（清）胡承譜著，台北：新文豐圖書公司（《叢書集成新編》第 89 冊，據《涇川叢書》本），1989 年初版。

138. 《閱世編》，（清）葉夢珠輯，台北：新文豐圖書公司（《叢書集成續編》第 12 冊，據《上海掌故》本），1989 年初版。

139. 《談虎》，（清）趙彪詔著，台北：新文豐圖書公司（《叢書集成續編》第 83 冊，據《昭代叢書》本），1989 年初版。

140. 《山齋客譚》，（清）景星杓著，台北：新文豐圖書公司（《叢書集成續編》第 211 冊，據《昭代叢書》本），1989 年初版。

141. 《見聞錄》，（清）徐岳著，台北：新文豐圖書公司（《叢書集成續編》第 211 冊，據《說鈴》本），1989 年初版。

142. 《張氏卮言》，（清）張元賡著，台北：新文豐圖書公司（《叢書集成續編》第 212 冊，據《昭代叢書》本），1989 年初版。

143. 《守一齋筆記》，（清）金捧閶著，台北：新文豐圖書公司（《叢書集成續編》第 212 冊，據《昭代叢書》本），1989 年初版。

144. 《聞見偶錄》，（清）朱象賢著，台北：新文豐圖書公司（《叢書集成續編》第 213 冊，據《昭代叢書》本），1989 年初版。

145. 《諾皋廣志》，（清）徐芳著，台北：新文豐圖書公司（《叢書集成續編》第 213 冊，據《昭代叢書》本），1989 年初版。

146. 《秋燈叢話》，（清）戴延年著，台北：新文豐圖書公司（《叢書集成續編》第 214 冊，據《昭代叢書》本），1989 年初版。

147. 《仁恕堂筆記》,（清）黎士弘著,台北:新文豐圖書公司(《叢書集成續編》第 215 冊,據《昭代叢書》本),1989 年初版。

148. 《石里雜識》,（清）張尚瑗著,台北:新文豐圖書公司(《叢書集成續編》第 215 冊,據《昭代叢書》本),1989 年初版。

149. 《讕言瑣記》,（清）劉因之著,台北:新文豐圖書公司(《叢書集成續編》第 211 冊,據《金陵叢書》本),1989 年初版。

150. 《鹿洲公案》,（清）藍鼎元著,台北:新文豐圖書公司(《叢書集成三編》第 18 冊,據《鹿洲》本),1989 年初版。

151. 《虞初廣志》,（清）姜泣群選輯,北京:人民日報(據民國四年上海光華編輯社鉛印本排印),1997 年初版。

152. 《虞初支志》,（清）王葆心著,北京:人民日報(據民國十年上海商務印書館鉛印本排印),1997 年初版。

153. 《廣虞初新志》,（清）黃承增著,北京:人民日報(據民國間上海掃葉山房石印本排印),1997 年初版。

154. 《虞初近志》,（清）胡懷琛著,北京:人民日報(據民國二十一年廣益書局鉛印本排印),1997 年初版。

155. 《彤史拾遺》,（清）毛奇齡著,合肥:黃山書社,(《清代筆記小說類編》,1994 年 06 初版。

156. 《鏡花水月》,（清）婁東羽衣客著,合肥:黃山書社,(《清代筆記小說類編》,1994 年 06 初版。

157. 《遁窟讕言》,（清）王韜著,合肥:黃山書社,(《清代筆記小說類編》,1994 年 06 初版。

158. 《見聞瑣錄》,（清）甌陽昱著,合肥:黃山書社,(《清代筆記小說類編》,1994 年 06 初版。

159. 《丹午筆記》,（清）顧公燮著,合肥:黃山書社,(《清代筆記小說類編》,1994 年 06 初版。

160. 《清代官場百怪錄》,（清）雷瑨著,合肥:黃山書社,(《清代筆記小說類編》,1994 年 06 初版。

161. 《東皋雜抄》,（清）董潮著,合肥:黃山書社,(《清代筆記小說類編》,1994 年 06 初版。

162. 《廣新聞》,（清）無悶居士著,合肥:黃山書社,(《清代筆記小說類編》,1994 年 06 初版。

163. 《涼棚夜話》,（清）方元鵾著,合肥:黃山書社,(《清代筆記小說類編》,1994 年 06 初版。

164. 《昔柳摭談》,（清）馮起鳳著,合肥:黃山書社,(《清代筆記小說類編》,1994 年 06 初版。

165.《印雪軒隨筆》,(清)俞鴻漸著,合肥:黃山書社,(《清代筆記小說類編》,1994 年 06 初版。

166.《敏求軒述記》,(清)程世箴著,合肥:黃山書社,(《清代筆記小說類編》,1994 年 06 初版。

167.《片玉房花箋錄》,(清)孫兆溎著,合肥:黃山書社,(《清代筆記小說類編》,1994 年 06 初版。

168.《澆愁集》,(清)鄺駿著,合肥:黃山書社,(《清代筆記小說類編》,1994 年 06 初版。

169.《聊攝叢談》,(清)須方岳著,合肥:黃山書社,(《清代筆記小說類編》,1994 年 06 初版。

170.《靜厂奇異志》,(清)無名氏著,合肥:黃山書社,(《清代筆記小說類編》,1994 年 06 初版。

171.《豁意軒錄聞》,(清)金宗楚著,合肥:黃山書社,(《清代筆記小說類編》,1994 年 06 初版。

172.《塗說》,(清)繆艮著,合肥:黃山書社,(《清代筆記小說類編》,1994 年 06 初版。

173.《粵屑》,(清)劉世馨著,合肥:黃山書社,(《清代筆記小說類編》,1994 年 06 初版。

174.《挑燈新錄》,(清)荊園居士著,合肥:黃山書社,(《清代筆記小說類編》,1994 年 06 初版。

175.《吳中判牘》,(清)蒯德模著,合肥:黃山書社,(《清代筆記小說類編》,1994 年 06 初版。

176.《拍案驚異》,(清)王浩著,合肥:黃山書社,《清代筆記小說類編》,1994 年 06 初版。

177.《慧因室雜綴》,(清)星珊著,合肥:黃山書社,《清代筆記小說類編》,1994 年 06 初版。

178.《亦復如是》,(清)宋永岳著,合肥:黃山書社,《清代筆記小說類編》,1994 年 06 初版。

179.《記聞類編》,(清)無名氏著,合肥:黃山書社,《清代筆記小說類編》,1994 年 06 初版。

180.《姜露庵雜記》,(清)施山著,合肥:黃山書社,《清代筆記小說類編》,1994 年 06 初版。

181.《趼廛剩墨》,(清)吳沃堯著,台北:文海出版社,《近代中國史料叢刊第 86 輯「我佛山人筆記」》,1966 年初版。

182.《趼廛筆記》,(清)吳沃堯著,台北:文海出版社,《近代中國史料叢刊第 86 輯「我佛山人筆記」》,1966 年初版。

183. 《札記小説》，（清）吳沃堯著，台北：文海出版社，《近代中國史料叢刊
　　　第 86 輯「我佛山人筆記」》，1966 年初版。

184. 《中國偵探案》，（清）吳沃堯著，台北：文海出版社，《近代中國史料叢
　　　刊第 86 輯「我佛山人筆記」》，1966 年初版。

185. 《俏皮語》附錄《新笑林廣記》、《新笑史》，（清）吳趼人著，盧叔度輯注，
　　　廣東：廣東人民出版社，1981 年 02 月初版。

186. 《仕隱齋涉筆》，（清）丁治棠著，四川：四川人民出版社，1985 年 12 初
　　　版。

187. 《小豆棚》，（清）曾衍東著，濟南：齊魯書社，2004 年 11 月初版。

188. 《女聊齋志異》，（清）賈茗著，濟南：齊魯書社，2004 年 11 月初版。

189. 《巾箱説》，（清）金埴著，北京：中華書局，1982 年 09 月初版。

190. 《不下帶編》，（清）金埴，北京：中華書局，1982 年 09 月初版。

191. 《分甘餘話》，（清）王士禛著，北京：中華書局，2006 年 03 月初版。

192. 《古夫于亭雜錄》，（清）王士禛著，北京：中華書局，2007 年 08 月初版。

193. 《右臺仙館筆記》，（清）俞樾著，濟南：齊魯書社，2004 年 11 月初版。

194. 《在園雜志》，（清）劉廷璣著，北京：中華書局，2007 年 05 月初版。

195. 《耳食錄》，（清）樂鈞著，濟南：齊魯書社，2004 年 11 初版。

196. 《北游錄》，（清）談遷著，北京：中華書局，2006 年 10 月初版。

197. 《竹葉亭雜記》，（清）姚元之著，北京：中華書局，2007 年 08 月初版。

198. 《池北偶談》，（清）王士禛著，北京：中華書局，2006 年 02 月初版。

199. 《折獄龜鑑補》，（清）胡文炳著，陳重業譯注，北京：北京大學出版社，
　　　2006 年 01 月初版。

200. 《里乘》，（清）許奉恩著，濟南：齊魯書社，2004 年 11 月初版。

201. 《冷廬雜識》，（清）陸以湉著，北京：中華書局，2007 年 12 月初版。

202. 《夜雨秋燈錄》，（清）宣鼎著，濟南：齊魯書社，2004 年 11 月初版。

203. 《板橋雜記》，（清）余懷著，南京：南京出版社，2006 年 09 月初版。

204. 《柳南隨筆》（續筆），（清）王應奎著，北京：中華書局，2006 年 01 月
　　　初版。

205. 《吳下諺聯》，（清）王有光著，北京：中華書局，2006 年 10 月初版。

206. 《柳弧》，（清）丁克柔著，北京：中華書局，2004 年 11 月初版。

207. 《郎潛紀聞初筆二筆三筆》，（清）陳康祺著，北京：中華書局，1997 年
　　　12 月初版。

208. 《郎潛紀聞四筆》，（清）陳康祺著，北京：中華書局，1997 年 12 月初版。

209. 《浪跡叢談》（續談、三談），（清）陳鐵民著，北京：中華書局，2007 年 05 月初版。

210. 《笑林廣記》，（清）遊戲主人著，四川：重慶出版社，2008 年 02 月初版。

211. 《笑林廣記》，（清）程世爵著，四川：重慶出版社，2008 年 02 月初版。

212. 《茶香室叢鈔》，（清）俞樾著，北京：中華書局，2006 年 06 月初版。

213. 《茶香室二鈔》，（清）俞樾著，北京：中華書局，2006 年 06 月初版。

214. 《茶香室三鈔》，（清）俞樾著，北京：中華書局，2006 年 06 月初版。

215. 《茶香室四鈔》，（清）俞樾著，北京：中華書局，2006 年 06 月初版。

216. 《聊齋志異》，（清）蒲松齡著，台北：台灣古籍出版社，2006 年 03 月初版。

217. 《清稗類鈔》，（清）徐珂著，北京：中華書局，2003 年 08 月初版。

218. 《淞濱瑣話》，（清）王韜著，濟南：齊魯書社，2004 年 11 月初版。

219. 《巢林筆談》，（清）龔煒著，北京：中華書局，1997 年 12 月初版。

220. 《庸閒齋筆記》，（清）陳其元著，北京：中華書局，2007 年 08 月初版。

221. 《榆巢雜識》，（清）趙慎畛著，北京：中華書局，2001 年 03 月初版。

222. 《新齊諧——子不語》，（清）袁枚著，濟南：齊魯書社，2007 年 01 月初版。

223. 《鄉言解頤》，（清）李光庭著，北京：中華書局，2006 年 10 月初版。

224. 《履園叢話》，（清）錢泳著，北京：中華書局，2006 年 10 月初版。

225. 《廣東新語》，（清）屈大均著，北京：中華書局，2006 年 03 月初版。

226. 《醉茶志怪》，（清）李慶辰著，濟南：齊魯書社，2004 年 11 月初版。

227. 《閱世編》，（清）葉夢珠著，北京：中華書局，2007 年 09 月初版。

228. 《閱微草堂筆記》，（清）紀昀著，台北：台灣古籍出版社，2006 年 09 月初版。

229. 《嘯亭雜錄》（續錄），（清）昭槤著，北京：中華書局，2006 年 03 月初版。

230. 《蕉廊脞錄》，（清）吳慶坻著，北京：中華書局，1997 年 05 月初版。

231. 《蕉軒隨錄》（續錄），（清）方濬師著，北京：中華書局，1997 年 12 月初版。

232. 《螢窗異草》，（清）長白浩歌子，北京：人民文學出版社，2006 年 12 月初版。

233. 《歸田瑣記》，（清）梁章鉅著，北京：中華書局，1997 年 12 月初版。

234. 《簷曝雜記》，（清）趙翼著，北京：中華書局，2007 年 08 月初版。

235. 《道聽塗說》，（清）潘綸恩，合肥：黃山書社，1998 年 12 月初版。

236.《野叟曝談》,(清)杜鄉漁隱著,台北:廣文書局(筆記三編)。

237.《一夕話》,(清)咄咄夫著,台北:廣文書局(筆記五編)。

238.《遣愁集》,(清)張晉侯著,《續修四庫全書・子部・小說家類》)。

239.《看山閣集》,(清)黃圖珌著,《四庫未收書刊・拾輯・十七冊》)。

240.《歷朝折獄纂要》,(清)周爾吉編,全國圖書館文獻縮微複製中心(《中國文獻珍本叢書》),1993 年 12 月初版。

241.《續板橋雜記》,(清)珠泉居士著,南京:南京出版社,2006 年 09 月初版。

242.《陔餘叢考》,(清)趙翼著,河北:河北人民出版社,1990 年 11 月初版。

243.《壹是紀始》,(清)魏崧編,北京:北京圖書館出版社,2003 年 03 月初版。

244.《春冰室野乘》,(清)李孟符撰,山西:山西古籍出版社,1994 年 04 月初版。

245.《栖霞閣野乘》,(清)孫靜庵撰,山西:山西古籍出版社,1994 年 04 月初版。

246.《南亭筆記》,(清)李伯元撰,山西:山西古籍出版社,1994 年 04 月初版。

247.《清代野記》,辜鴻銘、孟森等著,四川:巴蜀書社,1998 年 09 月初版。

（三）章回小說

1.《警世通言》,馮夢龍編撰,徐文助校訂,台北:三民書局,1992 年 09 月再版。

四、集部

1.《全唐詩》,傅璇琮等增訂新編,北京:中華書局。

2.《司馬光書儀》,(宋)司馬光,北京:中華書局,1985 年初版。

3.《顧亭林文集》,(明)顧炎武著,台北:新興書局,1956 年 02 月初版。

4.《說庫》,(清)王文濡輯,揚州:廣陵書社,2008 年 01 月初版。

5.《春在堂全書》,(清)俞樾,中國文獻學出版社。

6.《販書偶記》,孫殿起著,上海:上海書店。

五、其他

1.《說文解字》,(漢)許慎撰,(清)段玉裁注,台北:天工圖書公司,1996 年 09 月再版。

貳、現代著作

一、總類

1.《中國目錄學》，劉兆祐著，台北：五南圖書公司，2002 年 03 月二版。
2.《國學導讀》，羅聯添等編著，台北：巨流圖書公司，1995 年 11 月增訂版。

二、史籍

1.《中國社會史料叢鈔》，瞿宣穎纂輯，台灣商務印書館，1972 年 02 月二版。

三、地方志

1.《上蔡縣志》，（清）楊廷望纂修，中國地方文獻學會印行。
2.《崇明縣志》，王清穆修、曹炳麟纂，中國地方文獻學會印行。
3.《鎮洋縣志》，王祖畬等纂，中國地方文獻學會印行。
4.《洛川縣志》，余正東主修、黎錦熙總纂，台北：成文出版社（《中國地方志叢書》）1976 年初版。
5.《東平縣志》，張志熙等修、劉靖宇纂，台北：成文出版社（《中國地方志叢書》）1976 年初版。
6.《新城縣志》，（清）崔懋修等纂，台北：成文出版社（《中國地方志叢書》）1976 年初版。
7.《無錫金匱合志》，（清）斐大翁等修、秦湘業等纂，台北：成文出版社（《中國地方志叢書》）1976 年初版。

四、文集

1.《吳趼人全集》，出版社編，哈爾濱：北方文藝出版社，1998 年初版。
2.《傳家寶》，（清）石成金，吉林：吉林文史出版社，1995 年初版。

五、筆記、小說

1.《清人考訂筆記》，出版社編，北京：中華書局，2004 年 01 月初版。
2.《清人筆記隨錄》，來新夏著，北京：中華書局，2005 年 01 月初版。
3.《歷代筆記小說精華》，劉真倫、岳珍選編，四川：四川人民出版社。
4.《中國小說史略》，魯迅著，台北：古風出版社。
5.《中國文言小說史》，苗壯著，浙江：浙江古籍出版社，2002 年 07 月初版。

6. 《中國小說研究史》，黃霖等著，浙江：浙江古籍出版社，2002 年 07 月初版。

7. 《中國商賈小說史》，邱紹雄著，北京：北京大學出版社，2005 年 11 月初版。

8. 《中國筆記小說史》，吳禮權著，台灣商務印書館，1995 年 05 月初版。

9. 《中國文言小說總目提要》，寧稼雨著，濟南：齊魯書社，1996 年 12 月初版。

10. 《中國古代小說總目提要》，朱一玄等著，北京：人民文學出版社，2005 年 12 月初版。

11. 《白話耳夢錄》，（清）張貞著，濟南：齊魯書社，2004 年 01 月初版。

12. 《古體小說鈔》（清代卷），程毅中編著，北京：中華書局，2001 年 06 月初版。

13. 《歷代筆記概述》，劉葉秋著，北京：北京出版社，2003 年 01 月初版。

六、民間文學

（一）故事區

1. 《中國民間故事全集・台灣》，陳慶浩、王秋桂等編，台北：遠流出版社，1989 年 06 月初版。

2. 《中國民間故事全集・福建》，陳慶浩、王秋桂等編，台北：遠流出版社，1989 年 06 月初版。

3. 《中國民間故事全集・廣東》，陳慶浩、王秋桂等編，台北：遠流出版社，1989 年 06 月初版。

4. 《中國民間故事全集・廣西》（一）～（三），陳慶浩、王秋桂等編，台北：遠流出版社，1989 年 06 月初版。

5. 《中國民間故事全集・雲南》（一）～（五），陳慶浩、王秋桂等編，台北：遠流出版社，1989 年 06 月初版。

6. 《中國民間故事全集・貴州》（一）～（三），陳慶浩、王秋桂等編，台北：遠流出版社，1989 年 06 月初版。

7. 《中國民間故事全集・四川》（一）～（二），陳慶浩、王秋桂等編，台北：遠流出版社，1989 年 06 月初版。

8. 《中國民間故事全集・湖南》（一）～（二），陳慶浩、王秋桂等編，台北：遠流出版社，1989 年 06 月初版。

9. 《中國民間故事全集・湖北》，陳慶浩、王秋桂等編，台北：遠流出版社，1989 年 06 月初版。

10. 《中國民間故事全集・江西》，陳慶浩、王秋桂等編，台北：遠流出版社，1989 年 06 月初版。

11.《中國民間故事全集·安徽》，陳慶浩、王秋桂等編，台北：遠流出版社，1989 年 06 月初版。

12.《中國民間故事全集·浙江》，陳慶浩、王秋桂等編，台北：遠流出版社，1989 年 06 月初版。

13.《中國民間故事全集·江蘇》，陳慶浩、王秋桂等編，台北：遠流出版社，1989 年 06 月初版。

14.《中國民間故事全集·河南》，陳慶浩、王秋桂等編，台北：遠流出版社，1989 年 06 月初版。

15.《中國民間故事全集·河北》，陳慶浩、王秋桂等編，台北：遠流出版社，1989 年 06 月初版。

16.《中國民間故事全集·山東》，陳慶浩、王秋桂等編，台北：遠流出版社，1989 年 06 月初版。

17.《中國民間故事全集·山西》，陳慶浩、王秋桂等編，台北：遠流出版社，1989 年 06 月初版。

18.《中國民間故事全集·陝西》，陳慶浩、王秋桂等編，台北：遠流出版社，1989 年 06 月初版。

19.《中國民間故事全集·甘肅》，陳慶浩、王秋桂等編，台北：遠流出版社，1989 年 06 月初版。

20.《中國民間故事全集·遼寧》（一）～（二），陳慶浩、王秋桂等編，台北：遠流出版社，1989 年 06 月初版。

21.《中國民間故事全集·黑龍江》，陳慶浩、王秋桂等編，台北：遠流出版社，1989 年 06 月初版。

22.《中國民間故事全集·吉林》（一）～（二），陳慶浩、王秋桂等編，台北：遠流出版社，1989 年 06 月初版。

23.《中國民間故事全集·寧夏》，陳慶浩、王秋桂等編，台北：遠流出版社，1989 年 06 月初版。

24.《中國民間故事全集·蒙古》，陳慶浩、王秋桂等編，台北：遠流出版社，1989 年 06 月初版。

25.《中國民間故事全集·新疆》（一）～（二），陳慶浩、王秋桂等編，台北：遠流出版社，1989 年 06 月初版。

26.《中國民間故事全集·青海》，陳慶浩、王秋桂等編，台北：遠流出版社，1989 年 06 月初版。

27.《中國民間故事全集·西藏》，陳慶浩、王秋桂等編，台北：遠流出版社，1989 年 06 月初版。

28.《中華民族故事大系》（共十六冊），上海：上海文藝出版社，1995 年 12 月初版。

29.《中國民間故事集成·雲南卷》，編輯委員會，中國 ISBN 中心，2002 年 09 月初版。

30.《中國民間故事集成·吉林卷》，編輯委員會，中國 ISBN 中心，1992 年 11 月初版。

31.《中國民間故事集成·貴州卷》，編輯委員會，中國 ISBN 中心，2003 年 05 月初版。

32.《中國民間故事集成·江蘇卷》，編輯委員會，中國 ISBN 中心，1998 年 12 月初版。

33.《中國民間故事集成·四川卷》，編輯委員會，中國 ISBN 中心，1998 年 03 月初版。

34.《中國民間故事集成·甘肅卷》，編輯委員會，中國 ISBN 中心，2001 年 06 月初版。

35.《中國民間故事集成·陝西卷》，編輯委員會，中國 ISBN 中心，1996 年 09 月初版。

36.《中國民間故事集成·河北卷》，編輯委員會，中國 ISBN 中心，2003 年 01 月初版。

37.《中國民間故事集成·遼寧卷》，編輯委員會，中國 ISBN 中心，1994 年 09 月初版。

38.《中國民間故事集成·廣西卷》，編輯委員會，中國 ISBN 中心，2001 年 09 月初版。

39.《中國民間故事集成·北京卷》，編輯委員會，中國 ISBN 中心，1998 年 11 月初版。

40.《中國民間故事集成·福建卷》，編輯委員會，中國 ISBN 中心，1998 年 11 月初版。

41.《中國民間故事集成·浙江卷》，編輯委員會，中國 ISBN 中心，1997 年 09 月初版。

42.《中國民間故事集成·湖北卷》，編輯委員會，中國 ISBN 中心，1999 年 09 月初版。

43.《中國民間故事集成·海南卷》，編輯委員會，中國 ISBN 中心，2002 年 09 月初版。

44.《中國民間故事集成·天津卷》，編輯委員會，中國 ISBN 中心，2004 年 11 月初版。

45.《中國民間故事集成·廣東卷》，編輯委員會，中國 ISBN 中心，2006 年 05 月初版。

46.《中國民間故事集成·海南卷》，編輯委員會，中國 ISBN 中心，2002 年 09 月初版。

47. 《中國民間故事集成‧西藏卷》，編輯委員會，中國 ISBN 中心，2001 年 08 月初版。

48. 《中國民間故事集成‧黑龍江卷》，編輯委員會，中國 ISBN 中心，2005 年 09 月初版。

49. 《中國民間故事集成‧寧夏卷》，編輯委員會，中國 ISBN 中心，1999 年 06 月初版。

50. 《中國民間故事集成‧河南卷》，編輯委員會，中國 ISBN 中心，2001 年 06 月初版。

51. 《中國民間故事集成‧山東卷》，編輯委員會，中國 ISBN 中心，2007 年 04 月初版。

52. 《中國民間故事集成‧山西卷》，編輯委員會，中國 ISBN 中心，1999 年 03 月初版。

53. 《中國民間故事集成‧上海卷》，編輯委員會，中國 ISBN 中心，2007 年 05 月初版。

54. 《中國民間故事集成‧江西卷》，編輯委員會，中國 ISBN 中心，2002 年 12 月初版。

55. 《澎湖縣民間故事》，金榮華著，中國口傳文學學會，2000 年 10 月初版。

56. 《喀左‧東蒙民間故事》（綜合卷一），出版社編，遼寧民族出版社，2008 年 01 月初版。

57. 《喀左‧東蒙民間故事》（綜合卷二），出版社編，遼寧民族出版社，2008 年 01 月初版。

58. 《喀左‧東蒙民間故事》（綜合卷三），出版社編，遼寧民族出版社，2008 年 01 月初版。

59. 《喀左‧東蒙民間故事》（蒙古族故事家額爾敦朝克圖上卷），出版社編，遼寧民族出版社，2008 年 01 月初版。

60. 《喀左‧東蒙民間故事》（蒙古族故事家額爾敦朝克圖下卷），出版社編，遼寧民族出版社，2008 年 01 月初版。

61. 《喀左‧東蒙民間故事》（蒙古族故事家烏雲其其格卷），出版社編，遼寧民族出版社，2008 年 01 月初版。

62. 《喀左‧東蒙民間故事》（蒙古族故事家金榮卷上卷），出版社編，遼寧民族出版社，2008 年 01 月初版。

63. 《喀左‧東蒙民間故事》（蒙古族故事家金榮卷下卷），出版社編，遼寧民族出版社，2008 年 01 月初版。

64. 《喀左‧東蒙民間故事》（蒙古族故事家都達古勒寶音卷），出版社編，遼寧民族出版社，2008 年 01 月初版。

65. 《喀左・東蒙民間故事》（蒙古族故事家索都卷），出版社編，遼寧民族出版社，2008 年 01 月初版。

66. 《喀左・東蒙民間故事》（蒙古族故事家寶顏巴圖卷），出版社編，遼寧民族出版社，2008 年 01 月初版。

67. 《喀左・東蒙民間故事》（漢族故事家馬建友卷），出版社編，遼寧民族出版社，2008 年 01 月初版。

68. 《西藏民間故事》，廖東凡等輯，西藏：人民出版社，1985 年 03 初版。

69. 《虎——吉祥納福看瑞獸》，王從仁著，台北：世界書局，1999 年 05 初版。

70. 《中國笑話書》，楊家駱主編，台北：世界書局，1996 年 03 月二版。

71. 《中國歷代笑話大觀》，楊曉明編著，四川：四川人民出版社，2001 年 09 月初版。

72. 《中國歷代笑話集成》（共五卷），陳維禮、郭俊峰主編，吉林：時代文藝出版社，1996 年 12 月初版。

73. 《歷代笑話集》，王利器輯錄，上海：上海古籍出版社，1981 年 01 月初版。

74. 《歷代笑話集續編》，王貞珉、王利器輯，瀋陽：春風文藝出版社，1988 年 09 月初版。

75. 《侯寶林舊藏珍本民國笑話選》，侯編，北京：中華書局，2008 年 01 月初版。

76. 《明清笑話四種》，（明）趙南星、馮夢龍；（清）陳皋謨、石成金等撰，周啓明校訂，北京：人民文學出版社，1983 年 11 月初版。

77. 《明清笑話集》，（明）趙南星、馮夢龍；（清）陳皋謨、石成金等撰，周作人校訂，北京：中華書局，2009 年 01 月初版。

78. 《笑林觀止（古代卷）》，白樂天編著，北京：大眾文藝出版社，2003 年 08 月初版。

79. 《中國笑林博覽》，唐子恒等編譯，山東：山東大學出版社，1995 年 08 月初版。

80. 《中外童話鑒賞辭典》，任溶溶等編，上海：上海辭書出版社，2006 年 07 月初版。

81. 《伊索寓言全集》，伊索著，江蘇：譯林出版社，2002 年 01 月初版。

82. 《格林童話》，格林兄弟著，台北：遠流出版社，2004 年 07 月初版。

83. 《義大利童話》，Italo Calvino 著，台北：時報出版，2005 年 06 月二版。

84. 《德國民間滑稽故事》，（德）Ingrid Eichler，劉建設等譯，北京：中國民間文藝出版社，1981 年 06 月初版。

85.《朱哈趣聞軼事》（阿拉伯民間笑話），劉謙等譯，北京：中國民間文藝出版社，1982 年 10 月初版。

86.《納斯列丁的笑話》（土耳其的阿凡提的故事），戈寶權譯，北京：中國民間文藝出版社，1983 年 09 月初版。

87.《日本笑話選》，王漢山譯，安徽：安徽文藝出版社。

88.《日本昔話大成》，（日）關敬吾著，角川書店，1978 年 11 月初版。

89.《十日談》，（義）薄迦丘，江蘇：譯林出版社，1993 年 07 月初版。

（二）理論研究區

1.《中國民間故事與故事分類》，金榮華著，中國口傳文學學會，2003 年 03 月初版。

2.《中國民間故事類型研究》，劉守華主編，華中師範大學出版社，2002 年 12 月初版。

3.《中國古代民間故事類型研究》，祁連休著，中國口傳文學學會，2004 年 05 月初版。

4.《中國民間故事類型索引》，（美）丁乃通編著，華中師範大學出版社，2008 年 04 月初版。

5.《中國民間故事史》，劉守華著，湖北：湖北教育出版社，1999 年 09 月初版。

6.《中韓民間故事比較研究》，顧希佳、（韓）李慎成主編，中國文聯出版社，2007 年 05 月初版。

7.《中國虎文化》，汪玢玲著，北京：中華書局，2007 年 01 初版。

8.《比較文學》，金榮華著，台北：福記圖書公司，1991 年初版。

9.《比較故事學論考》，劉守華著，黑龍江人民出版社，2003 年 05 月初版。

10.《民間故事類型索引》，金榮華著，中國口傳文學學會，2007 年 02 月初版。

11.《民間口承敘事論》，江帆著，黑龍江人民出版社，2003 年 05 月初版。

12.《浙江民間故事史》，顧希佳著，浙江省 2001 年，哲學社會科學規劃項目。

13.《禪宗公案與民間故事——民間文學論集》，金榮華著，中國口傳文學學會，2005 年 06 月初版。

14.《鍾敬文文集》（民間文藝學卷），鍾敬文著，安徽：安徽教育出版社，2002 年 12 月初版。

15.《論港澳台民間文學》，譚達先著，黑龍江人民出版社，2003 年 10 月初版。

16.《The Types of The Folktale》Antti Aarne.

17.（Motif-Index of Folk-Literature）Stith Thompson.

七、社會科學

1. 《土匪的歷史》，張耀銘編，北京：北京圖書館出版社，2004 年 02 月初版。

2. 《乞丐的歷史》，文藍編，北京：中國文史出版社，2005 年 07 月初版。

3. 《「大清律例」與清代的社會控制》，沈大明著，上海：上海人民出版社，2007 年 03 月初版。

4. 《上海民間信仰研究》，范熒著，上海：上海人民出版社，2006 年 01 月初版。

5. 《中國風俗通史》（清代卷），林永匡等著，上海：上海文藝出版社，2006 年 03 月初版。

6. 《中國禁史──乞丐史》，時代文藝出版社。

7. 《中國社會史》，呂思勉著，上海：上海古籍出版社，2007 年 11 月初版。

8. 《中國官制史》，孫文良著，台北：文津出版社，1993 年 07 月初版。

9. 《中國社會通史》（前清卷），龔書峰等編，山西：山西教育出版社。

10. 《中國社會通史》（晚清卷），龔書峰等編，山西：山西教育出版社。

11. 《中國考試制度》，郭齊家著，台灣商務印書館，1995 年 05 月初版。

12. 《中國古代官制》，王天有著，台灣商務印書館，1995 年 05 月初版。

13. 《中國古代判例研究》，汪世榮著，北京：中國政法大學出版社，1997 年 04 月初版。

14. 《中國家庭史》，余新忠著，廣東：廣東人民出版社，2007 年 04 月初版。

15. 《中國婦女生活史》，陳東原著，台灣商務印書館，1997 年 04 月初版。

16. 《中國近代流民》，池子華著，北京：社會科學文獻出版社，2007 年 06 月初版

17. 《中國典當史》，曲彥斌著，瀋陽出版社，2007 年 03 月初版。

18. 《中國紳士──關於其在十九世紀中國社會中作用的研究》，張仲禮著、李榮昌譯，上海：上海社會科學院出版社，1991 年 05 月初版。

19. 《天有凶年──清代災荒與中國社會》，李文等主編，北京：三聯書局，2007 年 01 月初版。

20. 《江南士紳與江南社會》，徐茂明著，北京：商務印書館，2004 年 12 月初版。

21. 《柏樺談明清奇案》，柏樺著，廣東：廣東人民出版社，2009 年 01 月初版。

22. 《明清時期的民事審判與民間契約》，滋賀秀三等著，北京：法律出版社，1998 年 10 月初版。

23. 《明清時期江懷地區的自然災害與社會經濟》，張崇旺著，福建：福建人民出版社，2006 年 05 月初版。

24. 《明清民間社會的秩序》，王日根著，湖南：岳麓書社，2003 年 10 月初版。

25. 《明清之際士大夫研究》，趙園著，北京：北京大學出版社，1999 年 01 月初版。

26. 《明清人口婚姻家族史論》，出版社編寫組編，天津：天津古籍出版社，2002 年 09 月初版。

27. 《秘密結社與清代社會》，秦寶琦、孟超著，天津：天津古籍出版社，2008 年 01 月初版。

28. 《流放的歷史》，文藍編，北京：中國文史出版社，2006 年 06 月初版。

29. 《清代捐納制度》，（清）許大齡著，台北：文海出海版（《近代中國史料叢刊續編·第 40 輯》，1976 年初版。

30. 《清代考試制度資料》，（清）許大齡著，台北：文海出海版（《近代中國史料叢刊續編·第 23 輯》，1976 年初版。

31. 《清代科舉考試述略》，（清）商衍鑒著，台北：文海出海版（《近代中國史料叢刊續編·第 217 種》，1976 年初版。

32. 《清代法律視野中的商人社會角色》，陳亞平著，北京：中國社會科學出版社，2004 年 04 月初版。

33. 《清代婚姻制度研究》，張曉蓓著，四川：成都大學出版社，2001 年初版。

34. 《清代州縣衙門審判制度》，那思陸著，台北：文史哲出版社，1982 年 06 月初版。

35. 《清代民事訴訟與社會秩序》，吳欣著，北京：中華書局，2007 年 10 月初版。

36. 《清末民初中國城市社會階層研究》，李偉明著，社會科學文獻出版社，2005 年 05 月初版。

37. 《晚清奇案百變》，盧群編著，江蘇：江蘇人民出版社，2006 年 06 月初版。

38. 《晚清社會風尚研究》，孫燕京著，台北：知書房出版社，2004 年 01 月初版。

39. 《晚清社會與文化》，陳國慶主編，北京：社會科學文獻出版社，2005 年 08 月初版。

40. 《滿族的社會與生活》，劉小萌著，北京：北京圖書館出版社，1998 年 10 月初版。

41. 《竊賊史》，王紹璽著，上海：上海文藝出版社，2008 年 08 月初版。

42.《竊賊的歷史》，文藍編，北京：中國文史出版社，2005 年 07 月初版。

八、文化風俗

1.《中國民俗通志》（婚嫁志），吳存浩著，山東：山東教育出版社，2005 年 03 月初版。

2.《中國婚姻史》，陳顧遠著，台灣商務印書館，1936 年 11 月初版。

3.《中國賭博史》，郭雙林等著，台北：文津出版社，1996 年 05 月初版。

4.《中國古代商人》，王兆祥等著，台灣商務印書館，1999 年 02 月初版。

5.《中國古代婦女生活》，高世瑜著，台灣商務印書館，1998 年 12 月初版。

6.《中國的師爺》，李喬著，台灣商務印書館，1999 年 02 月初版。

7.《中國古代商業》，吳慧著，台灣商務印書館，1995 年 12 月初版。

8.《中國古代商人》，王兆祥等著，台灣商務印書館，1999 年 02 月初版。

9.《中國歷代婚姻與家庭》，顧鑒塘等著，台灣商務印書館，1995 年 05 月初版。

10.《中國古代鄉里生活》，雷家宏著，台灣商務印書館，1998 年 11 月初版。

11.《中國古代城市生活》，吳剛著，台灣商務印書館，1998 年 11 月初版。

12.《中國古代人口買賣》，馬玉山著，台灣商務印書館，1998 年 11 月初版。

13.《中國古代江湖騙子和騙術》，韓鵬杰等著，台灣商務印書館，1999 年 02 月初版。

14.《中國古代市場與貿易》，丁長清著，台灣商務印書館，1998 年 11 月初版。

15.《中國古代惡霸》，郭英德等著，台灣商務印書館，1999 年 02 月初版。

16.《中國古代乞丐》，岑大利等著，台灣商務印書館，1999 年 02 月初版。

17.《中國古代婚姻》，任寅虎著，台灣商務印書館，1999 年 02 月初版。

18.《中國古代告狀與判案》，呂伯濤等著，台灣商務印書館，1999 年 02 月初版。

19.《中國古代訟師文化——古代律師現象解讀》，黨江舟著，北京：北京大學出版社，2005 年 04 月初版。

20.《古代官場圖記》，郭建著，東方出版中心，2008 年 01 月初版。

21.《古今騙術揭秘》（古代卷），崔廣社校譯，河北：河北大學出版社，2008 年 06 月初版。

22.《生活在清朝的人們》，馮爾康著，北京：中華書局，2005 年 03 月初版。

23.《市井裡的茶酒雜戲》，汪廣松著，四川：重慶出版社，2007 年 04 月初版。

24.《商人與中國近世社會》，唐力行著，台灣商務印書館，1997 年 07 月初版。

25.《晚清奇案百變》，盧群編著，江蘇：江蘇人民出版社，2006 年 01 月初版。

26.《清代中期婚姻衝突透析》，王躍生著，社會科學文獻出版社，2003 年 01 月初版。

27.《明清市井閒話》，天地人工作室編，中央民族大學出版社，1992 年 02 月初版。

28.《清代商業社會的規則與秩序》，蘇麗娟著，中國社會科學出版社，2005 年 10 月初版。

29.《清俗紀聞》，（日）中川忠英編，北京：中華書局，2007 年 07 月初版。

30.《清代嫁妝研究》，毛立平著，北京：中國人民大學出版社，2007 年 03 月初版。

31.《清代民間婚書研究》，郭松義、定宜庄著，北京：人民出版社，2005 年 11 月初版。

32.《清人生活漫步》，馮爾康著，北京：中國社會出版社，1999 年 01 月初版。

33.《清代官場圖記》，李喬著，北京：中華書局，2005 年 06 月初版。

34.《清代官場百態》，李喬著，台北：知書房出版社，2004 年 06 月初版。

35.《烏紗‧龍袍‧大堂——中國古代官場習俗》，毛建華著，四川：四川人民出版社，2003 年 07 月初版。

36.《掮客‧行商‧錢庄——中國民間商貿習俗》，王靜、許小牙著，四川：四川人民出版社，2003 年 01 月初版。

九、宗教

1.《涅盤經》，（北涼）曇無讖譯，台北：新文豐圖書公司，（《大正藏》12 冊），1983 年 01 月。

2.《成實論》，（姚秦）鳩摩羅什譯，台北：新文豐圖書公司，（《大正藏》32 冊），1983 年 01 月。

3.《百喻經譯注》，周紹良譯注，北京：中華書局，1997 年 12 月初版。

4.《雜譬喻經譯注》，孫昌武等譯注，北京：中華書局，2008 年 01 月初版。

5.《安士全書——文昌帝君陰騭文白話解》，釋淨空法師講述，台北：華藏淨宗學會，2005 年 01 月再版。

6.《佛本生故事選》，郭良鋆等譯，北京：人民文學出版社，1985 年 02 月初版。

7.《佛經故事》，王邦維選譯，北京：中華書局，2007 年 11 月初版。

十、其他

1. 《中國文學家大辭典》（唐五代卷），周祖譔主編，北京：中華書局，1992年09月初版。
2. 《中國文學家大辭典》（宋代卷），曾棗莊主編，北京：中華書局，2004年09月初版。
3. 《中國文學家大辭典》（清代卷），錢仲聯主編，北京：中華書局，1996年10月初版。

參、論文

一、學位論文

（一）博士論文

1. 《佛教因緣文學與中國古典小說》，張瑞芬撰，東吳大學中文研究所博士論文，1995年。
2. 《明清傳統商人區域化現象研究》，李和承撰，國立台灣師範大學歷史學研究所博士論文，1997年。
3. 《清中葉志怪類筆記小說研究》，陳麗宇撰，國立台灣師範大學中國文學研究所博士論文，1998年。
4. 《「聊齋志異」研究》，朴正道著，國立台灣師範大學國文研究所博士論文，1988年。
5. 《中國孝行故事研究》，任明玉著，中國文化大學中國文學研究所博士論文，1999年。
6. 《明清公案小說研究》，王琰玲著，中國文化大學中國文學研究所博士論文，2003年。
7. 《歷代筆記小說中因果報應故事研究》，劉雯鵑著，中國文化大學中國文學研究所博士論文，2004年。
8. 《聊齋誌異「形變」研究》，黃麗卿著，中國文化大學中國文學研究所博士論文，2005年。
9. 《聊齋誌異「形變」研究》，黃麗卿著，中國文化大學中國文學研究所博士論文，2005年。
10. 《屠紳及其「六合內外瑣言」研究》，董璨著，國立成功大學中國文學系博士論文，2005年。
11. 《明代筆記所見明人社會習俗之研究》，鄭春子著，中國文化大學中國文學研究所博士論文，2008年。

（二）碩士論文

1.《「閱微草堂筆記」中的觀念世界及其源流影響》，賴芳伶著，國立臺灣大學中國文學研究所碩士論文，1974 年。

2.《紀昀生平及其「閱微草堂筆記」》，盧錦堂著，國立政治大學中國文學研究所碩士論文，1975 年。

3.《「聊齋志異」研究》，崔相翼著，國立政治大學中國文學研究所碩士論文，1976 年。

4.《「聊齋誌異」中他界故事之研究》，郭玉雯著，國立臺灣大學中國文學研究所碩士論文，1980 年。

5.《「聊齋志異」諷刺性研究》，林慧咨著，輔仁大學中國文學研究所碩士論文，1984 年。

6.《「子不語」研究》，吳玉蕙著，東海大學中國文學研究所碩士論文，1985 年。

7.《「聊齋志異」夢境與變形故事之研究》，禹東完著，東海大學中國文學研究所碩士論文，1986 年。

8.《艾衲居士「豆棚閒話」研究》，李世珍著，東海大學中國文學研究所碩士論文，1988 年。

9.《「聊齋志異」之宿命論與果報觀研究》，金仁喆著，輔仁大學中國文學研究所碩士論文，1988 年。

10.《「聊齋志異」與日本近代的短篇小說比較研究》，黑鳥千代著，中國文化大學中國文學研究所碩士論文，1988 年。

11.《俞樾「右台仙館筆記」研究》，楊怡卿著，東海大學中國文學研究所碩士論文，1989 年。

12.《「聊齋志異」的再創作研究》，朴永鍾著，國立臺灣大學中國文學研究所碩士論文，1991 年。

13.《「聊齋志異」畸人故事及其喜劇精神》，楊惠娟著，國立中央大學中國文學研究所碩士論文，1991 年。

14.《「閱微草堂筆記」中的女性研究》，劉麗萍著，國立政治大學中國文學研究所碩士論文，1992 年。

15.《「笑林廣記」中的預設意念之研究》，李翠蓮著，輔仁大學語言學系碩士論文，1995 年。

16.《「螢窗異草」研究》，徐夢林著，國立政治大學中國文學研究所碩士論文，1995 年。

17.《蒲松齡「聊齋誌異」精怪變化故事研究——一個「常與非常」的結構性思考》，李昌遠著，東海大學中國文學系碩士論文，1996 年。

18. 《「聊齋誌異」婦女形象研究》，周正娟著，東海大學中國文學研究所碩士論文，1994 年。

19. 《搜「人」記──「聊齋誌異」的「文人」探究》，蔡怡君著，國立中央大學中國文學系碩士論文，1997 年。

20. 《「聊齋志異」女性人物研究》，劉惠華著，國立台灣大學中國文學系碩士論文，1997 年。

21. 《諧鐸》，陳秀香著，國立成功大學中國文學系碩士論文，1999 年。

22. 《明清文人的才女觀──以「西青散記」與賀雙卿為例之研究》，許玉薇著，暨南國際大學中國語文學系碩士論文，1999 年。

23. 《「閱微草堂筆記」與「子不語」中兩性關係研究》，吳聖青，中國文化大學中國文學研究所碩士論文，2000 年。

24. 《「聊齋志異」婚戀故事中的士子形象》，林陳萍著，臺北市立師範學院應用語言文學研究所碩士論文，2000 年。

25. 《「豆棚閒話」敘事藝術及其在白話短篇小說中的意義》，黃巧倩著，國立暨南大學中國語文學系碩士論文，2000 年。

26. 《「聊齋誌異」的敘事技巧研究》，郭蕙嵐著，靜宜大學中國文學系碩士論文，2000 年。

27. 《「閱微草堂筆記」思想探究》，陳郁秋著，東海大學中國文學系碩士論文，2000 年。

28. 《「聊齋誌異」民間童話考論》，顏絹純著，國立花蓮師範學院民間文學研究所碩士論文，2000 年。

29. 《「聊齋志異」與民間童話》，李佩著，臺南師範學院教師在職進修國語文碩士學位班碩士論文，2001 年。

30. 《蒲松齡「聊齋誌異」創作論之研究》，柯玫妃著，國立高雄師範大學國文教學碩士班碩士論文，2001 年。

31. 《「聊齋志異」與「閱微草堂筆記」之仿擬作品研究》，黃子婷著，國立政治大學中國文學系碩士論文，2001 年。

32. 《「聊齋志異」僧道角色研究》，蘇靖媚著，中國文化大學中國文學研究所碩士論文，2001 年。

33. 《「聊齋誌異」詞彙翻譯研究》，黃琪雯著，輔仁大學翻譯學研究所碩士論文，2002 年。

34. 《「聊齋誌異」女妖故事研究》，張嘉惠著，國立中山大學中國語文學系研究所碩士論文，2002 年。

35. 《「聊齋志異」動物故事研究》，郭金燕著，中國文化大學中國文學研究所碩士論文，2002 年。

36. 《「聊齋志異」影響之研究》，彭美菁著，國立中正大學中國文學系碩士論文，2002 年。

37. 《清代「聊齋」戲曲研究》，王馨雲著，東吳大學中國文學系碩士論文，2003 年。

38. 《「閱微草堂筆記」鬼神故事之研究》，金志淵著，國立臺灣大學中國文學研究所碩士論文，2003 年。

39. 《「閱微草堂筆記」情緣故事之研究》，陳韋君著，國立中興大學中國文學系碩士論文，2003 年。

40. 《從「聊齋志異」論蒲松齡的女性觀》，藍慧茹著，國立彰化師範大學國文學系碩士論文，2003 年。

41. 《「聊齋誌異」話本的敘述模式研究》，李淑齡著，南華大學文學研究所碩士論文，2004 年。

42. 《「聊齋誌異」鬼狐仙妖研究》，林允著，國立彰化師範大學國文學系碩士論文，2004 年。

43. 《鈕琇「觚賸」研究》，洪佩伶著，國立嘉義大學中國文學系碩士論文，2004 年。

44. 《「閱微草堂筆記」傳統與現代思想流轉之研究》，陳湻瑗著，國立彰化師範大學國文學系碩士論文，2004 年。

45. 《「聊齋誌異」與「閱微草堂筆記」狐精故事之敘事藝術研究》，曾凱怡著，國立中山大學中國語文學系研究所碩士論文，2004 年。

46. 《「閱微草堂筆記」敘事研究》，郭彧岑著，南華大學文學研究所碩士論文，2004 年。

47. 《劉獻廷「廣陽雜記」研究》，賴湜雲著，國立中興大學中國文學系碩士論文，2004 年。

48. 《「聊齋志異」題材研究》，高懷恩著，國立彰化師範大學國文學系碩士論文，2004 年。

49. 《「聊齋誌異」中「人靈結合」故事研究》，顏怡清著，南華大學文學研究所碩士論文，2004 年。

50. 《「聊齋志異」復仇故事研究》，李康熙著，國立臺灣師範大學國文學系碩士論文，2005 年。

51. 《俄國漢學家費施曼「閱微草堂筆記」研究之析論》，卓芳如著，國立嘉義大學中國文學系研究所碩士論文，2005 年。

52. 《「聊齋誌異」的文類研究──志怪、傳奇之類型考察》，陳慧婷著，靜宜大學中國文學研究所碩士論文，2005 年。

53. 《「閱微草堂筆記」的陰間界域研究》，鄧代芬著，雲林科技大學漢學資料整理研究所碩士論文，2005 年。

54. 《「聊齋志異」美學研究》,謝孟妍著,中國文化大學中國文學研究所碩士論文,2005 年。

55. 《「聊齋誌異」勸善懲惡之研究》,吳淑雅著,國立彰化師範大學國文學系碩士論文,2006 年。

56. 《「聊齋誌異」婚戀故事研究》,陳品雁著,國立東華大學中國語文學系碩士論文,2006 年。

57. 《「聊齋志異」末附「異史氏曰」的篇章研究》,黃姝純著,國立中山大學中國文學研究所碩士論文,2006 年。

58. 《「聊齋誌異」果報故事研究》,楊雅文著,國立政治大學國文教學碩士學位班碩士論文,2006 年。

59. 《「子不語」鬼神故事研究》,葉又菁著,高雄師範大學回流中文碩士班碩士論文,2006 年。

60. 《地方‧性別‧記憶──「聊齋誌異」中的鬼魅考察》,吳俞嫻著,國立中央大學中國文學系碩士論文,2007 年。

61. 《「三言」中商人形象的研究》,楊莙華撰,南華大學文學研究所碩士論文,2007 年。

二、單篇論文

1. 〈試談我國古代笑話的思想和藝術〉,顧之京撰,《笑話研究資料選》,中國民間文藝研究會湖北分會印,1984 年 10 月。

2. 〈民間笑話〉,鍾敬文等撰,《笑話研究資料選》,中國民間文藝研究會湖北分會印,1984 年 10 月。

3. 〈民間笑話〉,段寶林撰,《笑話研究資料選》,中國民間文藝研究會湖北分會印,1984 年 10 月。

4. 〈民間笑話的社會作用〉,鍾敬文撰,《笑話研究資料選》,中國民間文藝研究會湖北分會印,1984 年 10 月。

5. 〈清人俞蛟「夢厂雜著」初探〉,黃東陽撰,《國家圖書館館刊》第 88 期第 2 卷,1989 年 12 月。

6. 〈情節單元釋義──兼論俄國李福清教授之「母題」說〉,金榮華撰,《華岡文科學報》第 24 期,1991 年 03 月。

7. 〈從婦女守節看貞節觀在中國的發展〉,蔡凌虹撰,《史學月刊》第四期,1992 年。

8. 〈明清士人階層女子守節現象〉,陳俊杰撰《二十一世紀》總第二十七期,1995 年 02 月。

9. 〈論明清小說中商人的價值觀念〉,宋俊華撰,《湛江師範學學報》第十七卷第一期,1996 年 03 月。

10. 〈從明清小說看中國人的訴訟觀念〉，徐忠明撰，《中山大學學報》第四期，1996 年。

11. 〈陸沉傳說再探〉，劉錫城撰，《民間文學論壇》第 1 期，1997 年。

12. 〈明清貞節的特點及其原因〉，杜芳琴撰，《山西師大學報》第二十四卷第四期，1997 年 10 月。

13. 〈「聊齋志異」夢境故事初探〉，涂宗潔撰，《中國文化月刊》第二三一期，1999 年 06 月。

14. 〈明清時期寡婦守節的風氣——理性選擇的問題〉，張彬村撰，《新史學》十卷二期，1999 年 06 月。

15. 〈清代節烈女子的精神世界〉，顧眞撰，《歷史月刊》民國八十八年四月號，1999 年。

16. 〈澎湖「傻瓜丈夫聰明妻」故事試探〉，金榮華撰，《海峽兩岸民間文學學術研討會論文集》，2000 年 07 月。

17. 〈明清時期婦女貞節的嬗變〉，劉長江撰，《達縣師範高等專科學校學報》第十卷第三期，2000 年 09 月。

18. 〈明清小說中吏役形象〉，皋于厚撰，《山東工業大學學報社會科學版》總五十六期，2000 年。

19. 〈程氏「笑林廣記」考論〉，王國良撰，《第二屆通俗文學與雅正文學全國學術研討會論文集》，2001 年 02 月。

20. 〈「聊齋志異」在俄國——阿列克謝耶夫與「聊齋志異」的翻譯和研究〉，李福清（Boris Riftin）撰，《漢學研究通訊》第 20 期第 4 卷，2001 年 11 月。

21. 〈論「聊齋志異·商三官」之「女子復仇」主題與「小品」寫作模式〉，劉淑娟撰，《吳鳳學報》第 10 期，2002 年 05 月。

22. 〈中國民間童話「老虎外婆」故事類型初探〉，黃馨霈撰，《中國文學研究》第 16 期，2002 年 06 月。

23. 〈紀昀反宋學的思想意義——以「四庫提要」與「閱微草堂筆記」爲觀察線索〉，張麗珠撰，《漢學研究》第二十期第一卷，2002 年 06 月。

24. 〈人虎情緣——「義虎」故事解析〉，孫正國撰，《中國民間故事類型研究》（華中師範大學出版社），2002 年 10 月。

25. 〈多行不義必自斃——「奪妻敗露」故事解析〉，顧希佳撰，《中國民間故事類型研究》（華中師範大學出版社），2002 年 10 月。

26. 〈山中方七日，世上已千年——「爛柯山」故事解析〉，林繼富撰，《中國民間故事類型研究》（華中師範大學出版社），2002 年 10 月。

27. 〈「聊齋志異」再上方寸〉，錢延林撰，《中華原圖集郵協會會刊》第 9 期，2002 年 10 月。

28. 〈「聊齋志異」再上方寸〉，錢延林撰，《中華原圖集郵協會會刊》第 9 期，2002 年 10 月。

29. 〈王士禎「池北偶談」評介〉，孫淑芳撰，《僑光學報》第 20 期，2002 年 12 月。

30. 〈「水鬼漁夫」故事析義──以「聊齋志異王六郎」故事爲中心考察〉，謝明勳撰，《2002 海峽兩案民間文學學術研討討會論文選》，2002 年 12 月。

31. 〈清代江西民間溺女與童養〉，蕭倩著，《古今藝文》第二十九期第二卷），2003 年 02 月。

32. 王士禎《池北偶談》「汾陽孔文谷天胤云：詩以達性，然須清遠爲尚」條考辨，黃繼立著，《文學新鑰》第 1 期，2003 年 07 月。

33. 〈雅俗共賞的轟小倩──從蒲松齡原著到徐克電影〉，孫淑芳撰，《僑光技術學院通觀洞識學報》第 3 期，2004 年 12 月。

34. 〈論「聊齋志異」中的賢能女性〉，陳英仕撰，《東方人文學誌》第四期第二卷，2005 年 06 月。

35. 〈「聊齋·瑞雲」的主題特色〉，歐宗智撰，《中國語文》第九十四期第六卷，2005 年 6 月。

36. 〈「堅瓠集」中歲時節令的探析〉，吳俐雯撰，《東方人文學誌》第四期第三卷，2005 年 09 月。

37. 〈中韓「烈不烈女」傳說比較研究〉，顧希佳撰，《中韓民間故事比較研究》，2006 年。

38. 〈清人記憶中的澳門──以姚元之「竹葉亭雜記」的描寫爲中心〉，侯傑、曾秋雲撰，《文化雜誌》第 59 期，2006 年夏季初版。

39. 〈試探「聊齋」中的妒妻悍婦〉，李李撰，《中國文化大學中文學報》第 13 期，2006 年 10 月。

40. 〈從當代犯罪心理學與偵察學理論觀《聊齋志異》公案故事之破案技巧與策略〉，陳英仕撰，《中國文化大學中文學報》第 13 期，2006 年 10 月。

41. 〈紀昀多元觀點的現象解讀──以「閱微草堂筆記」爲例〉，高志成撰，《國立臺中技術學院人文社會學報》第 5 期，2006 年 12 月。

42. 〈明清訟師的官司致勝術〉，邱澎生撰，《中國傳統法律文化的形與轉變研討混》（中研院史語所），2006 年 12 月。

43. 〈明清笑話集在日本的流傳與影響〉，王國良撰，〈筆記小說裡的乾坤世界──「歷代筆記小說集成」介紹〉，蔡明蓉撰，《國文天地》第 22 期第 10 卷，2007 年 03 月。

44. 〈佛經「毘奈耶雜事」中之智童巧女故事及其流傳〉，金榮華撰，《中國文化大學學報》第 15 期，2007 年 10 月。

45.〈台灣地區敬字亭稱謂之探討〉，施順生撰，《中國文化大學學報》第 15 期，2007 年 10 月。

46.《中國文學與文化的傳統及變格》（南京出版社），2008 年 11 月。

47.〈「嬰寧」文本之溯源試探〉，李栩鈺撰，《中國文學與文化的傳統及變格》（南京出版社），2008 年 11 月。

附錄一〈清人筆記之生活故事收錄概況〉

　　清代筆記繁多，除了家刻傳本問世，也見於文人之間互抄相輯。這些作品，或見於《四庫全書》、《續修四庫全書》等，或見於叢書集成系列；除此，至清末民初，也有志於蒐羅、編纂成冊者，例如民國四年（西元一九一五年）上海國學扶輪社出版線裝本的《古今說部叢書》〔註1〕、民國四年上海文明書局以石印本出版《說庫》〔註2〕、民國年間上海進步書局以石印本出版《筆記小說大觀》〔註3〕、民國二十年上海文明書局編輯《清代筆記叢刊》〔註4〕等，但輯錄數量有限。

　　自民國四十九年（西元一九六○年）起，台北的新興書局廣搜歷代筆記，編纂《筆記小說大觀》，其輯錄範圍與數量，較民國初期增加許多，就清代而

〔註1〕 是書剪輯漢魏至清文言小說與野史雜著共兩百七十五種。具清代生活故事之筆記有：（一）《天祿識餘》（清・高士奇撰）；（二）《天香樓偶得》（清・虞兆漋撰）；（三）《蚓庵瑣語》（清・王逋撰）；（四）《筠廊偶筆》（清・宋犖撰）；（五）《觚賸》（清・鈕琇撰）；（六）《遜齋偶筆》（清・徐崑撰）；（七）《談助》（清・王崇簡撰）；（八）《語新》（清・錢學綸撰）；（九）《鋤經書舍零墨》（清・黃協塤撰）；（十）《簪雲樓雜說》（清・陳尚古撰）等。

〔註2〕 是書共收漢至清文言小說一七○種。具清代生活故事之筆記有：（一）《天祿識餘》（清・高士奇撰）；（二）《天香樓偶得》（清・虞兆漋撰）；（三）《述異記》（清・東軒主人撰）；（四）《閒處光陰》（清・搏沙拙老撰）；（五）《筠廊偶筆》（清・宋犖撰）；（六）《談助》（清・王崇簡撰）；（七）《遜齋偶筆》（清・徐崑撰）；（八）《儒林瑣記》（清・朱克敬撰）；（九）《嘯亭雜錄》、《嘯亭續錄》（清・昭槤撰）；（十）《塵餘》（清・曹宗璠撰）；（十一）《簪雲樓雜說》（清・陳尚古撰）等。

〔註3〕 是書收晉以後歷代文言小說與筆記共二二○種，多為原書全本。

〔註4〕 是書收清代文言小說共四十二種，但內容多與進步書局所輯之《筆記小說大觀》重複，近年由濟南齊魯書社印行。

言，即搜錄近八百種，是一大突破。接踵而至則有河北教育出版社之《筆記小說集成》、北京中國書社之《明清筆記叢刊》，其搜錄書籍與新興書局雷同之處頗多。

另外，近年也有不少書局以單行本方式出版清代筆記，也有專以清代筆記爲收錄對象之《清代筆記小說類編》（合肥・黃山書社），提供有志於研究清代筆記故事者豐富素材。

今就清代筆記之生活故事收錄情況進行整理，整理範圍爲：收入古籍叢書者；收入筆記專輯或單本問世者。

壹、叢書收錄概況

一、《四庫》著錄情形

《四庫全書》自清乾隆三十七年（西元一七七二年）開始纂修，歷時四十七年，於西元一七八二年完成，《四庫全書總目》分著錄與存目兩類，「存目」即是指存其書目而未收入《四庫全書》之書籍。此外，凡是被認定違礙、悖謬、抵觸清廷及詞意媒狹、有乖雅正的書籍均被竄改、刪削或禁毀，其中不乏清人之筆記。

至於《四庫未收書輯刊》，則是繼《續修四庫全書》、《四庫全書存目叢書》、《四庫禁毀書叢刊》之後，於西元一九九五年，由劉享龍先生個人出資兩千六百萬元，羅琳先生擔任主編，根據羅振玉等學者擬定之《四庫未收書分類目錄》，收集清四庫館臣未見與乾隆以降至清末問世的書籍，其體例乃沿襲《四庫全書》編纂而成，在西元二○○○年，由北京出版社出版。

今針對《四庫全書》相關叢書、輯刊中，錄有清代生活故事之筆記者，整理其著錄情形，列表於後。

書　名	景印文淵閣 四庫全書	四庫 存目叢書	續修 四庫全書	四庫 禁毀書叢刊	四庫 未收書輯刊
《三借廬筆談》			✓ （題作《三借廬贅譚》）		
《三岡識略》					✓
《子不語》			✓ （題作《新齊諧》）		

書 名	景印文淵閣四庫全書	四庫存目叢書	續修四庫全書	四庫禁毀書叢刊	四庫未收書輯刊
《山齋客譚》			✓		
《不下帶編》			✓		
《分甘餘話》	✓				
《天香樓偶得》		✓			
《天祿識餘》		✓			
《冬夜箋記》		✓			
《古夫于亭雜錄》	✓				
《半庵笑政》			✓		
《右臺仙館筆記》			✓		
《在園雜志》		✓	✓		
《池北偶談》	✓				
《巧對錄》			✓		
《竹葉亭雜記》			✓		
《冷廬雜識》			✓		
《初月樓聞見錄》					✓
《見聞錄》		✓	✓		
《見聞隨筆》（續筆）			✓		
《里乘》			✓		
《兩般秋雨盦隨筆》			✓		
《夜雨秋燈錄》（續集三集）			✓		
《居易錄》	✓				
《述異記》		✓			
《果報聞見錄》		✓			
《金壺七墨》			✓		
《信徵錄》		✓			
《咫聞錄》			✓		
《客窗閒話》			✓		
《春在堂隨筆》			✓		
《柳南隨筆》（續筆）			✓		

書　名	景印文淵閣 四庫全書	四庫 存目叢書	續修 四庫全書	四庫 禁燬書叢刊	四庫 未收書輯刊
《秋燈叢話》			✓		
《郎潛紀聞》			✓		
《紅杏山房聞見隨筆》					✓
《看山閣閒筆》					✓
《香祖筆記》	✓				
《冥報錄》		✓			
《埋憂集》			✓		
《浪蹟叢談》 （續談、三談）			✓		
《笑笑錄》			✓		
《茶香室叢鈔》 （續鈔三鈔四鈔）			✓		
《茶餘客話》			✓		
《蚓菴瑣語》		✓			
《退庵隨筆》			✓		
《堅瓠集》			✓		
《遣愁集》			✓		
《寄園寄所寄》		✓	✓		
《庸閒齋筆記》			✓		
《庸盦筆記》			✓		
《現果隨錄》		✓			
《聊齋志異》			✓		
《巢林筆談》 （續編）			✓		
《壺天錄》			✓		
《湖壖雜記》		✓			
《觚賸》		✓	✓		
《熙朝新語》			✓		
《筠廊偶筆》		✓			

書　名	景印文淵閣四庫全書	四庫存目叢書	續修四庫全書	四庫禁毀書叢刊	四庫未收書輯刊
《筠廊二筆》		✓			
《虞初新志》			✓	✓	
《夢厂雜著》			✓		
《廣東新語》			✓		
《履園叢話》			✓		
《閱微草堂筆記》			✓		
《蕉軒隨錄》（續錄）			✓		
《蕉廊脞錄》			✓		
《螢窗異草》			✓		
《塵餘》			✓		
《藤陰雜記》			✓		
《甕牖餘談》		✓	✓		
《簪雲樓雜說》		✓			
《曠園雜志》		✓			
《簷曝雜記》（附錄）			✓		
《鷗陂漁話》			✓		
《嘯亭雜錄》（續錄）			✓		

二、集成系列

　　早期各家叢書集成所收錄的筆記泰半雷同，直至新文豐圖書公司自民國七十四年起，歷時十餘年編纂《叢書集成新編》、《叢書集成續編》及《叢書集成三編》等，收錄大量富含故事性的筆記，而有所突破。以下表格共引用五家九部叢書集成，其出版日期與出版地說明如下：

（一）《叢書集成初編》：西元一九三六年，上海・商務印書館編訂，平裝本。

（二）《叢書集成簡編》：西元一九六六年，台灣・商務印書館編訂，有平裝與精裝本。

（三）《百部叢書集成》：西元一九六七年，台北・藝文印書館編訂，線裝本。

（四）《叢書集成續編》：西元一九七一年，台北・藝文印書館編訂，影印本。

（五）《叢書集成初編》：西元一九八五年，北京・中華書局編訂，平裝本。

（六）《叢書集成新編》：西元一九八五年，台北‧新文豐圖書編訂，精裝本。

（七）《叢書集成續編》：西元一九八九年，台北‧新文豐圖書編訂，精裝本。

（八）《叢書集成三編》：西元一九九七年，台北‧新文豐圖書編訂，精裝本。

（九）《叢書集成續編》：西元一九九四年，上海‧上海書店編訂，影印本。

書　　名	商務印書館		藝文印書館		中華	新文豐			上海
	叢書集成初編	叢書集成簡編	百部叢書集成	叢書集成續編	叢書集成初編	叢書集成新編	叢書集成續編	叢書集成三編	叢書集成續編
《三借廬筆談》								✓	
《三異筆談》								✓	
《巾箱說》									✓
《女俠荊兒記》							✓		
《女俠翠雲孃傳》							✓		
《子不語》								✓	
《小滄浪筆談》			✓		✓				
《山齋客譚》							✓		✓
《今世說》	✓		✓		✓	✓			
《今列女傳》							✓		✓
《分甘餘話》							✓		
《天香樓偶得》							✓		✓
《天祿識餘》							✓		✓
《王氏復仇記》							✓		
《冬夜箋記》							✓		✓
《北東園筆錄》								✓	
《古夫于亭雜錄》							✓		✓
《白下瑣言》								✓	
《在園雜志》				✓			✓		✓
《此中人語》								✓	
《池北偶談》								✓	✓
《耳食錄》				✓			✓		
《耳書》				✓					✓

書　　名	商務印書館		藝文印書館		中華	新文豐			上海
	叢書集成初編	叢書集成簡編	百部叢書集成	叢書集成續編	叢書集成初編	叢書集成新編	叢書集成續編	叢書集成三編	叢書集成續編
《耳郵》								✓	
《冷廬雜識》								✓	
《妙香室叢話》								✓	
《尾蔗叢談》			✓		✓	✓			
《志異續編》								✓	
《沈秀英傳》							✓		
《見聞錄》							✓		✓
《見聞隨筆》							✓		
《里乘》								✓	
《兩般秋雨盦隨筆》								✓	
《夜雨秋燈錄》								✓	
《夜譚隨錄》								✓	
《居易錄談》			✓		✓	✓			
《明齋小識》								✓	
《東皋雜鈔》	✓		✓		✓				
《果報聞見錄》								✓	✓
《初月樓聞見錄》								✓	
《金壺七墨》								✓	
《雨窗消意錄》								✓	
《信徵錄》							✓		✓
《南皋筆記》								✓	
《南越筆記》		✓	✓		✓	✓			
《咫聞錄》								✓	
《客窗閒話》									
《春冰室野乘》				✓			✓		✓
《春在堂隨筆》								✓	
《柳南隨筆》	✓		✓		✓	✓			

書　　名	商務印書館		藝文印書館		中華	新文豐			上海
	叢書集成初編	叢書集成簡編	百部叢書集成	叢書集成續編	叢書集成初編	叢書集成新編	叢書集成續編	叢書集成三編	叢書集成續編
《秋燈叢話》							✓		✓
《貞烈黃翠花傳》							✓		
《貞婦屠印姑傳》							✓		
《述異記》							✓		✓
《郎潛紀聞》								✓	
《香飲樓賓談》								✓	
《冥報錄》							✓		✓
《埋憂集》								✓	
《晉人麈》							✓		
《書葉氏女事》							✓		
《浪蹟叢談》（續談三談）								✓	
《烈女李三行》							✓		
《笑笑錄》								✓	
《茶香室叢鈔》								✓	
《茶餘客話》	✓		✓		✓	✓			
《蚓菴瑣語》							✓		✓
《退庵隨筆》								✓	
《隻麈譚》			✓			✓			
《蜨階外史》								✓	
《堅瓠集》								✓	
《寄園寄所寄》							✓		
《庸閒齋筆記》								✓	
《庸盦筆記》								✓	
《張氏巵言》							✓		
《現果隨錄》							✓		✓
《聊齋志異拾遺》	✓		✓			✓			

書　名	商務印書館		藝文印書館		中華	新文豐			上海
	叢書集成初編	叢書集成簡編	百部叢書集成	叢書集成續編	叢書集成初編	叢書集成新編	叢書集成續編	叢書集成三編	叢書集成續編
《壺天錄》								✓	
《握蘭軒隨筆》			✓			✓			
《湖壖雜記》			✓		✓	✓			
《閒處光陰》								✓	
《黑美人別傳》							✓		
《觚賸》							✓		✓
《榆巢雜識》							✓		
《筠廊偶筆》（二筆）							✓		✓
《虞初新志》							✓		
《虞初續志》							✓		
《虞美人傳》							✓		
《夢餘筆談》							✓		
《對山餘墨》							✓		
《暝庵雜識》							✓		
《漱華隨筆》	✓		✓		✓				
《熙朝新語》							✓		
《聞見偶錄》									✓
《聞見異辭》							✓		
《聞見雜錄》			✓						
《說鈴》						✓			
《履園叢話》							✓		
《廣陽雜記》	✓	✓	✓		✓	✓			
《影談》								✓	
《談助》	✓							✓	
《鋤經書舍零墨》								✓	
《閱世編》						✓			✓
《閱微草堂筆記》								✓	
《墨餘錄》								✓	

書　　名	商務 印書館		藝文 印書館		中華	新文豐			上海
	叢書 集成 初編	叢書 集成 簡編	百部 叢書 集成	叢書 集成 續編	叢書 集成 初編	叢書 集成 新編	叢書 集成 續編	叢書 集成 三編	叢書 集成 續編
《遯齋偶筆》							✓		
《儒林瑣記》							✓		
《蕉廊脞錄》				✓			✓		
《螢窗異草》								✓	
《諧鐸》								✓	
《諾皋廣志》							✓		
《塵餘》							✓		✓
《谿上遺聞集錄》								✓	
《甕牖餘談》								✓	
《簪雲樓雜說》							✓		✓
《蟲鳴漫錄》								✓	
《曠園雜志》							✓		✓
《蓴鄉贅筆》									✓
《簷曝偶談》								✓	
《瀛壖雜志》								✓	
《鷗陂漁話》								✓	
《讕言瑣記》							✓		✓
《鸝砭軒質言》								✓	

貳、專輯、專書系列

　　從民初少數筆記叢書問世至今，專輯筆記者有與時俱增的情形，近年也有影印民初輯本重刊者，也有不少筆記收入史料叢刊中。今將可見且較具規模的輯本，就其搜錄清代筆記生活故事的情形，按書名的筆劃順序排列，整理如後。引用的輯本共有十六種，其中北京中華書局的《清代筆記叢刊》及濟南齊魯書社之《歷代筆記小說叢書》，則是以單行本陸續問世。其他尚未系統性出版筆記書籍、僅以零星單本問世者，則以出版社簡稱列於備註中。

　　另外，笑話發展至清代，可謂集大成，在筆記生活故事中佔有相當比重，

具探討價值，因這些笑話故事多收錄在笑話集裡，因此，表格分兩類呈現，一是筆記生活故事著錄情形，一是笑話故事（具生活性者）著錄情況。

一、筆記生活故事類

書籍輯本係以用數字代碼顯示：

1. 《古今說部叢書》，國學扶輪社出版。
2. 王文濡輯《說庫》（採西元二○○七年，揚州廣陵書社據西元一九一五年上海文明書局石印本影印版）。
3. 佚名輯《筆記小說大觀》（採西元二○○七年，廣陵書社再度將正編、續編重新排印之十六冊本）。
4. 佚名編輯《清代筆記叢刊》（採西元二○○一年，濟南齊魯書社影印本）。
5. 《筆記小說大觀》，台北新興書局。
6. 周光培編《歷代筆記小說集成》，河北教育出版社。
7. 《清代筆記小說大觀》，上海古籍出版社。
8. 《清代筆記叢刊》，北京中華書局，單行本。
9. 《歷代筆記小說叢書》，濟南齊魯書社。
10. 柯愈春纂《說海》〔註5〕，北京人民日報出版社。
11. 《清代野記》，四川巴蜀書社。
※12. 劉眞倫等編《歷代筆記小說精華》，四川人民出版社。
※13. 陸林等編《清代筆記小說類編》，合肥黃山書社。
※14. 《古體小說鈔（清代卷）》，北京中華書局。
15. 《中國歷代野史集成》，四川巴蜀書社。
16. 沈雲龍編《近代中國史料叢刊》，台北文海出版社。
17. 《明清筆記史料叢刊》，北京中國書社。
18. 《筆記叢編》（至四編），台北廣文書局。
19. 《中國基本古籍庫》，北京愛如生數字化技術研究中心，合肥黃山書社。
20. 傅璇琮主編《中國歷代筆記數據庫》，首都師範大學出版社出版。

〔註5〕《說海》是自漢至清末的虞初體小說總集。明代嘉靖年間的陶梃將這類雜記小說輯為《古今說海》。

書　名	1	2	3	4	5	6	7	8	9	10	11	12	13	14	15	16	17	18	19	20	備　註
《三借廬筆談》			✓	✓	✓								※✓								
《三異筆談》			✓		✓								※✓				✓		✓		重慶出版 上海大達圖書供應社《文學筆記說部》
《三岡識略》																				✓	
《女俠荊兒記》					✓												✓				
《女俠翠雲孃傳》					✓												✓				
《女盜俠傳》																	✓				
《子不語》（又名《新齊諧‧子不語》）			✓	✓					✓			※✓	※✓	※✓			✓			✓	上海古籍 吉林文史 江蘇古籍 河北人民 陝西人民 浙江古籍 遼寧教育 重慶出版 北京出版 北京文化藝術
《井蛙雜記》					✓	✓												✓			
《五石瓠》					✓	✓							※✓								
《今世說》			✓	✓	✓		✓						※✓						✓		台北明文 台北世界
《小倉山房文集》													※✓			✓	✓				台北廣文 台北文海 上海古籍 江蘇古籍
《山齋客譚》													※✓						✓	✓	
《巾箱說》					✓			✓													揚州廣陵
《不下帶編》					✓			✓													台北力行 北京書目文獻
《丹午筆記》													※✓								江蘇古籍 鳳凰出版
《中國偵探案》													※✓			✓					
《分甘餘話》	✓							✓										✓	✓		
《天香樓偶得》	✓	✓			✓												✓	✓			
《天祿識餘》	✓	✓			✓												✓	✓			海口海南
《王氏復仇記》		✓			✓																
《仕隱齋涉筆》												※✓	※✓								
《冬夜箋記》					✓	✓											✓				
《北東園筆錄》			✓		✓								※✓				✓				北京東方 廣西桂林
《北窗囈語》（又名《水窗春囈》）	✓							✓					※✓							✓	
《北游錄》					✓	✓		✓									✓		✓		台北文海（又名《明清史料彙編》）台北鼎文（又名《中國學術類編》）

書　名	1	2	3	4	5	6	7	8	9	10	11	12	13	14	15	16	17	18	19	20	備　註
《古夫于亭雜錄》								✓												✓	
《右臺仙館筆記》					✓							※✓	※✓	※✓				✓	✓	✓	
《永憲錄》（續編）					✓			✓									✓				
《白下瑣言》					✓												✓				南京出版
《石渠隨筆》			✓		✓													✓			
《印雪軒隨筆》													※✓								
《在野遺言》					✓	✓											✓				
《在園雜志》							✓	✓								✓		✓			
《仿園清語》	✓																				
《亦復如是》													※✓								重慶出版
《此中人語》			✓		✓								※✓				✓				江蘇古籍
《池北偶談》			✓	✓				✓					※✓	※✓			✓		✓	✓	齊魯書社
《竹葉亭雜記》					✓		✓	✓					※✓			✓			✓	✓	
《耳食錄》			✓	✓	✓				✓			※✓	※✓	※✓			✓				重慶出版
《耳書》					✓								※✓				✓		✓		
《耳郵》			✓									※✓	※✓				✓	✓	✓	✓	
《冷廬雜識》			✓	✓		✓	✓	✓								✓			✓	✓	
《吾亭筆記》					✓																
《妙香室叢話》			✓		✓								※✓								
《志異續編》			✓										※✓				✓				台中燈塔
《我佛山人札記小說》													※✓	※✓		✓					台北文海　廣州花城
《見聞近錄》													※✓								
《見聞瑣錄》													※✓								
《見聞錄》					✓								※✓				✓				
《見聞隨筆》													※✓								
《見聞續筆》													※✓						✓		
《豆棚閒話》（又名《小豆棚》）					✓	✓			✓			※✓	※✓	※✓			✓				台北啟明（收入《唱經堂才子書》）　台灣古籍《中國古典小說》　人民文學　北京中華　上海古籍（收入《古本小說集成》）

書　名	1	2	3	4	5	6	7	8	9	10	11	12	13	14	15	16	17	18	19	20	備　註
《里乘》			✓		✓				✓				※✓	※✓			✓		✓		重慶出版
《兩般秋雨盦隨筆》			✓	✓	✓		✓						※✓			✓					
《夜雨秋燈錄》（續錄）			✓	✓	✓				✓			✓	※✓	※✓						✓	黃山書社 重慶出版
《夜譚隨錄》			✓		✓							※✓	※✓	※✓			✓				北京出版 重慶出版
《居易錄》					✓	✓														✓	齊魯書社
《居易錄談》（續一卷）					✓												✓		✓		
《昔柳摭談》													※✓	※✓							
《明齋小識》			✓		✓								※✓								
《東皋雜抄》													※✓								
《果報聞見錄》					✓								※✓				✓		✓		
《芝龕雜記》					✓	✓											✓				
《初月樓聞見錄》（續錄）			✓	✓	✓											✓	✓				
《金壺七墨》			✓	✓	✓								※✓		✓（僅浪墨瀕墨）		✓				
《吳中判牘》													※✓				✓				北京國家圖書社（收入《明清法制史料輯刊》）
《拍案驚異》													※✓								
《雨窗消意錄》			✓		✓								※✓				✓				
《珊瑚餘談》													※✓								
《信徵錄》					✓								※✓				✓				
《南亭筆記》					✓								※✓								江蘇古籍
《南皋筆記》			✓		✓												✓				
《南越筆記》					✓	✓											✓			✓	廣陵書社（《中國風土叢刊》）
《咫聞錄》			✓		✓								※✓				✓		✓		重慶出版
《城南草堂筆記》													※✓								
《姜露庵雜記》													※✓								
《客座偶談》													※✓								

書名	1	2	3	4	5	6	7	8	9	10	11	12	13	14	15	16	17	18	19	20	備註
《客窗筆記》													※✓								
《客窗閒話》（續話）			✓	✓	✓							※✓	※✓	※✓			✓		✓		重慶出版
《春冰室野乘》											✓		※✓		✓	✓				✓	北京古籍（《明清野史叢書》）
《春在堂隨筆》			✓	✓	✓																中國文獻 遼寧教育 鳳凰出版 上海新文化（收入《筆記小說叢書》）
《柳弧》								✓													
《柳崖外編》													※✓	※✓				✓			
《柳南隨筆》（續筆）					✓	✓	✓	✓					※✓				✓		✓		
《秋鐙叢話》			✓									※✓		※✓					✓		
《紅杏山房聞見隨筆》					✓	✓											✓		✓		
《貞烈婢黃翠花》					✓												✓				
《貞婦屠印姑傳》					✓												✓				
《述異記》	✓	✓			✓								※✓				✓		✓	✓	
《郎潛紀聞初筆、二筆、三筆》			✓					✓								✓	✓				
《郎潛紀聞四筆》（又名《燕下鄉脞錄》）			✓	✓				✓									✓				
《隻麈譚》（續編）													※✓	※✓							
《香祖筆記》			✓	✓	✓														✓	✓	南京出版 上海新文化（《筆記小說叢書》）
《香飲樓賓談》			✓		✓								※✓				✓				
《笑笑錄》			✓		✓												✓	✓	✓		
《冥報錄》					✓								※✓				✓		✓		
《埋憂集》（續集）			✓	✓									※✓	※✓			✓	✓	✓	✓	上海文藝 重慶出版
《書葉氏女事》					✓												✓				
《記聞類編》													※✓				✓				
《栖霞閣野乘》											✓		※✓		✓					✓	山西古籍 北京古籍（《清代野史叢書》）
《浪蹟叢談》（續談、三談）			✓		✓			✓					※✓				✓		✓		
《烈女李三行》					✓												✓				
《茶香室叢鈔》			✓		✓			✓									✓	✓	✓		

書　名	1	2	3	4	5	6	7	8	9	10	11	12	13	14	15	16	17	18	19	20	備　註
《茶香室續鈔》（三鈔）			✓		✓			✓									✓	✓			
《茶香室四鈔》			✓		✓			✓													
《茶餘客話》			✓	✓	✓		✓										✓	✓	✓		
《消閒述異》					✓																
《蚓庵瑣語》	✓				✓														✓		
《退庵隨筆》			✓	✓	✓											✓		✓			
《酒闌燈□談》					✓																
《涼棚夜話》													※✓								
《桃燈新錄》													※✓	※✓							
《堅瓠集》			✓	✓	✓		✓						※✓				✓				
《巢林筆談》（續談）					✓			✓											✓	✓	
《鹿洲公案》													※✓			✓	✓				
《庸盦筆記》			✓	✓	✓								※✓	※✓			✓	✓	✓		台灣商務 江蘇古籍 重慶出版
《庸閑齋筆記》			✓		✓	✓		✓			✓		※✓		✓	✓				✓	北京古籍（《清代蚨史叢書》）
《張氏巵言》													※✓						✓		
《採異錄》					✓																
《敏求軒述記》													※✓			✓					
《清代野記》																				✓	北京中華
《清朝野史大觀》					✓								※✓								（台灣）中華書局 江蘇廣陵 河北人民 上海文藝 上海書局 上海書店 （上海）中華書局
《清代官場百怪錄》													※✓								
《清稗類鈔》								✓					※✓								台北商務 北京中華
《野語》														※✓							
《野叟閑譚》													※✓					✓			
《寄園寄所寄》					✓	✓							※✓				✓		✓	✓	台北文星
《淞隱漫錄》													※✓	※✓							人民文學
《現果隨錄》					✓												✓				北京圖書館（《叢書佛教文獻類編》）

書　名	1	2	3	4	5	6	7	8	9	10	11	12	13	14	15	16	17	18	19	20	備　註
《聊齋志異拾遺》			✓		✓												✓				台北藝文
《聊齋志異》					✓							※✓	※✓	※✓			✓			✓	人民文學 上海古籍 山西人民 安徽文藝 河北少兒 浙江文藝 岳麓書社 齊魯書社 鳳凰出版
《聊攝叢談》														※✓							
《陰騭文廣義》					✓												✓				台北了凡弘法學會 台北佛陀教育基金會
《跰塵筆記》													※✓								
《跰塵剩墨》													※✓								
《壺天錄》			✓	✓	✓								※✓					✓			
《握蘭軒隨筆》					✓	✓											✓				
《渠丘耳夢錄》					✓																
《集異新抄》					✓																
《黑美人別傳》					✓												✓				
《觚賸》（續編）	✓		✓	✓	✓							※✓	※✓	※✓		✓	✓	✓	✓		浙江古籍 重慶出版
（繆艮）《塗說》													※✓	※✓							
（趙季瑩）《塗說》													※✓								
《萬善先資集》					✓	✓											✓				高雄至善書局
《筠廊偶筆》	✓	✓			✓		✓										✓		✓	✓	北京圖書館
《筠廊二筆》					✓		✓														北京圖書館
《榆巢雜識》													※✓								
《虞初支志》										✓			※✓								北京出版（收入《中國文言小說百部經典》）
《虞初近志》										✓			※✓					✓			
《虞初新志》			✓	✓	✓		✓			✓			※✓				✓				河北人民
《虞初廣志》										✓			※✓								
《虞初續新志》										✓			※✓								
《虞初續志》			✓	✓	✓					✓			※✓				✓		✓		台北廣文
《道聽塗說》													※✓	※✓							合肥黃山

書　名	1	2	3	4	5	6	7	8	9	10	11	12	13	14	15	16	17	18	19	20	備　註
《閒處光陰》		✓			✓	✓	✓										✓				
《游梁瑣記》		✓			✓	✓	✓						※✓				✓		✓		
《遁窟讕言》														※✓							
《夢厂雜著》					✓	✓						※✓		※✓			✓		✓		
《夢花雜志》														※✓							
《夢談隨筆》													※✓								
《對山餘墨》					✓	✓							※✓				✓				
《暝庵雜識》（二識）			✓		✓																
《漱華隨筆》					✓	✓											✓				
《熙朝新語》			✓	✓	✓	✓									✓	✓			✓	✓	
《聞見異辭》		✓			✓												✓				
《粵屑》													※✓								
《語新》	✓				✓																
《說鈴》					✓								※✓				✓		✓		
《蜨階外史》			✓		✓								※✓				✓				
《嘯亭雜錄》（續錄）		✓	✓		✓		✓						※✓		✓	✓			✓	✓	北京商務
《履園叢話》			✓		✓		✓	✓					※✓		✓	✓	✓		✓	✓	台北大立
《廣陽雜記》				✓	✓																
《廣東新語》					✓				✓										✓		台北萬有 台北學生 廣東人民 廣陵書社（《中國風土叢刊》）
《廣新聞》													※✓								
《廣虞初新志》											✓		※✓								
《廣談助》																					
《影談》					✓	✓								※✓			✓				
《澆愁集》													※✓								
《慧因室雜綴》											✓		※✓		✓					✓	北京古籍
《談助》	✓	✓			✓	✓											✓				
《談屑》														※✓	✓						
《醉茶志怪》					✓	✓			✓			※✓	※✓	※✓					✓		
《鋤經書舍零墨》	✓		✓		✓																
《閱世編》								✓													台北木鐸（《明清筆記叢書》） 上海古籍（《明清筆記叢書》）

書　名	1	2	3	4	5	6	7	8	9	10	11	12	13	14	15	16	17	18	19	20	備　註
《閱微草堂筆記》				✓	✓							※✓	※✓	※✓						✓	上海古籍 三秦出版 內蒙人民 岳麓書社 重慶出版 湖北辭書 鳳凰出版 遼寧教育
《墨餘錄》			✓		✓								※✓	※			✓				
《嶠南瑣記》					✓																四川民族（《四川少數民族集成》）
《諦證山人雜志》														※✓							
《憶書》													※✓								
《增訂解人頤廣集》					✓	✓	✓						※✓								
《蕈鄉贅筆》					✓								※✓				✓				
《邏齋偶筆》	✓	✓			✓								※✓				✓				
《儒林瑣記》		✓			✓						✓		※✓				✓				
《蕉軒摭錄》													※✓	※✓							
《蕉軒隨錄》（續錄）								✓								✓			✓	✓	
《蕉廊脞錄》								✓								✓				✓	
《螢窗異草初編》（二編、三編）	·		✓		✓			✓	✓			※✓	※✓	※✓			✓		✓	✓	人民文學 北京出版 重慶出版
《諧鐸》				✓	✓	✓						※✓	※✓	※✓			✓		✓		台北老古 台北天一（收入《明清善本小說叢刊初編》） 人民文學 北京出版 重慶出版
《諾皋廣記》													※✓								
《錦里新編》					✓																巴蜀書社 廣陵書社
《靜厂奇異志》													※✓								
《塵餘》	✓	✓			✓	✓											✓		✓		北京中華
《翼駉稗編》					✓								※✓	※✓							
《豁意軒錄聞》													※✓								
《谿上遺聞集錄》（別錄）					✓	✓															北京燕山

書名	1	2	3	4	5	6	7	8	9	10	11	12	13	14	15	16	17	18	19	20	備註
《薈蕞編》			✓	✓	✓								※✓				✓				
《甕牖餘談》			✓	✓	✓										✓		✓		✓		
《簪雪樓雜說》	✓	✓			✓								※✓				✓				
《蟲鳴漫錄》			✓		✓								※✓				✓	✓			
《曠園雜志》					✓								※✓				✓				
《簷曝雜記》（續錄）				✓	✓	✓	✓						※✓			✓	✓		✓	✓	
《鏡花水月》													※✓								上海古籍
《藤陰雜記》		✓			✓	✓										✓	✓		✓	✓	台北文海（又名《明清史料彙編》）北京古籍
《瀛壖雜志》			✓		✓											✓					
《騙術奇談》		✓			✓								※✓								河北大學出版（改名《古今騙術揭秘》古代卷）
《勸戒錄類編》					✓												✓				
《續子不語》					✓								※✓				✓			✓	江蘇古籍 陝西人民
《續太平廣記》					✓												✓				北京出版
《豫廊瑣記》					✓	✓											✓				
《聽雨軒筆記》			✓		✓								※✓	※✓							重慶出版
《譚言瑣記》													※✓						✓		
《鷗陂漁話》			✓	✓	✓														✓		北京學苑 遼寧教育
《鸚砭軒質言》					✓	✓							※✓	※✓			✓				

二、笑話故事類

書籍輯本係以用數字代碼顯示：

1.《中國古代笑林四書》：山東友誼出版社。

2.《明清笑話四種》：人民文學出版社，（今採西元二〇〇九年中華書局出版周作人校訂之版本，書名改爲《明清笑話集》）。

3. 李曉、愛萍主編《明清笑話十種》：三秦出版社。

4.《中國歷代笑話集成》：吉林時代文藝出版社。

※5.《中國笑話書》：台北世界書局。

※6.《中國歷代笑話大觀》：四川人民出版社。

※7. 王利器編《歷代笑話集》，上海古籍出版社。

※8. 白樂天編著《笑林觀止（古代卷）》，北京大眾文藝出版社。

※9. 唐子恒等編譯《中國笑林博覽》，山東大學出版社。

書　名	1	2	3	4	5	6	7	8	9	備　註
《一笑》				※✓	※✓		※✓	※✓	※✓	收在俞樾《春在堂全書·卷四十八》
《子不語》						※✓			※✓	同前所示
《三山笑史》				※✓	※✓		※✓		※✓	
《半庵笑政》				※✓						首都師範大學（《中國歷代筆記數據庫》）
《巧對錄》									※✓	合肥黃山書社（《中國基本古籍庫》） 首都師範大學（《中國歷代筆記數據庫》）
《明齋小識》									※✓	同前所示
《俏皮話》					※✓	※✓		※✓	※✓	廣東人民 首都師範大學（《中國歷代筆記數據庫》）
《看山閣閑筆》					※✓	※✓	※✓	※✓		合肥黃山書社（《中國基本古籍庫》）
《笑史》										沈陽春風文藝
（程氏）《笑林廣記》			✓		※✓		※✓		※✓	台北新興（《筆記小說大觀》） 四川重慶 上海啓智 上海上海書局 北京中國社會 武漢長江文藝
（遊戲主人）《笑林廣記》	✓		✓		※✓	※✓	※✓	※✓	※✓	台南百辰 台南文國 台南大同 台北天一 台北金楓 台北桂冠 台北聯亞

書　名	1	2	3	4	5	6	7	8	9	備　註
										上海廣益 上海春明 北京藍天 四川重慶 北京中國文聯 北京中國社會 北京中國戲劇 成都四川人民 蘭州甘肅文化 北京中國書社（《明清筆記史料叢刊》） 河北教育（《歷代筆記小說集成》） 首都師範大學（《中國歷代筆記數據庫》）
《笑談雜說》										台北新興（《筆記小說大觀》） 北京中國書社（《明清筆記史料叢刊》） 河北教育（《歷代筆記小說集成》）
《笑倒》		✓			※ ✓			※ ✓	※ ✓	
《笑笑錄》			✓	※ ✓		※ ✓	※ ✓	※ ✓		同前所示
《笑得好》	✓	✓	✓		※ ✓	※ ✓			※ ✓	台北天一
《笑典》				※ ✓						台北宇河
《笑話大觀》				※ ✓						上海大達圖書供應社
《妙香室叢話》									※ ✓	同前所示
《寄園寄所寄》				※ ✓	※ ✓		※ ✓	※ ✓		同前所示
《新笑林廣記》				※ ✓		※ ✓				廣東人民
《新笑史》				※ ✓					※ ✓	廣東人民
《清稗類鈔》						※ ✓				同前所示

書　名	1	2	3	4	5	6	7	8	9	備　註
《閒笑雜說》										台北新興（《筆記小說大觀》） 北京中國書社（《明清筆記史料叢刊》） 河北教育（《歷代筆記小說集成》）
《滑稽故事類編》										天津大公報
《堅瓠集》						※✓			※✓	同前所示
《遣愁集》				※✓	※✓	※✓	※✓		※✓	合肥黃山書社（《中國基本古籍庫》）
《嘻談錄》				※✓	※✓	※✓	※✓	※✓	※✓	
《嘻談續錄》								※✓		
《廣談助》				※✓	※✓		※✓		※✓	
《諧鐸》									※✓	同前所示
《增訂解人頤新集》				※✓	※✓		※✓		※✓	
《增訂解人頤廣集》				※✓		※✓				
《增訂萬寶全書》				※✓						
《履園叢話》						※✓				同前所示

附錄二 〈清代民間故事類型表〉

　　在清人筆記中，找到九十五個民間故事類型，六十個可以溯見前朝，三十五個為國際民間故事類型，茲將類型型名、見於清人筆記以及流傳情形整理如下。[註1]

清代民間故事類型表				
型　號	型　名	清人筆記出處	流傳情形	
			溯見前朝	外國流傳
一、動植物及物品故事 1～299				
78	繫身虎背被拖死	程氏《笑林廣記・大騙小騙》（176B＋）		印度巴基斯坦韓國柬埔寨南非
156	老虎求醫並報恩	《聊齋・卷12・二班》	【魏晉】《搜神記・卷二十・蘇易》	日本

〔註1〕此表係依據金榮華：《民間故事類型索引》的歸納方式，表中外國流傳情形，所引用之資料錄自是書，國內各省詳細分部，請見是書所錄。型名中「＊」者，為僅見於丁乃通所錄。

清代民間故事類型表				
型　號	型　名	清人筆記出處	流傳情形	
			溯見 前朝	外國 流傳
			【隋唐】 《廣異記・張漁舟》 《靈應錄・長興嫗》 【宋】 《侯鯖錄・卷 6・老嫗救虎》 《太平廣記，卷 431・李大可》 《夷堅支庚，卷 4・海門虎》 《夷堅志三補・猿請醫生》 【元】 《湖海新聞後集，卷 2・精怪門，猨猴，猿請醫士》 《湖海新聞後集，卷 2・精怪門，猨猴，猴劫醫人》 【明】 《西吳里語，卷 2・長興縣邸嫗》 《虎苑，卷上・長興邸嫗》 《虎苑，卷下・老嫗救虎》 《稗史彙編，卷 156・禽獸門・獸類 2・海門虎》	
156D	虎盡子責養寡母	《聊齋・卷 10・趙城虎》		
156B	※女人做蛇的助產士	《堅瓠餘集・卷 1・趙乳醫》	【魏晉】 《搜神記・卷 20・蘇易》 【宋】 《夷堅志補・卷 4・趙乳醫》 【元】 《湖海新聞夷堅續志後集・卷 2・精怪門・虎謝老娘》 【明】 《虎苑・卷上・趙嫗》	

型 號	型 名	清人筆記出處	流傳情形	
			溯見前朝	外國流傳
二、一般民間故事 300～1199				
176B	人唬走了老虎	程氏《笑林廣記·大騙小騙》（＋78）		印度巴基斯坦
222A	蝙蝠取巧被排斥	《笑林廣記·卷 11·譏諷部·譏人弄乖》	【明】《解慍篇·卷 9·蝙蝠推奸》《笑府·卷下·不賀壽》《談笑酒令·卷 4·談笑門·譏人習詐》	德國
293A	人體器官爭功勞	《俏皮話·腳權》《笑林廣記·卷 4·形體部·爭坐》	【宋】《唐語林·卷 6·口鼻眉眼爭高下》《醉翁談錄·卷 2·面皮安放》【明】《談笑酒令·卷 4·談笑門，譏爭坐席》《解慍篇·卷 8·眉爭高下》	印度希臘西非北非
300A	（智殲蟒蛇）	《女俠荊兒記》	【魏晉】《搜神記·卷 19·李寄》	
301	雲中落繡鞋	《墨餘錄·卷 3·石洞繡鞋》	【魏晉】《搜神記·卷 11·望夫岡》《鄱陽記·望夫岡》	越南伊朗德國羅馬尼亞
331A	眞假新娘《新郎》	《耳食錄·卷 1·錢氏女》	【明】《稗史匯編·卷 174·志異門·邪魅類，小姑二身》	印度日本柬埔寨
333C	虎姑婆	《虎媼傳》		日本越南緬甸意大利

清代民間故事類型表				
型　號	型　名	清人筆記出處	流傳情形	
			溯見前朝	外國流傳
400	凡夫尋仙妻	《堅瓠二集・卷 2・牽牛織女》	【明】《月令廣義・七月令》《情史・卷 19・情疑類，織女》	日本越南印尼德國
400B	畫中女	《此中人語・卷 1・畫只人》	【唐】《酉陽雜俎・卷 14・屏婦踏歌》《志怪錄・宮屏婦人》【宋】《太平御覽・卷 737・崔子武》《茅亭客話・卷 4・勾生》【元】《輟耕錄・卷 11・鬼室》	越南
400C	田螺姑娘	《此中人語・卷 2・田螺妖》	【魏晉】《髮蒙記・白水素女》《搜神後記・卷 5・白水素女》《述異記・卷上・謝端》（任昉本）《述異記・卷下・吳龕》【南北朝】《幽明錄・吳龕》《異苑・卷 2・五色浮石》【唐】《原化記・吳堪》【宋】《太平廣記・卷 62・白水素女》《太平廣記・卷 83・吳堪》《錦繡萬花谷前集・螺女廟》《類說・卷 8・白衣素女》	越南日本韓國

型 號	型 名	清人筆記出處	流傳情形	
			溯見前朝	外國流傳
			【元】《繪圖三教源流搜神大全・白水素女》《湖海新聞夷堅續志後集・卷2・神明門・井神現身》	
			【明】《仙媛紀事・白水素女》《情史・卷18・白嫘天女》《夜航船・卷17・四靈部・麟介・螺女》	
400D	動物變成的妻子	《堅瓠廣集・卷2・虎變美婦》	【唐】《集異記・崔韜》《河東記・申屠澄》《原化記・中朝子》【宋】《太平廣記・卷433・崔韜》《太平廣記・卷429・申屠澄》【明】《虎薈》《海州志・虎皮井》	德國
411	蛇女《白蛇傳》	《觚賸・卷2・吳觚中・蛟橋幻遇》《履園叢話・卷16・精怪・蛇妻》	【唐】《博異志・李黃》【宋】《夷堅支戊・卷2・孫知縣妻》【明】《西湖游覽志餘・卷26・雙魚扇墜》	
725A	黃樑夢	《淞濱瑣話・卷1・徐麟士》		印度韓國

表頭：清代民間故事類型表

清代民間故事類型表				
			流傳情形	
型　號	型　名	清人筆記出處	溯見 前朝	外國 流傳
733	旅客變驢	《此中人語・卷 6・變馬》	【唐】 《河東記・板橋三娘子》 【宋】 《太平廣記・卷 286・板橋三娘子》 【明】 《古今說海・卷 41・板橋記》 《古今譚概・靈跡部・第 32・板橋三娘子》	日本
745B	荒屋得寶	《堅瓠十集・卷 1・銀精》 《右台仙館筆記・卷 6・銀人為祟》	【魏晉】 《列異傳・細腰》 《搜神記・卷 18・細腰） 【隋唐】 《博異志・蘇遏》 《稽神錄・佚文・凶宅掘銀一窖》 【明】 《群書類編故事・卷 19・宮室類，買宅得金》 《菽園雜記・卷 3・徐生擊鬼》 《聞紀・紀妖幻・梁澤》 《湧幢小品・卷 19・精爽・陸道判》	印度 日本 緬甸 阿拉伯 捷克 意大利 西班牙
749A	生雖不能聚，死後不分離	《茶香室四鈔・卷 3・梁山伯祝英台，祝英台小傳》	【魏晉】 《搜神記・卷 11・韓憑妻） 【隋唐】 《獨異志・卷中・相思樹》 《嶺表錄異・卷中・韓朋鳥》 【明】 《情史・卷 11・情化類・連枝梓雙鴛鴦》	印度 菲律賓

清代民間故事類型表				
型　號	型　名	清人筆記出處	流傳情形	
			溯見 前朝	外國 流傳
750B.2	秀才年關救窮人	《堅瓠丁集・卷 1・償金獲報》 《里乘・卷 1・余徐二公軼事》 《里乘・卷 1・倪封公》 《小豆棚・卷 4・玉鉤形》		韓國
750D.1	井水變爲酒，還嫌豬無糟	《堅瓠乙集・卷 4・豬無糟》 《耳食錄・卷 7・淵默眞人》	【元】 《湖海新聞夷堅續志後集・卷 1・神仙門・遇仙・井化酒泉》 【明】 《雪濤小說・心高》 《古今譚概・貪穢部第 15・神仙酒》	
775A	金手指	《笑得好初集・願換手指》	【明】 《笑府・卷八・指石爲金》	土耳其 斯伐洛克 意大利 美國
776	落水鬼仁念放替身	《柳南隨筆卷 1》 《小豆棚・折腰土地》 《北東園筆錄續編・卷 2・溺鬼自拔》 《聊齋誌異・卷 1・王六郎》 《醉茶志怪・卷 2・西賈》 《續子不語・卷 3・打破鬼例》 《耳食錄・卷 2・南野社令》 《聞見異辭・卷 2・鬼升城隍》	【宋】 《分門古今類事・卷 4・黃裳與水鬼》 《紀異錄》 《澠水燕談》 《續夷堅志・卷 2・溺死鬼》 【元】 《異聞總錄・卷 4・臨安種園人》 【明】 《棗林雜俎・和集・曾銑》 《分門古今類事・卷 4・黃裳與水鬼》 《耳新・卷 7・蘇溪陸茂才》 《石田雜記・黃天蕩漁者》	

清代民間故事類型表				
型　號	型　名	清人筆記出處	流傳情形	
			溯見前朝	外國流傳
776A	漁夫義勇救替身	《聊齋・王六郎》 《柳南隨筆・卷1》 《小豆棚・折腰土地》 《醉茶志怪・卷2・西賈》 《續子不語・卷3・打破鬼例》 《耳食錄・卷2・南野社令》 《聞見異辭・卷2・鬼升城隍》 《北東園筆錄續編・卷2・溺鬼自拔》 王椷本《秋燈叢話・卷5・河鬼與寺僧》	【宋】 《分門古今類事・卷4・黃裳與水鬼》 《續夷堅志・卷2・溺死鬼》 【元】 《異聞總錄・卷4・臨安種園人》 【明】 《棗林雜俎・和集曾銑》 《分門古今類事・卷4・黃裳與水鬼》 《耳新・卷7・薌溪陸茂才》 《石田雜記・黃天蕩漁者》	
825A	陸沉的故事	《巾箱說》 《嘯亭雜錄・卷10・庚子火災》	【先秦】 《呂氏春秋・孝行覽・本味・伊尹生空桑》 《淮南子・俶眞訓・歷陽沒爲湖》 《列異傳《歷陽淪爲湖》 【魏晉】 《列異傳・歷陽淪爲湖》 《水經注・卷28・由卷縣・神異傳》 【南北朝】 （祖沖之本）《述異記》 （任昉本）《述異記・卷上》 《搜神記・卷13・長水縣》 《搜神記・卷20・古巢老姥》	

清代民間故事類型表				
型　號	型　　名	清人筆記出處	流傳情形	
			溯見前朝	外國流傳
			【隋唐】《獨異志·卷上·歷陽湖》《獨異志·卷下·長安縣爲湖》《窮神秘苑·邛都老姥》【宋】《太平廣記·卷 468·長水縣》《太平寰宇·卷 22·海州朐安縣》《青瑣高議後集·卷 1·大姆記》【元】《庶齋老學庵記·卷 2·地陷爲湖》【明】《群書類編·卷 3·地理類，城陷爲湖》《夜航船·卷 2·地理部·山川·巢湖》《夜航船·卷 2·地理部·山川·碩項湖》	
829B	人若有理神也服寺廟不用牛皮鼓	《續子不語·卷 1·九華山》《耳食錄·卷 3·鄒忠介公》		
844A	仙境一日，人間千年	《茶香室叢鈔·卷 14·爛柯事有異說》《茶香室續鈔·卷 18·觀棋爛柯不止一處》《南皋筆記·卷 2·黎花溪記》	【魏晉】《異苑·卷 5·樗蒲仙》《搜神後記·卷 1·仙館玉漿》《述異記（任昉本）·卷上·王質》《幽明錄·仙館棋者》	

清代民間故事類型表				
型　號	型　名	清人筆記出處	流傳情形	
			溯見前朝	外國流傳
			《殷芸小說・卷7・仙館棋者》 【唐】 《神仙傳拾遺・嵩山叟》 （丘光庭本）《兼明書・爛柯山》 《廣異記・麻陽村人》 【宋】 《猗覺寮雜記・卷下》 《類說・卷12・洞中道士對棋》 《夷堅乙志・卷1・仙奕》 《夷堅支戊・卷1・石溪李仙》 《夷堅支丁・卷10・張聖者》 《釋常談・手談》 《游宦紀聞・卷4・張鋤柄》 【明】 《夜航船・卷2・地理部・山川・爛柯山》 《稗史彙編・卷62・方外門・仙類四・石溪李仙》	
851D.1	少女偽死測真情	《蟲鳴漫錄卷1》		
893B	避嫌疑的接濟方法	《里乘・卷6・甲與乙為善友》		
910F	團結力量大	《不下帶編・卷5・孤則易折》	【魏晉】 《魏書・卷101・吐谷渾傳，阿豺命子弟折箭》 【隋唐】 《南北史續世說・九規箴・阿豺教弟》	

			流傳情形	
型　號	型　名	清人筆記出處	溯見 前朝	外國 流傳
			【元】 《蒙古秘史・卷 1・折箭 誨五子》 【明】 《夜航船・卷 5・倫類部・ 兄弟・折矢》	
926B.1	拾金者的故事	《熙朝新語卷 12》 《埋憂集・卷 6・譎判》 《清稗類鈔・獄訟類・ 閩縣拾金案》	【元】 《山居新話・聶以道斷鈔》 《輟耕錄・卷 11・賢母辭 拾遺鈔》【明】 《古今譚概・顏甲部第 18・聶以道斷鈔》	印度 西班牙
926B.2	錢袋拆穿了謊 言	《中國偵探案・搭連 袋》		印度
926D.1	審石頭	《柳南隨筆卷 4》		韓國
926D.3	誰偷了賣油條 小販的銅錢	《清稗類鈔・獄訟類・ 趙清獻折獄》		西班牙
926E	鐘上塗墨	《咫聞錄・卷 8・陰陽 太守，巧斷賴人案》	【宋】 《夢溪筆談・卷 13・權智・ 摸鐘辨賊》 《折獄龜鑒・卷 7・譎盜・ 陳述古》 【元】 《湖海新聞夷堅續志補 遺・治道門・摸鐘辨盜》 【明】 《智囊補・卷 10・察智部・ 詰奸・陳襄》 《古今譚概・譎智部第 21・詰盜智・陳述古》 《夜航船・卷 7・政事部・ 燭奸・帷鐘辨盜》	越南

表格標題：清代民間故事類型表

清代民間故事類型表				
			流傳情形	
型　號	型　名	清人筆記出處	溯見前朝	外國流傳
926F	審畚箕	《清朝野史大觀‧卷4‧徐某治獄》《柳南隨筆卷4》	【隋唐】《南史‧卷70‧循吏傳‧傅琰「鞭絲破案」》《北史‧卷80‧外戚傳‧李惠「鹽屑見證」》《疑獄集‧卷上‧季令鞭絲》《疑獄集‧卷上‧惠擊羊皮》【宋】《折獄龜鑒‧卷6‧證慝‧李惠》《折獄龜鑒‧卷6‧李惠附錄「傅炎」》《棠陰比事原編‧傅令鞭絲》【明】《智囊補‧卷9‧察智部‧得情‧杖羊皮》《智囊補‧卷9‧察智部‧得情‧傅琰》《夜航船‧卷7‧政事部‧燭奸‧斷絲及雞》	
926G	誰偷了驢馬	《遯齋偶筆‧乳牛》	【隋唐】《朝野僉載‧卷5‧放驢搜鞍》《疑獄集‧卷中‧放驢求鞍》【宋】《太平廣記‧卷171‧精察類‧張鷟‧放驢搜鞍》《折獄龜鑒‧卷7‧迹盜‧張鷟》	

			流傳情形	
型 號	型 名	清人筆記出處	溯見 前朝	外國 流傳
			《棠陰比事原編・張鷟搜 鞍》 【明】 《智囊補・卷 10・察智部・ 詰奸・張鷟）	
926G.1	嘔食破案	《清朝野史大觀・卷 4・徐某治獄》	【隋唐】 《南史・卷 70・循吏傳・ 傅琰「破雞得情」》 《疑獄集・卷上・破雞辨 食》 【宋】 《折獄龜鑑・卷 6・證慝， 傅炎》 【明】 《智囊補・卷 9・察智部・ 得情・傅琰》 《夜航船・卷 7・政事部・ 燭奸・斷絲及雞》	印度 越南
926M.1	解釋怪遺囑	《折獄龜鑑補・犯義・ 券書改句》	【明】 《餘多序錄・卷 1・內篇》 《昨非庵日纂・卷 15・解 紛・奉使者》 《智囊補・卷 9・察智部・ 得情・奉使者》	
926P	財物不是我的	《冷廬雜識・卷 6・鉤 慝》 《志異續編・卷 3・弟 兄爭產》 《清稗類鈔・獄訟類， 蔡某匿產案》	【隋唐】 《朝野僉載・卷 5・裴子 雲》 《疑獄集・卷上・子雲斷 牸》 《疑獄集・卷下・趙和籍 產》 《唐闕史・卷上・趙江陰 政事》	

清代民間故事類型表				
型　號	型　名	清人筆記出處	流傳情形	
			溯見前朝	外國流傳
			【宋】《棠陰比事原編・裴命急吐》《折獄龜鑑，卷7・鈎慝・張元濟》《折獄龜鑑・卷7・鈎慝・趙和》《折獄龜鑑・卷7・鈎慝，趙和附錄「侯臨」》【明】《智囊補・卷9・察智部・得情・裴子雲》《智囊補・卷9・察智部・得情・趙和》《雪濤小說・才吏・匿祖遺貲案》《棠陰比事補編・彭祥還貲》	
926T	斗米斤雞	《清稗類鈔・獄訟類・段光清判斃雞案》《滑稽故事類編・譴戒類・雞與米》		
926T.1	（挑糞夫意外獲冬衣）	《金壺浪墨・卷6・趙芥堂》		
926R	巧使諧音破疑案	《咫聞錄・卷5・曬銀》《談屑》		
929D	僞毀贋品騙眞賊	《清稗類鈔・棍騙類，騙子爲老朝奉所算》		
943A	麻瘋女善心善報	《清稗類鈔・疾病類，吳紹田好色染麻瘋》《夜雨秋燈錄初集・卷3・麻瘋女邱麗玉》《清稗類鈔・貞烈類・瘋女守貞》	【明】《猥談・癩蟲》	

			流傳情形	
型 號	型 名	清人筆記出處	溯見 前朝	外國 流傳

<table>
<tr><td colspan="5" align="center">清代民間故事類型表</td></tr>
<tr><td>960</td><td>水泡爲證報冤仇</td><td>《清稗類鈔・獄訟類・渾源州誤殺案》
《清稗類鈔・婚姻類・沙氏女被人誘婚》</td><td>【宋】
《節孝先生文集・卷 3・淮陰節婦》
《雞肋編・卷下・淮陰節婦傳略》
《夷堅志補・卷五・張客浮漚》
【明】
《奇見異聞筆坡叢脞・池蛙雪冤錄》</td><td>德
韓國</td></tr>
<tr><td>986A</td><td>箱中少女變虎熊</td><td>《埋憂集・卷 8・柜中熊》</td><td>【隋唐】
《酉陽雜前集・卷 9・柜中熊》
【宋】
《太平廣記・238・寧王》</td><td>印度</td></tr>
<tr><td>989A</td><td>財富生煩惱</td><td>《芝菴雜記・卷 1・吹笛》</td><td></td><td>伊拉克
葡萄牙</td></tr>
<tr><td>996</td><td>劣子臨刑咬娘乳</td><td>《三借廬筆談・卷 5・陳阿尖》
《清朝野史大觀・卷 12・陳阿尖》</td><td>【明】
《讀書鏡・卷 1・芒山盜》</td><td></td></tr>
<tr><td>997</td><td>囓耳訟師</td><td>《蟲鳴漫錄卷 1》</td><td>【明】
《智囊補・雜智部卷 27・狡黠,囓耳訟師》</td><td></td></tr>
<tr><td colspan="5" align="center">三、笑話、趣事 1200～1999</td></tr>
<tr><td>1030</td><td>分莊稼</td><td>《笑林廣記・卷 9・兄弟種田》</td><td>【明】
《笑林・合種田》
《笑府・卷上・合種田》</td><td></td></tr>
<tr><td>1215A</td><td>你打我兒,我打你兒</td><td>《笑林廣記・卷 5・殊稟部・買醬醋》《＋1681B.1》
《閒談笑語・卷 4・買醬醋》（＋1681B.1）</td><td>【明】
《艾子後語・孫兒》
《解慍篇・卷 9,自凍悟親》</td><td></td></tr>
</table>

清代民間故事類型表				
型　號	型　名	清人筆記出處	流傳情形	
			溯見前朝	外國流傳
1248A	長竿進城	程氏《笑林廣記・謬誤》（＋1362C）	【魏晉】《笑林・執長竿入城門》	
1288	搔癢搔錯了腿	《笑林廣記・卷5・殊稟部・恍惚》《＋1293》《笑倒・恍惚》（＋1293）	【明】《笑府・卷上・恍惚》	
1293	錯將酒瀝作尿滴	《笑林廣記・卷5・殊稟部・恍惚》（＋1288）《笑倒・恍惚》（＋1288）	《明》《笑府・卷上・恍惚》	
1305D.1	守財奴的物盡其用	《笑林廣記・卷9・貪吝部・買肉忌賒》	【明】《解慍篇・卷7，死後不賒》《笑林評・死後不賒》	
1305D.2	守財奴命在須臾猶議價	《笑得好初集・溺水》《笑得好初集・莫砍虎皮》《笑林廣記，卷9・貪吝部・射虎》	【明】《雪濤諧史》《解慍篇・卷7・一錢莫救》《笑府・卷8・刺俗部・溺水》《笑府・卷8・刺俗部・射虎》	
1305D.3	守財奴死後還盤算	程氏《笑林廣記・嗇刻鬼》		
1305D.4	寧死也要一文錢	《看山閣閑筆・詼諧・錢命相連》		
1305G	守財奴以看代吃以虛代實	《笑林廣記・卷9・貪吝部・下飯》	【明】《雪濤諧史》	
1336B	不識鏡中人	《俞樓雜纂・卷48・一笑》《笑林廣記・卷12・謬誤部・看鏡》	【魏晉】《笑林・不識鏡》【隋唐】《啓顏錄・買奴購鏡》【明】《笑府・看鏡》《笑林・看鏡》	

清代民間故事類型表				
型　號	型　名	清人筆記出處	流傳情形	
			溯見前朝	外國流傳
1341C	倒楣的竊賊	《堅瓠甲集・卷3・詩贈盜》 程氏《笑林廣記・窮人遇賊》	【明】 《笑禪錄・無物可取》 《笑府・關門》	烏滋別克
1341D	偷米不著反失褲	《笑得好二集・藏賊衣》	【明】 《笑府《卷下，賊遇偷）	
1362C	父母為子女擇偶	《笑林廣記・卷5・較歲》 《笑笑錄・卷6・兩嫗說姻》 程氏《笑林廣記・謬誤》（1248A＋）	【宋】 《艾子雜說・明年當與你同歲》 【明】 《五雜組・事部・卷4・明年吾與爾同歲》 《解慍編・卷9・明年同歲》	
1375D	大官也怕老婆	《笑林廣記・卷5・殊稟部・葡萄架倒》	【明】 《解慍篇・卷6・葡萄架》 《笑府・卷上・葡萄架倒》	
1375E	妻妾鑷髮	《笑林廣記・卷4・拔鬚去黑》	【宋】 《遁齋閑覽・諧噱・妻妾鑷髮》	
1387A.1	懶得不肯動手的丈夫或妻子	程氏《笑林廣記・懶婦》		
1419B.1	跳窗的原來是自己	《笑林廣記・卷5・殊稟部・認鞋》	【明】 《笑贊・認鞋》 《雪濤諧史》 《笑府・卷上・認鞋》	
1419F.1	袋子裡的是米	《笑林廣記・卷5・殊稟部・米》	【明】 《艾子後語・米言》 《笑贊・米》 《笑府・米》 《廣笑府・米》	

清代民間故事類型表				
型　號	型　名	清人筆記出處	流傳情形	
			溯見 前朝	外國 流傳
1526	冒認親人騙商家	《見聞錄・詐騙》 《此中人語・卷 5・拐兒橋》 《清稗類鈔・棍騙類・認丐爲父以行騙》	【元】 《湖海新聞夷堅續志前集・卷 1・人事門・假母欺騙》	
1526A.2	白吃大王 神仙也無奈	《笑笑錄・卷 5・一毛不拔》 程氏《笑林廣記・聖賢愁》		
1526A.4	自稱是死者的朋友	《笑倒・誤遭哭打》		
1526C	巧計連環騙財物	《咫聞錄・卷 7・巧騙》 《客窗閒話續集・卷 5・試騎騙騾》 《夜雨秋燈錄・卷 1・騙子》	【明】 《古今譚概・譎智部・第 21・一錢匯百金》 《智囊補・雜智部・卷 27・狡黠・一錢誆百金》	
1526F	毒計害命詐布莊	《騙術奇談・卷 4・毒騙》 《清稗類鈔・棍騙類・點婦以僞夫取財》		
1530A	賣蛋小販上了當	《仕涉齋隨筆・惡趣》 《笑笑錄・卷 5・狄希陳》 《三異筆談・卷 3・售碎蛋》		
1530B.1	來僕不敬罰揹磨	《三異筆談・卷 3・袁癡》 《庸閒齋筆記・卷 4・袁癡》 《滑稽故事類編・詭詐類・糞便解毒》		
1558A	付理髮錢	《志異續編・卷 3・剃頭錢》 《笑笑錄・卷 6・倍與之錢》		印度 阿拉伯 土耳其 烏茲別克

清代民間故事類型表				
型 號	型 名	清人筆記出處	流傳情形	
			溯見前朝	外國流傳
1567A.1	抗議飯菜太壞的塾師	程氏《笑林廣記‧蘿蔔對》		
1568B	吃肉喝酒裝自殺	程氏《笑林廣記‧偷酒》	【魏晉】《啓顏錄‧瀉蜜食飩》	韓國 德國 阿拉伯 烏茲別克 德國 韓國 阿拉伯 烏茲別克
1572J	騎禽而去	《俞樓雜纂‧卷48‧一笑》《笑林廣記‧卷9‧貪吝部‧不留客》	【明】《雪濤諧史‧借地上雞乘去》《笑府‧不留客》《笑林‧不留客》	
1620B	不受奉承的人	《俞樓雜纂‧一笑》《笑笑錄‧卷6‧高帽子》		
1635C	偷吃了雞的廚子兩頭騙	《騙術奇談‧騙雞》		德國 法國 印度 土耳其
1678	我愛老虎	《續子不語‧卷2‧沙彌思老虎》		意大利
1684	今日不宜動土	《笑林廣記‧卷5‧殊稟部‧信陰陽》	【明】《雪濤諧史‧動土必卜》《笑林‧風水》	
1687B	傻瓜忘物	《笑林廣記‧卷5‧善忘》《笑得好二集‧不識自妻》	【隋】《啓顏錄‧多忘》【明】《艾子後語‧病忘》《雪濤諧史‧健忘者》《笑府‧善忘》《雅謔‧性恍惚》	

清代民間故事類型表				
			流傳情形	
型　號	型　名	清人筆記出處	溯見前朝	外國流傳
1696	（總是晚一步）	《笑得好二集・比送殯》		印度 日本 菲律賓 德國 意大利 法國 西非
1696A.1	家裡出事別怪我	程氏《笑林廣記・不利語》		
1698G	聽錯話而引起滑稽後果	《笑林廣記・卷3・心在哪裡》		
1703B	比賽眼力看橫匾	《俞樓雜纂・卷48・一笑》《閒談笑語・卷3・兄弟認匾》《笑林廣記・卷四・形體部・兄弟認匾》	【明】《笑府・卷上・近視認匾》	
1800	偷的東西不多	《閒談笑語・卷4・盜牛》	【明】《精選雅笑・盜牛》	
1920A	大家來吹牛	《笑倒・大浴盆》《笑得好初集・大澡盆》《笑林廣記・卷12・荒鼓》《笑林廣記・卷12・大浴盆》	【明】《雪濤諧史・大洗盆與長竹》	日本 越南
1920D.1	說謊與圓謊	《笑林廣記・卷12・謬誤部・圓謊》		德國
1960K	大包子、大糕餅等食品	程氏《笑林廣記・兄弟兩謊》（1920A＋）		
四、程式故事 2000～2399